CLARE CHASE

Der Tote am Apple Tree Cottage

Weitere Titel der Autorin:

Das Geheimnis des toten Cellisten

Titel auch als Hörbuch erhältlich

Über die Autorin:

Clare Chase lebt in Cambridge. Neben dem Schreiben und Lesen liebt sie es, Zeit mit ihrer Familie zu verbringen und zu kochen, und sie interessiert sich für Kunst und Architektur.

Für Warty

Prolog

Anfang April

Jeder Einheimische, der zu dem Wald zwischen dem Dorf Saxford St. Peter und der Heidelandschaft blickte, die zum Fluss hinunterführten, erkannte die Jahreszeit auf Anhieb. Jenseits der immergrünen Kiefern bildeten Glockenblumen einen herrlichen, dunkelblauen Teppich, hier und da gesprenkelt von Anemonen mit weißen Blütenblättern und gelben Staubbeuteln. Bis die Eichen ausschlugen, dauerte es noch rund einen Monat, doch unter ihnen spross Sauerklee aus dem Moos an den herabgefallenen Ästen und Zweigen. Die rot geäderten Blüten baumelten an zartesten Stängeln und markierten das Fortschreiten des Frühlings.

Aus der Ferne wirkte alles beruhigend vertraut.

Im tiefsten Teil des Waldes hockte eine Gestalt neben einer Silberbuche, von deren Zweigen plumpe Kätzchen hingen. Auf dem Waldboden wimmelte es von Leben. Zu Füßen des Mannes jedoch, inmitten der Blumen, die eine Rückkehr von Wärme und Hoffnung versprachen, lag der Tod – brutal und schlicht.

Ashton Foley war in den Kopf geschossen worden.

Auf dem Lande schreckte ein Schuss die Leute nicht unbedingt auf. Vor allem nicht mitten im Wald, und Ashtons Leiche lag ein gutes Stück vom nächsten Haus entfernt. Trotzdem war der Mann neben dem Toten sehr nervös; sein Puls raste, und seine Beinmuskeln zitterten. Es war noch früh, doch es konnten durchaus schon einige Hundehalter unterwegs sein.

Nachdem er sich kurz über die Schulter umgeschaut hatte, beugte er sich vor und suchte Foleys Taschen eine nach der anderen ab. Die Lederjacke war leicht, aber die Jeans saß eng, und es war eine Herausforderung, das Tascheninnere zu überprüfen. Er rollte den Toten ungeschickt erst auf die eine Seite, dann auf die andere und sah nun in die Gesäßtaschen. *Aha.* Da war die Brieftasche. Doch sie war leer bis auf einige Karten und Kleingeld.

Er wischte das Leder mit einem sauberen Tuch ab, steckte die Brieftasche zurück und stockte einen Moment. In keiner Tasche war ein Hausschlüssel gewesen. Das war seltsam …

Kapitel 1

Vier Wochen zuvor

Eve Mallow betrat *Monty's Café* mit den Erkerfenstern und den Blumengirlanden und freute sich auf ihre Schicht. Für ihre Freundin Viv zu arbeiten, die Inhaberin, passte perfekt zu ihrem eigentlichen Beruf. Als freie Nachruf-Autorin befragte sie die Lebenden, um die Geheimnisse der Toten zu ergründen, verbrachte indes auch Stunden mit der Recherche zu ihren Aufträgen. Menschen zu verstehen war von jeher ihr Ehrgeiz gewesen. Die regelmäßigen Schichten im *Monty's* sorgten für ein verlässliches Grundeinkommen, und darüber hinaus war es eine gesellige Arbeit, die ihr noch dazu die Gelegenheit bot, Leute zu beobachten.

Es erstaunte sie nach wie vor, dass sie in einem Dorf in Suffolk gelandet war. Als Städterin, die in Seattle geboren und aufgewachsen war und dann als Studentin nach London zog, wo sie dreißig Jahre lang gelebt hatte, hätte sie gedacht, das Landleben wäre nichts für sie.

Ein Auftrag hatte sie im vergangenen Sommer nach Saxford St. Peter geführt und eines Besseren belehrt. Das Leben hier hatte eine Menge zu bieten. Man lernte Menschen richtig kennen. Und die Chance, sie wirklich zu verstehen, war reizvoll. Obendrein war Eves geliebter Rauhaardackel von dem Umzug begeistert gewesen. Ohne Leine über den Strand zu flitzen war doch sehr viel verlockender, als Tag für Tag dieselben Laternenpfähle in der Kilburn High Road zu beschnüffeln.

Viv bediente, als Eve ins Café kam. Nachdem sie ihre Jacke im Büro gleich neben der Küche aufgehängt hatte, ging Eve zu ihrer Freundin hinter den Tresen.

»Wie läuft es mit deiner toten Dichterin?«, fragte Viv.

»Faszinierend. Ich bin fast fertig, und es wird mir leidtun, sie hinter mir zu lassen. Anscheinend hat sie jeden Morgen eine Stunde lang nackt bei offenen Fenstern gesessen, um wieder eins mit der Welt zu werden.«

Viv schüttelte sich. »Da verlasse ich mich lieber auf eine Tasse Darjeeling, aber jedem das Seine.«

Eben waren zwei Frauen mittleren Alters gekommen und hatten sich an einen der Fenstertische gesetzt. Die Frühlingssonne fiel herein und brachte das narzissengelbe Tischtuch zum Leuchten, das zu Vivs Haarfarbe in dieser Saison passte. Der Tisch war bereits mit funkelndem Silber sowie einem mit lila Schleifen geschmückten Marmeladenglas gedeckt, in dem ein Strauß Christrosen stand.

Eve erkannte die Neuankömmlinge: eine Frau um die sechzig mit grau meliertem Haar. Sie war schon im *Monty's* gewesen, und obwohl sie stets nett und höflich war, wirkte sie gemeinhin recht zugeknöpft, als hätte das Leben einen hohen Preis von ihr gefordert und als versuchte sie, sich mit einem Panzer gegen weiteren Kummer zu schützen.

Heute war es anders. Lächelnd zog sie den Mantel aus, hängte ihn über die Stuhllehne und entspannte sich – die Schultern gesenkt und die Brust vorgestreckt, als holte sie tief Luft. Eve musste an eine Blume denken, die ihre Blüte zur Sonne hin öffnete. Gleich darauf sagte ihre Begleiterin etwas, woraufhin sie sich vorneigte und strahlend und munter antwortete.

»Das ist Betty Foley«, flüsterte Viv, die Eves Blick gefolgt war. »Sie wohnt im Apple Tree Cottage, unten im Wald. Wie schön, sie so glücklich zu sehen! Ich frage mich, was los ist.« Einen Moment später wich ihre nachdenkliche Miene blanker Panik. »Oh nein … die Scones!« Sie verschwand in der Küche.

Eve ging, um die Bestellung von Mrs. Foley aufzunehmen. Und die gönnte sich heute richtig etwas, wobei die Auswahl im *Monty's* ohnehin schon sehr nach Verwöhnprogramm klang. Wenig später trug Eve eine Sammlung von geschmackvoll gemischtem Geschirr zu ihrem Tisch. Es war das Markenzeichen des Cafés, genau wie die bunten Tischdecken und die je nach Jahreszeit gewählten Wildblumen. Als sie sich den beiden Frauen näherte, konnte Eve einiges von ihrer Unterhaltung aufschnappen.

»Dann bleibt Ashton diesmal länger hier?«, fragte die Freundin Mrs. Foley und lehnte sich zurück, damit Eve das Geschirr abstellen konnte.

Betty Foley nickte. Ihre Augen leuchteten. »Ja, genau. Vier oder fünf Wochen *mindestens*, hat er gesagt. Die Arbeit ist ziemlich kompliziert – eine Menge Planen und Entwerfen, und dann kommt das eigentliche ›Ansiedeln‹ der Pflanzen. So hat er es genannt.«

»Ich kann kaum glauben, dass er für einen Popstar arbeitet! Andererseits schätze ich mal, dass er dieser Tage selbst eine Berühmtheit ist.«

Betty wurde rot, während Eve die Gedecke hinstellte. »Ja, das stimmt, ist er wirklich. Die Firma ist jetzt enorm erfolgreich, und sie haben für Schauspieler, Models und sogar schon entfernte Mitglieder der königlichen Familie gearbeitet.«

»Wow!«, sagte die Freundin mit einem bewundernden Seufzer.

Eve zog sich zurück, um die Etagere zu holen, die mit winzigen Gurken-Sandwiches, Blondies mit Aprikosen und weißer Schokolade, Schokotrüffel-Cupcakes und Zitronen-Shortbread beladen war. Als sie wieder an den Tisch kam, ging es immer noch um diesen Ashton.

»Die Leute scheinen mehr Pflanzen in ihrem Zuhause sehr wohltuend zu finden«, bemerkte Betty. »Und wir reden hier nicht von den Topfpflanzen, wie wir sie zu Hause haben. Ashtons Firma stellt Bäume auf und arrangiert Rankgewächse.« Sie machte eine kurze Pause, ehe sie rasch ergänzte: »Jeder, der etwas auf sich hält, bucht ihn. Sie haben eine Warteliste von über einem Jahr!«

Ihre Freundin machte große Augen, als sie die Etagere sah. »Du meine Güte, was für ein Schmaus!« Sie lächelte Eve zu und wandte sich wieder an Betty. »Aber ich verstehe, warum du feiern möchtest. Du musst so stolz sein.«

»Bin ich.« Abermals wurde Betty rot. »Und ich kann es noch gar nicht richtig fassen. Mir kommt es wie gestern vor, dass er in der Schule war.« Nur eine Sekunde lang schien ein Schatten über ihre Züge zu huschen, dann strahlte sie wieder.

Ashton musste ihr Sohn sein. Eve erkannte, dass Betty praktisch vor Freude platzte, es ihr allerdings auch widerstrebte zu prahlen. Offensichtlich machte es sie ein wenig verlegen, ihr Glück mit anderen zu teilen. Und für einen Moment war Eve geradezu gerührt von dieser Frau. Sie kannte dieses Gefühl der Freude: Wenn ihre eigenen Zwillinge gute Neuigkeiten hatten, schwebte sie auch über den Dingen und war mächtig stolz.

»Kein Wunder, dass er nicht oft nach Hause kommen kann«, erwiderte die Freundin. »Er muss unglaublich viel zu tun haben.«

Kurz bevor Eve sich wieder umdrehte, um in die Küche zu gehen, bemerkte sie ein winziges Aufflackern von Kummer in Bettys Augen, das aber gleich wieder verschwand. »Ja, stimmt, er hat überhaupt nie Zeit, der Arme. Es wird so schön sein, ihn endlich mal für eine Weile hierzuhaben.«

Eve holte zwei Kannen Assam-Tee. Als sie die, zusammen mit Milch und Zucker, zum Tisch brachte, sprach gerade Bettys Freundin.

»… sehr teuer, nehme ich an?«

»Oh ja«, antwortete Betty. »Nichts für Leute wie uns!« Sie kicherte kopfschüttelnd.

»Tja, sag mir bitte Bescheid, wenn er da ist. Ich möchte ihn kennenlernen!«, erklärte die Freundin.

Betty nickte und errötete noch mehr, als sie die Hände an ihre Brust hielt. »Das mache ich.«

Wenig später stand Eve mit Viv hinter dem Tresen. »Waren die Scones okay?«

»Perfekt.« Viv hielt nichts von falscher Bescheidenheit, was Eve gefiel. »Und, was hat Betty für Neuigkeiten?«, wollte sie leise wissen.

»Wie es sich anhört, kommt ihr Sohn zurück nach Saxford, weil er einen Auftrag von Billy Tozer hat.« Selbstverständlich gab es nur einen einzigen Popstar im Dorf. Der Rapper war in ein von einem Architekten entworfenes Luxushaus nahe dem Strand gezogen.

»Mrs. Foley kann es nicht erwarten, ihn zu sehen, so viel steht fest. Sie ist nett, nicht wahr?«

Viv nickte und verschränkte die Arme vor der Brust. Ihre Miene verfinsterte sich. »Sie ist ein Schatz.«

»Und was soll der grimmige Blick?«

Viv schaute zu Betty Foley und anschließend auf ihre Uhr. »Wie wäre es mit einem Glas Wein, wenn wir fertig sind? Dann kläre ich dich auf.«

Bis Eve und Viv die letzten Kunden im *Monty's* verabschiedet hatten, die Tische für den morgigen Tag vorbereitet und die Küche geputzt hatten, war es spät genug für einen Drink vor dem Abendessen.

Die Sonne stand tief am Himmel, und der Wind hatte aufgefrischt. »Was hältst du von einem Glas Roten, um die Kälte zu vertreiben?«, fragte Eve. »Ich habe eine Flasche Cabernet Sauvignon zu Hause in Elizabeths Cottage.«

»Hervorragend«, antwortete Viv.

Sie gingen um den Dorfanger herum zu Eves Straße, der Haunted Lane. Vorn an der Abbiegung stand eine majestätische Eiche, deren Stamm komplett von Efeu berankt war, und auf der anderen Straßenseite wuchs eine dichte Weißdornhecke. Neben Eves Cottage gab es hier nur noch ein anderes. Dahinter ging die winzige Straße in einen Pfad über, der gen Marschland und Flussmündung führte. Über Viv und Eve segelte ein großer weißer Reiher hinweg.

Die üppige Natur um ihr neues Zuhause herum raubte Eve immer noch den Atem, und sich ihr so nahe zu fühlen erdete sie. Dabei hatte die Haunted Lane eine turbulente Geschichte.

Elizabeth, die Heldin des Dorfes, hatte in den 1720er-Jahren in Eves Cottage gelebt. Dort hatte sie einen jungen Diener aus der Gegend versteckt gehalten, um ihn vor dem Galgen zu retten, nachdem er für seine hungernden Geschwister einen Laib Brot gestohlen hatte. Am Ende war er entkommen, doch es war knapp gewesen. Und die Straße hieß so, weil man hier angeblich bisweilen nachts trampelnde Schritte hörte: der Nachhall der Männer, die nach dem Jungen gesucht hatten. Vernahm man die Schritte, war es angeblich ein böses Omen.

Eve dachte oft an die Geschichte, wenn sie nach Hause

ging, und jetzt, da der Himmel sich verdunkelte und der Wind zunahm, bewirkte es, dass sie fröstelte.

»Gehen wir rein und zünden im Kamin ein schönes Feuer an«, sagte sie und öffnete die Pforte in ihrer dichten Ligusterhecke. Sie konnte Gus schon hören, der im Cottage von drinnen gegen die Haustür sprang. Ihr Rauhaardackel würde im siebten Himmel sein, wenn er sah, dass Viv sie begleitete.

Sie staksten um den aufgeregten Hund herum, um schnell die Tür zu schließen und die Kälte auszusperren, bevor sie sich bückten und ihm den Bauch kraulten. Er hatte sich wie üblich direkt auf den Rücken geworfen und sah sie wie schwindlig vor Glück an.

»Er ist so viel dankbarer als meine Katzen«, bemerkte Viv. »Von denen bekomme ich nur schnöde Missachtung. Man glaubt fast, sie füttern mich und nicht umgekehrt.«

Eve hatte bereits Scheite und Anmachholz in dem Eckkamin aufgestapelt. Viv hatte ihr beigebracht, wie man es machte, denn sie war in Elizabeths Cottage aufgewachsen; das Häuschen hatte Vivs Eltern gehört, bevor Eve eingezogen war. Sie hielt ein brennendes Streichholz an die Kaminanzünder aus Holzspänen, die sie unter das Anmachholz gelegt hatte.

»Nicht schlecht!«, lobte Viv und trat zum Kamin, um sich zu wärmen.

An einem kühlen Abend ging nichts über ein Zimmer mit dicken Wänden und einer tiefen Balkendecke, in dem es nach Holzrauch roch.

»Ich hole den Wein.«

Gus trottete Eve nach, weil er wusste, dass es für ihn auch Abendessen geben würde.

Nachdem er versorgt war, goss Eve zwei Gläser Rotwein ein und schüttete einige Cashew-Nüsse in eine blau lasierte, handgetöpferte Schale. Dann richtete sie alles auf einem

Tablett an und trug es ins Wohnzimmer, wo sie es auf den Couchtisch stellte. Viv und sie setzten sich an dem Tisch auf den beiden identischen Sofas gegenüber, die Eve angeschafft hatte – nahe am warmen Kamin.

»Also«, sagte Eve, »was hat dich vorhin im Café so gestört?«

Viv seufzte. »Anscheinend macht Betty sich große Hoffnungen, was Ashtons Besuch angeht, und ich möchte nicht, dass sie enttäuscht wird.«

Eve nahm sich eine Nuss. »Hältst du es für wahrscheinlich?«

Viv zuckte mit den Schultern. »Er ist jünger als ich, also kannte ich ihn eigentlich nicht, als er noch im Dorf gewohnt hat. Aber seitdem war er kurz mal zurück, und der Klatsch ist recht eindeutig, auch wenn ich ihn nur aus einer Quelle habe …«

»Moira?« Die Besitzerin des Dorfladens war Expertin darin, jedem Informationen zu entlocken, das Gehörte sodann zu dramatisieren und entsprechend ausgemalt weiterzugeben.

Viv nickte und rückte näher ans Feuer. »Natürlich weiß ich, dass sie sich besonders auf die skandalträchtigsten Teile seiner Geschichte fixiert hat. Sie sagt, dass Ashton als Teenager ein richtiger Rabauke war.« Sie winkte ab. »Das heißt natürlich nichts. Meine drei hatten auch ihre Aussetzer.« Ihre Söhne waren inzwischen alle ausgezogen. Ihr Jüngster hatte sich eine Auszeit genommen; er reiste um die Welt, bevor er mit dem Studium anfing. »Aber, so ungewöhnlich es für Moira auch ist, hatte sie tatsächlich einige Fakten zu bieten. Ashton wurde beim Diebstahl erwischt, hatte andere Jugendliche in Schwierigkeiten gebracht und endete schließlich in einer Jugendstrafanstalt, weil er mit Cannabis gedealt hatte.«

Viv schüttelte den Kopf und fuhr fort: »Da steckte eindeutig jemand Älteres dahinter, der ihn benutzt hatte. Aus Ashtons Warte hatte er ja nur ein bisschen Gras gegen Bargeld an seine Freunde verkauft. Ich denke, er hat es gar nicht als Dealen angesehen, doch vermutlich hatte er noch einen Schnitt gemacht, auch wenn er das meiste Geld an seine Lieferanten abgeben musste. Moira jedenfalls war hell entsetzt, versteht sich.« Und diesen Zustand schien die Besitzerin des Dorfladens zu genießen. »Die Strafe fiel damals besonders hart aus, weil Ashton nicht verraten wollte, wer ihn rekrutiert hatte.«

Eve trank einen Schluck von ihrem Wein und beobachtete die Spiegelung der Flammen in ihrem Glas. »Er könnte zu große Angst gehabt haben, ihre Namen preiszugeben.«

Viv nickte. »Sollte man meinen. Aber Moira sagt, dass er eher frech aufgetreten sei, und das muss den Amtsrichter auf die Palme gebracht haben. Angeblich hat Ashton gesagt, er wisse, dass er benutzt wurde, doch Moira meint, er mochte die Polizei so wenig wie seinen Lieferanten und hat deshalb nichts verraten. Er hatte einfach behauptet, dass er keine Ahnung hätte, woher das Gras kam, dass ihn ein Fremder in einer Bar angesprochen hätte, und danach hätte es nur noch anonyme Lieferungen und Übergaben gegeben. Die Person aus der Bar wurde nie gefunden, und jeder hat geglaubt, dass er lügt.«

Vieles von dem Tratsch, den Moira weitergab, musste inzwischen allgemein bekannt sein, nahm Eve an. Sie beschloss jedoch, zu warten und sich eine eigene Meinung zu bilden, so sie denn eine Chance bekäme, Ashton kennenzulernen. Das alles war lange her, und er war damals sehr jung gewesen. Menschen veränderten sich. »Was hat er gemacht, nachdem er aus der Jugendhaft entlassen wurde?«

»Soweit ich mich erinnere, dauerte es nicht lange, bis er nach London gezogen ist. Da hat er angeblich bei einem älteren Freund auf dem Fußboden geschlafen. Er muss ungefähr achtzehn gewesen sein.«

Eve war auch mit achtzehn nach London gezogen – nach ihrer nun sehr waghalsig anmutenden Entscheidung, im Ausland zu studieren. Ihre Mutter war Amerikanerin, ihr Vater Brite. Er hatte sie ermutigt, ihre Flügel auszubreiten. Sie liebte Englands Hauptstadt, auch wenn nichts ihr Zuhause ersetzen konnte. Ihre Eltern an der Pazifikküste zu besuchen fühlte sich immer heilsam an.

»Moira sagt, dass Ashton einen Job als Roadie für ein paar Bands kriegen konnte, und eine von denen hatte es nach ganz oben in den Charts geschafft. Und danach hatte er den richtig großen Durchbruch.«

»Und jetzt macht er was? Mrs. Foley und ihre Freundin haben heute über Pflanzen geredet.«

Viv nickte und nahm sich eine Handvoll Cashew-Nüsse. »Er hat eine Firma, die *›Outside In‹* heißt. Noch nie davon gehört? In den großen Zeitschriften ist sie derzeit überall in Hochglanz zu sehen.«

»Der Name kommt mir bekannt vor.« Eve las stets als Erstes die Nachrufe, hielt sich bei den Nachrichten und Rezensionen auch auf dem Laufenden, aber es blieb nicht immer Zeit für den Teil über Immobilien und Wohnen.

»Sein Team und er bringen die Natur in die Häuser, um das Wohlbefinden und die Lebensqualität zu verbessern.« Viv schnaubte. »Ich kann mir nicht vorstellen, wie jemand Tausende von Pfund verplempern kann, um sich das Haus mit launischen Pflanzen vollzustellen, wenn man auch für wenige Pfund im *Monty's* super Kuchen essen und mit Freunden plaudern kann. Das ist doch sehr viel lohnender und wohltuender.« Sie hatte es sich zur Aufgabe gemacht, das Dorf mit Trostessen zu versorgen – an einem Ort, an dem alle innehalten, sich entspannen und Bilanz ziehen konnten.

Eve hatte das Gefühl, dass sich Viv mehr an Ashtons Pflanzenobsession störte als an seiner verkorksten Jugend. Und wieder einmal beschloss sie, sich nicht gleich eine Meinung zu bilden. Sie mochte Pflanzen, doch die Idee, jemand anders entscheiden zu lassen, wo sie welche Topfpflanze hinstellte, jagte ihr Schauer über den Rücken. Nach Jahren, in denen sie mit ihrem despotischen, allwissenden Ex-Mann Ian darüber hatte verhandeln müssen, wie sie ihren Wohnraum gestaltete, schätzte sie ihre Autonomie über alles. Ruhe war ausschlaggebend, was ihre Umgebung betraf, und die Kontrolle zu verlieren war alles andere als beruhigend.

»Die Firma wird sich über den Auftrag von Billy Tozer freuen.« Er hatte eine Menge Geld, und es wäre auch eine gute Werbung. »Ich frage mich, ob Ashton ihn über die Band kennt, für die er damals gearbeitet hat.«

Viv trank von ihrem Wein. »Es geht das Gerücht, dass einer von Ashtons ersten Kunden bei *Outside In* Leute waren, denen er Drogen verkauft hatte – nachdem er verurteilt worden war und nach London gezogen ist. Soweit ich weiß, könnte er das immer noch gemacht haben beziehungsweise machen. Vielleicht hat er Tozer *so* kennengelernt.«

»Denkst du deswegen, dass er Betty Probleme bereiten könnte?«

Bei Vivs Nicken reflektierte ihr gelbes Haar auf interessante Weise den Feuerschein. »Ich bin mir einfach nicht sicher, wie sehr er sich verändert hat. Er kommt ja kaum ins Dorf, aber das eine Mal, dass ich ihn gesehen habe, hat er mich nervös gemacht. Ich glaube, es wird Schwierigkeiten geben.«

Kapitel 2

Wenige Tage später sah Eve Ashton Foley zum ersten Mal persönlich. Sie saß im *Cross Keys*, ein halb volles Glas Cola vor sich, und hatte eben ein Interview geführt. Der Pub und das Café eigneten sich bestens für ihre Arbeit.

Ein böiger Schauer peitschte gegen die Kassettenfenster des Gebäudes aus dem siebzehnten Jahrhundert, und das Wetter hatte zur Folge, dass es an diesem Abend im März früh dunkel wurde. Für einen Moment blickte Eve nach draußen. Den Dorfanger konnte sie im Dämmerlicht kaum noch ausmachen, wodurch sich das Innere des Pubs noch behaglicher und wärmer anfühlte. Links von Eve brannten große Scheite in dem uralten, rußgeschwärzten Kamin. Flammen züngelten an den Steinen der Rückwand hinauf.

Jo Falconer, die Chefköchin, brachte eben die ersten Abendessen an die Tische. Da war ein herausforderndes Funkeln in ihren Augen, als sie die Teller hinstellte, das sofort einem gnädigen Lächeln wich, denn die Empfänger schwärmten von dem fantastischen Duft. Gus, der unter dem Tisch gelegen hatte, presste sich an Eves Bein, als Jo vorüberging. Auch Hetty, der Schnauzer des Pubs, saß ängstlich-aufmerksam drüben an der Bar.

Beide Hunde entspannten sich, kaum dass Jo wieder hinten war. Einer der Gäste sagte etwas, und Matt Falconer, Jos

Mann, lachte schallend. Die Stille, die für einen Moment eingetreten war, endete. Das Paar betrieb den Pub gemeinsam mit Matts Bruder Toby, doch Jo hatte ein klein wenig mehr zu sagen als die anderen.

Gus kam unter dem Tisch hervor und sah Eve mit seinen braunen Augen flehend an. Sie blickte zu Toby Falconer, Hettys Besitzer, und er nickte ihr lächelnd zu.

»Na, dann geh«, sagte Eve zu dem Dackel. »Du darfst deiner Freundin Hallo sagen.« Sie hatte ihn bremsen müssen, solange sie ihr Interview führte – es wäre zu unprofessionell gewesen. »Aber es wird nicht zu wild gespielt! Und leise, Gus. Leise!« Mittlerweile kannte er die Regeln. Wenn sich der Pub füllte, war richtiges Toben verboten.

Eve beschloss, noch auf einen Drink zu bleiben, damit Gus seinen Spaß haben und sie ihre Notizen zu Ende schreiben konnte. Sie fände ohnehin keine Ruhe, ehe sie nicht alles notiert hatte. Also bestellte sie sich ein Glas Wein und nahm es mit an ihren Tisch.

Sie schrieb noch Einzelheiten und Ideen für den Auftakt ihres Textes auf, als die Pubtür geöffnet wurde und ein hochgewachsener Mann mit schulterlangem, schwarz gefärbtem Haar hereinkam. Er trug einen knielangen schwarzen Ledermantel und Bikerstiefel mit großen Silberschnallen. Übertrieben dramatisch hielt er die Tür weit auf, sodass kalter Wind und Regen hereinwehten, und einen Augenblick später trat Betty Foley ein. Ihr folgte ein Mann, der wie sie in den Sechzigern sein musste, mit spitzen Zügen und strohigen grauen Haaren.

Betty lachte und wurde rot. »Ashton! Du machst eine Szene.«

»Es ist ja wohl nicht verkehrt, meine Mutter wie eine königliche Hoheit zu behandeln!« Er verneigte sich bühnenreif.

Ashton ließ die Tür los, bevor der ältere Mann ganz hindurch war, sodass er sie mit einer Hand abfangen musste. Der Mann schaute sich nach links und rechts um, doch außer Eve schien niemand hinzusehen, und sie senkte rasch den Blick, bevor er sie ertappte. Trotzdem beobachtete sie die drei verstohlen weiter, während sie ihren Wein trank. Sie saß seitlich von der Bar, wo die drei nun standen.

»Ich mache das.« Der ältere Mann lehnte sich neben Betty über den Tresen, hatte aber keine Brieftasche hervorgeholt. Er klang angespannt, und seine Wangen waren gerötet.

Betty legte ihm eine Hand auf den Arm und sah ihn freundlich an.

»Nein, das geht unbedingt auf mich.« Ashtons Stimme übertönte alle anderen Geräusche im Pub. »Es kommt ja nicht oft vor, dass ich dich verwöhnen kann, Ma!« Er hatte eine schwarz-goldene Kreditkarte in der Hand.

Der ältere Mann öffnete den Mund und schloss ihn wieder. Er war so groß wie Ashton, wirkte aber seltsam eingefallen, was ihn irgendwie kleiner erscheinen ließ.

»Was möchtest du gern?« Ashton legte einen Arm um seine Mutter. »Ich weiß, dass du immer Gin Tonic gemocht hast. Wie wäre es mit einem mit Orange?«

Zufällig wusste Eve, dass es einer der teuersten Drinks im Pub war. Sie war selbst ein Gin-Fan und hatte sich nach ihrem Umzug hierher mit so einem verwöhnt.

»Na, wenn du meinst.« Betty klang kurzatmig.

Ashton drehte sich um, sodass Eve nun seine blitzenden braunen Augen sehen konnte. »Natürlich meine ich.«

Wenig später hatten Gus und Hetty genug gespielt, und der Dackel tapste zurück durch den Schankraum. Ashton bemerkte ihn von seinem Platz an dem Tisch aus, an dem er mit seiner Mutter und ihrem Begleiter saß.

»Was für ein niedlicher Hund!« Er bückte sich und streichelte Gus, der jederzeit für ein wenig Nacken- oder Bauchkraulen zu haben war. Dann beobachtete er, wie der Rauhaardackel zu seinem Platz ging, und schließlich sah Ashton Foley Eve direkt an. Sein Blick und sein Lächeln machten Eve seltsam verlegen. Sie schätzte, dass er Anfang dreißig war; sie war neunundvierzig, doch seinem Gesichtsausdruck nach zu urteilen, ließ er sich von dem Altersunterschied offensichtlich nicht beeindrucken.

Eve merkte, wie sie errötete, und beugte sich ziemlich steif zu Gus hinunter. Danach beschäftigte sie sich wieder mit ihren Notizen, riskierte jedoch hin und wieder einen Blick.

Ashton und der Begleiter seiner Mutter tranken Bier, während sie redeten. Dies also war der Besitzer von *Outside In*. Seine Körpersprache war ausladend, als er sich auf seinem Stuhl zurücklehnte, die Arme weit ausgebreitet. Er erzählte den beiden anderen von einem früheren Kunden, dem Besitzer einer Ladenkette, der in London lebte. Eve konnte Fetzen der Unterhaltung verstehen.

»Der Typ hatte zwei Zimmer nur für seine Klamotten. Der muss sich alles ansehen, was neu in die Läden kommt, und dann kann er nicht widerstehen. Und ich kann euch sagen, ich habe einige sehr schräge Sachen in seinem Schlafzimmer gesehen, als ich da alles ausgemessen habe!«

»Ach ja?« Betty Foley lachte.

Ihr ernster Begleiter sprach nicht viel, doch als sie nervös zu ihm schaute, straffte er sich. »Wie lange dauert es normalerweise, so einen Auftrag zu planen?«, fragte er nach einer Weile.

Betty lächelte, und Eve sah, dass sie unter dem Tisch die Hand des älteren Mannes drückte.

Das Gespräch ging weiter, und Eve widmete sich ihrer Arbeit. Es gab noch einige freie Tische, also nahm sie niemandem den Platz weg. Aber sie hatte ihren Wein beinahe ausgetrunken, und es wurde Zeit, nach Hause zu gehen. Gus hatte schon gefressen, bevor sie hergekommen waren, doch Eve musste noch etwas für sich kochen.

Sie nahm ihre Tasche auf und packte zusammen, als sie Betty hörte.

»Und rate mal, was ich heute für dich zubereitet habe! Gulasch-Bier-Pastete mit einer fluffigen Haube.« Ihr Lächeln wurde unsicher, als sie ihren Sohn betrachtete. »Ist die Pastete noch dein Lieblingsgericht?«

Ashton beugte sich über den Tisch und drückte ihre Schulter. »Von dir gekocht? Immer doch. Aber, Ma, das hättest du mir sagen müssen! Ich kann heute Abend nicht mit dir essen – ich muss einige von der alten Gang treffen.« Er lachte. »Du weißt ja, wie das ist! So viele Leute, die ich sehen will, und so wenig Zeit. Schließlich werde ich tagsüber sehr beschäftigt sein. Tozers Haus ist riesig, und er will das volle Programm.«

Eve sah, wie Bettys Gesichtszüge für einen Moment entgleisten, doch sie rang sich gleich wieder ein Lächeln ab und faltete die Hände unter dem Tisch. »Natürlich. Ich hätte dich fragen sollen. Es war unbedacht von mir, dir nichts von meinen Kochplänen zu erzählen.«

Eve kannte diese Reaktion. Die Schuld zu übernehmen war leichter, als zuzugeben, dass man schlecht behandelt wurde. Sie hatte es schon bei Menschen erlebt, die sie befragt hatte, und erkannte es so leicht, weil sie sich auch selbst so verhalten hatte. Jahrelang hatte sie Entschuldigungen für Ians Verhalten gefunden. Erst als er endlich gegangen war, hatte sie ihre Sicht geändert, und am Ende war es befreiend gewesen.

»Sei nicht albern!« Ashton blickte auf seine Uhr. Er war halb aufgestanden, hatte sein Bier ausgetrunken und einen Arm in seinen Ledermantel gesteckt. »*Ich* hätte *dich* fragen sollen. Aber jetzt muss ich mich beeilen.« Er zog den Mantel richtig an. »Weißt du was? Wenn später noch was von der Pastete übrig ist, wärme ich es mir als Mitternachtssnack auf!« Er bückte sich und umarmte seine Mutter. »Das wäre wunderbar!«

Seine Worte linderten den Schmerz ein bisschen, wie Eve an Bettys Lächeln sah, das nach und nach natürlicher wurde. Doch ihre Schultern und die Augen verrieten immer noch ihre Gefühle. Eve hatte Mitleid mit ihr. Man könnte behaupten, dass es ein Kommunikationsfehler gewesen war, doch Ashton hätte einfühlsamer sein können. Eves Kinder würden sich nicht so benehmen.

»Dann sehen wir uns morgen. Ich verspreche auch, dass ich leise bin, wenn ich nach Hause komme!« Er grinste ihr zu und rauschte aus dem Pub.

Seine Mutter und ihr Begleiter folgten ihm, und Eve war nun ebenfalls bereit zu gehen, sodass Gus und sie direkt hinter ihnen waren. Draußen setzte Eve die Kapuze ihres gelben Regenmantels auf – die Antwort einer Modehaus-Verkäuferin auf die Frage, was eine ehemalige Städterin wie sie an der Küste tragen sollte. Der Regen war inzwischen zu einem feinen Nieseln geworden, das in der Luft schwebte.

Während Eve Gus die Leine anlegte, bog Betty vor dem Pub nach links, und ihr Gefährte folgte ihr. Er beeilte sich, einen Regenschirm aufzuspannen, um Betty Foley vor der Nässe zu schützen, und legte einen Arm um ihre Taille. Als er versuchte, sie näher an sich zu ziehen, drehte sie sich halb weg, um ihrem Sohn ein letztes Mal zu winken.

Ashton erwiderte den Gruß, und Eve war froh, dass er es bemerkt und reagiert hatte, um Bettys willen. Sie vermutete, dass der ältere Mann mit ihr die Pastete essen würde, die sie vorbereitet hatte. Es war gut, dass sie Gesellschaft hatte. Eve fragte sich, ob der Mann mit Betty zusammenlebte. Im *Monty's* hatte sie ihn noch nie gesehen.

Wie es aussah, ging Ashton in die Richtung ihres Hauses. Kurz schaute er sich über die Schulter zu ihr um, und nachdem sich ihre Blicke zufällig begegnet waren, entschied Eve, ihm Vorsprung zu lassen. Nach Small Talk stand ihr jetzt nicht der Sinn. Zwar war sie stets neugierig auf Leute, aber seinem Ego wollte sie nicht schmeicheln. Sie gab vor, nach Nachrichten auf ihrem Handy zu sehen, und beugte sich vor, um das Display vor dem Regen abzuschirmen. Gus missfiel die Verzögerung, und er zog an der Leine, wobei er immer wieder vorwurfsvoll zu ihr blickte.

Sie lockerte die Ausziehleine, sobald Ashton ein gutes Stück voraus war, und ging das kurze Stück die Love Lane hinauf zu ihrer Straße. Der vom Regen durchgeweichte Dorfanger links von ihr war verlassen, doch auf drei seiner vier Seiten – der Love Lane und zwei anderen – wurde er von reet- und schiefergedeckten Cottages mit hell erleuchteten Fenstern gerahmt. Sie wirkten geduckt, als hätten sie sich im Regenwetter klein gemacht. Die einzigen dunklen Gebäude waren der Dorfladen und *Monty's Café*, die beide geschlossen hatten. Auf der vierten Seite der großen Grünfläche ragte die Kirche St. Peter's hoch in den dunkelblauen Himmel auf.

Weiter vorn, auf dem Weg, der zu Eves Zuhause führte, bog Ashton ab, öffnete die niedrige Holzpforte zu einem der Häuser am Anger und klopfte an die Haustür. Durch ein Fenster konnte Eve eine Tischlampe und gelb gestrichene Wände sehen.

Einen Moment später öffnete eine Frau mit schimmernden kastanienbraunen Locken. »Ashton!«

Er packte sie bei der Taille und zog sie dicht an sich. Eve rechnete damit, dass er sie auf den Mund küssen würde, doch stattdessen küsste er sie auf beide Wangen.

Sie lachte. »Du bist so gemein! Was machst du denn?«

»Ich bin wegen ernster geschäftlicher Angelegenheiten hier!« Er stockte kurz. »Und nicht nur drüben bei Tozer.« Seine Stimme hatte plötzlich einen ernsten Klang angenommen, doch eine Sekunde später lachte er wieder, als müsste er sich von dem Gedanken befreien, der ihm gekommen war. »Also gönn mir ein wenig Spaß! Wir treffen uns alle bei Sue, und deine Anwesenheit wird verlangt!«

Nun war Eve nur noch wenige Schritte von ihnen entfernt. Die Frau wurde von der Lampe über der Haustür angeleuchtet. Ihre braunen Augen blitzten, auch wenn sie sich sichtlich ein wenig zurückhielt. »Nun, ich denke irgendwie nicht, dass Dave besonders froh sein wird.«

»Dave ist herzlich eingeladen mitzukommen. Wie kannst du daran zweifeln?« Ashton stand mit dem Rücken zu Eve, die allerdings hörte, dass es verwegen und amüsiert klang.

Die Frau neigte den Kopf zur Seite. »Ja, klar – ich weiß nicht, ob ihn das überzeugt. Letztes Mal schien seine Anwesenheit deinen Eifer kaum zu dämpfen.«

»Das war in London. Ich bin so viel zahmer, wenn ich zu Hause auf dem Lande bin. Andererseits« – er trat einen Schritt auf sie zu – »bin ich auch nur ein Mensch, also kann ich nichts versprechen! Was jetzt, kommst du? Es wird eine tolle Party, und du kannst aufhören, so keusch zu sein. Ein kleines Vögelchen hat mir gezwitschert, dass Dave gar nicht zu Hause ist.«

Die Frau seufzte, und ein Lächeln breitete sich langsam auf ihrem Gesicht aus. »Ach, hat es das, ja? Es war gut informiert. Na schön – lass mich nur eine Flasche holen!«

Demnach sind es nicht nur die Gefühle seiner Mutter, um die Ashton sich nicht schert, dachte Eve, als sie ihren Heimweg fortsetzte. Was für Geschichten würde Dave bei seiner Rückkehr hören? Das winzige Cottage des Paares wirkte so anheimelnd und gemütlich im abnehmenden Licht. Vielleicht täuschte es, und möglicherweise war das Paar nicht glücklich, aber Ashtons gefährliche Anwesenheit könnte alles schlimmer machen. Eve ahnte, dass er im Begriff stand, das sorgsam hergerichtete Heim der beiden in Schutt und Asche zu legen.

Kapitel 3

In den darauffolgenden Tagen sah Eve Ashton Foley mehrmals im Dorf, doch noch viel häufiger hörte sie andere über ihn reden.

»Angeblich war er bis vier Uhr morgens da! Der Mittelpunkt der Party. Ich weiß nicht, wie er das anstellt, wenn er so früh wieder zum Arbeiten bei Billy Tozer ist.«

»Wie es wohl drinnen aussieht? Kannst du dir das vorstellen?«

»… Ich überlege, ihn zu unserer Party nächste Woche einzuladen. Harry ist nicht wild darauf, doch wie es sich anhört, verpasse ich einiges!«

»… Ich weiß nicht, ob seine Managerin einverstanden ist. Die Blicke, die sie ihm zugeworfen hat, waren tödlich.«

Aber Eve hatte ihn auch mit seiner Mutter am Strand gesehen. Eines Morgens am Wochenende, als sie Gus dort ausgeführt hatte, waren die beiden gemeinsam über den von Kies durchwirkten Sand gegangen. Die Sonne hatte das Meer hinter ihnen glitzern lassen. Ashton hatte den Kopf zu seiner Mutter geneigt und anscheinend auch zugehört, nicht nur selbst geredet. Betty hatte einen Mantel getragen, der neu aussah – gut geschnitten und aus Wolle, wenn auch ein wenig zu groß. Er wirkte nicht wie ihr üblicher Stil, und Eve wäre jede Wette eingegangen, dass Ashton ihn ihr aus London mitgebracht hatte. Bettys Wangen waren rosig überhaucht gewesen, und obwohl es an der klaren Seeluft liegen könnte, glaubte Eve nicht, dass die der einzige Grund war.

Ungefähr zehn Tage nach Ashtons Ankunft kam Betty Foley wieder ins *Monty's*. Bei ihr war der Mann, der sie und Ashton an jenem ersten Abend in den Pub begleitet hatte. Eve fiel auf, dass ihre Schultern angespannt waren. Dunkle Schatten lagen unter ihren Augen. Der Mann hatte abermals den Arm um sie gelegt, und diesmal drehte sie sich nicht weg.

Angie, eine von Vivs studentischen Aushilfen, führte die beiden an einen Tisch.

Eve beobachtete sie aus der Kunsthandwerksecke heraus, die Viv vor einigen Jahren eingerichtet hatte. Sie und ihre Freundin gestalteten die Auslage neu, und Eve würde alles fotografieren, wenn sie fertig waren. Viv hatte eine sehr kreative Ader, derentwegen das Café originell und einladend aussah; für Organisatorisches hingegen fehlte ihr jedes Talent.

Eve hatte ein System entwickelt, zu dem gehörte, dass sie regelmäßig Fotos von der Auslage machte. So sahen sie, was verkauft wurde und welche Kunsthandwerker bezahlt werden mussten, selbst wenn Viv vergessen hatte, es aufzuschreiben. Langfristig wollte Eve ihre Freundin dazu bringen, in einem Notizbuch die Codes einzutragen, die Eve an jedes Teil klebte. (»Es sind nur drei Lettern, Viv …«)

Es war ein aussichtsloser Kampf. Viv hatte sie wegen ihres Organisationsgeschicks eingestellt, also musste Eve streng sein; sonst wäre es sinnlos. Außerdem sehnte sie sich danach, Ordnung in den Laden zu bringen, weil es ihr eine persönliche Befriedigung wäre.

Sie hielt einen wunderschönen, kupfergrünen Keramikkrug in der Hand, eine Arbeit von Daphne, ihrer Nachbarin aus der Haunted Lane. Eve stellte ihn auf einen Buchenholzständer und ging hinüber zu Viv. »Ist mit Betty alles in Ordnung?«

Ihre Freundin seufzte. »Nicht besonders. Ist sie hier?« Sie spähte um die Ecke ins Café und wandte sich wieder zu Eve um. »Ihre Tante hatte einen Schlaganfall, habe ich gestern erst gehört. Sie hat Betty aufgezogen, seit sie sieben oder so war.« Sie hob die Hände an die Wangen. »Du kannst dir sicher denken, wie es ihr geht. Sie rechnen nicht damit, dass sie überlebt, und zu allem Unglück ist sie vor zehn Jahren nach Neuseeland ausgewandert. Sie lebt in Auckland. Schwieriger könnte die Lage rein geografisch gar nicht sein.«

»Oh, nein, die arme Betty!«

»Sie hat einen Last-Minute-Flug bekommen und fliegt noch heute. Und sie ist völlig aufgelöst – hauptsächlich wegen ihrer Tante, versteht sich, doch sie verpasst auch den Rest von Ashtons Aufenthalt hier.«

»Wer ist der Mann bei ihr?« Während sie hinsahen, legte er eine Hand auf Bettys Arm, tätschelte ihn und neigte sich zu ihr.

»Howard Green. Das mit ihnen beiden geht schon ewig. Betty ist jung verwitwet, und die zwei sind sich nähergekommen, als Ashton noch ein Teenager war.« Viv biss sich auf die Unterlippe. »Ich weiß nichts Genaueres, aber er und Ashton haben sich nie verstanden. Doch ich habe sie zusammen gesehen, seit Ashton wieder hier ist. Ich vermute, Howard strengt sich Betty zuliebe sehr an. Früher jedenfalls sind zwischen ihm und Ashton die Fetzen geflogen. Ich könnte mir denken, dass Howard und Betty deshalb nie zusammengezogen sind. Sie würde es als Verrat an ihrem Sohn auffassen. Sie sehen sich oft, aber Howard behält sein Haus in der Dark Lane, und Betty wohnt im Apple Tree Cottage.«

»Obwohl Ashton so gut wie nie nach Hause kommt?«

Viv zuckte mit den Schultern. »Es heißt, dass das Verhältnis von Mutter und Sohn sehr eng ist. Und Moira sagt, dass Ashton sie glauben gemacht hat, es wäre Howards anmaßende Haltung gewesen, die ihn damals hat rebellieren lassen. Also fühlt Betty sich seitdem schuldig. Howard wiederum ist ein altmodischer Typ und wird sie immer um jeden Preis beschützen wollen.«

Es klang, als säße Betty zwischen den Fronten, würde den Frieden wahren und ihre eigenen Bedürfnisse hintanstellen.

»Howard bringt Betty später nach Stanstead zu ihrem Flieger«, sagte Viv. »Sie muss über Dubai oder so fliegen. Ist die billigste Route. Ich habe sie eingeladen, zu Tee und Kuchen aufs Haus herzukommen, damit sie für die Reise gestärkt ist. Mir hat sie so leidgetan, als ich es gehört habe, und mehr kann ich nicht tun.«

Das *Monty's* wie auch das *Cross Keys* waren für viele Leute im Dorf wie ein zweites Zuhause – wo sie Trost und Stärkung bekamen.

»Das ist eine sehr nette Idee.«

Viv ging durch zu Bettys und Howards Tisch, und Eve folgte ihr, um ihr Mitgefühl auszudrücken. Betty war so aufgewühlt, dass Viv einfaches Shortbread anstelle von ausgefalleneren Kreationen empfahl.

»Das kannst du mitnehmen, wenn du es jetzt nicht essen magst.«

Betty dankte Angie, die eine Kanne Darjeeling brachte, aber sie war eindeutig abgelenkt. Immer wieder sah sie mit feucht glänzenden Augen abwechselnd zum Fenster und auf ihre Uhr. Als sie es zum dritten Mal tat, nahm Howard ihre Hand, und sie blickte stattdessen zu ihm.

Eine Sekunde später bimmelte die altmodische Türglocke, und Betty zuckte zusammen, als Ashton hereingerauscht kam, so aufgedreht wie immer.

Howard musste notgedrungen Bettys Hand loslassen, als

sie aufstand. Und gleich darauf umarmte Ashton seine Mutter.

»Ich bin so froh, dass du gekommen bist«, sagte sie. Zunächst schaute sie zu ihm auf, dann jedoch über ihre Schulter zu Howard.

»Selbstverständlich bin ich! Ich habe extra früh bei Tozer angefangen, damit ich dich jetzt zum Flughafen bringen kann. Der Wagen wartet draußen.«

»Oh!« Betty wurde rot. »Es ist nur so, dass Howard …«

»Weiß ich, aber jetzt kann ich ihm die Mühe ersparen.«

Betty sah nervös zu dem älteren Mann. »Ich …«

Wieder ergriff Howard ihre Hand. »Du weißt, dass ich nur will, was das Beste für dich ist.« Er betonte »ich« ein wenig, wie Eve nicht entging, und stand auf. »Rufst du mich an, wenn du angekommen bist?«

»Natürlich.« Betty klang erleichtert. Sie umarmten einander linkisch, während Ashton an der Tür wartete und mit den Autoschlüsseln klimperte.

Kapitel 4

Am darauffolgenden Donnerstag winkte Ashton Foley Eve während ihrer Nachmittagsschicht zu seinem Tisch hinten im Café. Er saß seiner Managerin gegenüber. Laut Dorftratsch hieß die Frau Marina Shaw und war bei *Outside In* auch seine geschäftsführende Partnerin. Eve war ihr bisher nicht vorgestellt worden, obwohl sie vorhin ihre Bestellung aufgenommen hatte. Der Fairness halber musste sie zugeben, dass sie Ashton abgelenkt hatte, indem sie sich nach seiner Mutter erkundigt hatte. (Betty war gut angekommen, und noch hatte sich der Zustand ihrer Tante nicht verschlechtert. Die Ärzte sagten jedoch, es stünde auf der Kippe.)

Marina und Ashton sahen wie ein klassisches Rockstarpaar aus: sie mit ihren hohen Wangenknochen, der Lederjacke und dem dicken schwarzen Eyeliner; er mit dem schulterlangen rabenschwarzen Haar und der coolen, selbstbewussten Ausstrahlung. Er trug eine schwarze Schnur als Kette, an der eine silberne Kralle hing. Müsste jemand ihre Berufe raten, stünde Gärtnern vermutlich weit unten auf der Liste. Auf der anderen Seite wusste Eve schon längst, dass man nie nach dem Äußeren gehen sollte.

»Was darf ich Ihnen bringen? Möchten Sie noch eine Kanne Tee?« Eve dachte immer noch an die Male, die sie Ashton bisher gesehen hatte – und an seinen wissenden

Blick, als er sie ertappt hatte, wie sie ihn im *Cross Keys* beobachtet hatte.

Marina sah sie unfreundlich an, doch Ashton schenkte ihr ein träges Lächeln.

»Ich wollte Sie nur etwas fragen«, sagte er. »Ein kleines Vögelchen hat mir gezwitschert, dass Sie über Tote schreiben. Wie cool ist das denn?«

So grün seine Arbeit auch war, war er von Kopf bis Fuß in Schwarz gekleidet, einschließlich seiner aggressiv anmutenden Bikerstiefel. Eve hatte das Gefühl, dass eine Nachruf-Autorin seine Goth-Ader ansprach. Er war anscheinend jemand, der makabre Ästhetik mochte.

»Und warum arbeiten Sie nebenbei hier?«, fragte Marina. Nun zuckten ihre Mundwinkel ein klein wenig. Wahrscheinlich erriet sie, dass Eve als Nachruf-Autorin nicht erfolgreich genug war, um sich allein mit Schreiben zu ernähren. Doch Journalismus war dieser Tage ein heikles Geschäft, und es gab nicht viele, die freiberuflich allein davon leben konnten.

»Nö, sie ist bloß wegen der Gratiskuchen hier«, sagte Viv. Eve hatte sie nicht gesehen, doch jetzt lief sie mit einem Tablett vorbei, das mit den köstlichsten Zitronencreme-Törtchen mit essbaren Blüten beladen war. »Und ich habe sie gnadenlos bekniet, bis sie endlich bereit war, mir zu helfen. Sie hat Spezialkräfte, wenn es um Organisation geht.«

Ashton Foley streckte sich in seinem Stuhl zurück und lachte, als er Viv nachblickte. »Coole Haare.«

Das Narzissengelb, das sie für ihr Haar gewählt hatte, ersetzte erst seit Kurzem ihre gewählte Winterfarbe – eine Art Mistelweiß. Eve verstand beim besten Willen nicht, wie Vivs Haare bei dem dauernden Färben derart schimmernd bleiben konnten. Ihr eigener mittelbrauner Kurzhaarschnitt glänzte nie so.

»Haben Sie Viv gekannt, als Sie als Kind hier gewohnt haben?«, erkundigte sie sich.

»Ich erinnere mich ein bisschen an sie.«

Viv musste mindestens fünfzehn Jahre älter als er sein, aber es überraschte Eve nicht. Ihre Freundin vergaß man nicht.

»Ich habe damals auch hier gelebt«, warf Marina ein. Beim Sprechen bewegten sich ihre Lippen fast nicht.

»Das war mir nicht klar.«

»Meine Eltern sind weggezogen.«

Was erklärte, warum sie im Pub abgestiegen war. Ashton wohnte bei seiner Mutter, die wiederum in Neuseeland war. Eve stellte sich vor, dass er es ausnutzte, ihr Cottage für sich zu haben. Er konnte den Hausherrn spielen, und sie hatte das Gefühl, dass Schauspielern seine Stärke war …

Doch während sie es dachte, fiel ihr ein, dass er gesagt hatte, er hätte noch anderes in Saxford zu erledigen – neben dem Auftrag für Billy Tozer. Er hatte behauptet, dass es etwas Ernstes war, als er mit der Frau geredet hatte, bei der Eve ihn gesehen hatte. Worum war es da gegangen?

Eve bemerkte, dass sie sich um andere Kunden kümmern musste. »Kann ich Ihnen beiden sonst noch etwas bringen?«

Ashton lächelte. »Nur die Rechnung, danke. Sie sollten übrigens mal überlegen, über mich zu schreiben. Ich kann eine gute Geschichte erzählen. Zwar bin ich noch nicht tot, doch ich lebe gern gefährlich. Und mir gefällt die Vorstellung, dass jemand wie Sie den Job übernimmt. Das *Icon*-Magazin will etwas über meine Arbeit für Tozer bringen, aber die schicken garantiert bloß einen ihrer eigenen Durchschnittsschreiberlinge. Ich sage denen, dass ich nur interessiert bin, wenn Sie das machen.«

Vielleicht fand er, dass ihre Beteiligung für eine mysteriöse Note sorgen würde. Eine Menge Leute waren auf morbide Art fasziniert von Nachruf-Autoren. Eve kam es verrückt vor. Sie schrieb über das Leben von Menschen: ihre Erfolge, ihre Beziehungen, ihre Höhen und manchmal ihre Tiefen. Daran war nichts Unheimliches. Oft war es lebensbejahend, immer fesselnd.

»Vielleicht sollten Sie einige Arbeiten von mir lesen, bevor Sie das sagen. Außerdem sind Nachrufe mein Fachgebiet. Einen biografischen Artikel über einen lebenden Menschen zu schreiben erfordert andere Fertigkeiten, und ich bin zu alt, um noch zu wechseln.« Was für einen Haufen Unsinn sie da erzählte! Je älter man war, desto größer war das eigene Wissen. Aber sie wollte nicht über Ashton Foley schreiben; er verursachte ihr Unbehagen, und er hatte gewiss auch hohe Erwartungen. Das einzige Problem war, ihn abzulehnen, ohne ihn zu beleidigen.

Sie ging die Rechnung holen, damit die beiden das Café verlassen konnten. Als sie an den Tisch zurückkehrte, stellte sie fest, dass Ashton bereits im Gehen begriffen war. Den fälligen Betrag hatte er auf den Tisch gelegt, zusammen mit einem lachhaft hohen Trinkgeld.

Er war inzwischen schon fast an der Tür, drehte sich allerdings noch einmal um. »Sie sehen für gar nichts zu alt aus.« Sein verwegener Blick war auf Eve gerichtet.

War Marinas Miene vorher schon kühl gewesen, wurde sie jetzt geradezu frostig. Doch Ashtons Bemerkung war reine Schmeichelei. Eve war beinahe alt genug, um seine Mutter zu sein, und sie war gewiss nicht sein Typ – er auch nicht ihrer. Doch innerlich schmunzelte sie. Sie war immun gegen falsche Komplimente. Verbrachte man Jahre damit, Menschen zu studieren, erkannte man, wenn sie einen zu manipulieren versuchten.

»Ich hoffe, Sie denken über meinen Vorschlag nach«, sagte er und verließ das Café. Marina schritt hinter ihm her.

»Seinen *Vorschlag*, ja?«, fragte Viv, die an Eve vorbeilief. »Und was soll das sein? Wird Simon eifersüchtig?«

Simon war Vivs Bruder. Eve war nur fünf Mal mit ihm ausgegangen, und das eine Mal war ein Gedenkkonzert für ein Mordopfer gewesen. Die Geschichte war schnell abgeklungen. Eve verdrehte die Augen. »Ich habe dir gesagt, dass wir nur Freunde sind.« *Seit Januar jedenfalls …* »Er stößt sich immer noch die Hörner ab, und ich bin weit über jenes Stadium hinaus.« Simon war sechs Jahre jünger als Eve, charmant, freundlich und ständig flirtend. Vor Letzterem hatte Viv sie von Anfang an gewarnt, dennoch schien die Freundin nicht gewillt zu sein, den Gedanken an Eve als künftige Schwägerin aufzugeben.

»Es ist nur so schade.« Viv neigte den Kopf zur Seite. »Ich bin mir sicher, dass Simon bereit ist, sich festzulegen. Und er sieht in letzter Zeit so geknickt aus.«

»Du hast eine blühende Fantasie. Jedes Mal, wenn *ich* ihn sehe, wirkt er wie ein Hund, der gerade von der Leine gelassen wurde. Kannst du bitte aufhören, von uns zu reden, als wären wir ein verliebtes Paar?«

Vivs Antwort war ein übertriebenes Schmollen. »Meinetwegen. Aber kommen wir zurück zu Ashtons Vorschlag.«

»Er will, dass ich über ihn schreibe.«

Viv stellte eine Teekanne auf den nächstbesten Tisch und zog Eve zur Seite. »Du klingst nicht entzückt.«

»Über Leute zu schreiben, die widersprechen können, ist nicht mein Metier.«

Sie lachte.

»Nein, im Ernst. Beim Schreiben bin ich immer ehrlich. Es wäre unprofessionell, das nicht zu sein. Aber ich habe das Gefühl, dass Ashton Foley eine sehr klare Vorstellung davon hat, was für einen Mann ich porträtieren soll. Er wird eine Lobeshymne wollen, nichts zu Klares, schätze ich.«

»Du würdest in Billy Tozers Haus kommen«, erwiderte Viv. »Ihn wahrscheinlich kennenlernen.«

Und das war das Problem: Die Neugier nagte bereits an Eve. Stars faszinierten sie nicht, denn das war nicht ihr Stil, doch alle Menschen waren interessant. Mehr über den Rapper zu erfahren, ebenso wie über Ashton Foley und sogar dessen Managerin und Geschäftspartnerin, die recht reizbar zu sein schien, war verlockend. Warum bezahlte ein Mann wie Tozer dafür, sein Haus mit Pflanzen vollstellen zu lassen? Und wie in aller Welt war ein Paar wie Ashton und Marina auf solch eine verrückte Geschäftsidee gekommen?

Viv bedachte Eve mit einem wissenden Blick. »Und du siehst nicht bloß alles, was es da zu sehen gibt. Du kannst wahrscheinlich sogar die Höhe deines Honorars selbst bestimmen. Ashton ist dieser Tage nicht knapp bei Kasse, und er hat reichlich Einfluss. Selbst wenn er dich nicht selbst bezahlt, wird er das Sagen haben.«

Ein anständiges Honorar wäre das Sahnehäubchen …

»Und natürlich«, fuhr Viv fort, »kannst du mir dann all die Insider-Informationen direkt zukommen lassen, bevor du deinen Artikel schreibst.«

»Hm. Hattest du nicht angedeutet, dass er Schwierigkeiten macht, noch ehe ich ihn überhaupt kennengelernt hatte? Du kannst mir nicht vorwerfen, dass ich jetzt zögere.«

»Aber du hältst dich nie an das, was ich sage, sondern bildest dir immer deine eigene Meinung.«

»Ich achte auf konkrete Beweise. Was ich bisher gesehen habe, macht mich vorsichtig.«

Viv stemmte die Hände in die Hüften. »Du bist dauernd vorsichtig.«

»Und es bekommt mir gut.« Obwohl es sie nicht daran gehindert hatte, sich in manch heikle Situation zu begeben.

»Tja, am Samstagnachmittag hast du noch eine Chance, ihn zu beobachten.«

Am Samstag fand die *Outside-In*-Verlosung statt. Nach seiner Ankunft im Dorf hatte Ashton sich bereit erklärt, beim Spendeneintreiben für das Kirchendach zu helfen. Mit seinen Partys und dem extravaganten Verhalten mochte er für einige Unruhe sorgen, aber er polierte sein Ansehen auf andere Weise wieder auf. Bei der Verlosung stellte er die Preise und zog die Gewinner. Er bot drei »Glücklichen« eine *Outside-In*-Beratung mit der Chance, für eine vollständige Neugestaltung ausgewählt zu werden. Die sollte im Rahmen einer neuen Fernsehserie gezeigt werden.

Viv und Eve übernahmen bei der Verlosung das Catering. Eve hatte lieber gespendet, als ein Los zu kaufen. Die Aussicht, Ashton und Marina vorübergehend als Hausgäste zu haben, reizte sie so gar nicht.

Bis Samstag würde sie über Ashtons Bitte nachdenken und sich entscheiden müssen, wenn sie ein bisschen mehr Zeit zum Überlegen gehabt hatte. Ashton scheute sich nicht, seine Wünsche zu äußern, und war es eindeutig gewohnt zu bekommen, was er wollte. Sollte er sie zu sehr drängen, müsste sie ihn schon aus Prinzip abweisen, zumal sie alles an ihm nervös machte. Und dennoch war sie neugierig. Das starke Bedürfnis, mehr zu erfahren, rang mit einem mulmigen Gefühl in Eves Magen.

Beobachte und warte ab – so musste ihr Motto lauten.

Kapitel 5

»Ich habe mich ja schon oft ums Catering gekümmert, aber nie bei einem Event wie diesem hier.« Viv stand an einem Ende des Gemeindesaals von St. Peter's unter einem hohen Bogenfenster und betrachtete die Horden von Einheimischen, die gekommen waren, um Ashton Foley bei der *Outside-In*-Verlosung zu erleben.

Die Tische vor Eve waren mit leuchtend meergrünen Tüchern verhüllt, die aus den Beständen des *Monty's* stammten, und darauf reihten sich Platten mit kleinen Kuchen aneinander. Die Servierteller waren ein bunter Mustermix, wie Viv ihn vorzog. Er gab einem das Gefühl, zum Tee bei Freunden zu sein, und war eines der Dinge, die Eve gleich an ihrem ersten Tag bewundert hatte, als sie das Café aufgesucht hatte. Sie hatte die kreative Person kennenlernen wollen, der es gelungen war, Dinge aufzuspüren, die so gut zusammenpassten.

Leute nahmen sich Essen und steckten Spenden für das Kirchendach in die Sammelschachteln aus alten Teekartons. Eve und Viv gegenüber standen die großen Heißwasserspender der Kirche auf einem langen Klapptisch. Sie sahen aus, als wären sie schon seit Generationen im Einsatz, funktionierten aber immer noch tadellos. Neben ihnen waren mehr Sammelschachteln, Instantkaffee, Teebeutel, Milch und Zucker aufgestellt, zusammen mit Vivs wildem Mischmasch aus Tassen und Untertassen.

Alles wirkte fantastisch vor den cremeweißen Wänden. Und die Sonne half, indem sie Strahlen durchs Fenster warf.

»Was ist an dieser Veranstaltung anders?«, fragte Eve ihre Kollegin.

»Du, du Dummerchen. Sieh uns an. Wir haben null Stress. Na schön, ich habe ein Auge auf Johnny Bates, der sich anscheinend mehr Kuchen stibitzt, als ihm zustehen, wenn seine Mutter nicht hinschaut. Aber insgesamt schwitze ich nicht Blut und Wasser, und mein Herzschlag schießt nicht in die Stratosphäre. Das kommt zum ersten Mal vor. Ich meine, natürlich fehlt mir der Adrenalinrausch, doch es hat auch seine Vorteile. Es ist beinahe, als wäre ich einer der Gäste.«

Eve fühlte ein kleines Glimmen in sich, das sich hoffentlich nicht in einem selbstzufriedenen Gesichtsausdruck äußerte. »Gibst du also zu, dass es eine gute Idee war, anderthalb Stunden früher herzukommen?«

Viv seufzte dramatisch. »Hm, ja, ja. Tut mir leid, dass ich deswegen gemeckert habe. Und bevor du es sagst, du hattest auch recht mit den Zutatenlisten. In dieser Schrift und auf den Karten sehen sie richtig hübsch aus. Also, ein Hoch auf deinen seltsamen Organisationswahn!«

»Und auf deine Backkünste! Wie gern würde ich so backen können wie du!«

»Himmel, nein, das wäre furchtbar! Ich wäre ja überflüssig.« Viv lachte. »Aber sag mir, wie kommt es, dass dein Leben so penibel organisiert ist? Hast du als junges Mädchen Projektmanagement geübt, während ich gelernt habe, mir das Haar zu färben?«

»Ach was. Ich bin nur gern vorbereitet, sonst nichts.« Eve versuchte, nicht defensiv zu klingen. »Es ist beruhigend.« Sobald sie wusste, was zu tun war, fand sie gemeinhin keine

Ruhe mehr, ehe sie es in Angriff genommen hatte. Genauso war es bei ihrer Arbeit an Nachrufen. Und sie recherchierte wie wild, bevor sie anfing, über Leute zu schreiben.

Gerade fragte sie sich, was sie bei einer Recherche zu Ashton finden würde, als er neben ihr auftauchte. Heute sah er noch dramatischer aus als im Café, denn sein übliches Outfit hatte er durch einen schwarzen Zylinder ergänzt. Der Rand war mit Federn, scharfen Tierzähnen und kleinen Knochenstücken verziert, sodass Eve unweigerlich an Voodoo denken musste.

»Schön, Sie wiederzusehen«, meine er und blickte ihr in die Augen, bis Eve unwohl wurde. Sein Lächeln verriet ihr, dass er allzu gut um seine Wirkung wusste. »Das sieht alles sagenhaft aus.«

»Allein Vivs Werk.«

Er wandte sich ihrer Freundin zu. »Ich habe das Gefühl, dass die Leute Ihretwegen hier sind. Mein Teil ist bloß eine kleine Zugabe.«

»Schmeichler!«, entgegnete Viv. »Machen Sie ruhig weiter. Ich liebe es! Aber leider muss ich Ihnen widersprechen. Ich habe Moira vom Dorfladen noch nie so aufgeregt erlebt. Und sie hat auch noch niemals solch ein Kleid getragen, wenn sie ins *Monty's* gekommen ist. Also würde ich sagen, Ihre Anwesenheit hat eine große Wirkung.«

Sie alle schauten in Moiras Richtung. Ihr Lippenstift heute war dunkler als gewöhnlich, Ton in Ton mit ihrem kastanienbraun gefärbten Haar, und das Kleid, das sich eng an ihre üppige Figur schmiegte, war beängstigend tief ausgeschnitten. Eve erinnerte sich an all den Tratsch, den die Ladenbesitzerin Viv über Ashton erzählt hatte. Anscheinend hatten jüngste Erlebnisse ihre Vorurteile ausgeräumt. Jedenfalls schien sie die Verlosung als einen sehr besonderen Anlass zu sehen.

»Ich nehme an, Sie erinnern sich an Moira«, bemerkte Viv.

Ein träges Lächeln umspielte Ashtons Lippen. »Oh ja, das tue ich.«

Die Ladenbesitzerin hatte auch auf Eve gleich bei ihrem ersten Besuch in ihrem Geschäft Eindruck gemacht. Abgesehen davon, dass sie Ahnungslosen alle erdenklichen Informationen entlockte, waren viele ihrer Bemerkungen unglaublich passiv-aggressiv. Trotzdem fühlte Eve sich ihr bereits auf eine seltsame Art verbunden. Und es bestand kein Zweifel, dass Moira eine nützliche Gerüchtequelle war.

Ashton sah wieder Eve an. Vielleicht las er etwas in ihrem Blick. »Sie hat den Laden schon, solange ich denken kann. Sie und Paul sind feste Institutionen im Dorf.«

Nun entdeckte Eve auch Moiras Mann Paul, der mit gebeugten Schultern nahe dem Ausgang stand und wirkte, als wollte er gerne durch ihn entschwinden.

»Ich mache mich lieber für die Ziehung bereit«, sagte Ashton. »Aber wir zwei müssen noch über diesen Artikel reden, Eve. Ich kann Ihnen eine *Icon*-Ausgabe und einige Details über *Outside In* durch den Briefschlitz werfen.« Er zog die Augenbrauen hoch. »Dann können Sie darüber nachdenken.«

Sie stockte. Es würde bedeuten, dass sie ihm ihre Adresse geben musste. Andererseits würde es merkwürdig klingen, wenn sie ihn bat, die Sachen lieber ins Café zu bringen. Was an diesem Mann war es, das ein solches Unbehagen in ihr auslöste? War es bloß die Art, wie er mit ihr flirtete, oder gab es etwas Finsteres, das all ihre Alarmglocken schrillen ließ? Bevor sie antworten konnte, sprach er wieder und grinste, als hätte er ihre Gedanken gelesen.

»Ich weiß, dass Sie in Elizabeths Cottage in der Haunted Lane wohnen. Sie sind in das berühmteste Haus von Saxford St. Peter gezogen.«

Es stimmte. Jeder Bewohner ihres Hauses hatte bei den Dörflern als sein »Hüter« gegolten, Eve bildete da keine Ausnahme. Es war seltsam, doch ihr gefiel dieses Gefühl von Geschichtsträchtigkeit, das damit einherging, ebenso wie der Gedanke an Elizabeths noble Taten. Sie war bestrebt, ihnen gerecht zu werden.

»Stimmt. Ich freue mich auf die Informationen.«

Er nickte und wandte sich zur Bühne am anderen Ende des Saals, wo der Vikar von St. Peter's, Reverend Jim Thackeray, mit einem Kasten voller Lose und einem tragbaren Mikrofon beschäftigt war, das knackende Geräusche von sich gab. Einen Moment später sang Jim ins Mikro. Sein graues Haar erzitterte dabei leicht, und für eine Sekunde kamen die Dorfbewohner in den Genuss der ersten Klänge von *Non, Je Ne Regrette Rien.*

Moira Squires schürzte die Lippen. Die Version des Vikars war mindestens so stark wie die von Edith Piaf; seine Größe und seine Statur verstärkten die Wirkung wahrscheinlich.

Kurz darauf sprang Ashton mit einem geschmeidigen Satz auf die Bühne. Der Vikar musste nicht um Ruhe bitten, denn Ashtons Präsenz schien wie ein Lichtblitz durch den Raum zu jagen. Alle traten näher an die Bühne, Tee und Kuchen in den Händen und die Blicke gebannt nach vorn gerichtet. Sogar die Kinder waren verstummt. Eve kam der Gedanke, dass Ashton mit dem schwarzen, eigenartig verzierten Zylinder ein bisschen beängstigend auf sie wirken könnte.

Der Vikar stellte ihn als künstlerischen Leiter von *Outside In* vor. Der Gesichtsausdruck des Vikars war auffällig. Er gab sich ironisch jovial, doch da war ein wissender Ausdruck in seinen Augen. Vielleicht war ihm bewusst, dass er zu Ashtons PR-Kampagne gehörte. Der Spendenaufruf für das Kirchendach gab ihm die Möglichkeit, sich den Dorfbewohnern als Menschenfreund und Wohltäter zu präsentieren, die sich sonst eher auf seine Vergangenheit als jugendlicher Delinquent konzentrieren könnten.

»Es ist so schön, zu Hause zu sein«, sagte Ashton, worauf

sofort mehrere Frauen im Publikum applaudierten, auch Moira Squires. Ihre Reaktion wunderte Eve. Moira gab sich stets gern als moralische Instanz in der Gemeinde und war nicht bekannt dafür, dass sie Vergangenes ruhen ließ.

»Ihr habt keine Ahnung, wie lange ich hiervon schon träume«, fuhr Ashton mit ruhiger Stimme und verwegenem Blick fort. »Nach Saxford zurückzukehren, nachdem ich die Welt gesehen habe, war schon mein Wunsch, als ich einmal hier in Suffolk weggesperrt war.« Alle rangen hörbar nach Luft. Eve schätzte, dass ihre Nachbarn nicht von ihm erwartet hatten, dass er die Vergangenheit gleich von sich aus ansprechen würde. »Wiederzukommen und etwas erreicht zu haben, mit einem innovativen Unternehmen, das auf meinen Namen lautet und das Leben von Menschen verändert.«

Bei ihm hörte es sich an, als hätte er den Welthunger im Alleingang besiegt. Man konnte aber nicht leugnen, dass er sich gut gemacht hatte – soweit das irgendjemand hier beurteilen konnte.

»Allen Jungen von euch«, fuhr er fort, »möchte ich eine Botschaft mitgeben: Es ist nie zu spät, den Kurs zu ändern. Ihr müsst nur kreativ und ehrgeizig sein, wenn ihr eure Ziele erreichen wollt. Es ist wichtig, dass ihr die Dinge selbst bestimmt.«

Für einen Moment blickte er in die Ferne, und Eve hatte das Gefühl, dass er an einen sehr bestimmten und persönlichen Ehrgeiz dachte. Ging es hier nur um *Outside In*? Oder auch noch um etwas anderes?

»Und nun«, seine Stimme wurde noch leiser, »ist es mir eine große Freude, meinen Teil zur Unterstützung von St. Peter's beizutragen … und zur Unterstützung des Mannes, der diesem Ort vorsteht.« Er warf dem Vikar einen Seitenblick zu. Jim Thackeray antwortete ihm mit einem ironischen Grinsen, das Ashton indes nicht sah, denn er schaute wieder zum Publikum. »Also, machen wir es kurz und ziehen das erste Gewinnerlos.«

Der Vikar hielt ihm den Kasten mit den Losen hin, und Ashton drehte sich zur Seite, um eines herauszufischen. Einen Moment später hockte er sich hin, sodass er auf Augenhöhe mit den Erwachsenen im Publikum war, und ließ den Blick durch den Saal schweifen. »Es ist blau, Nummer zweiundsiebzig«, sagte er und drehte das Los um. »Aha! Moira Squires, Sie sind eine Gewinnerin!«

Unter dem sorgsam aufgetragenen Make-up rötete sich das Gesicht der Ladenbesitzerin. »Ach, du meine Güte! Wie aufregend!« Sie wandte sich den anderen um sie herum zu und hielt beide Hände an ihre Wangen. Ihr Ehemann Paul stöhnte hörbar und blickte gen Saaldecke.

»Wir reden noch, Moira«, sagte Ashton. »Und wir vereinbaren einen Termin, wann ich Sie besuchen komme.« Seine Stimme klang zuckersüß und doppeldeutig. »Also, das nächste Los.« Wieder drehte er sich zum Vikar um, steckte die Hand in den Kasten und betrachtete das Los, das er nun in den Fingern hielt. »Wir haben ein rosa Los. Es ist die Nummer einundneunzig.« Abermals hockte er sich hin, und als niemand die Hand erhob, drehte er den rosafarbenen Zettel um. »Hey, das ist ja wie in alten Zeiten schwelgen. Amber? Amber Ingram?« Er richtete sich wieder auf.

Eve beobachtete, wie unweit von Viv und ihr leises Getuschel anhob. Mehrere Leute schauten zu einer hübschen Frau mit langen, kupferroten Locken in einem marineblauen Kleid. Eve schätzte sie Anfang dreißig, also so alt wie Ashton. Eine alte Schulfreundin vielleicht?

Eve bewegte sich ein wenig vor und veränderte ihren Blickwinkel, sodass sie Ambers Gesicht sehen konnte. Niemand würde ihr Interesse bemerken, denn alle schauten entweder die Frau oder Ashton an.

Ein Mann stand neben Amber und hatte den Arm um sie gelegt. Er hatte blonde Locken, die so gestylt waren, dass sie zerzaust aussahen, aber zugleich mit einer Menge Haarwachs fixiert zu sein schienen. Es verging nicht einmal eine Sekunde, bis er rief: »Super, dass wir mehr von dir sehen, Ashton. Wir können über alte Zeiten plaudern!«

»Klingt gut, Kumpel.«

Der Star der Show lächelte wieder träge, doch nun war Eves Aufmerksamkeit auch auf Amber gerichtet, auf deren Wangen rote Flecken erschienen waren. Sie rieb sich mit der rechten Hand den Nacken, und Eve sah, dass sie schluckte.

Der Mann bei ihr wandte sich zu ihr, achtete aber nicht richtig auf sie, wie Eve auffiel. »Das ist klasse, Schatz. Gut gemacht! Wie viele Lose hast du gekauft?«

Sie antwortete nicht, was ihm offenbar nichts ausmachte. Er war zu sehr damit beschäftigt, zufrieden mit sich zu sein und cool auszusehen in seinem blauen Hemd zu der blauen Weste und der gleichfarbigen Hose.

Eve blickte wieder zu Ashton Foley, dessen Lächeln nicht verblasst war. Sie hatte das Gefühl, dass ihm nichts entging, als er dastand und auf sein Publikum herabblickte.

»Also«, sagte er einen Moment später, »Zeit für das letzte Los. Und« – er wandte sich noch einmal dem Vikar zu – »es ist wieder pink. Einhundertvier.« Er drehte das Los um. »Oh, wow! Das wird sehr besonders für mich. Tina Adcock, wo sind Sie?«

Eine blonde Frau – Eve schätzte sie in den Fünfzigern – hob langsam die Hand. Sie stand nur wenige Schritte links von Eve. Fantastische Figur, hohe Wangenknochen und mit einer Ausstrahlung, als sollte es ja niemand wagen, sich mit ihr anzulegen. Bei ihr war ein Mann, der merklich weniger begeistert von ihrem Gewinn wirkte als Ambers Begleiter eben.

»Die meisten von euch wissen wahrscheinlich, dass Tina und ihr Mann meine Lehrer waren«, fuhr Ashton fort. »Und Carl« – er sah zu Tinas Begleiter – »oder Mr. Adcock, wie ich Sie wohl noch nennen sollte, ich muss Ihnen danken.« Er hielt inne, und Eve beobachtete Carls misstrauischen Blick. »Es waren Ihre Worte, die mir wieder einfielen, als ich in der Jugendstrafanstalt saß. Sie haben mir erzählt, aus mir würde nie etwas werden. Und damals habe ich mir geschworen, Ihnen das Gegenteil zu beweisen. Hätten Sie mir nicht den Ansporn und neuen Antrieb gegeben, wer weiß, was passiert wäre? Ich hätte sicher nicht solch ein fantastisches und erfüllendes Unternehmen gegründet.«

Erst jetzt bemerkte Eve, dass Ashtons Geschäftsführerin und Partnerin bei *Outside In* von der Seite aus mit versteinerter Miene zusah.

»Ich habe das Gefühl, in Ihrem Haus zu arbeiten wird mir die Chance geben, ein klein wenig wiedergutzumachen. Ihnen etwas zurückzugeben. Ich melde mich bei Ihnen, um einen Termin für Ihre Beratung zu vereinbaren.«

Als er von der Bühne sprang, begannen Eve und Viv, die übrig gebliebenen Kuchen einzupacken. Sie hatten beschlossen, sie den Dorfbewohnern im Gegenzug für ihre Spenden zum Mitnehmen anzubieten. Eve verschnürte jede kleine Schachtel mit Band, als Amber Ingram und ihr Partner an ihnen vorbeigingen. Der Mann hatte die Hand an ihrem Ellbogen und führte sie zur Tür, was Eve sehr gestört hätte.

»Was für ein erfolgreicher Abend«, bemerkte er, als sie auf den Ausgang zusteuerten. »Wenn wir für diese Fernsehsache ausgewählt werden, stell dir vor, was das für eine prima Werbung wäre – mit meinen Entwürfen überall an unseren Wänden! Da wird meine Arbeit genauso in den Vordergrund rücken wie seine!«

Und wieder sagte Amber Ingram nichts.

Kapitel 6

In der Woche nach der Verlosung sah Eve die meisten Darsteller in Ashton Foleys Lebensdrama wieder. Zuvor waren sie für sie nur unbekannte Einwohner von Saxford St. Peter gewesen, doch nun erkannte sie alle wieder: die nervöse Amber Ingram und ihren aufgeblasenen blonden Partner; die anmaßende, sexy Tina Adcock und ihren Ehemann und Lehrerkollegen Carl.

Es war Marina, die kam, um die von Ashton versprochenen Informationen zu bringen, die aus einer *Icon*-Ausgabe und einer Broschüre von *Outside In* bestanden. Eve spähte durchs Fenster und duckte sich instinktiv weg, was Gus erschrak, der gleichfalls zurücksprang und sein Hinterteil unter dem Couchtisch versteckte.

Erst am Mittwoch sah sie Ashton selbst wieder. Sie war im Dorfladen, wo sich aller Wege in Saxford früher oder später kreuzten. Als sie hineinging, stand Ashton bereits an. Er trug einen schwarzen Samtmantel, Ton in Ton mit seinem rabenschwarzen Haar. Eve suchte sich leise das Gemüse, den Käse und das kross gebackene Brot aus, die sie kaufen wollte. Sie vermutete, dass Ashton wieder nach dem Artikel fragen würde, wenn er sie entdeckte.

Der Duft von frischem Brot stieg ihr in die Nase, als sie sich in der Schlange vor der Kasse anstellte. Moira bekam es von Toby Falconer geliefert. Obwohl Jo sämtliche Gerichte abends im Pub zubereitete, fiel das Bed & Breakfast in seinen Verantwortungsbereich. Er backte jeden Morgen das Brot für die *Cross-Keys*-Übernachtungsgäste und außerdem noch einige Laibe mehr, um sie mit den Leuten im Dorf zu teilen, die seine Ware kaufen wollten. Noch dazu konnte jeder zum Frühstück in den Pub gehen, egal, ob er dort übernachtet hatte oder nicht. Eve hatte vor, bald mal wieder dort zu frühstücken. Tobys englisches Frühstück rüstete sie für den Tag, wie es keine andere Mahlzeit vermochte.

Ashton war an der Reihe.

»Morgen also, Moira?« Er ließ es wie ein Rendezvous klingen, doch Eve vermutete, dass die Ladenbesitzerin ihre gewonnene Beratung bekommen sollte. Und Moira wurde ganz aufgeregt.

»Oh ja, Ashton, ich erwarte Sie. Paul hält hier die Stellung für mich, solange ich Sie herumführe.«

Eve nahm sich vor, den Laden morgen zu meiden. Moiras Mann hasste Kunden, vor allem solche, die nicht in Saxford geboren waren, ganz zu schweigen von jedem, der überhaupt neu in Suffolk war.

»Wie schön, dass ich Ihre ungeteilte Aufmerksamkeit haben werde«, erwiderte Ashton mit dieser tiefen, streichelnden Stimme.

Moira kicherte.

»Ich besuche morgen auch Amber und Justin Ingram.«

Also musste der geschniegelte Blondschopf Justin heißen.

Das Lächeln der Ladenbesitzerin verblasste ein wenig.

»Aber natürlich nicht vor Ihnen«, ergänzte Ashton und beugte sich vor. »Ich habe sie auf den Nachmittag geschoben, damit wir reichlich Zeit zusammen haben. Und mit Tina und Carl Adcock gebe ich mich nicht vor Freitag ab.«

Moira schmolz wieder dahin.

»Was Amber und Justin angeht, wird der Besuch vielleicht eine Herausforderung. Es heißt doch immer, dass man nie mit Kindern oder Tieren arbeiten soll.« Er lachte. »Und sie haben einen Sohn, oder?«

Moira nickte eifrig, sichtlich zufrieden, dass sie alle Informationen griffbereit hatte. »Stimmt, Leo heißt er. Doch da müssen Sie sich keine Sorgen machen. Er ist zu einem netten Jungen herangewachsen.«

»Ach, aber Kinder hassen es, wenn man in ihr Revier eindringt, und normalerweise interessieren sie sich nicht für Zimmerpflanzen-Design.«

Moira lächelte. »Er ist noch nicht im rebellischen Alter. Amber war vor ein paar Monaten hier wegen der Zutaten, als sie für seine Geburtstagsfeier gebacken hat. Er ist gerade erst sieben geworden.«

Wahrscheinlich kannte sie auch seine Schuhgröße …

»Oh, verstehe.« Ashton lachte. »Tja, dann drücke ich mal die Daumen.«

Moira lächelte nachsichtig. »Vielleicht sind Sie fertig, bevor er aus der Schule kommt. Es ist ja noch Schule. Die Kleinen haben erst nächste Woche Ferien.« Sie blickte seufzend zur Ladendecke hinauf. »Paul und ich wissen die Ferientermine immer. Dann sind die Kinder alle hier, toben herum und werfen Sachen um.«

»Was bin ich Ihnen schuldig?«

»Mal sehen. Vierzehn Pfund und zehn. Vielen, vielen Dank, Ashton.« Sie nahm die fünfzehn Pfund, die er ihr reichte, und kramte in ihrer Kasse nach dem Wechselgeld, was sie anscheinend hinbekam, ohne den Blick von Ashton abzuwenden. »Bis morgen dann …«

Erst jetzt drehte Ashton sich um und erblickte Eve, die zwei Plätze hinter ihm in der Schlange stand. »Ah, hallo! Ich hoffe, Sie haben mein Päckchen bekommen? Ich freue mich schon darauf, von Ihnen zu hören. Können Sie mir vielleicht bis Sonntag Bescheid geben? Ich habe *Icon* bereits gesagt, dass ich nur Sie will.«

Sie hatte gerade nicht viel zu tun, doch es könnte jederzeit ein neuer Auftrag für einen faszinierenden Nachruf hereinkommen. Es war ja nicht so, als würde man frühzeitig vorher informiert. Eve wollte ihre eigentliche Arbeit nicht vernachlässigen, um Foleys Ego zu schmeicheln. Ihre Neugier rang mit dem Gefühl, dass sie es bereuen würde, seinem Fordern nachzugeben.

»Sicher. Ich lese es mir noch einmal durch und melde mich dann.«

Er lächelte ihr zu und machte sich auf den Weg an einem Zeitungsständer vorbei zur Ladentür. Ehe er sie erreichte, bimmelte die Glocke über der Tür, und Bettys Partner, Howard Green, kam herein.

»Howard!«, sagte Ashton. »Wie schön, dich hier zu sehen! Verfolgst du mich?« Da schwang ein scharfer Unterton in seiner Stimme mit, und Howard Green erwiderte nichts. Einen Moment später gingen die beiden Männer aneinander vorbei, und Ashton stieß mit seiner rechten Schulter fest gegen Howards. Der Laden war nicht sehr voll. Deshalb war Eve sicher, dass es mit Absicht geschehen war. Jedes Vorgaukeln von Höflichkeit gegenüber dem Freund seiner Mutter war eindeutig dahin, seit Betty das Dorf verlassen hatte. Howard bemühte sich sichtlich, seine Gefühle zu zügeln. Leicht konnte es nicht sein. Eve vermutete, dass ihm sehr viel an Betty lag.

Sie zwang sich, einen Moment nicht auf das Spektakel zu achten. Moira war bereit, ihre Einkäufe entgegenzunehmen. Die Ladenbesitzerin sagte nichts zu Howard und Ashton, doch ihr Blick sprach Bände. Für eine Sekunde schaute sie Eve direkt an, dann mit weit aufgerissenen Augen über ihre Schulter, bevor sie sich wieder auf Eve konzentrierte. Natürlich brannte sie darauf, irgendwelchen Tratsch mitzuteilen, konnte es jedoch nicht, solange noch eine der Hauptpersonen im Geschäft war.

»Das macht elf Pfund neunzig, meine Liebe.« Moira schürzte die Lippen, nachdem sie erneut über Eves Schulter gelinst hatte. »Und wir sehen Sie hoffentlich bald wieder.«

Ja, sie will dringend eine Geschichte loswerden.

Als Eve sich umdrehte, erkannte sie, dass es noch etwas an Howard Green gab, was Moiras Interesse erregt hatte. Erst jetzt sah Eve ihn von vorn und bemerkte einen violetten Bluterguss auf seiner linken Wange. Sie ging so langsam wie möglich zur Tür, denn Moira würde garantiert fragen.

»Guten Morgen, Howard. Was ist denn mit dir passiert? Du siehst aus, als wärst du im Krieg gewesen!«

»Es ist nichts weiter.«

»Hamamelis ist das Richtige für Blutergüsse«, erklärte Moira. »Aber deiner sieht übel aus …« Ihre Stimme troff vor Wissbegierde.

Eve wollte eben die Tür hinter sich zuschwingen lassen, da antwortete Howard noch: »Es war ein Schaf auf der Straße, sodass ich abrupt bremsen musste und mit dem Gesicht aufs Lenkrad geknallt bin.«

Kapitel 7

Am Freitagnachmittag arbeitete Eve etwa eine Stunde im *Monty's*, als sie zur kleinen Anrichtezeile zwischen Café und Küche huschte, um Vivs neueste Kreation zu kosten: ein Cupcake mit Earl-Grey-Aroma und Orangenglasur. Die Verzierung bestand aus zarten Fäden von Orangenschale, durchwirkt von winzigen Minzesprenkeln.

»Himmlisch«, seufzte Eve. »Und sie werden wunderschön aussehen, wenn sie bei den Christrosenblüten auf den Tischen stehen.«

Viv lächelte. »Danke! Wie läuft es vorne?« Sie ging zur Tür, um ins Café zu spähen.

Und Eve musste sich ein Stöhnen verkneifen. Sie hatte gehofft, dass Viv nicht so bald aus der Küche kommen würde. Eine Sekunde später riss ihre Freundin die Augen weit auf, drehte sich um und kam auf Eve zu. Ihre Miene war eine Mischung aus Wut und Mitgefühl.

Eve begann, im Geiste bis zehn zu zählen.

»Es tut mir so leid«, sagte Viv kopfschüttelnd und klopfte Eve auf den Arm. »Er ist solch ein Idiot!«

Simon, ihr Bruder, war mit Polly Cartwright im *Monty's*, einer hübschen PR-Frau, die im Dorf wohnte.

Eve erwog, sich begriffsstutzig zu geben, doch das würde diese Unterhaltung nur unnötig verlängern. »Hör bitte auf, diese Sache wie einen Cliffhanger aus einer Soap zu behandeln. Ich weiß, dass ich wirke, als hätte ich unendlich viel Geduld, doch an der muss ich auch arbeiten.«

Viv sah sie verwundert an. »Es macht dir nichts aus?«

Bitte nimm es diesmal ernst! »Jetzt hast du es kapiert!«

Eve war eben wieder zurück vorn bei Angie im Café, als die Tür aufflog, sodass die Glocke hektisch bimmelte. Von dem Luftzug wehten die gelben Tischtücher im vorderen Bereich des Cafés auf. Eve erkannte den Mann, der hereingestürmt kam, als Justin Ingram wieder, Ambers Ehemann. Seine blonden, sorgsam zerzausten Locken fielen auf eine Weise durcheinander, die gewiss nicht beabsichtigt war. Dieser Mann benutzte gewöhnlich eine Menge Haarwachs. Wenn seine Locken durcheinandergerieten, stimmte etwas nicht.

Er blickte sich im Café um, während Eve hinging, um die Tür hinter ihm zu schließen. Eine Frau sah bereits verärgert aus und zog sich demonstrativ die Strickjacke über.

Ohne Eve, Angie oder die anderen Gäste eines Blickes zu würdigen, marschierte Justin auf einen der hinteren Tische zu, an dem Amber mit einer Freundin saß. Offensichtlich verwirrt und zugleich ängstlich blickte sie ihn aus großen blauen Augen an.

»Wir müssen reden.« Justin war nun an dem Tisch angekommen. Eve hatte erlebt, wie sich in Pubs ihres früheren Viertels in Kilburn Ärger zusammenbraute. An so was war sie vor ihrem Umzug nach Suffolk gewöhnt gewesen. Einmal war sogar ein Mann auf der Straße vor einem bestimmten Lokal vor ihren Füßen gelandet. Doch im *Monty's* kam so etwas nicht vor. Trotzdem wirkte Justin, als wollte er jeden Moment handgreiflich werden. Eve verspannte sich und wechselte einen Blick mit Angie, die ihr zunickte. Sie waren bereit einzuschreiten, falls es nötig wurde.

Amber umklammerte die Tischkante vor sich, und ihre Freundin legte eine Hand auf ihren Arm.

»Ich habe gesagt, wir müssen reden«, presste Justin zwischen zusammengebissenen Zähnen hervor. »Sofort. Allein.«

Amber stand auf und kramte in ihrer Tasche nach dem Geld für ihre Rechnung. Ihre Hände zitterten, als sie es auf den Tisch legte, obwohl ihre Freundin anbot, für sie beide zu bezahlen. Dann drehte sie sich zu ihrem Mann um, und Röte kroch ihren Hals hinauf. Er nickte zur Tür, und Amber ging unter den neugierigen Blicken der anderen Gäste voraus durch das stille Café. Das war lächerlich. Eve wünschte, sie könnte etwas tun, damit sich alle weiter unterhielten, nur fiel ihr nichts ein. Amber blickte starr geradeaus, errötete jedoch noch mehr, als sie langsam die Tür aufzog und hinaus in die Kälte ging. Justin folgte ihr, packte ihren Ellbogen und schob sie über die Straße zum Dorfanger.

Am Abend ging Eve mit Gus die Haunted Lane hinunter zum Elizabeth's Walk, einem Pfad, der zum Marschland und der Küste führte. An der Flussmündung wich der Stechginster hohem Schilf, das sich in der leichten Brise wiegte. Eve zog ihre blaue Daunenjacke fester um sich und schloss den Reißverschluss. Diese Jacke trug sie bei Kälte, wenn es nicht regnete; sie war weniger grell als ihr gelber Regenmantel. Es war Flut. Vor ihnen warf der Mond eine Lichtschneise auf das Wasser und rahmte die Silhouetten der Watvögel draußen auf den Salzwiesen ein.

Eve konnte Tiere in den Sträuchern und dem Reet hören. Deshalb behielt sie Gus an der Leine, auch wenn sie die weit genug lockerte, dass er all die Gerüche erschnüffeln konnte, ohne sich in Schwierigkeiten zu bringen.

In Gedanken war sie noch bei Justin Ingrams Auftritt im *Monty's*. Er war beunruhigend gewesen. Sie hatte ihn und Amber beobachtet, als sie weggingen, um sich zu vergewissern, dass er sich unter Kontrolle hatte. Nun musste sie wieder an Ashton Foleys unerfreuliche Begegnung mit Howard Green zwei Tage zuvor im Dorfladen denken.

»Weißt du, Gus«, sagte sie und folgte dem Rauhaardackel, der seinerseits seiner Nase folgte, beinahe ins Schilf, »Howards Erklärung für den Bluterguss an seiner Wange klang kein bisschen glaubwürdig.« Sie konnte nur das Hinterteil des Hundes sehen, redete sich aber ein, dass er ihr gebannt zuhörte, obwohl er auf irgendetwas unten im Schlamm fixiert zu sein schien. »Er wird doch sicher angeschnallt gewesen sein. Und selbst wenn nicht, hätte er die Hände beim Bremsen gegen das Lenkrad gestemmt. Das ist ein Reflex. Ich kann mir nicht vorstellen, dass er einfach so mit dem Gesicht dagegenknallt.«

Und da waren noch Ashtons Worte, als Howard in den Laden gekommen war: »Verfolgst du mich?« Es implizierte, dass sich ihre Wege häufiger gekreuzt hatten, seit seine Mutter Saxford verlassen hatte.

Schließlich hatte Gus genug erkundet, und sie gingen weiter, die Flussmündung und das Marschland auf der einen Seite, einen Graben und dahinter flache Felder auf der anderen. Schilf wuchs zu beiden Seiten und rahmte den Pfad ein.

Es war ein stiller Abend. Da waren nur das Geräusch der Wellen in der Ferne und hin und wieder ein Eulenschrei, weshalb die Stimmen so leicht zu hören waren.

»Dein Handeln hat Folgen! Versuch einfach mal, daran zu denken. Kannst du dir vorstellen, wie das aussieht?«

Eve erkannte Marina Shaws Stimme sofort, giftig und leise.

Es ertönte ein Lachen. Ashton. »Krieg dich mal wieder ein! Ich bin sowieso gut, wenn es um Publicity geht.«

»Du sorgst für Probleme, wo es nicht nötig ist!« Sie wurde lauter. »Und das ist noch nicht alles. Du weißt nicht, wann du aufhören musst. Am Ende wird dich jemand zu Fall bringen, wenn du es drauf ankommen lässt!«

Jetzt waren sie knapp zu sehen: Schatten jenseits des Schilfs, die sich rasch näherten. Eve konnte die Spitzen ihrer Zigaretten glimmen sehen – oder was immer sie rauchten. Sie sahen jedenfalls nicht wie die von gekauften Zigaretten aus. Selbst gedrehte. Vielleicht mit etwas anderem als Tabak.

Das Letzte, wonach Eve der Sinn stand, war eine höfliche Unterhaltung mit den beiden – erst recht nicht, wenn sie sich stritten. Sie bückte sich und flüsterte Gus zu: »Beeilen wir uns.«

Der Dackel blickte ebenfalls in Richtung der Stimmen, und ausnahmsweise schien er Eve zuzustimmen. Sie machten kehrt und eilten zurück den Weg entlang.

Marina war verstummt. Vielleicht hatte sie Eve gesehen. Falls nicht, würde sie sie spätestens dann entdecken, wenn Gus und sie Elizabeth's Walk erreichten. Eve behielt ihr Tempo bei. Solange die beiden glaubten, dass sie schon eine ganze Weile ein gutes Stück vor ihnen ging, könnte sie vorgeben, sie nicht gehört zu haben.

Sie wollte auf keinen Fall in diesen Streit mit hineingezogen werden, und war jetzt umso entschlossener, Ashton abzuweisen. Sogar seine eigene Geschäftsführerin fand, dass er Probleme verursachte. Auch wenn Eve nicht wusste, was Ashton »drauf ankommen« ließ, könnte sie es herausfinden, sollte sie sich bereit erklären, über ihn zu schreiben. Es war ein ausgezeichneter Grund, seine Bitte abzulehnen.

Am nächsten Morgen, nach einer ausgiebigen Toberunde mit Gus am Strand, schrieb Eve eine Textnachricht an Ashton, dass sie die Arbeit an seinem Artikel terminlich nicht unterbringen könne. Sie würde zu viele Stunden in Anspruch nehmen.

Er antwortete zehn Minuten später.

Das ist ein Jammer! Wie wäre es, wenn Sie morgen früh um neun zu einem Frühstück aus Kaffee und Gebäck vorbeikommen? Ich verspreche, dass ich Sie nicht bequatschen werde. Ich möchte nur einen Rat in einer Sache. Ich bin bei meiner Mum, die Heath Lane hinunter. Apple Tree Cottage im Blind Eye Wood.

»Blind Eye Wood« hieß der Bereich zwischen den Häusern von Saxford St. Peter auf der Meerseite und der Heide vor dem Strand. Der Name stammte aus Zeiten, als Schmuggler hier im Verborgenen ihre Waren von der Mündung des Flusses Sax zu dem stillen Weg gebracht hatten, der südlich am Dorf vorbeiführte. Jeder hatte gewusst, dass man sich vom Wald fernhalten musste, wenn Lichter draußen auf dem Wasser aufblinkten oder das antwortende Laternensignal am Ufer signalisierte, dass die Luft rein war.

Ashton dort zu besuchen war auf ganz andere Weise gefährlich. Eves Verstand sagte ihr, dass sie ablehnen sollte, doch immer noch war da dieser winzige Funke von Neugier in ihrem Hinterkopf. Und sie hatte Zeit. Am nächsten Tag würde sie nicht im *Monty's* arbeiten, und sonntags öffnete das Café ohnedies erst nachmittags. Sollte es ein Versuch werden, sie umzustimmen, wäre sie bereit.

Trotz ihrer Entschlossenheit schlief sie in der Nacht von Samstag auf Sonntag schlecht. Zwischendurch glaubte sie, laute Stimmen und Schritte auf der Gasse zu hören, und eine

Sekunde später winselte Gus. Sofort raste Eves Puls. Die Legende von diesen Schritten war ihr stets sehr gegenwärtig. Sie zu hören bedeutete Gefahr.

Kapitel 8

Am nächsten Morgen nahm Eve Gus mit. Falls Ashton ihn nicht im Haus haben wollte, würde es das Gespräch mit ihm auf einen Moment vor der Haustür begrenzen, was Eve sehr recht wäre. Und bat er sie ins Cottage, würden sie nicht lange bleiben. Sie würde behaupten, mit Gus noch an den Strand zu wollen. Für solch ein Vorhaben war sie zugegebenermaßen recht formell gekleidet: in einen Hosenanzug und einen eleganten Mantel. Für gewöhnlich stellte Eve fest, dass ihre Kleidung auf die Leute wirkte, die sie befragte. Formelle Kleidung zeigte Respekt, doch in Ashtons Fall erinnerte sie ihn möglichst auch daran, dass dies ein rein geschäftliches Treffen war.

Ihr Weg führte sie durch die Love Lane. Gus zog an der Leine, als sie am *Cross Keys* vorbeikamen, weil er eindeutig an Hetty dachte. Nachdem sie die Kreuzung überquert hatten, endete die Asphaltierung. Wildblumen wuchsen auf den Grasrändern und bildeten ein Meer aus Pink, Purpurrot und Weiß: Taubnesseln, Gundermann mit seinen trichterförmigen violetten Blüten und weiße Hundsveilchen. Eve hatte sie alle nachgeschlagen, weil es ihr falsch vorkam, kaum etwas über ihre Umgebung zu wissen.

Gus inspizierte den Gundermann gründlich. Für ihn roch er wahrscheinlich nach Kater, was sein Interesse eventuell erklärte. Der Hund blickte sich misstrauisch zu ihr um, als spielte sie ihm einen gemeinen Streich.

Als sie sich Blind Eye Wood näherten, wurde der Weg zu kaum mehr als einem Trampelpfad. Gus stürzte sich bei jedem Rascheln ins Unterholz. Schließlich konnte Eve ein abgelegenes Haus vor ihnen ausmachen, gleich am Waldrand. Das musste das Apple Tree Cottage sein.

Der Garten sah beinahe wie ein Mini-Obstgarten aus. An den Spitzen der noch geschlossenen Knospen zeigte sich gerade erst ein wunderschönes dunkles Pink. Das Haus selbst war winzig, aber gepflegt und in einem blassen Türkis gestrichen, mit meergrüner Haustür und Läden. Die Kassettenfenster bestanden jeweils aus sechs Scheiben. Im Vorgarten befand sich ein niedriger Stapel Kaminholz, der nach dem Winter schon größtenteils aufgebraucht war.

Wenn dies hier Ashtons Elternhaus gewesen war, musste es sich eigenartig anfühlen, hierher zurückzukehren. Sie dachte an all die Orte, an denen er gelebt hatte: In der Jugendstrafanstalt, in London bei Freunden auf dem Fußboden oder auf dem Sofa. Doch jetzt hatte er seine Freiheit und besaß eine Menge Geld. Wie auch immer sein gegenwärtiges Zuhause aussehen mochte – Eve vermutete, dass es erheblich mehr hermachte als das Haus seiner Mutter.

Gus war stehen geblieben, um einen neuen Geruch zu untersuchen. Eve wollte ihn weiterziehen, doch er rührte sich nicht.

»Na, was ist denn? Was hast du bemerkt?« Er zog an der Leine und starrte auf etwas tief im Unterholz. Nur kurz blickte er sie an, als hielte er sie für unglaublich blöd, weil sie nichts verstand und seinem Wunsch, zwischen die Bäume zu stürmen, nicht nachkam.

»Ganz bestimmt nicht. Tut mir leid, aber wenn ich dich jetzt von der Leine lasse, werden wir frühestens mittags bei

Ashton anklopfen können.« Sie hockte sich neben ihn und kraulte ihn. »Ich weiß ja, dass du was verpasst, doch kleine Tiere zu quälen erlaube ich dir sowieso nicht.«

Als sie sich wieder aufrichtete und erneut in Richtung Apple Tree Cottage schaute, erschrak sie.

Auf der kleinen Veranda vor dem Haus stand Howard Green. Eve war überrascht. Nach der Begegnung zwischen ihm und Ashton, die sie miterlebt hatte, hätte sie eher erwartet, dass er auf Abstand blieb. Da Gus sie immer noch dringend in eine andere Richtung zerren wollte, musste sie zwangsläufig an Ort und Stelle bleiben, sodass sie Howard beobachten konnte, ohne dass er sie sehen konnte.

Sie wollte ihm einen Gruß zurufen, doch etwas hielt sie ab. Er benahm sich seltsam, denn so weit sie es erkennen konnte, klopfte er nicht, und jetzt schien es, als wollte er wieder gehen, ohne sich bemerkbar gemacht zu haben. Nervös blickte er sich zum Vorgarten um, und Eve trat unwillkürlich einen Schritt zurück, um unentdeckt zu bleiben. Es bedeutete, dass sie sich in die Richtung bewegte, in die Gus zog. Und weil der Dackel spürte, dass sie im Begriff war nachzugeben, zerrte er umso energischer. Eve hoffte inständig, dass Howard das Geraschel und Pfotenscharren nicht hörte. Dann wäre klar, dass sie ihn beobachtet hatte.

Durch das Laub einer Stechpalme sah Eve, wie Howard wieder vom Apple Tree Cottage wegging, die Schultern gebeugt, die Hände in den Jackentaschen vergraben und eindeutig resigniert. Egal, wie tief Gus und sie sich ins Unterholz verzogen, würde er sie sehen, wenn er zum Dorf zurückkehrte. Und sollte sie sich weiter ins Dickicht begeben, würde er es auch bemerken, was noch komischer anmuten würde. Sie beschloss, sich der Situation zu stellen, trat einen Schritt zurück auf den Weg und rief: »Komm schon, Gus!«

Um festzustellen, dass Howard Green verschwunden war.

Eve ging weiter bis zur Vorgartengrenze des Apple Tree Cottage und sah Howard in der Ferne, schon auf der anderen Seite des Waldes, auf dem Weg über die Heide. Er wollte offenbar zum Strand und bewegte sich sehr hastig.

Als Eve sich umdrehte, um zur Haustür zu gehen, fragte sie sich, ob sie Ashton erzählen sollte, was sie beobachtet hatte. Doch sie war zwiegespalten, denn sie verstand nicht, was all das zu bedeuten hatte. Bisher hatte sie lediglich gesehen, wie Ashton ihn provozierte und Howard sich zurückhielt. Vielleicht sollte sie neutral an die Sache herangehen.

Sie klopfte an und stellte fest, dass sie sich die Grübelei hätte sparen können. Niemand öffnete ihr. Anscheinend war sie nach all den Sorgen, die sie sich gemacht hatte, versetzt worden.

Wie ärgerlich.

Zehn Minuten später saß Eve in der Kirche St. Peter's. In London war sie keine regelmäßige Kirchgängerin gewesen; sie war eigentlich auch nicht gläubig, sondern eher unsicher, was institutionalisierte Religion anging. Aber Jim Thackeray, der Vikar von St. Peter's, ermunterte jeden zum Kommen – ganz gleich, welcher Religion oder ob überhaupt einer zugehörig –, und Eve mochte ihn.

Der Vikar war entschlossen, die Kirche als Herz der Gemeinde zu erhalten. Aus diesem Grund war er auch häufiger im *Cross Keys*, um die Leute dort zu erreichen. An diesem Morgen hatte Eve nicht geplant, zum Gottesdienst zu gehen, da sie ja mit Ashton verabredet gewesen war. Jetzt jedoch wusste sie, dass sie sich geerdeter fühlen würde, wenn sie dem Vikar zugehört hatte – ganz zu schweigen von dem wohltuenden Effekt, den es hatte, sich in einem schönen Gebäude die Seele aus dem Leib zu singen.

Hunde waren hier willkommen. Jim Thackeray betonte stets, er würde mit Freuden alle Geschöpfe Gottes aufnehmen, auch wenn ihm bisweilen vor besonderen Anlässen graulte, an denen er es mit Eseln und dergleichen zu tun bekam.

Eve entging nicht, dass die Gemeinde an diesem Tag ein wenig kleiner ausfiel als sonst. Nach der Messe blieben alle noch draußen vor der Kirche, und der Vikar kam auf Eve zu.

»Ich freue mich sehr, dass Sie gekommen sind, Eve. Der Herr und ich fühlen uns heute ein bisschen vernachlässigt. Kein Ashton. Nicht, dass ich ihn für einen Gläubigen halten würde, doch letzte Woche war er noch hier, und irgendwo muss ich ja ansetzen. Obendrein kein Howard Green und kein einziger Falconer. Auf die zähle ich eigentlich. Der größte Schock jedoch ist: keine Viv. Ich hoffe, sie haben im *Cross Keys* keinen verdorbenen Dorsch serviert oder so.«

Es war seltsam. Eve wollte sagen, dass sie von keinem gehört hätte, als Viv erschien. Unwillkürlich lächelte Eve, wurde jedoch angesichts der Miene ihrer Freundin gleich wieder ernst. »Was ist passiert?«

Viv war kreidebleich, ihre Zähne klapperten aufeinander, und sie schlang die Arme um ihren Oberkörper.

Besorgt eilten der Vikar und Eve auf sie zu.

»Ashton Foley ist erschossen worden.« Viv schluckte. »Jo hat ihn vor nicht mal einer halben Stunde unten im Blind Eye Wood gefunden. Sie und die Jungs sind jetzt mit der Polizei drüben im Pub.« Vivs blaue Augen waren weit aufgerissen vor Schock, und sie blickte von Eve zu Jim Thackeray. »Er hat einfach nur dagelegen. Sie sagt, er sei tot.«

Kapitel 9

An dem Nachmittag war es im *Monty's* gerappelt voll. Es war bereits bekannt, dass die Polizei Ashtons Tod als verdächtig einstufte. Freunde und Nachbarn saßen an den Tischen im Café, unterhielten sich leise und aufgeregt, merklich bemüht, das Geschehene zu verarbeiten. Eve hatte einiges von dem hören können, was getratscht wurde.

Ashton war jetzt ein Londoner, hatte er einst auch in Saxford gelebt. Die Leute im Dorf vermuteten, dass seine Ermordung mit den Schwierigkeiten zu tun hatte, in die er früher geraten war. Vielleicht hatte er einen alten Feind verärgert, der mit seinem Cannabis-Handel als Jugendlicher in Verbindung stand. Eve war klar, dass die Tatwaffe eine solche Annahme naheliegend machte. Selbst wenn Ashton nur ein kleiner Dorf-Dealer gewesen war, könnte der Täter die richtigen Kontakte haben, um an eine Schusswaffe zu gelangen. Trotzdem hatte Eve ihre Zweifel. Ashton hatte auch unter seinen privaten Kontakten für reichlich Unmut gesorgt.

Moira Squires war als Erste ins Café gekommen, kurz nachdem sie geöffnet hatten.

»Jeder sollte meinen, *sie* hätte die Leiche gefunden!«, murmelte Viv.

Eve blickte hinüber zu Moira, die die Ellbogen auf den Tisch gestützt hatte und sich die Augen mit einem Spitzentaschentuch tupfte. Sie war allein hier, sagte, dass sie sich wacklig auf den Beinen fühle, und Viv und Eve umsorgten sie.

»Meinst du, es geht ihr gut?«

Viv nickte. »Sie hat das ganze Programm bekommen: die Schokoladen-Brownies und die Karamellecken mit Espresso. Die und eine Kanne Tee sollten sie wieder zu Kräften kommen lassen. Versteh mich nicht falsch, es ist für uns alle ein Schock … aber Moira? Morgen ist sie darüber hinweg und wird sich in all der Aufmerksamkeit suhlen, die sie bekommt, weil sie eine der Gewinnerinnen war.« Sie sah Eve an. »Wahrscheinlich ist sie bloß hier, damit sie gesehen wird.«

Der Dorfladen schloss sonntags früh, also könnte Viv recht haben.

»Grausam, aber fair, Eve! Ich weiß, was du denkst. Nur zu, leugne es ruhig, wenn du kannst.«

Konnte sie nicht. Moiras Tisch hatte einen steten Strom von Besuchern zu verzeichnen. Den ganzen Nachmittag saß sie da, während neugierige Bekannte kamen und gingen.

»Ich verstehe ihre Haltung zu Ashton immer noch nicht, nachdem er wieder hier im Dorf war«, raunte Viv.

»Ja, darüber habe ich mich auch gewundert. Nach all den Gerüchten, die sie verbreitet hat.«

Viv nickte. »Schon bevor er Probleme mit der Polizei bekommen hatte, erinnere ich mich, dass Moira jedem erzählte, was für ein Rabauke er war, und das hauptsächlich, weil er früher immer mit all seinen Kumpels zusammen in den Laden gekommen war. Eine Gang großer Teenager entsprach nicht gerade ihrer Vorstellung von Spaß. Und sie hat es ziemlich melodramatisch dargestellt.« Viv war jung verwitwet, mit drei Söhnen und einem Geschäft. Folglich verstand Eve, warum Moiras Aufregung über solche Kleinigkeiten bei ihr nicht gut angekommen war. »Jedes Mal, wenn Ashton den Laden wieder verlassen hatte, hat sie den Bestand geprüft«, fuhr Viv fort, »um zu sehen, ob er auch ja nichts geklaut hatte. Alle, die darauf warteten, bedient zu werden, haben das mitbekommen. So haftete ihm bald ein bestimmter Ruf an – ob der damals schon gerechtfertigt war oder nicht.«

Eve entsann sich, dass Moira mit Ashton darüber gesprochen hatte, wie lästig Kinder während der Schulferien doch waren. Sie hatte eindeutig vergessen, dass er früher mal eines dieser »lästigen Kinder« gewesen war, bezweifelte indes, dass Ashton es vergessen hatte. Was war ihm durch den Kopf gegangen, als er Moiras Los gezogen hatte? Wie es klang, hatte er sowohl zu ihr als auch zu Carl Adcock ein schwieriges Verhältnis gehabt. Und dann war da noch Amber Ingram, die so nervös gewirkt hatte, als Ashton ihr Los gezogen hatte …

Sie wandte sich wieder den Ereignissen des Vormittags zu. »Hast du gehört, wie es Jo geht?«

Viv grinste. »Du weißt doch, wie sie ist. Ihr Schwager Matt war der, der einen steifen Drink brauchte, als er von Ashtons Ermordung erfahren hat. Ein Vorwand für einen Schluck, wenn du mich fragst. Toby hat mir erzählt, dass Jo die Polizei herumkommandiert und auf Marina Shaw aufpasst. Sie haben das Gefühl, dass sie für sie sorgen müssen, weil sie im Pub wohnt.«

Eve konnte sich nicht vorstellen, dass sich Ashtons Geschäftsführerin über diese Aufmerksamkeit freute. Sie war viel zu unterkühlt, um sich in einem Krisenmoment an andere zu wenden.

Eve ging zum Büro des *Monty's* durch, um den wöchentlichen Businessplan zu erstellen, doch ihre Gedanken waren bei Ashton. Im Geiste sah sie sein wissendes Lächeln vor sich. In ihr hatte er Unbehagen ausgelöst, dennoch hätte sie nie gedacht, dass er in Gefahr war – oder irgendwie anderen Schwierigkeiten bereiten könnte. Und nun empfand sie ein unerklärliches Gefühl von Schuld. Hatte sie sich in ihm getäuscht? Aber dann dachte sie an den Streit zwischen ihm und Marina Shaw, den sie am Freitagabend zufällig gehört hatte. Marina hatte angedeutet, dass er zu weit ging, und sie war offensichtlich in Sorge wegen der Folgen gewesen. Ashtons abfällige Reaktion hallte in Eves Erinnerung nach.

Dann fiel ihr Gus ein, als sie vor dem Apple Tree Cottage gewartet hatten. Er hatte unbedingt in den Wald gewollt. Hatte er auch gespürt, dass etwas nicht stimmte? Wenn sie seinem Zerren nachgegeben hätte, hätte *sie* dann Ashton gefunden?

Sie hatte den Großteil ihrer Arbeit geschafft, als ihr Mobiltelefon klingelte. Eine zuckersüße Stimme fragte, ob sie bei ihr richtig sei.

»Ja, hier ist Eve Mallow.«

»Ich bin Portia Coldwell von der Zeitschrift *Icon*. Entschuldigen Sie, dass ich Sie an einem Sonntag anrufe. Ich war gerade im Büro und habe einiges aufgearbeitet, als ich die schreckliche Nachricht von Ashton gehört habe.«

Eve murmelte etwas Nichtssagendes und überlegte, woher die Frau ihre Nummer haben mochte.

»Wir sind so begeistert gewesen, dass Sie zugestimmt hatten, das Feature über ihn für uns zu schreiben.«

Der Tag wurde beständig seltsamer. Eve brauchte einen Moment. »Eigentlich sollte ich deswegen heute Morgen mit Ashton reden. Ich dachte, Sie hätten jemanden bei Ihrer Zeitschrift, der das übernehmen wollte.«

Am anderen Ende trat eine kurze Pause ein. »Na ja, hatten wir anfangs auch«, gab Portia schließlich zu. »Aber, unter uns, wir mussten der fraglichen Person gerade sagen, dass wir sie entlassen. Restrukturierung, verstehen Sie? Der Print-Journalismus ist dieser Tage solch ein hartes Geschäft.«

»Und jetzt weigert sich die Person zu kooperieren?« Eve holte tief Luft.

»Wir denken, es ist das Beste, sie nicht mit einzubeziehen.«

Wahrscheinlich war die »Person« dabei erwischt worden, wie sie das Lieblingssakko des Verlegers zerschlitzt hatte oder so.

»Außerdem«, schwärmte Portia, »waren wir sofort begeistert, als wir erfahren haben, dass Ashton Sie von dem Projekt überzeugen konnte. Natürlich wird es sich jetzt mehr um eine Arbeit in Ihrer üblichen Sparte handeln. Wir können Ihnen einen neuen Vertrag schicken, in dem ausdrücklich von einem ›Nachruf‹ die Rede ist.«

»Einen neuen Vertrag?« Eve kam sich wie ein Papagei vor.

»Ja. Falls Sie schon den unterschrieben haben, den wir Ashton zugesandt hatten, werfen Sie ihn einfach weg. Dieser wird ihn ersetzen.«

Eve begann, den geplanten Besuch im Apple Tree Cottage an diesem Morgen in einem gänzlich neuen Licht zu sehen. Ashton war sicher gewesen, sie überreden zu können. Sie musste leicht manipulierbar wirken. Und prompt schoss ihr Adrenalinpegel in die Höhe.

»Wir haben natürlich schon Ihre Adresse.« *Natürlich.* »Also gebe ich den Vertrag morgen in die Post.«

»Wir müssten noch über mein Honorar sprechen«, erwiderte Eve. Es wurde Zeit, die Kontrolle zu übernehmen.

»Es wird das gleiche sein wie für das Feature«, erklärte Portia in einem fast schon beschwichtigenden Tonfall.

Eve wollte ungern zugeben, dass sie keine Ahnung hatte, wie hoch es gewesen wäre. Sie würden es gewiss halbieren, wenn sie es wüssten, und Ashton hatte nicht mehr das Sagen.

»Du hast zugestimmt?«

Eve hatte Viv alles erzählt, sobald sie eine ruhige Minute gefunden hatten. Angie bediente vorn, und in der Küche schenkte Viv ihnen eine Tasse Assam ein und drückte Eve einen ihrer Oster-Teekuchen mit gemischten Früchten in die Hand. Das süße Orangenaroma und die Sultaninen bildeten das perfekte Gegengewicht zu den bitteren Schalenschnitzen. Ideales Trostessen.

Eve nickte, als sie einen Bissen nahm. »Die Bezahlung ist wahrscheinlich gut, aber wichtiger ist, dass es mein Fachgebiet ist.«

»Du willst wissen, was mit ihm passiert ist.«

»Ich möchte mehr über sein Leben erfahren. Wollte ich immer schon.« Allerdings stimmte es, dass man eine Chance hatte, jemanden mit einem Motiv zu entdecken, wenn man mit den nächsten Kontakten eines Mordopfers sprach und sich die Einzelheiten seines Lebens genauer ansah – Vergangenheit und Gegenwart. Der Gedanke, jemandem gegenüberzusitzen und plötzlich die Schuld zu sehen, jagte Eve Schauer über den Rücken. Augen verrieten eine Menge, wenn man auf einmal die Wahrheit erkannte. Dieser Umstand hatte Eve erst letztes Jahr beinahe das Leben gekostet.

In diesem Moment erschien Angie an der Küchentür. Ihrem Gesichtsausdruck nach zu urteilen könnte ihre Pause gefährdet sein. Eve nahm einen größeren Bissen von dem Teekuchen.

»Tut mir leid«, sagte die Studentin. »Die Polizei ist hier. Anscheinend wollen sie dich sprechen, Eve.«

Viv sah Eve mit großen Augen an. »Ach du Schande! Wenn sie dir nur einen Anruf erlauben, ruf mich an. Ich will wissen, was los ist.«

Eve bedachte ihre Freundin mit einem empörten Blick. »Oh, tausend Dank für deine Sorge!«

Als sie ins Café ging, sah sie den Detective Sergeant, den sie das letzte Mal im Rahmen einer Mordermittlung flüchtig kennengelernt hatte. Und sie war froh. Auch wenn sie noch nie von ihm befragt worden war oder auch bloß seinen Namen wusste, hatte sie ihn in Aktion erlebt, und er schien in Ordnung zu sein: schnell, intelligent und besonnen.

Doch draußen, vor dem Erkerfenster des *Monty's*, stand Detective Inspector Nigel Palmer, der das genaue Gegenteil des Sergeant war: faul, engstirnig, herablassend und ... Aber vielleicht sollte sie aufhören. Sich schon aufzuregen, ehe sie mit ihm geredet hatte, würde nicht helfen. Sicher hatte er noch wichtigere Leute zu befragen. Doch sie wusste, dass er ihre Einmischung bei seinem vorherigen großen Fall gehasst hatte; dies hier war wahrscheinlich etwas Persönliches.

Als sie mit dem Sergeant zur Tür ging, bemerkte Eve Moira Squires' Blick. Was hatte sie nur wieder für ein Glück, dass die Ladenbesitzerin noch da war! Die Augen der Frau waren groß wie Untertassen.

Das war es dann also. Gleich morgen, wenn der Laden öffnete, wäre es im Dorf herum: *Eve Mallow ist von der Polizei zur Befragung abgeholt worden.*

Kapitel 10

Eve wurde mulmig, als sie DI Palmer und den Sergeant – er hieß Gregory Boles, wie sich herausstellte – in Elizabeths Cottage ließ. Sie hatte bereits entschieden, dass sie ihnen von Howard Greens seltsamem Verhalten vor Betty Foleys Haus erzählen musste. Und natürlich kam Palmer zu ihr, ehe sie ihn von sich aus ansprechen konnte.

Es dauerte ein wenig, bis sie alle auf den Sofas im Wohnzimmer Platz genommen hatten. Was an Gus lag. Er interessierte sich für beide Männer, ganz besonders aber für Palmer. Der Dackel hatte einen untrüglichen Instinkt, wenn es um den Detective Inspector ging. Der schwergewichtige Mann blickte hinunter zu Eves wunderschönem Hund und kräuselte angewidert die Oberlippe.

»Komm her, Gus. Du sitzt bei mir.« Der Dackel sah immer noch Nigel Palmer an, als wollte er sich zum Angriff bereitmachen. »Ich wollte mich schon bei Ihnen melden.« Sie begann direkt mit ihrer Geschichte über Howard. Am besten brachte sie die Angelegenheit gleich hinter sich.

Palmer zog eine Augenbraue hoch. »Also haben Sie auf dem Weg gestanden und ihn beobachtet?«

»Ich war überrascht, ihn zu sehen, und sowieso wurde ich für einen Moment aufgehalten. Gus hat versucht, tiefer in den Wald zu laufen. Deshalb musste ich stehen bleiben, und je länger ich zögerte, desto besser erschien es mir, ganz zurückzubleiben.«

»Fanden Sie, dass er sich eigenartig benommen hat?«, fragte der Sergeant.

Sie wollte die beiden nicht auf falsche Gedanken bringen, doch es nützte ja nichts. »Ja, ein bisschen.«

»Und was heißt das bei Ihnen?« Palmers Ton war abfällig, als hielte er es für pure Zeitverschwendung, sich ihre Einschätzung anzuhören.

»Er hat sich über die Schulter umgeschaut, als wollte er sich vergewissern, dass er nicht gesehen worden war.«

»Er hatte ja allen Grund, vorsichtig zu sein, denn Sie waren dort und haben ihn heimlich beobachtet.«

Eve ignorierte Palmers Bemerkung und versuchte, nicht darüber nachzudenken, was sich der Detective Sergeant notieren mochte. »Ich habe nicht gehört, dass er an die Tür geklopft hat, kann aber auch nicht beschwören, dass er es tatsächlich unterlassen hat. Ich war auf Gus konzentriert.«

»Demnach hatten Sie den Eindruck, dass Mr. Green vor dem Apple Tree Cottage gestanden hat, ohne sich bemerkbar zu machen?« Der Sergeant neigte sich ein wenig vor.

Nun nickte sie.

»Könnte er gerade selbst aus dem Cottage gekommen sein und die Tür abgeschlossen haben?«

»Ja, könnte er wohl.« Er müsste Schlüssel bei Ashtons Leiche gefunden haben, falls er ihn umgebracht hatte. Andererseits hätte ihm Betty Foley von sich aus Hausschlüssel geben können. Es war klar, dass sie immer noch eine Beziehung führten, auch wenn Viv erklärt hatte, dass er nie zu ihr gezogen war. Noch dazu hatten die Leute in Suffolk die bezaubernd unschuldige Angewohnheit, Ersatzschlüssel unter Blumentöpfen und Ähnlichem zu deponieren. So lax in puncto Sicherheit wäre Eve nach ihren Jahren in London niemals.

»Es würde erklären, dass er aus dem Nichts gekommen zu sein schien«, sagte der Sergeant. »Und warum er nicht so wirkte, als hätte er etwas vor. Falls er gerade das Haus verlassen hatte, dürfte er gerade erledigt haben, weshalb er dort gewesen war.«

»Und warum haben Sie vor dem Apple Tree Cottage herumgelungert?«, hakte DI Palmer nach und beäugte Eve misstrauisch.

»Ich bin auf dem Weg zu einer Verabredung mit Ashton Foley gewesen.«

»Mit Ihrem Hund? Also kein beruflicher Termin, nehme ich an.«

Gus hob den Kopf und warf Palmer einen strengen Blick zu.

»Es *war* beruflich, um genau zu sein, aber ich hatte nicht vor, länger zu bleiben. Danach wollte ich mit Gus am Strand spazieren gehen.«

»Könnten Sie näher ausführen, was der Zweck Ihres Besuchs war?«

Ihr war bewusst, dass es wirr klingen würde. Sie erklärte, dass sie Ashtons Bitte, ein Feature über ihn für die Zeitschrift *Icon* zu schreiben, abgelehnt hatte. Und dass er sie trotzdem an dem Morgen auf einen Kaffee zu sich gebeten hatte. Und ein Frühstück. Und dass sie seine Einladung angenommen hatte.

Nun sah selbst Gus sie verwundert an. Vielleicht war sie rot geworden.

»Das hört sich alles sehr lauschig an. Worüber wollten Sie noch mit ihm sprechen, nachdem Sie bereits abgelehnt hatten?«

»Er hatte gesagt, dass er meinen Rat in irgendeiner Sache bräuchte.«

»Aber nicht, worum es sich handelte?«

»Nein.«

Palmer zog die Augenbrauen sehr weit hoch. »Sind Sie sicher, dass Sie den Job abgelehnt hatten?«

Im Ernst? »Solche Dinge bringe ich nicht durcheinander.« Sie zog ihr Handy aus ihrer Jeanstasche, tippte ihr Passwort ein und zeigte ihnen die Textnachrichten, die zwischen Ashton und ihr hin- und hergegangen waren.

Palmer wirkte enttäuscht. »Es ist offensichtlich, dass er immer noch gehofft hatte, Sie umzustimmen. Wir sind hier, weil wir einen Vertrag bei ihm gefunden haben, der zur Unterschrift für Sie bereitlag.«

»Ja, das war klar.« Sie erzählte ihm von dem Anruf, den sie nachmittags von *Icon* bekommen hatte, und sie wünschte, sie dürfte die Papiere sehen, die Palmer an sich genommen hatte. Sie würden ihr eine Vorstellung von der Höhe des Honorars geben; doch es schien ihr zu dreist, danach zu fragen.

»Ich werde alle relevanten Informationen brauchen, die Sie im Rahmen Ihrer Arbeit erfahren. Und Sie müssen mir versichern, dass Sie nicht mehr machen, als Ihr Auftrag erfordert, und sich nicht in die Polizeiermittlung einmischen.«

Sie antwortete nicht. Seinen letzten Fall hatte er allein auf den Beweisen aufgebaut, die sie gesammelt hatte.

»Gibt es sonst noch etwas, was Sie uns jetzt mitteilen möchten?«

Im Geiste ging Eve die Personen durch, die sie mit dem Toten gesehen hatte. Von seinem Streit mit Marina Shaw bis hin zu den seltsamen Szenen mit Amber Ingram und seinen früheren Lehrern. Aber sie hatte nichts Konkretes, und sie würde ohnedies mit ihnen allen reden. Als ihr wieder Ashtons aggressives Auftreten gegenüber Howard einfiel, stockte sie kurz. Wenn sie ihnen davon erzählte, wäre es noch ein Hinweis, dass Howard schuldig sein könnte, obwohl er bei der Begegnung ruhig geblieben war.

Palmer sah sie direkt an. Es half nichts. Sie schilderte ihnen die Szene im Dorfladen. »Aber Mr. Green war sehr beherrscht in seiner Reaktion.«

Der DI und sein Sergeant wechselten einen Blick.

»Und wie war Ihre eigene Beziehung zu Ashton Foley?«, wollte Palmer gleich darauf wissen.

»Wie bitte?«

»Seit wann haben Sie ihn gekannt?«

»Erst seit er im Dorf angekommen war.«

»Waren Sie beide intim?«

Wahrlich, Palmer hatte eine lebhafte Fantasie! »Was? Nein! Wir haben nur wenige Male in der Öffentlichkeit miteinander gesprochen: im *Monty's* und im Dorfladen. Und auch bei der Verlosung.«

Palmer betrachtete sie skeptisch. Unterdessen blickte DS Boles auf seine Schuhe. Sie waren auf Hochglanz poliert und spiegelten das Sonnenlicht, das durchs Fenster hereinfiel.

»Aber hätten Sie sein Cottage heute früh betreten, wären Sie mit ihm allein gewesen«, sagte der DI.

»Wir leben nicht mehr im viktorianischen Zeitalter. Doch es war einer der Gründe, weshalb ich Gus bei mir hatte.« Sie bereute die Worte in dem Augenblick, in dem sie sie ausgesprochen hatte.

»Haben Sie geglaubt, dass er etwas versuchen würde?«

»Nicht ernsthaft. Ich bin mir sicher, dass er allen Frauen dieses Gefühl gegeben hat.«

»Wir haben eine Zeugenaussage, der gemäß der Eindruck entstanden war, dass Ashton Foley sich für Sie interessierte. Und umgekehrt.«

Könnte Eve herausbekommen, wer das gesagt hatte … »Er hat immerzu geflirtet, Inspector, und das ohne Unterschied: bewundernde Blicke, schmeichelhafte Bemerkungen. Es gehörte zu seinem Auftritt. Er wollte, dass ich etwas für ihn tue, vergessen wir das nicht. Doch wie Sie aus meinen Textnachrichten wissen, war ich nicht zu überreden. Und ich bin beinahe alt genug, um seine Mutter zu sein.« Sie dachte an Betty Foley. Wie überglücklich sie ausgesehen hatte, als sie sich auf den Besuch ihres Sohnes gefreut hatte. Was musste sie jetzt durchmachen? Es war ein furchtbarer Gedanke.

»Können Sie uns sagen, wo Sie zwischen zehn Uhr am Samstagabend und zwei Uhr am Sonntagmorgen waren?«

»Ich war hier, im Bett.« Und hatte schlecht geschlafen, weil ich von Stimmen und Schritten auf der Gasse geträumt hatte. Die Nachwirkungen dieser Träume dürften mit schuld an ihrer Anspannung jetzt sein.

»Und ich nehme an, es kann niemand bestätigen?«

Eve hielt seinem Blick stand. »Das stimmt.« Wenn doch Dackel reden könnten! Gus sah ihr mit seinen braunen Augen entgegen, als sie zu ihm blickte. Sie hatte das Gefühl, dass er sie verstand.

Adrenalin rauschte durch Eves Körper, nachdem sie die beiden Detectives zur Tür gebracht hatte. Sie marschierte durchs Haus, stapfte die Treppe hinauf, um ihre Verärgerung abzubauen. Gus folgte ihr, bis ihr klar wurde, dass sie den Hund nervös machte.

Sie bückte sich und streichelte ihn. »Aber, ganz ehrlich, du verstehst, warum ich mich so ärgere, oder? Palmer stellt sich allen Ernstes vor, dass ich mit Ashton geschlafen habe! Und er hält mich für eine Verdächtige!«

Es erfüllte sie mit einer ohnmächtigen Wut. Doch sie könnte sich gegen seine offenkundige Absicht wehren, ihre Arbeit zu behindern. Sobald sie sich beruhigt hatte, klappte sie ihren Laptop auf und legte zwei neue Dateien an. Eine für Informationen zu dem Nachruf auf Ashton Foley und eine, die sich auf den Mord an ihm konzentrierte. Es fühlte sich gut an, Palmer zu trotzen, selbst wenn er es nicht wusste. Sie trug das Zeitfenster des Todes ein, das er ihr genannt hatte.

Und obwohl sie in diesem Stadium fast ganz ohne Fakten arbeitete, trieb sie die Wut auf Palmer an, auch Tabs für Ashtons Kontakte einzurichten: der Freund seiner Mutter, Howard Green; seine Geschäftsführerin und -partnerin, Marina Shaw; seine alten Freunde, Amber und Justin Ingram, und die Lehrer, Tina und Carl Adcock. Methodisch notierte sie sämtliche Details, die sie zu ihnen wusste, egal, wie spärlich die waren. Sie wollte ohnehin mit ihnen allen sprechen. Falls sie zufällig Informationen fand, die wichtig für die Ermittlung sein könnten, würde sie die nicht ignorieren.

Danach schrieb sie Viv eine Textnachricht, dass sie noch in Freiheit war. Ihre Freundin antwortete sofort und bestand darauf, dass Eve abends ins *Cross Keys* kam, damit sie ihr alle Neuigkeiten berichten konnte. Das *Monty's* schloss bald, also musste sie nicht wieder ins Café zurückkehren. Es gab Eve Zeit, mit ihrer Hintergrundrecherche zu Ashton zu beginnen und sich Fragen für ihre Gespräche zu überlegen.

Sie hatte einige Zeit intensiv gearbeitet, als ihr Festnetztelefon klingelte. Das Display sagte ihr, dass es ein Ferngespräch war. Eve nahm ab, doch alles, was sie hörte, war Weinen: gewaltiges, unkontrolliertes Schluchzen.

Kapitel 11

»Betty. Mrs. Foley. Es tut mir so leid.«

Ashtons Mutter versuchte zu reden, doch obwohl Eve annahm, dass sie sich für diesen Anruf gewappnet hatte, war es ihr vor lauter Kummer unmöglich. Und Eve empfand tiefes Mitgefühl mit ihr, als sie daran dachte, wie sehr die Frau sich gefreut hatte, mit ihrem Sohn wiedervereint zu sein. Bilder von der Achtlosigkeit, mit der er gleich an seinem ersten Abend zu Hause von dannen gerauscht war, anstatt mit seiner Mutter zu Abend zu essen, vermengten sich mit denen ihrer offensichtlichen Nähe am Strand.

Eve ließ Betty weinen, während sie ihr Beileid ausdrückte und versuchte, die Frau zu beruhigen, obwohl der Schmerz durch nichts zu lindern war. Wie spät mochte es in Neuseeland sein? Sie blickte auf die Uhr. Waren sie nicht elf Stunden voraus? Dann wäre es jetzt bei Betty Foley halb fünf Uhr morgens. Die arme Frau musste die ganze Nacht auf gewesen sein. Und das, nachdem sie wahrscheinlich den Tag bei ihrer Tante im Krankenhaus verbracht hatte.

Nach ein paar Minuten fing Betty sich ein wenig, schluckte und schluchzte nur noch leiser. »Entschuldigen Sie. Es tut mir leid. Tut mir leid, dass ich Sie belästige.«

Eve wünschte, sie wären im selben Raum und sie könnte Betty Foley in die Arme nehmen. »Bitte, entschuldigen Sie sich nicht. Ihr Verlust tut mir unsagbar leid. Falls ich irgendwie helfen kann …« Aber ihr war klar, dass es keine Hilfe für Betty in dieser Situation gab. Dennoch wollte Eve sie ihr anbieten, und sei es, dass Betty nur etwas Praktisches brauchte. Vielleicht hatte Ashton ein Haustier versorgt, solange seine Mutter fort war, oder irgendetwas dergleichen. Sie nahm an, dass Betty ihre Festnetznummer kannte, weil Eve sie nach dem Kauf des Hauses nicht geändert hatte.

Vivs und Simons Eltern waren mittlerweile beide tot, doch sie waren mit vielen Leuten im Dorf befreundet gewesen, solange sie noch in Elizabeths Cottage gewohnt hatten. Eve fragte sich, warum Betty ausgerechnet sie anrief, auch wenn sie mit Freuden jede Unterstützung anbot, die sie anbieten konnte.

»Danke.« Noch ein Schluchzen. »Ich habe Ashton …« Als sie seinen Namen aussprach, weinte sie wieder kurz. »Ich habe Ashton am Freitag angerufen, und er hat mir erzählt, dass Sie für *Icon* über ihn schreiben wollten.«

Eve verkniff sich, dass ihr Sohn sie mehr oder minder zu zwingen versucht hatte. Es spielte keine Rolle mehr. »Ja, stimmt.«

»Ich frage mich nur …« Sie stockte, und Eve hörte sie zittrig nach Luft ringen. »Ich frage mich, ob Sie es noch machen wollen. Schreiben Sie seinen … seinen …«

Eve umklammerte den Hörer. Dies hier war so schrecklich. Arme Betty! »Die Leute von *Icon* haben mich gebeten, jetzt seinen Nachruf zu verfassen.« Selbstverständlich wollte sie darüber mit Betty sprechen, doch sie hätte nie im Traum daran gedacht, die arme Frau zu kontaktieren, solange alles noch so frisch war.

»Ich habe gehört, dass Sie die Informationen gefunden hatten, die der Polizei geholfen haben, als Sie Bernard Fitzpatricks Nachruf geschrieben haben.«

Auch er war ermordet worden. Plötzlich wurde Eve klar, in welche Richtung sich dieses Gespräch entwickelte. »Ja, hatte ich, allerdings aus Zufall. Ich meine, gewiss wird die Polizei auch ohne mich die Wahrheit herausfinden.« War sie sich dessen sicher? Sie dachte an den kleingeistigen, unflexiblen DI Palmer.

Betty Foley weinte wieder.

»Sie werden alles tun, was sie können, um den zu finden, der Ashton umgebracht hat, und für Gerechtigkeit zu sorgen.«

»Aber sie glauben, dass sie es schon wissen!«, schluchzte sie.

»Wie bitte?«

»Sie denken, dass es Howard gewesen ist.« Wieder überkamen Betty die Tränen, während Eve versuchte, diese Neuigkeit zu verdauen. War es wegen ihrer Aussage bei der Polizei? Es musste mit hineingespielt haben.

»Haben sie Ihnen das gesagt?«, fragte Eve und hörte, wie Betty sich schnäuzte.

»Howard hat es mir erzählt. Er hat angerufen, um mich zu trösten.«

Eve schwieg für einen Moment. Also hatte Betty zwischen der Nachricht von Ashtons Ermordung und ihrem Anruf bei Eve mit Howard gesprochen. Er könnte vorgehabt haben, ihr Trost zu spenden, aber ihr vom Verdacht der Polizei zu erzählen dürfte ihren Kummer noch verzehnfacht haben. Eve schüttelte den Kopf und versuchte, es ihm nicht zu sehr zu verübeln. Er hatte zweifellos Angst.

Und vor allem wollte Eve ihre eigene Rolle bei alldem nicht aus dem Sinn gehen. Sie fühlte sich furchtbar. »Hat Howard gesagt, warum die Polizei ihn verdächtigt?« Falls einzig ihr Bericht der Grund dafür war, hatten sie nicht viel in der Hand.

»Sie wissen, dass sich Howard und Ashton nie verstanden haben«, antwortete Betty unter Tränen, und ihre Stimme war schwach. »Und ich denke, sie glauben es wegen der Waffe. Howard hat ein Antiquitätengeschäft. Er hat eine Menge Kontakte, die alles Mögliche verkaufen. Sie haben ihn gefragt, ob er jemals mit Waffen gehandelt hat, und das hat er. Daher wissen sie, dass er an eine Waffe kommen könnte.«

Wie groß war die Chance, dass die Polizei recht hatte? Doch noch als Eve sich diese Frage stellte, sagte Betty: »Bitte, Eve … Ms. Mallow. Bitte, können Sie das Gleiche machen wie letztes Mal und nach Beweisen suchen, um den wahren Schuldigen zu finden? Denn Howard liebt mich. Er hätte das niemals getan. Nicht in einer Million Jahre.«

Kapitel 12

Um halb acht abends saß Eve im *Cross Keys* Viv gegenüber, und die Erinnerung an den Anruf lastete schwer auf ihrem Herzen. Der Pub war genauso voll, wie es nachmittags das Café gewesen war. Die Gäste steckten die Köpfe zusammen und redeten über die Neuigkeiten des Tages, wie sie an Wortfetzen, die sie aufschnappte, erkennen konnte.

Nach dem Telefonat mit Betty Foley hatte Eve kurz geduscht, sich umgezogen und war mit Gus losgezogen. Ein Glas Wein und nette Gesellschaft waren exakt das, was sie brauchte – aber das Honorar für den Nachruf sollte tunlichst sehr gut sein. Anscheinend verbrachte sie neuerdings viel Zeit im Pub. Sie begann, von ihrer Befragung durch die Polizei zu berichten.

Viv nippte an ihrem Bier. »Palmer ist echt ein Armleuchter.«

Gus rührte sich zu Eves Füßen, als hätte er den Namen erkannt.

»Wenigstens konnte ich als Lohn für meine Mühe die ungefähre Todeszeit erfahren.«

»Immerhin.«

»Sein und DS Boles' Besuch war nicht die letzte Überraschung des Tages.«

Viv riss die blauen Augen unter dem gelben Pony weiter

auf. »Ich habe schon so ein Gefühl gehabt, dass da noch mehr ist. Was ist passiert?«

»Als ich dabei war, meine Gedanken zu ordnen, klingelte das Festnetztelefon.« Eve erzählte von Betty Foleys Anruf.

»Das muss ein schwieriges Gespräch gewesen sein«, sagte Viv.

Eve nickte. Ihr war selbst zum Heulen zumute, wenn sie an den Kummer der Frau dachte.

»Was hat sie vor? Kommt sie nach Hause?«

Eve trank von ihrem Chardonnay. Betty und sie hatten das Thema nach der komplett unerwartet geäußerten Bitte gewechselt. »Ihre Tante ist so krank, dass sie vorerst bleibt, aber sie steht völlig neben sich, wie man sich denken kann.«

»Armes Ding. Sie muss innerlich zerrissen sein. Doch ich schätze, sie kann so oder so nichts tun, wenn sie jetzt eiligst herkommt.«

»Eben.«

»Also«, Viv zog die Augenbrauen zusammen, »warum hat sie dich dann angerufen?«

Eve erklärte, worum Betty sie gebeten hatte.

Recht fest stellte Viv ihr Bierglas ab. »Das ist ja mal eine Bitte! Aber dir traue ich eher als irgendjemand anders zu, das zu schaffen. Und wahrscheinlich hat Betty nach allem, was Ashton durchgemacht hat, gemischte Gefühle, was die Polizei angeht.«

»Ja, das kann gut sein. Allerdings ist da noch etwas anderes.« Sie erzählte Viv, dass Howard Betty gesagt hatte, die Polizei würde ihn verdächtigen und warum. »Ich weiß, dass sie an seinen Antiquitätenhandel und auch sein früheres schlechtes Verhältnis zu Ashton denken, doch die Beweise, die ich ihnen gegeben habe, werden ihm nicht helfen.« Wieder dachte sie an Howard Green vor dem Apple Tree Cottage und blickte sich um, bevor sie eilig erklärte: »Ich habe den Eindruck, dass sie direkt nach dem Gespräch mit mir zu ihm gegangen sind.«

»Was nicht deine Schuld ist.«

Eve holte tief Luft. »Nein, doch irgendwie bin ich froh, dass Betty nicht weiß, was ich ausgesagt habe. Ich möchte ihren Schmerz nicht noch schlimmer machen, und sie ist felsenfest davon überzeugt, dass er es nicht getan hat. Jetzt trauert sie nicht nur um ihren Sohn und wacht bei ihrer schwer kranken Tante, sondern sucht auch noch jemanden, der ihr hilft, Howard Greens Unschuld zu beweisen.«

Viv trank einen Schluck Bier, runzelte die Stirn und neigte sich vor. »Und du hast zugestimmt?«

Eve seufzte. »Ich konnte nicht ablehnen. Sie war so verzweifelt. Und Palmer hat mich so wütend gemacht, dass ich schon angefangen habe, Notizen zu dem Mord anzufertigen, einfach um ihn zu ärgern. Ich werde eine Menge Informationen sammeln; es wäre verrückt, sie nicht im Zusammenhang mit dem Mord zu sehen.«

Viv stützte ihr Kinn in die Hand. »Was denkst du – über die Möglichkeit, dass er schuldig ist, meine ich?«

»Jedes Mal, wenn ich ihn und Ashton zusammen gesehen habe, hat Ashton sich bemüht, ihn auf die Palme zu bringen. Aber Howard hat ausnahmslos sehr beherrscht reagiert.« Eve war schon Menschen begegnet, die unter Druck irgendwann eingeknickt waren. Doch es hätte einen plötzlichen Kontrollverlust bedeutet. Der wiederum passte nicht zu der Theorie, dass Howard sorgfältig geplant haben sollte, sich eine Waffe zu beschaffen, um vorsätzlich einen Mord zu begehen.

Wieder trank Viv von ihrem Bier und nickte. »Dann hat Betty hoffentlich recht, und du kannst es beweisen.«

»Sie tut mir so leid, dass ich es wirklich hoffe. Als Erstes nehme ich mir mal Howards Aktivitäten in letzter Zeit vor. Wenn ich herausfinden kann, warum er vor dem Apple Tree

Cottage war, könnte ich eventuell schnell zeigen, dass sein Handeln vollkommen unschuldig war.«

Sie musste indes still und leise vorgehen. Betty hatte vermutlich recht, und Eve hatte keinen Grund, Howard für schuldig zu halten, trotzdem gebot ihr Selbsterhaltungstrieb, dass sie nicht allzu offen nachforschte. Ehe sie nicht absolut sicher war, sollte er nicht wissen, dass sie sich mit seinen Angelegenheiten befasste. Falls er etwas zu verbergen hatte, könnte es sie in Gefahr bringen, wenn sie allzu offensichtlich agierte. Ihr Magen verkrampfte sich.

»Ich habe Mrs. Foley gefragt, ob wir morgen früh noch einmal telefonieren können, englische Zeit. Ich hoffe, bis dahin habe ich ein bisschen nachdenken können, und sie hat sich etwas ausgeruht.« Was wohl nur mit medikamentöser Hilfe denkbar war, vermutete Eve. Welche Mutter könnte unter diesen Umständen schlafen?

»Und ich will laufend ein Update!«

»Du hörst dich wie Palmer an.«

Viv bedachte sie mit einem vernichtenden Blick. »Bietet Nigel Palmer dir Kuchen an als Lohn für deine Mühe? Hmm. Dachte ich mir. Vergleich uns bitte nie wieder miteinander! Übrigens ist das ein hübsches Kleid. Ist es neu?«

»Das Ergebnis von Online-Shopping nach zu vielen Gläsern Wein.«

»Rostrot steht dir gut. Und es sitzt wie angegossen.«

In diesem Moment verstummten alle im Pub. Eve blickte auf und sah Jo Falconer. Sie brachte ihr Essen persönlich zum Tisch. Rechts von ihr verspannte sich Hetty, die an einem der Fenster des Pubs gelegen hatte. Gus krabbelte tiefer unter den Tisch und presste seinen langen Körper an Eves Füße.

»Das riecht fantastisch«, sagte Viv, als ein Teller Wursteintopf vor ihr abgestellt wurde. »Geht es dir gut nach dem heutigen Morgen?«

Jo bejahte. »Da braucht es schon mehr, um mich umzuhauen. Der Anblick war aber scheußlich, und ehe ihr auch noch anfangt: Ich bin den ganzen Tag mit Fragen bestürmt worden. Vorhin war jede Menge Presse hier. Am Ende habe ich ihnen Hausverbot erteilt.«

Viv lächelte sie strahlend an. »Klingt schrecklich. Übrigens hat Betty Foley Eve gebeten, ein bisschen nachzuforschen, wenn sie für Ashtons Nachruf recherchiert. Also, falls du irgendwelche Informationen hast … als diejenige, die die Leiche gefunden hat …?«

Eve umfing ihr Weinglas, doch Jos Augen, die eben noch wütend gefunkelt hatten, wirkten auf einmal etwas nachsichtiger. »Tja, ich kann nicht leugnen, dass wir so viele Köpfe bei diesem Problem brauchen, wie wir irgend bekommen können. Dieser faule Hornochse Palmer wird es ohne Hilfe nie und nimmer schaffen.«

Sie stellte Eves Teller mit pochiertem Lachs vor ihr ab. Dazu gab es neue Kartoffeln, grüne Bohnen und schwarze Oliven-Tapenade. »Wenn ihr die Fakten hören wollt, setze ich mich kurz zu euch«, sagte Jo. »Ich kann mir eine Minute Pause gönnen, und ich stehe nicht hier, während ihr das Essen kalt werden lasst.« Sie zog sich einen Stuhl von einem benachbarten Tisch heran und wollte erst reden, wenn sie zu essen anfingen.

»Mal überlegen.« Die Köchin mit der Rubensfigur strich sich die dunkelbraunen Locken aus der Stirn. »Ich habe ihn tief im Wald gefunden, weit weg von den Wegen und auf dem Rücken liegend. Viel mehr weiß ich von dem Fundort nicht mehr; ich war zu sehr damit beschäftigt, schnellstens Hilfe zu holen. Aber DI Palmer hat ein paar Bemerkungen fallen lassen. Als ich ihm Ashtons Wunde beschrieben habe, hat er genickt und etwas zu diesem Sergeant gesagt. Der ist der Kopf des Zweiergespanns, so viel steht fest.«

Sie legte eine kurze Pause ein. »Sie haben über den Schusswinkel geredet und über das, was die Spurensicherung herausgefunden hat. Ihr Schluss ist, dass der Mörder nahe bei Ashton gestanden haben muss, ihm gegenüber, und eine Handfeuerwaffe benutzt hat. Die Wunde war eher auf der linken Seite seines Kopfes, also sieht es aus, als wäre sein Angreifer Rechtshänder. Es gab keine Spuren von einem Kampf oder so.«

Demnach konnte Ashton nicht auf der Hut gewesen sein. Es klang, als müsste der Täter die Waffe schnell gezogen und ihn überrascht haben, bevor Ashton eine Chance hatte, sich zu verteidigen. Hätte er versucht wegzulaufen, sich geduckt oder nach der Waffe geschlagen, hätte ihn die Kugel nicht so sauber erwischt.

Jo runzelte die Stirn. »Was sonst? Oh ja! Palmer hat mitten in meiner Befragung einen Anruf angenommen.« Eve sah ihr an, dass es sie noch ärgerte. »Er hat über die Gegenstände geredet, die an Ashtons Leiche gefunden wurden. Alles war noch da, Schlüssel, Handy, Brieftasche – also hat es niemand gemacht, der an seinem Besitz interessiert war. Mehr fällt mir nicht ein.«

»Wie hält Marina sich?«, fragte Eve.

»Sie ist noch blasser, als sie vorher schon war. Natürlich hat sie auch mit der Polizei geredet. Und sie hat den Pub den ganzen Tag nicht verlassen. Billy Tozer hat ihr einen Strauß Lilien geschickt. Der wird ihr eine Menge nützen!« In diesem Moment kam eine der Aushilfskellnerinnen zu ihr. »Gut, ich kümmere mich lieber um die Gäste.« Jo verengte die Augen, als sie ein paar Männer an der Bar betrachtete. »Die sind nicht von hier. Journalisten, wenn ich mich nicht täusche. Ein falscher Mucks, und die sind wieder draußen.«

Eve widmete sich ihrem Lachs und bemerkte endlich,

wie gut er schmeckte. Die Würze der Oliven-Tapenade war perfekt zu dem zarten Fisch.

»Und wie willst du es angehen?«, erkundigte sich Viv. »Wenn Howard unschuldig ist, was meinst du zu den anderen Verdächtigen?«

Eve schluckte ihren Bissen hinunter und trank einen Schluck Wein. »Wie es aussieht, hatte Ashton zu den meisten seiner alten Kontakte in Saxford ein seltsames Verhältnis, also lohnt es sich, da mal näher nachzusehen. Aber ich schätze, dass sich alle das Gleiche fragen: Bedeutet die Waffe, dass der Mörder in Verbindung zu Ashtons krimineller Vergangenheit steht? Die liegt lange zurück, doch du hattest Gerüchte erwähnt, dass er Drogen an die Stars verkauft haben könnte, die auch Kunden von *Outside In* geworden sind. Ich nehme an, die Polizei hat nie herausgefunden, wer Ashtons Lieferant war?«

»Nein, ich glaube nicht.« Viv sah sie ernst an. »Aber du hast recht. Und du bist vorsichtig, oder? Falls jemand von unseren Nachbarn nebenher Cannabis verkauft, haben diejenigen viel zu verlieren.«

Eve bejahte wortlos. Insgeheim war ihr genauso unwohl wie Viv. Wenn diejenigen damals, die hinter Ashton gestanden hatten, nie geschnappt worden waren, könnten sie immer noch aktiv sein. Und hatten sie Ashton umgebracht, um ihr Geheimnis zu schützen, hätten sie nichts mehr zu verlieren. Ihnen blühten jetzt so oder so Jahre im Gefängnis.

»Ich passe auf. Reine Hintergrundrecherche, bis ich einschätzen kann, womit ich es zu tun habe.«

Und was dann? Vielleicht könnte sie Howards Unschuld nicht beweisen, ohne den nächsten Schritt zu tun und die Beweise zu finden, dass jemand anders schuldig war.

Zurück in Elizabeths Cottage schrieb Eve Textnachrichten an ihre Zwillinge. Ihr war schon klar gewesen, dass die Presse überall über den Mord berichten würde, ehe Jo erwähnt hatte, dass die Journalisten in Scharen im Pub eingefallen waren. Und sie wollte sichergehen, dass Nick und Ellen es zuerst von ihr hörten.

Ihr Sohn antwortete am schnellsten.

Möchtest Du uns irgendwas erzählen? Sicher werden die Einheimischen langsam skeptisch, oder? All diese Morde gingen ja erst los, nachdem Du nach Saxford gekommen warst. (Er endete mit einem lachenden Emoji.)

Im Gruppen-Chat sah sie, dass Ellen schrieb.

Scherz beiseite, pass auf, ja? Falls Du Gesellschaft willst, ich komme gerne.

Dann meldete sich Nick wieder.

Ich ebenso.

Eve machte sich ans Antworten. Sie hatte immer noch nicht gelernt, mit den Daumen zu tippen.

Danke, Ihr zwei, aber kein Grund zur Sorge. Ich bin umgeben von Dorfbewohnern, die jede meiner Bewegungen observieren! (Das Grimassen-Emoji an dieser Stelle schien Eve angebracht.) *Wollte Euch nur Bescheid sagen, was los ist, weil es demnächst in sämtlichen Zeitungen steht. Liebe Grüße xx*

Wie sie zu Viv gesagt hatte, würde sie bei den Fragen bleiben, die sie immer für ihren Nachruf stellte, und abwarten, was dabei herauskam. Aber was, wenn es sie nicht weiterbrachte? Würde sie sich auf DI Palmer verlassen, den Fall zu knacken? Mrs. Foley sagen, dass sie das Handtuch werfen wollte?

Natürlich gab es immer noch Robin, der für die meisten in Saxford St. Peter die Gartenarbeit erledigte. Ein Mann, von dem viele Dörfler glaubten, er sei ein Ex-Knacki. Und der ein Geheimnis hatte. Sein Gespür würde Eve jederzeit höher bewerten als Palmers. Einen Moment lang überlegte sie, ihn anzurufen, aber nein – es wäre nicht fair. Er blieb stets für sich, weil er es so wollte.

Sie müsste es eben einen Schritt nach dem anderen angehen.

Kapitel 13

Eves Nachbarin Sylvia Hepworth stand direkt neben ihr. Sie blickten aus dem Fenster von Sylvias und Daphnes Zuhause, Hope Cottage, schräg gegenüber von Eves Haus in der Haunted Lane. Der Himmel war strahlend blau, und die tief stehende Sonne beschien sie. In der kleinen Seitenstraße zwitscherten Vögel in den Hecken. Primeln und Veronika blühten üppig auf den Grasstreifen.

Eve schaute zur Seite, und ihr Blick begegnete Sylvias. Die große Frau mit dem langen grauen Zopf hatte oft einen schelmischen Ausdruck in den Augen. Umso beunruhigender fand Eve, dass sie heute so ernst wirkte.

»Es ist seltsam, oder, solch einen idyllischen Morgen zu sehen, nachdem so etwas Entsetzliches geschehen ist? Ich mochte Ashton nicht – kein bisschen –, aber ich fühle es auch.«

»Ich wünschte, du würdest das nicht sagen.« Daphne Lovatt stellte eine Kaffeekanne auf den runden Tisch hinten im Wohnzimmer. Sie war sehr viel kleiner als Sylvia – ungefähr so groß wie Eve –, mit freundlichen grauen Augen und kurzem, silbergrauem Haar, das sehr gut geschnitten war. Der Tisch war vollgestellt: Ein Toastständer stand neben einem Krug mit Orangensaft, einer Butterdose, Marmeladen und dazu noch Besteck und Teller.

Sylvia warf Eve noch einen Blick zu. »Ich bin bloß ehrlich. Und ich mochte ihn nicht, weil er Daphne so mies behandelt hat.«

»Ich hatte ihm vergeben.« Daphnes Stimme verklang, als sie zurück in die Küche ging.

»Dein gutes Recht. Ich hatte mich dagegen entschieden. Und nichts, was ich gesehen habe, hat mich veranlasst, meine Meinung zu ändern.«

Daphne kehrte mit einem runden Topf der Anchovi-Paste zurück, die sie so gern aß: Patum Peperium, das Relish für den feinen Herrn. »Meine Mutter hatte das früher, und ich liebe es auch«, erklärte sie, als sie bemerkte, wohin Eve sah. »Leider geht es Orlando genauso.«

Daphnes und Sylvias roter Tigerkater beäugte den Topf mit dem Blick eines Tieres, das nur auf den passenden Moment wartete. Und gleichzeitig beobachtete Gus den Kater. Es zählte nicht zu Eves Gewohnheiten, Leute zum Frühstück aufzusuchen, aber Sylvia hatte Gus und sie auf der Rückkehr vom Morgenspaziergang abgefangen und eingeladen.

Eve mochte Hope Cottage sehr. Nach vorn heraus war es genauso traditionsträchtig wie ihr Haus, doch Sylvia und Daphne hatten es nach hinten erweitert, sodass zusätzliches Licht von dem großen Atelierraum dort in den Wohnbereich strömte. Große Oberlichter ließen die Sonne noch später am Tag herein, und die bodentiefen Fenster gaben den Blick in den Garten frei, mitsamt einem Meer von Etagenprimeln in Dunkelorange und Violett.

»Setzen wir uns, und dann erkläre ich dir meine vollkommen rationale Sicht der Dinge«, sagte Sylvia. »Ich habe vorhin Viv im Dorf getroffen, und sie hat erwähnt, dass du über Ashton schreibst.« Sie sah Eve an. »Und vielleicht Nachforschungen zu seiner Ermordung anstellst. Keine Sorge, Moira Squires war da außer Hörweite!

»Seid ihr sicher, dass ich euch nicht störe?« Der Duft von Toast – offensichtlich aus dem Brot zubereitet, das Toby Falconer an Moira lieferte – ließ Eves Magen knurren.

»Sicher doch. Setz dich. Und wenn du den Fraß nicht magst, den Daphne auftischt, gibt es noch reichlich anderes zur Auswahl.« Da war wieder das Blitzen in Sylvias Augen.

Einen Moment später hatten sie alle Teller mit Toast und Kaffeebecher vor sich stehen. (Die Becher waren Daphnes Arbeit: handgetöpfert und mit Seevögeln verziert. Sie bot ihre Tonarbeiten auch in der Kunsthandwerksecke im *Monty's* an.)

»Ich gehe davon aus, dass du bisher noch mit niemandem reden konntest?«, fragte Daphne, die unter Orlandos wachsamem Blick in ihren fischigen Toast biss.

»Nein, und deshalb ist mein Wissen momentan noch lückenhaft.« Was sie baldmöglichst ändern wollte. »Ich hatte Ashton allerdings ein wenig kennengelernt. Und er hatte mich schon gebeten, über ihn zu schreiben.«

»Typisch«, erwiderte Sylvia trocken. »Und dabei war es nicht mal dein Fachgebiet. Aber es musste ja immer nach seinem Willen gehen.«

Daphne sah sie flehend an.

»Wollen wir Eve die ganze Geschichte von Anfang an erzählen, damit sie sich selbst ein Bild machen kann?« Sylvia trank von ihrem Kaffee.

»*Ich* erzähle«, entschied Daphne und wandte sich Eve zu. »Es liegt alles sehr lange zurück. Damals war Ashton ein junger Teenager.«

Sylvia lachte. »Daphne möchte auf ihre subtile Art darauf hinweisen, dass ich nachtragend bin.«

»Wir und viele Leute aus dem Dorf waren drüben im Gemeindesaal. Es war ein Kunsthandwerksverkauf für wohltätige Zwecke. Ich hatte einiges von meiner Keramik gespendet, Sylvia ein paar Fotografien« – Sylvia war Berufsfotografin –

»und es gab noch vieles andere mehr. Viv und ihr Mann hatten Tee und Kuchen aus dem *Monty's* mitgebracht, und ich half immer mal wieder in der Küche beim Abwasch.« Vivs Mann war vor zehn Jahren gestorben. Es war seltsam, Daphne von einer Welt sprechen zu hören, die es so nicht mehr gab.

Sylvia schenkte ihnen Kaffee nach.

»Irgendwann kam jemand von einem der Stände herein zu mir und meinte, ein Mädchen draußen wolle mich nach meinen Arbeiten fragen.«

Eve konnte Menschen gut genug deuten, um zu erkennen, dass die Geschichte Daphne bis heute belastete. Ihre wachen grauen Augen glänzten. Sylvias hingegen blitzten vor Wut, die jetzt so frisch wirkte, wie sie wahrscheinlich damals gewesen war. Und Eve fragte sich, was nun kommen würde.

»Ich bin in den Saal, um mit dem Mädchen zu reden.« Es trat eine lange Pause ein. Daphne hörte auf, ihren Toast zu essen, weshalb Orlando näher zu ihrem Platz rückte und sich auf den vierten Stuhl am Tisch setzte. Gus war neben Eve und blickte jedes Mal besorgt zu ihr auf, wenn sie zu ihm schaute.

Sylvia ergriff das Wort. »Ich war in dem Saal herumgegangen, doch ich hatte Daphne aus der Küche kommen gesehen und dachte, ich gehe mal nach hinten und springe beim Abwasch mit ein. Der fällt bei solchen Veranstaltungen immer in Unmengen an. Zuerst war ich aber zur Toilette gegangen, und als ich in die Küche kam, war dort Ashton Foley.« Sylvia schaute Eve an. »Auf dem Fensterbrett in der Küche gab es einen Ringhalter. Der ist immer noch da, also hast du ihn wahrscheinlich gesehen, als du mit Viv das Catering bei der Verlosung übernommen hast. Daphne hatte ihren Ring zum Spülen abgenommen und ihn in den Halter gelegt. Als ich reinkam, hatte Ashton ihn in der Hand und war im Begriff, ihn einzustecken.«

»Ich mag bis heute nicht glauben, dass er ihn wirklich stehlen wollte.« Daphne wirkte trostlos. »Er hat dir gesagt, dass er dachte, jemand hätte ihn liegen lassen, und er wollte ihn dem Vikar geben.«

»Weil er geistesgegenwärtig war.« Sylvia stellte ihren Becher hin. »Ein Schauspieler. Ein Charmeur und Gauner. Verstehst du jetzt, warum ich immer noch wütend auf ihn war? Und wie sich herausstellte, war das Mädchen, das Daphne sprechen wollte, eine Freundin von ihm, Amber Ingram, um genau zu sein. Erinnerst du dich? Eine der Frauen, die kürzlich eine Beratung von *Outside In* gewonnen haben. Das Ganze damals war ein abgekartetes Spiel. Er war clever, das muss ich ihm lassen.«

Eve überlegte. Sie konnte die Frau in dem adretten Kleid und mit dem aufgeblasenen Ehemann, die sie bei der Verlosung gesehen hatte, nicht mit dem Bild eines Mädchens in Einklang bringen, das sich an gemeinen Tricks beteiligte.

»Ich glaube, Amber hat ihn zu der Zeit ziemlich bewundert«, sagte Daphne, die offenbar Eves Gesichtsausdruck richtig deutete. »Sie war bezaubert, und er hatte Probleme.«

Sylvia schnaubte verächtlich.

»Wurde irgendetwas unternommen?«, fragte Eve.

Sylvia lehnte sich auf ihrem Stuhl zurück. »Davon wollte Daphne nichts wissen, und ich konnte nicht beweisen, dass er log. Circa ein Jahr später traf ich Betty Foley, und sie erwähnte, dass Ashton wegen etwas anderem in Schwierigkeiten geraten war. Ladendiebstahl, glaube ich. Da konnte ich nicht anders und habe ihr erzählt, was ich gesehen hatte.«

Sylvie nickte. »Betty hat mir geglaubt. Die arme Frau war krank vor Sorge wegen ihres Sohnes, doch sie gab sich auch selbst die Schuld. Sie hat gedacht, ihre Beziehung mit Howard könnte ein Auslöser sein. Jedenfalls hat sie mir erzählt, dass Ashtons Anwalt ihn unter seine Fittiche genommen hatte. Das war so ein Gutmensch, der sich hin und wieder über seine Arbeit hinaus für seine Mandanten engagierte. Russell Rathbone hieß er, wenn ich mich nicht irre. Ich erinnere mich, es ist ja ein einprägsamer Name.«

Eve holte ihr Notizbuch aus der Tasche und schrieb sich den Namen auf. Er könnte von unschätzbarem Wert für ihren Nachruf sein und auch mehr über Ashtons Drogendelikte wissen.

»Ich schätze, sie wollte mir versichern, dass etwas unternommen wurde. Tatsächlich wurde es nur noch schlimmer, wie du gewiss weißt.«

»Aber er war so jung, als all das passiert ist!«, wandte Daphne ein. »Und am Ende hat er sich ja gut gemacht, trotz allem, was sehr für ihn spricht.« Sie sah Eve an. »Er hatte eine schwierige Kindheit. Sein Vater war jung gestorben, und seine Mutter hatte einige finanzielle Probleme, soweit ich weiß. Dann war da Howard Green, Bettys neuer Freund. Ich könnte mir vorstellen, dass Ashton das Gefühl hatte, nichts bestimmen zu können, dass ihm nichts wirklich gehörte. Ich glaube, deshalb hat er gestohlen.«

»Und ich glaube«, entgegnete Sylvia, »dass du zu gut bist für diese Welt. Für Ashton drehte sich von jeher alles um Geld und um ihn selbst. Hätte er deinen Ring bekommen, er hätte ihn innerhalb von Tagen verkauft. Er wollte den nicht als hübsches Andenken, um es für immer in Ehren zu halten.«

Plötzlich griff sie an Eve vorbei und fing Orlando ab, der soeben eine Pfote nach Daphnes Teller ausstreckte. »Und du, mein liebes Miezekätzchen, bist fast genauso schlimm.«

Kapitel 14

Um neun Uhr war Eve wieder in Elizabeths Cottage, eine halbe Stunde vor ihrem vereinbarten Telefonat mit Betty Foley. In Auckland wäre es dann halb acht Uhr abends. Sicher war Betty um diese Zeit von ihrem Besuch im Krankenhaus zurück.

Wieder einmal wünschte Eve, sie könnte von Angesicht zu Angesicht mit der Frau sprechen. Sie war seit Jahren gewohnt, mit frisch Trauernden zu reden, deren Gefühle noch sehr pur und ungefiltert waren. Oft schien es ihnen gutzutun, über einen verstorbenen Freund oder Angehörigen zu sprechen; sie konnten ihnen Respekt zollen oder aufgestauten Frust ablassen. Doch jemanden zu befragen, dessen Kind ermordet worden war, war etwas ganz anderes. Arme Betty.

Eve hatte sich gründlich auf das Telefonat vorbereitet, was ihr bester Schutz gegen mögliche Fallstricke in der Befragung war. Jetzt ging sie noch einmal die Informationen durch, die sie den Abend zuvor online zu Ashton recherchiert hatte.

Er hatte nicht versucht, seine bunte Vergangenheit zu verbergen, wie es schien, sondern sie eher wie eine Auszeichnung vor sich hergetragen. Es mochte lange zurückliegen, wie Daphne gesagt hatte, aber er nutzte sie als Teil seiner Marke. Vielleicht war es ein kluger Schachzug, wenn die

Leute ihn ohnehin nicht vergessen ließen, was vor all den Jahren gewesen war. Oder es hieß, dass er nicht bereute, wie er sich verhalten hatte …

Im Internet wie auch auf der Website seiner Firma fand Eve nichts über eine Ausbildung im Garten- und Landschaftsbau, folglich dürfte die praktische Seite seines Geschäfts bisher größtenteils bei Marina Shaw oder Zulieferern gelegen haben, die sie engagierten. Vielleicht war Ashton der Mann mit den Ideen gewesen. Und er hatte ein Talent gehabt, wenn es um Publicity ging. Die Presse hatte ihn in den vergangenen Jahren geliebt, seit er mit *Outside In* Erfolg hatte. Seine Markenzeichen, der schwarze Hut und die unkonventionelle Kleidung, bildeten einen klaren Kontrast zu den grünen Oasen, die er den Stars in ihrem Zuhause schuf. Und sein Charisma ließ sich nicht leugnen; er war ungemein charmant gewesen. Was praktisch war, ob man sich nun aus einer Bredouille reden musste, Drogen verkaufen oder den neuesten Einrichtungstrend verkaufen wollte.

Es gab keine offiziellen Berichte zu seinem Prozess vor dem Jugendgericht. Eve nahm an, dass Ashton zu jung gewesen war, um namentlich vor der Presse genannt zu werden, und alle Einzelheiten waren gewiss unter Verschluss. Allerdings hatte er später in Interviews selbst einiges preisgegeben, und so konnte Eve die Puzzleteile zu seiner verkorksten Jugend zusammenfügen.

Anscheinend hatte ein anonymer Tipp zu seiner Verhaftung geführt. Und in den meisten Interviews erwähnte Ashton, dass seine Lehrerin, Tina Adcock, in seinem Prozess ausgesagt hatte. Sie hatte gesehen, wie ein junger Mann, den sie nicht erkannt hatte, einen Umschlag auf Ashtons Tisch in der Schule gelegt hatte, und hatte es später bereut, dass sie es nicht sofort gemeldet hatte. Ashton sagte, sie hätte eindeutig die Rolle des Dealers hervorheben wollen, der ihm die Schulzeit ruiniert hatte. Und er würde ihren Beitrag nie vergessen.

Eve erinnerte sich an Tinas Ehemann, Carl, der Ashton in der Schule so rüde angegangen war. Vielleicht war Tina verständnisvoller gewesen als ihr Mann. Interessant war auch, dass Ashton mit zweien der drei Gewinner persönlich zu tun gehabt hatte.

Ashton behauptete in seinen Presseinterviews, dass er der Polizei schlicht nicht hatte helfen können, weil seine Lieferanten sehr darauf geachtet hatten, ihre Identität geheim zu halten. Doch Eve hatte ein Interview mit ihm auf YouTube gefunden, und da war ein seltsames Blitzen in seinen Augen, als er die Geschichte seiner kriminellen Vergangenheit erzählte.

Was steckte dahinter? Eve hatte das Gefühl, dass er mehr wusste, als er sagte. Es hätte einen Sinn ergeben, wenn er sich vor der Person gefürchtet hätte, für die er gearbeitet hatte, und die Behörden bei jeder Gelegenheit belogen hätte, um sie von der Spur abzubringen. Aber in dem Video wirkte er frech, genau wie Moira Squires ihn beschrieben hatte. Es war beinahe, als erzählte er einen Witz.

»Wie es sich anhört, hatte Tina Adcock ein bisschen Mitleid mit Ashton«, sagte Eve zu Gus. »Als seine Lehrerin hatte sie eine Fürsorgepflicht. Vielleicht fühlte sie sich schuldig, weil sie es versäumt hatte, früher Alarm zu schlagen, ehe er zu tief drinsteckte.« Eve wuschelte Gus durchs Fell und fühlte seine Wärme an ihren Fingern.

Möglicherweise waren Tina Adcocks Schuldgefühle der Grund dafür, dass sie Ashton heute unbedingt hatte unterstützen wollen, und sei es nur, indem sie einige seiner Lose kaufte. Was wiederum den Schluss zuließ, dass sie nichts dagegen gehabt hatte, ihn in ihr Haus zu lassen.

Es wurde Zeit für den Anruf, und da Eve ohnedies nicht

mehr tun konnte, nahm sie den Hörer ihres Festnetztelefons auf und wählte.

Betty Foley meldete sich nach dem ersten Klingeln. Nun klang sie matt, als hätte sie eine Art Benommenheit überkommen, um sie vor dem Schmerz zu schützen. Sie musste einen langen Tag nach einer schlaflosen Nacht gehabt haben. »Ich weiß einfach nicht, warum das jetzt passiert«, sagte sie, nachdem Eve ihr erneut ihr Mitgefühl ausgedrückt hatte. »Als er ein Teenager war, hatte ich ständig Angst um ihn und mich gefragt, ob Leute, denen ich auf der Straße begegne, seine Feinde sein könnten oder ob Ashton ihnen womöglich Geld schuldet. Aber ich hatte gedacht, heutzutage wäre sein Leben sicher. Obwohl …«

Eve füllte die Pause: »Etwas hat Ihnen dennoch Sorgen gemacht?«

»Als er mir gesagt hat, dass er nach Hause kommt, und wissen wollte, ob er bei mir im Apple Tree Cottage wohnen kann, hat er etwas von einem alten Geschäft erwähnt, um das er sich kümmern muss.« Sie sprach langsam, beinahe wie in Trance.

Eve hatte selbst gehört, wie er es zu der Frau an der Tür gesagt hatte. »Und deshalb haben Sie sich gesorgt?«

Es trat eine noch längere Pause ein. »Genug, dass ich ihn gefragt habe, was er meint. Aber er hat nur gelacht und geantwortet, es sei nichts und er könne auf sich aufpassen. Es hat sich angehört, als freute er sich darauf – was immer es auch gewesen sein mochte.« Eve hörte sie tief Luft holen. »Und dann habe ich das alles vergessen, weil ich in Gedanken bei meiner Tante war.«

»Natürlich. Es wäre jedem so gegangen, und Sie konnten nicht ahnen, was geschehen würde.« Eve wartete einen Moment. »Wenn Sie an die Zeit zurückdenken, als Ashton wegen Drogenverkaufs in Schwierigkeiten steckte, hatte er jemals angedeutet, dass er diejenigen, die ihn belieferten, persönlich gekannt hat? Oder dass er noch Kontakt zu ihnen hatte?« Er könnte sich seiner Mutter anvertraut haben, auch wenn er der Polizei nichts hatte erzählen wollen.

»Nein, aber ich hatte das Gefühl, dass er jemanden in Verdacht hatte. Ich habe ihn immer gewarnt, dass er in großer Gefahr sein könnte, doch er wollte nicht auf mich hören.«

Es klang wirklich so, als wäre Ashton eher überbordend selbstbewusst gewesen, nicht ängstlich. Trotzdem hatte er der Polizei verschwiegen, was er wusste, und das aus unerfindlichen Gründen. Eve dachte an den Streit zwischen Ashton und Marina Shaw, den sie zufällig mitgehört hatte. Da hatte seine Geschäftspartnerin ihn auch gewarnt.

»Ich habe gelesen, dass jemand der Polizei damals einen anonymen Tipp gegeben hatte, der zu Ashtons Verhaftung führte.« Sie wusste, dass sie schmerzliche Erinnerungen aufwühlte, doch es ließ sich nicht vermeiden. »Wissen Sie zufällig, wer derjenige gewesen sein könnte?«

»Er hat mir gesagt, dass er es nie herausgefunden hat.« Sie klang unsicher. »In mancher Hinsicht war er ein Opfer, kein Krimineller.« Betty weinte leise.

Auf Eve hingegen hatte Ashton abgebrüht gewirkt. Und der ausgeklügelte Plan, Daphnes Ring zu stehlen, bewies es ebenfalls.

Also war die Person, die Ashton als Kleindealer eingesetzt hatte, noch irgendwo da draußen – und wahrscheinlich bis heute aktiv. Eve war sich sicher, dass Ashton der Polizei mehr hätte erzählen können, und sei es nur zu der Logistik der Drogengeschäfte. Könnte er eine persönliche Rache geplant haben, ohne die Behörden einzubeziehen? Vielleicht hatte er wichtige Informationen zum späteren Gebrauch für sich behalten.

Aber warum hätte er bis jetzt warten sollen? All das lag

Jahre zurück. Hatte ihm dieser Besuch zu Hause eine Gelegenheit geboten, die sich vorher nie ergeben hatte? Eve machte sich eine Notiz.

»Ich konzentriere mich auf die dunkleren Aspekte, weil Sie mich gebeten haben, Hinweise auf den Täter zu finden«, erklärte sie, »doch ich möchte Ashton auch in dem Nachruf gerecht werden. Vielleicht können Sie mal über die entscheidenden Momente seines Lebens nachdenken, über Dinge, die er als Kind gern getan hat, und Ihre Erinnerungen an ihn.« Mrs. Foley am anderen Ende atmete tief durch. »Falls es leichter ist, können Sie mir die per E-Mail schicken.«

»Tut mir leid, ja, das mache ich. Im Augenblick kann ich nicht klar denken, aber ich würde mich gern hinsetzen und mich an die guten Zeiten erinnern.«

»Natürlich.« Eve dachte wieder daran, wie sehr Betty sich auf Ashton gefreut hatte. Und dann war die Realität auf sie eingeprasselt: wie er sie enttäuscht hatte, wie er einer Sturmböe gleich in ihren Alltag eingefallen war und sie wieder aufgewühlt hatte.

»Ich brauche auch einige Geschichten für die Beerdigung«, fuhr Betty Foley fort. »Jim Thackeray wird mich danach fragen.«

»Selbstverständlich. In dem Fall, wenn Sie noch kurz Zeit haben, komme ich lieber auf Ihre Bitte zurück.« Sie musste ihre Fragen behutsam formulieren. »Ich weiß, dass Sie von Howard Greens Unschuld überzeugt sind, doch es wäre gut, wenn Sie mir von seinem Verhältnis zu Ashton erzählen könnten, selbst wenn sie« – sie verwarf das Wort »verfeindet« – »sich weniger nahe waren.«

Howard Greens Bluterguss kam Eve in den Sinn. Könnten sich er und Ashton vor dem Mord geprügelt haben? Allerdings schien es, als hätte Ashton zwar Howard geschlagen, der jedoch seine Fäuste im Zaum gehalten. An Ashton waren zumindest keine Spuren einer Schlägerei zu sehen gewesen. Aber falls es eine Prügelei zwischen ihnen gegeben hatte, war Eve fest entschlossen, es aufzudecken. Andernfalls würde sie ihren Job nicht gut machen. Sie brauchte die Fakten als Grundlage für ihre sonstige Recherche. Und sie hasste Ungewissheit.

Betty seufzte. »Howard will mich immerzu beschützen, und deshalb war er oft böse mit Ashton, weil er mir auf der Nase herumgetanzt ist, wie Howard gemeint hat. Doch er hat verstanden, wie stark das Band zwischen uns beiden ist. Ich glaube, er hat vergessen, wie es ist, jung zu sein.« Für eine Sekunde war es still, dann hörte Eve, wie sich Mrs. Foley schnäuzte. »Doch Howard liebt mich, und er ist sehr loyal. Ich habe sogar Abstand zwischen uns gehalten, um Ashtons Gefühle nicht zu verletzen, und Howard hat es hingenommen. Das würde nicht jeder Mann tun.«

Es verblüffte Eve immer wieder, wenn Frauen ihre Partner auf diese Weise in Schutz nahmen und verteidigten. Doch zugleich verstand sie, was Betty Foley ihr sagen wollte. Howard Green musste die Situation zumindest ärgerlich gefunden haben.

»Ich habe Howard kürzlich im Dorfladen getroffen, und da hatte er einen Bluterguss im Gesicht«, bemerkte Eve. »Hat er Ihnen gegenüber vielleicht erwähnt, was ihm passiert ist?«

»Nein.« Betty klang verwundert. »Ich schätze, er wollte nicht, dass ich mir Sorgen mache.«

Und trotzdem hatte er ihr erzählt, dass er für die Polizei der Hauptverdächtige war. »Haben Sie regelmäßig Kontakt zu ihm, seit Sie fort sind?«

»Oh ja! Er ruft mich alle paar Tage an.«

Abermals dachte Eve an die Szene im Dorfladen, als sie gesehen hatte, wie Ashton absichtlich Howard angerempelt hatte, und sie das zerschundene Gesicht des älteren Mannes bemerkt hatte. Sie vermutete, dass die Verletzung da schon einen Tag alt gewesen war. Wahrscheinlich hatte er Betty irgendwann zwischen jenem Tag und seinem panischen Telefonat mit ihr nach der Polizeibefragung noch einmal angerufen. Man sollte meinen, dann hätte er einen vermeintlichen Unfall erwähnt, schon allein, um Gesprächsstoff zu haben.

Wollte nicht, dass Betty es weiß, notierte Eve in ihrem Block.

»Und hat Howard irgendwelche Begegnungen mit Ashton erwähnt, seit Sie in Neuseeland sind?«

»Nein.« Sie stockte. »Ich meine, das habe ich eigentlich auch nicht erwartet. Ich bin davon ausgegangen, dass sie sich gegenseitig meiden, wenn ich nicht da bin. Es wäre ja sinnlos, dann die Klingen zu kreuzen.«

Für einen Moment trat erneut Stille ein.

»Darf ich Sie fragen, ob Howard einen Hausschlüssel hat?«

»Ja, aber natürlich würde er nie einfach ins Haus gehen, wenn Ashton dort ist.«

Was glaubwürdig klang. Eve konnte sich nicht vorstellen, dass er ins Apple Tree Cottage marschierte, wenn die Gefahr bestand, dass er Ashton in der Badewanne vorfand oder in einem anderen intimen Moment überraschte. Dennoch hatte es an dem Morgen nach Ashtons Ermordung so ausgesehen, als könnte Howard im Haus gewesen sein. Er könnte vorher geklopft haben, woraufhin niemand öffnete. Aber es war noch früh gewesen. Ashton hätte noch schlafen können. Sicher hätte Howard das bedacht.

Angenommen, er war im Haus gewesen: Was hatte ihn sicher genug gemacht, das Cottage zu betreten?

Betty Foley hörte sich auf jeden Fall fest überzeugt an, dass Howard Green unschuldig war, und Eves Erfahrung sprach ebenso dafür. Sie hatte gesehen, wie sehr er sich bemüht hatte, Betty zu schützen, und wie es ihm gelungen war, seine Gefühle zu beherrschen, wenn Ashton ihn provoziert hatte.

Dessen ungeachtet war er an dem Morgen nach Ashtons Ermordung zum Apple Tree Cottage gegangen, was die Vermutung nahelegte, dass er sicher gewesen war, Ashton dort nicht anzutreffen. Hatte er gewusst, dass Bettys Sohn nie wieder nach Hause kommen würde?

Und sie durfte Howards Verletzung nicht ignorieren, nachdem er offensichtlich gelogen hatte, was die Ursache betraf. »Ich weiß, dass sich Howard und Ashton nie verstanden haben, aber fällt Ihnen ein Grund ein, weshalb es zu *neuem* Krach zwischen den beiden gekommen sein könnte? Mir ist bewusst, dass Sie Howard vertrauen, doch falls sie einen Grund hatten, sich zu streiten, ist es besser, wenn der bekannt ist, egal, wie irrelevant er sein mag.«

Die nun folgende Pause kam Eve zu lang vor. »Nein, das glaube ich wirklich nicht.«

Sie könnte lügen, weil sie Eves Bild von Howard nicht beschädigen wollte. Was für ein Streit könnte zwischen den beiden plötzlich aufgekommen sein? Wenn Howard regelmäßig bei Betty im Apple Tree Cottage war, war Ashton vielleicht über irgendwas in dem Haus gestolpert, was ihn wütend auf den Freund seiner Mutter gemacht hatte.

Wie könnte sie das herausfinden? Diese Frage behielt Eve im Hinterkopf, während sie das Gespräch fortsetzte, sich nach Ashtons Schulzeit erkundigte und auch nach dem Anwalt, der sich seiner angenommen hatte, Russell Rathbone.

»Er war fest der Meinung, dass Ashton etwas aus sich machen konnte. Er hat ihn dazu gebracht, sich beim *Drop In* anzumelden, einem der hiesigen Jugendclubs, nachdem er beim Ladendiebstahl erwischt worden war. Und mir hat er auch geholfen.« Sie seufzte. »Nur mit seinem Rat. Ich war nie in Schwierigkeiten, aber einmal hatte ich Probleme, die Hypothek zu zahlen, weil ich meinen Job verloren hatte. Ich hatte befürchtet, dass wir ausziehen müssen, doch Russell hat mir geholfen, einen ›Schuldentilgungsplan‹ zu erstellen – so hat er es genannt –, und die Bank gewährte mir dann mehr Zeit. Russell hat gesagt, Anwälte verdienen eine Menge und er wolle etwas zurückgeben. Er hat Ashton nie abgeschrieben, und sie sind in Kontakt geblieben.«

Sobald Eve dachte, dass ihre Fragen zu Howard und Ashton vergessen waren, erkundigte sie sich nach dem Apple Tree Cottage.

»Die Spurensicherung wird Ihr Haus gründlich durchsuchen, aber möchten Sie eventuell, dass ich auch mal hineinsehe, falls mir irgendetwas seltsam vorkommt? Ich könnte auch eine Beschreibung in meinen Nachruf aufnehmen. Es wäre gut, ein Bild von Ashtons Zuhause aus der Kindheit zu bringen.«

»Falls es etwas nützen kann, wäre ich Ihnen dankbar, wenn Sie sich einmal umsehen«, antwortete Betty Foley. »Die Polizei hat gesagt, dass sie heute Mittag dort fertig sind. Wenn Sie durch die Seitenpforte reingehen, finden Sie einen Hausschlüssel unter der eisernen Eule im Garten hinten.«

Wieso überraschte es sie nicht? Die Bewohner von Saxford St. Peter pfiffen wahrlich auf Sicherheit.

Eve fragte sich, ob sie Gefahr lief, auf Howard zu treffen, wenn sie sich im Haus umsah. »Kann ich noch etwas für Sie tun, wenn ich schon dort bin?«, tastete sie sich vorsichtig vor. »Ich nehme an, Howard gießt Ihre Topfpflanzen.«

Betty schluckte. »Ich habe keine – nur Trockenblumen. Ashton hat mich immer deswegen aufgezogen und gemeint, er könnte mich bei seinem Beruf unmöglich ohne Pflanzen wohnen lassen. Wir wollten zusammen ins Gartenzentrum fahren, doch dann habe ich den Anruf wegen meiner Tante bekommen.« Ihr Schmerz war trotz der Entfernung geradezu greifbar.

»Es tut mir sehr leid.«

Sie hörte, wie Betty wieder nach Luft rang. »Danke. Also, nein, im Haus muss nichts gemacht werden.«

Eve bedankte sich bei Mrs. Foley und legte auf. Dann dachte sie über alles nach, was Ashtons Mutter gesagt hatte. Und während sie die Informationen ordnete, machte sie sich mehr Notizen.

Woher hat Howard seinen Bluterguss?

Was wollte er an dem Morgen, an dem Ashton erschossen aufgefunden wurde, beim Apple Tree Cottage?

Falls er im Haus war, wonach hat er gesucht, und wie konnte er sich sicher sein, dass Ashton nicht dort war?

Warum hatte Betty Foley so lange über die Frage nachgedacht, ob es womöglich einen neuen Grund für einen Streit zwischen Howard und Ashton gegeben hatte?

Und schließlich, obwohl Howard ein sanftmütiger Mann zu sein schien:

War Howard mit seiner Geduld letztlich am Ende gewesen, was seinen alten Feind anging? (Nach Jahren, in denen Betty Foley ihn auf Abstand gehalten hatte, gefolgt von engem Kontakt mit Ashton und ohne Betty, die den Frieden zwischen den Männern wahrte.)

Das musste sie zumindest in Erwägung ziehen, auch wenn er sich Betty gegenüber stets auf altmodische Weise besorgt zeigte. Zum ersten Mal fragte Eve sich, was geschehen würde, sollte sich herausstellen, dass er tatsächlich schuldig war.

Sie ging zu Gus in die Küche und brühte sich einen Kaffee auf. »Mir gefällt das nicht«, sagte sie zu ihrem Dackel. »Aber Apple Tree Cottage zu besuchen könnte mir einige Antworten liefern.«

Sie musste vorsichtig sein und sich einen Plan zurechtlegen; ihr wäre lieber, wenn niemand erfuhr, dass sie dort war. Eve wollte sich gründlich umschauen, und jeder, der sie in dem Haus sah, könnte sich fragen, was sie vorhatte.

Ganz besonders der Mörder.

Kapitel 15

Eve hatte keinen Käse mehr im Haus, also lief sie zum Dorfladen.

Drinnen gab Moira vor, das Gemüse in der Schaufensterauslage zu begutachten. Eve nahm an, dass sie in Wirklichkeit den kundenfreien Moment nutzte, um zu sehen, was draußen vor sich ging. Die Ladenbesitzerin beugte sich zu einer Tomate, als Eve eintrat, sodass die Türglocke bimmelte.

»Oh, Eve, meine Gute! Ich bin so froh, Sie zu sehen, nachdem Sie gestern aus dem Café geholt worden sind! Ist alles in Ordnung?«

Eve atmete bewusst tief ein, und all die üblichen Gerüche des Ladens strömten auf sie ein: die Orangen in der Sonne, das frisch gebackene Brot, loser Tee, gemahlener Kaffee und eine Spur von Moiras Parfüm. »Ja, bestens, danke. Die Polizei hatte gehört, dass Ashton mich gebeten hatte, über ihn zu schreiben, weiter nichts. Sie hatten gehofft, dass ich ihn besser gekannt habe.«

Moira zog die nachgemalten Augenbrauen hoch, machte große Augen und wurde ein wenig rot. »Ah, verstehe. Ich nehme an, Sie wissen, wie es mit der Ermittlung vorangeht?«

Netter Versuch. »Eigentlich nicht, nein. Ich glaube, das ist alles vertraulich.« Dieses Informationenfischen beherrschte sie ebenfalls. »Was ist mit Ihnen, Moira? Ashton hatte bei

Ihnen ja schon die Beratung für *Outside In* gemacht, nicht wahr? Ich erinnere mich, dass er davon sprach, als ich letztes Mal hier war. Und er klang ganz erpicht.«

Moira seufzte tief und zog ein Taschentuch aus der Tasche ihres Kleids. »Oh ja, hat er. Und er hätte gar nicht aufmerksamer sein können. Was für eine furchtbare Tragödie! Paul fand, dass er ein bisschen zu aufdringlich gewesen ist, als ich ihm alles erzählte. Ashton hat eine Menge Fotos gemacht, aber natürlich mussten die sein, damit er planen konnte, welche Pflanzen zu den einzelnen ›Bereichen‹ passen, wie er es genannt hat. Und er hat auch Maß genommen.«

»Viv erwähnte, dass er Ihnen und Paul Schwierigkeiten gemacht hatte, als er jünger war. Offenbar hat er mit seinen Freunden hier im Laden für Unruhe gesorgt.«

»Sie hatte ihm Hausverbot erteilt!« Pauls Stimme ließ Eve zusammenzucken. Sie hatte nicht mitbekommen, dass er in der schattigen Nische stand.

»Ach!« Moira winkte ab. »Das war doch nichts. Und es ist alles längst vergessen. Er war ein ganz anderer Mann geworden!«

»Die Katze lässt das Mausen nicht«, sagte Paul und verschwand im Lagerraum hinten.

»Mein Motto ist von jeher ›vergeben und vergessen‹«, erklärte Moira.

Den Leitspruch hatte sie in seinem Fall anscheinend beherzigt, aber hatte Ashton genauso gedacht?

»Und jetzt schreiben Sie seinen Nachruf?«

»Ja, das stimmt.« Eve beschloss, von sich aus nichts preiszugeben. Wenn sie wartete, würde Moira wahrscheinlich mit einigen Informationen rausrücken, um die Unterhaltung in Gang zu halten.

»Ich nehme an, Sie werden mit Howard Green reden?«

Eve ging zu einer der gläsernen Kühlschranktüren und

öffnete sie, um sich eine Packung von dem Landhaus-Cheddar zu nehmen. »Ja, ich denke schon.«

»Tja, er und Ashton hatten ein interessantes Verhältnis.«

Eve schmunzelte vor sich hin. »Das habe ich auch gehört. Was halten Sie von ihm, Moira?«

Die Ladenbesitzerin nahm ihr den Käse ab und tippte den Preis in ihre Kasse ein, wobei sie den Kopf schüttelte. In diesem Dorfladen gab es keinen Barcode-Scanner; ein Besuch hier fühlte sich ein wenig wie eine Zeitreise an. »Ein netter Herr. Ja, recht ritterlich.«

Ganz nach Moiras Geschmack, vermutete Eve. Eves Typ wäre er nicht – er klang erdrückend fürsorglich –, doch davon durfte sie sich in ihrem Urteil nicht beeinflussen lassen.

»Es ist ein Jammer, dass er und Ashton sich nicht vertragen haben, aber natürlich konnte ich es verstehen«, fuhr Moira fort. »Howard ist so sehr traditionsbewusst, und Ashton war sehr unkonventionell – auch wenn er als Erwachsener charmant war. Aber Howard … ehrlich gesagt habe ich eine Veränderung an ihm bemerkt.« Sie beugte sich über den Tresen, obwohl sie allein waren. »Neuerdings ist er schon fast brüsk!«

Was im Grunde nicht weiter überraschend war. Moiras ständige Verhöre mussten den Leuten früher oder später auf die Nerven gehen.

»Und Sie reden sicher auch mit Amber Ingram, denke ich mal, weil sie ja auch eine Gewinnerin war.«

»Das hoffe ich.« Ihr Part in Ashtons Vergangenheit machte sie auf jeden Fall interessant.

»Sie arbeitet natürlich für Howard.« Moira beobachtete Eve genau.

»Davon wusste ich nichts.« Es war typisch für das Leben auf dem Dorf: Es gab ständig Querverbindungen, mit denen man nicht gerechnet hatte.

Die Ladenbesitzerin lächelte sichtlich entzückt, weil sie

diesen Informationsbrocken weitergeben konnte. »Ihm gehört der Antiquitätenladen draußen an der Straße nach Blythburgh. Sie arbeitet schon seit Jahren bei ihm. Natürlich nur in Teilzeit.«

Moira lebte noch in einer Welt, in der es undenkbar war, dass eine verheiratete Frau mit Kind eine richtige Karriere anstrebte. Nun neigte Moira sich noch weiter vor und behielt die Tür im Blick.

»Wie ich von Amber höre, scheint das Geschäft in letzter Zeit nicht gut zu laufen.« Sie tippte sich mit dem Finger seitlich an die Nase. »Geldsorgen, wenn ich mal zwischen den Zeilen lese. Howard wohnt in dem Cottage mit der cremeweißen Pforte an diesem Ende der Dark Lane, doch ich habe mich gefragt, ob er womöglich verkaufen muss.« Fraglos hielt sie regelmäßig Ausschau nach einem Maklerschild in seinem Vorgarten. Sie gab Eve ihren Käse. »Oh, sehen Sie nur!«

Eve drehte sich um und folgte Moiras Blick. Vivs Bruder Simon stand vor dem Laden. »Und heute ist Polly offenbar nicht bei ihm.« Da schwang ein leicht fragender Ton mit.

Eve ersparte sich den Hinweis, dass die beiden nicht miteinander verwachsen waren. Fragte sich das ganze Dorf, wie es ihr damit ging, dass Simon eine neue Freundin hatte? Würde Moira es als Gesprächsthema bei dem Nächsten nutzen, der durch die Ladentür kam? Der Gedanke war überaus unerquicklich.

Eve ließ sich Zeit beim Bezahlen und war froh, dass Simon verschwunden war, als sie wieder hinaus in den Sonnenschein trat.

Kapitel 16

Eve hatte angeboten, mit Marina Shaw im *Cross Keys* zu sprechen, doch die junge Frau fand, sie hätte genug von dem Pub gesehen, dass es für den Rest ihres Lebens reichte, also lud Eve sie stattdessen ins *Monty's* ein.

»Ich habe das Gefühl, dass ich eigens für sie einen Bitterorangen-Kuchen machen sollte«, sagte Viv finster. »Aber da die Hoffnung über die Erfahrung siegt, versuchen wir es bei ihr mal mit glasierten Sommerfrüchte-Törtchen. Vielleicht machen die sie süßer.«

Ein Blick auf die Miene der Geschäftsführerin ließ Eve erahnen, dass derlei Mühe vergeblich war. Dennoch genoss sie es, Leute wie Marina zu befragen. Sie warfen von vornherein den Fehdehandschuh und forderten sie heraus, ihre Vorurteile und negativen Gefühle zu überwinden. Einen Berg erklimmen zu müssen konnte belebend sein, und man wusste nie, was man bekam, wenn man es auf den Gipfel schaffte.

»Danke, dass Sie diesem Treffen zugestimmt haben«, sagte Eve, als sie bei Tee und Konfekt saßen, die Angie serviert hatte. »Tut mir leid – es muss eine furchtbare Zeit für Sie sein.«

Marina Shaw sah Eve direkt an, ohne auch bloß mit der Wimper zu zucken. Eve war klar gewesen, dass sie niemand war, der Mitgefühl wünschte, doch sie wollte es trotzdem ausdrücken. Die Frau mochte tough sein, aber sie und Ashton hatten jahrelang zusammengearbeitet. Gab es ohne ihn eine Zukunft für *Outside In*? Es war unmöglich zu sagen, welche Gefühle Marina Shaw unterdrückte.

»Was wollen Sie mich fragen?« Ihr Tonfall sagte: *Bringen wir das hier hinter uns.*

»Können wir vielleicht damit anfangen, wie Sie Ashton kennengelernt haben? Ich erinnere mich, dass Sie erwähnt hatten, Sie seien ursprünglich auch aus Saxford.«

»Bin ich.« Beim Nicken fielen ihr einige schwarze Strähnen in die Stirn. Das meiste Haar hatte sie zu einem absichtlich unordentlichen Knoten aufgesteckt. Es passte zu ihr. Die nachlässige Art, wie sie den klassischen Stil umsetzte, gab ihm etwas Modernes. Ihre von viel schwarzem Make-up gerahmten Augen blieben ungerührt. »Aber dann sind meine Eltern nach London gezogen, als ich etwa fünfzehn war, also haben wir den Kontakt verloren. Nach der Schule habe ich ein Diplom in Botanik gemacht und wurde als Gärtnerlehrling auf einem Anwesen angestellt. Rein zufällig habe ich Ashton wiedergetroffen. Er ist damals Roadie bei einer Band gewesen, die auf dem Gelände des Anwesens aufgetreten ist.«

»Die Welt ist klein.«

Sie nickte. »Ich erinnerte mich gut aus der Schule an ihn. Er war rebellisch, doch er hatte was. Ich habe immer gedacht, dass er mal irgendwas Ausgefallenes und Irres macht. Als wir uns wiedergesehen haben, war er voller Energie und auf der Suche nach dem nächsten Schritt – und ich habe auch über meine Zukunft nachgedacht.«

Demnach war sie von ihm beeindruckt gewesen, als sie beide noch Jugendliche gewesen waren. Eve machte sich Notizen. »Und Sie haben sich gegenseitig befeuert? Über Ihre Träume geredet?«

Marina sah sie streng an. »Meine Pläne sind nie Träume gewesen. Ich entscheide, was ich will, und dann finde ich heraus, wie ich es erreiche.«

Auch gut. Eve stand selbst stets mit beiden Füßen auf dem Boden der Realität.

»Hat er mit Ihnen über die Zeit seit Ihrer letzten Begegnung geredet? Seinen Aufenthalt in der Jugendstrafanstalt?«

Marina bejahte. »Ein bisschen, aber es war klar, dass er das hinter sich gelassen hatte.«

Und doch kam es in einer Menge Interviews zur Sprache, die er gegeben hatte. Andererseits hatte Sylvia ihn einen »Schauspieler« genannt. Wahrscheinlich war ihm bewusst gewesen, dass er eine gute Geschichte zu erzählen hatte, und die nutzte er wiederholt, um die Medienaufmerksamkeit zu fesseln.

»Ich habe mich gefragt, wie er das Leben dort fand«, bemerkte Eve. »Vermutlich ist das ein hartes Umfeld.«

Marina neigte den Kopf. »Mag ja sein, doch er war der geborene Diplomat. Meistens wusste er, wie er Leute rumbekommt und sie auf seiner Seite hält. Ich denke, das hat ihm geholfen, keinen Ärger zu kriegen.«

Diplomat oder sehr raffinierter Typ? Eve fragte sich, welche moralischen Kompromisse er hatte eingehen müssen, um die anderen jugendlichen Straftäter zufriedenzustellen. Gewiss gab es eine klare Hierarchie an solchen Orten.

»Ich habe nirgends eine Erwähnung gefunden, dass Ashton eine botanische Ausbildung hatte.«

Marina schüttelte den Kopf. »Er hat nichts von richtigen Ausbildungen gehalten, doch er fand meine Arbeit spannend. Wir haben an dem Abend, als wir uns wiedergesehen haben, sehr lange geredet.« Ein versonnenes Lächeln umspielte ihre Lippen. »Und später in der Nacht sind wir noch über das Gelände gegangen.«

Nach einigen Drinks und wer weiß was sonst noch, schätzte Eve.

»Wir haben über die Gartenanlage gesprochen, und als wir an der Orangerie vorbeigekommen sind, hat Ashton gesagt, wie cool es ist, drinnen Bäume zu haben. Die Geschäftsidee, das Draußen nach drinnen zu bringen, stammt daher.« Sie blickte ins Nichts, als wäre sie in den Moment zurückversetzt.

Eve konnte sich den nächtlichen Spaziergang ebenfalls bildlich vorstellen. Und diese Szene würde sich sehr gut im Nachruf machen. Sie fragte Marina nach dem Namen des Anwesens, damit sie Bilder davon recherchieren konnte.

»Ich fing neben meiner Lehre einen Teilzeitkurs in Gartendesign an«, fuhr Marina anschließend fort, »und passte die Ideen für Innenräume an, an denen wir arbeiteten, nachdem wir das Geschäft gegründet hatten. Ashton hat noch eine ganze Weile nebenher als Roadie gearbeitet, war viel unterwegs, und ich habe ihm alles weitergegeben, was ich gelernt hatte, als er fest nach London zurückgekommen ist.«

Sie musste Unmengen Stunden in das Projekt gesteckt haben. Ihre Leidenschaft dafür schimmerte auf jeden Fall durch. Und Eve hatte das Gefühl, dass sie Marina ein klein wenig näher gekommen war. »Und was ist mit Ihren ersten Kunden? Wie haben Sie es angeleiert?«

Eve erinnerte sich, dass Viv erzählt hatte, laut der Gerüchteküche wären die Promikunden von Ashton dieselben, denen er Drogen verkauft hatte, und er hätte in London vielleicht weiter gedealt. Sie konnte sich nicht vorstellen, dass Marina es zugeben würde, falls es der Wahrheit entsprach.

Die Geschäftsführerin trank einen Schluck von ihrem Tee. »Ashton war auf einer Menge Promipartys, deshalb hatte er die besten Beziehungen, und von da an ging es richtig los.« Wieder blickte sie kurz nach unten, bevor sie Eve direkt ansah. »Wir haben viel schneller Geld gemacht als die meisten anderen neuen Unternehmen.« Ihr Ton klang ein wenig defensiv.

»Hört sich fantastisch an. Und die Arbeit muss faszinierend sein. Ich schätze, Sie haben Ihre Kunden sehr gut kennengelernt, damit Sie planen konnten, welche Pflanzen am ehesten zu ihrem Lebensstil und ihrer Persönlichkeit passen.«

»Ja, klar. Das gehört zum Job.« Marinas Blick schweifte ab. Wahrscheinlich fand sie die Frage langweilig, doch Eve interessierte es.

»Da überlappt Ihr Job sehr mit meinem. Auch mich faszinieren Menschen und die Art, wie sie ticken.«

Marina reagierte nicht.

»Ich liebe es, Leute zu Hause zu besuchen. Es ist immer wieder erstaunlich, wie viel man da wahrnimmt.«

Marina seufzte, und Eve gab den Versuch auf, einen Bezug zu ihr zu bekommen. »Gibt es irgendwelche früheren Kunden, von denen Sie denken, dass ich mit ihnen sprechen sollte?«

Nun holte Marina ihr Handy hervor, rief einige Kontakte auf und schrieb sie Eve auf. »Die hier hatten schon früher mit den Medien zu tun. Ich weiß, dass sie froh sein werden, wenn Sie sie kontaktieren.«

»Danke. Es muss eine Menge Zeit und Mühe gekostet haben, das Unternehmen aufzuziehen. Und auch Geld.«

Marina nickte. »Ich konnte einen Kredit bekommen, als Ashton noch mit der Band unterwegs war. Und als er wieder zu Hause war, konnten wir loslegen.«

»Ich gehe davon aus, dass Sie sich sehr gut kennengelernt haben, so eng, wie Sie zusammengearbeitet haben.«

Marina nahm einen Bissen von einem Fruchttörtchen und lehnte sich zurück. Es war schwierig, etwas in ihren klaren Augen auszumachen. »Haben wir.« Nach einem kurzen Moment ergänzte sie: »Aber wir sind nie zusammen gewesen. Dafür haben wir einander viel zu gut gekannt. Und wenn man mit jemandem täglich zusammenarbeitet, ist das nicht eben förderlich für eine parallele Paarbeziehung. Da braucht man ein bisschen Luft.«

»Doch selbst in Arbeitsbeziehungen gibt es Spannungen.« Eve zögerte. »Sind Sie sich meistens einig gewesen?«

Marina sah sie vielsagend an. »Sie haben unseren Streit gehört, oder? An dem Freitagabend, unten an der Flussmündung? Ich habe Sie ein Stück vor uns gesehen.«

Eve nickte, und Marina fuhr mit einer Fingerspitze über den Rand ihrer Teetasse. »Mit Ashton konnte man gut arbeiten. Er war dynamisch, voller Begeisterung und kam richtig gut bei den Kunden an.« Sie blickte wieder zu Eve auf. »Wir hatten uns an dem Freitag wegen des Zuges an ihm gestritten, der ihn immer wieder in Schwierigkeiten gebracht hat: zu viel Selbstvertrauen und die Weigerung, irgendwas ernst zu nehmen. Er hatte gerade zugegeben, dass er Amber und Justin Ingram einen Streich gespielt hatte.«

Marina schüttelte den Kopf. »Sie sind seit ihrer Kindheit ›Freunde‹, aber mir war gleich klar, dass Ashton Justin nicht mochte. Er hat es überspielt, als ihr Los gezogen wurde, doch Justin ist der Letzte, dem Ashton hätte helfen wollen.«

»Und wissen Sie, warum? Ich hoffe, die Frage macht Ihnen nichts aus, aber wahrscheinlich werde ich auch mit Justin reden, und manchmal hilft es, mehr Hintergrundwissen zu haben, um mögliche Fettnäpfchen zu vermeiden.«

Marina betrachtete sie eine Weile nachdenklich. »Nein, weiß ich nicht. Doch Ashton hat es genutzt, in sein und Ambers Haus zu kommen. Justin war nicht zu Hause, und da hat er beschlossen, es dem Typen heimzuzahlen, und eine Boxershorts von sich unter dem Bett von Justin und Amber versteckt.« Sie wirkte verärgert, und Eve konnte es ihr nicht verdenken, falls die Geschichte denn wahr war.

»Ashton hat mir erzählt, er wäre in ihr Bad gegangen, hatte die Boxershorts ausgezogen, die er trug, seine Jeans wieder angezogen und die Unterhose in seine Tasche gesteckt. Dann hat er sie unters Bett geworfen, als Amber gerade nicht hingesehen hat. Er fand es zum Brüllen komisch, aber ich war stinksauer. So kann man eine Firma nicht führen: alte Rechnungen begleichen, wenn einem danach ist. Und die Firma gehört mir genauso wie ihm.« Sie schluckte. »Gehörte.« Nun senkte sie den Blick. »Ich war so wütend auf ihn, dabei war es eigentlich unwichtig – nur ein unbedeutender Kontakt –, nicht mal ein richtiger Auftrag. Sein Tod hat es in die richtige Perspektive gerückt.«

Was Eve zu ihrer nächsten Frage brachte. »Was haben Sie jetzt vor? Geht Ashtons Anteil an *Outside In* an seine Mutter?«

Marina nickte. »Ich will ihr anbieten, sie auszuzahlen, falls ihr das lieber ist. Schätzungsweise will sie nicht direkt involviert sein. Ansonsten mache ich einfach weiter. Wir haben ein volles Auftragsbuch, und auch wenn die Kunden Mitleid haben werden, wird es nicht so groß sein, dass sie dafür auf eine zügige Abwicklung verzichten.« Sie zuckte mit den Schultern. »So sind die Leute nun mal.«

Eves Schicht war fast zu Ende, und sie räumte die Küche auf, als Viv nach hinten kam.

»Wie war es mit der Gewitterziege?«

»Wen meinst du?«

Die Freundin sah sie streng an.

»Es war interessant.«

»Mir kannst du es erzählen. Ich verrate kein Wort.« Sie lächelte sehr einnehmend.

»Tja, ich denke, die Information, die ich von ihr bekommen habe, erklärt Justins Auftritt am letzten Freitagnachmittag, als er hier reingestürmt kam.«

Viv verdrehte die Augen. »So ein aufgeblasener Idiot! Und was ist die Geschichte dahinter?«

»Es bleibt unter uns, klar?«

Viv bejahte stumm, und Eve erzählte es ihr.

»Marina behauptet, dass sie wütend auf Ashton war, weil er sich zu unprofessionell verhalten hat. Und ich glaube ihr.«

»Aber?«

»Ich weiß nicht. Die Geschichte passt perfekt zu dem Streit zwischen den beiden, den ich unten an der Flussmündung gehört hatte, doch ich kann mir vorstellen, dass die Situation auch anders hätte ausgehen können.« Eve legte den Putzlappen ab. »Ich wette, dass Justin Ingram nicht gewartet hat, bis er und Amber zu Hause waren, ehe er wegen der gefundenen Unterhose auf sie losgegangen ist. Dafür war er viel zu aufgebracht. Ich könnte mir gut vorstellen, dass er schon auf dem Weg über den Dorfanger losgepoltert hat.«

»Und da könnte jemand anders ihr Gespräch gehört haben, was bedeutet, dass Marina so von der Geschichte erfahren hat, nicht von Ashton selbst?«

Eve nickte. »Möglich wäre es. Und falls ja, könnte Marina geglaubt haben, dass Ashton tatsächlich mit Amber geschlafen hat, was noch unprofessioneller gewesen wäre. Und egal, was er ihr erzählt hat, könnte sie das immer noch denken.«

»Und warum sollte sie nicht sagen wollen, woher sie es weiß?«

Das war eine gute Frage. »Um ihr Verhältnis zu Ashton als enger und vertrauensvoller darzustellen, als es gewesen war? Um anzudeuten, dass sie – obwohl sie manchmal nicht damit einverstanden war, wie er sich benommen hat – keine Geheimnisse voreinander hatten? Oder um eine unterschwellige Eifersucht zu vertuschen. Sie sagt, dass sie nie ein Paar gewesen sind, doch das könnte gelogen sein.«

Viv lehnte sich an die Arbeitsfläche. »Möglich wäre es.«

»So oder so habe ich das Gefühl, dass sie etwas im Schilde führt. Die Dynamik zwischen den beiden war auch interessant. Ashton nannte sich den »künstlerischen Leiter« von *Outside In*, doch Marina war die, die Botanik und Gartendesign studiert hat. Anscheinend hatte Ashton die Kunden akquiriert – und wahrscheinlich auch die Presse bezirzt –, doch ich frage mich, ob Marina fand, sie würde mehr einbringen.«

»Hältst du sie für eine mögliche Täterin?«

Eve stellte sich dieselbe Frage. Nur schien keine der möglichen Spannungen, die sie ausgemacht hatte, stark genug zu sein, um ein Motiv zu sein, sofern sie nicht heimlich ein Paar gewesen waren. Was wiederum unwahrscheinlich anmutete; keiner von ihnen hätte einen Grund gehabt, es geheim zu halten.

»Eher nicht. Aber jetzt muss ich an Justin denken. Bei der Verlosung hat er Ashton noch umgarnt, doch am Samstagabend muss er rasend wütend auf ihn gewesen sein. Marina sagt, dass Ashton ihn nie gemocht hat. Ich wüsste gerne, warum. Sylvia und Daphne haben erzählt, dass Ashton und Amber früher viel zusammen unternommen haben, also könnten wir es hier mit einer Dreiecksgeschichte zu tun haben. Was jedoch nicht ganz richtig klingt. Ashton ist so gut wie nie in Saxford gewesen, soweit ich es gehört habe, und die wilden Schulzeiten von ihm und Amber liegen inzwischen lange zurück.« Sie würde noch darüber nachdenken müssen. »Wie dem auch sei, werde ich das zwischen Justin und Ashton im Blick behalten.« Sie seufzte.

»Spannend«, erwiderte Viv. »Und was steht als Nächstes auf deinem Plan?«

»Russell Rathbone, der Anwalt, der versucht hatte, Ashton in die richtigen Bahnen zu lenken, nachdem der erstmals in Schwierigkeiten geraten war.« Sie blickte auf ihre Uhr. »Er will mich nach seinem letzten Termin heute empfangen, und ich hoffe, dass er mehr über Ashtons Drogengeschichte weiß. Ich denke immer noch, dass der Mord an ihm am ehesten mit dem Teil seines Lebens in Verbindung steht.«

Viv schaute sie verwundert an. »Dieses ganze Projekt klingt sehr riskant. Sei vorsichtig, ja?«

»Ja, Mutter!« Eve erwähnte ihre Pläne für den späteren Abend nicht. Sie wollte ihren Besuch im Apple Tree Cottage so geheim wie möglich halten.

Kapitel 17

Eve fuhr in ihrem Mini Clubman zu Russell Rathbones Kanzlei in Blythburgh. Sie trug ein maulbeerfarbenes Kleid mit passender Jacke; das Wetter war mild genug, um auf einen Mantel zu verzichten, auch wenn sie bei kniehohen Stiefeln geblieben war.

Den stoischen Gus hatte sie auf der Fußmatte in Elizabeths Cottage zurückgelassen. Vor ihrer Abfahrt hatten sie einen langen Spaziergang über die Heide unternommen, auch wenn man es angesichts des unglücklichen Hundeblicks nicht glauben mochte. Wenigstens hatte er schon sein Abendessen bekommen. Und Eve hatte vor, in spätestens anderthalb Stunden zurück zu sein, um selbst zu Abend zu essen.

Doch zuerst musste sie sich auf ihr Gespräch konzentrieren. Für eine Nachruf-Autorin war Russell Rathbone ein verlockender Interviewpartner. Selbst wenn er sich aus einem sozialen Pflichtgefühl heraus für Ashton eingesetzt hatte, musste etwas den Anwalt dazu gebracht haben, ihm weiterhin beizustehen, nachdem seine früheren Bemühungen nicht gefruchtet hatten. Herauszufinden, was ihn angespornt hatte, könnte Ashtons Geschichte sowohl eine erhebende Note geben als auch eine gewisse Kontinuität, weil die beiden in Kontakt geblieben waren.

Der Anwalt hatte Ashtons Entwicklung über viele Jahre verfolgt, von dem problematischen Jugendlichen mit ungewisser Zukunft bis hin zum überaus erfolgreichen Geschäftsmann. Und natürlich könnte auch etwas, was er sagte, Licht auf Ashtons vorzeitigen Tod werfen. Er dürfte mehr über Ashtons kriminelle Kontakte wissen als irgendjemand sonst.

Mrs. Foley ging Eve natürlich auch nicht aus dem Kopf. Könnte Eve tatsächlich Howard Greens Unschuld beweisen, hätte Betty zumindest jemanden, der ihr beistand, wenn sie wieder nach Hause kam.

Die Kanzlei war eine Herausforderung für die Sinne. Die Fassade zur Straße hin war wunderschönes Fachwerk – Tudor-Zeit, schätzte Eve –, während drinnen alles hypermodern gehalten war. Der Empfangstresen aus Buche war wellenförmig, und das Licht stammte von LED-Deckenschienen, die ein sich ständig veränderndes geometrisches Muster bildeten.

Eve könnte sich dabei unmöglich konzentrieren. Sie mochte ruhige Dekoration beim Arbeiten. Nach sehr kurzer Zeit stand die Empfangssekretärin auf und kam zu ihr, um sie von ihrem orangefarbenen Sitz, der wie ein Pilz aussah und dessen Rückenlehne wie eine Zunge geformt war, hinüber zu Rathbones Büro zu begleiten.

Drinnen war die Szenerie weniger grell, aber genauso modern und edel. Die Stühle waren aus Retro-Röhrenstahl mit violettem Polster, der Schreibtisch minimalistisch mit klaren Linien. Er war leer bis auf eine Flasche Mineralwasser, zwei Gläser, einen Notizblock und Schreiber sowie einen teuren Laptop. Ein Foto von zwei Kindern im Teenageralter mit Schulblazern, auf deren Brusttaschen Wappen prangten, stand auf einem Bücherregal hinter Rathbone.

»Willkommen«, sagte er. »Ich habe mich schon auf Ihren Besuch gefreut. Wenn so etwas geschieht, ist es seltsam tröstlich, mit jemandem über den Verstorbenen zu reden.« Er schüttelte den Kopf. »Natürlich war meine Beziehung zu Ashton eher beruflicher Natur, aber ich habe ihn lange gekannt. Mir war nicht gleichgültig, was aus ihm wurde.« Er blickte zu der Wasserflasche. »Darf ich Ihnen zu trinken einschenken? Oder möchten Sie lieber einen Kaffee?«

»Wasser wäre schön, danke.« Sie setzte sich auf den Stuhl ihm gegenüber, auf den er gezeigt hatte. »Ich bin Ihnen sehr dankbar, dass Sie mich empfangen. Es klingt, als könnten Sie ein paar neue Einblicke beisteuern. Ich weiß, dass Ashton einige schwierige Zeiten durchgemacht hat, und ich möchte, dass die Leser ein stimmiges Bild von ihm bekommen, den Hintergrund verstehen.«

Der Mann nickte und sah sie reumütig an. »Ihr Ansatz gefällt mir. Hat ein junger Mensch erst einen schlechten Ruf, kann es sehr schwer sein, den abzuschütteln – ganz egal, wie er sich später im Leben macht. Ich hoffe, dass ich helfen kann.«

Eve schlug eine neue Seite in ihrem Notizbuch auf und legte es sich auf den Schoß. »Wie ich höre, haben Sie Ashton recht früh kennengelernt. Wie kam es dazu?«

»Er wurde beim Ladendiebstahl erwischt. Ich übernehme eine begrenzte Anzahl von Verteidigungen für junge Menschen aus schwierigen Verhältnissen, deren Familien finanziell nicht gut gestellt sind. Ein Freund von einem Freund erwähnte die Foleys, und ich nahm Kontakt zu ihnen auf. Ich hatte Ashton beraten und konnte ihm helfen, ein Bußgeld für den begangenen Diebstahl zu vermeiden. Stattdessen konnte er mit einer polizeilichen Verwarnung wieder nach Hause gehen, obwohl es natürlich immer noch einen Aktenvermerk gab.«

Er sah Eve an. »Er war eine echte Persönlichkeit. Es gab eine Menge, was für ihn sprach, trotz einiger familiärer Spannungen und seines rebellischen Naturells. Ich denke, der Großteil seines Umfelds hatte ihn als Tunichtgut abgeschrieben, der immer am Rande der Gesellschaft leben würde. Doch sobald ich erahnte, was aus ihm werden könnte, konnte ich ihn nicht mehr aufgeben.«

»Was hat Sie bewegt, sich so für ihn zu engagieren?«

Rathbone seufzte. »Ich würde sagen, da gibt es zwei Faktoren. Zum einen bin ich als Teenager auch beinahe abgerutscht. Es kann jedem passieren. Ich hatte mich in meinem Internat der falschen Gruppe von Freunden angeschlossen. Ein verständnisvoller Lehrer erkannte die Gefahr und hielt zu mir. Wäre ich verhaftet worden, hätte es alle Aussichten auf eine Juristenkarriere zunichtegemacht.«

»Und der zweite Faktor?«

»Ich sah Ashtons Potenzial. Er war charmant. Oft gelang es ihm, andere von Dingen zu überzeugen, und er war geistig wie körperlich agil. Diese Züge können nützlich sein, wenn man sich seinen Lebensunterhalt mit kriminellen Machenschaften verdienen will, aber sie sind ideal, um ein legales Unternehmen zu führen.«

All das würde sich sehr nett in dem Nachruf machen. Es stellte die Verbindung zwischen Ashtons Vergangenheit und seiner Zukunft her, und es wäre gut, einen herzerwärmenden menschlichen Aspekt hineinzubringen.

»Also haben Sie Ashton wieder geholfen, als er wenig später wegen Cannabis-Handels Probleme bekam?«

»Ja, habe ich. Bis dahin hatten wir uns kennengelernt, und ich konnte ihn nicht jemandem überlassen, der seine Vorgeschichte nicht verstand. Ich habe ihn beraten und mit dem Jugendgericht verhandelt. Ich möchte mich nicht als Heiligen darstellen. Vielmehr wird das Praktizieren in einer Kleinstadt bisweilen langweilig, und Ashtons Werdegang von Anfang bis Ende zu verfolgen bot mir eine Herausforderung.

Er war eine harte Nuss, doch es hat sich wahrlich gelohnt mitzuerleben, wie gut er sich gemacht hat.«

»Ja, kann ich mir vorstellen«, sagte Eve. »Ich habe mir Interviews angesehen, die Ashton gegeben hatte und in denen er seinen Prozess wegen Drogenhandels ansprach. Er erwähnte, dass seine alte Lehrerin, Tina Adcock, ausgesagt hatte.«

Rathbone nickte. »Hat sie, ja.« Für einen Moment richtete sich sein Blick in die Ferne. »Sicher waren die Behörden dankbar für ihren Input. Es war ein Jammer, dass Ashton mir – oder der Polizei – nicht mehr Einzelheiten nennen wollte, doch ich schätze, das kann man ihm nicht vorhalten. Er hätte nicht gewagt, die Person gegen sich aufzubringen, die ihn mit Cannabis versorgte.«

»Denken Sie, dass er Angst hatte? Mir würde es einleuchten, aber seine Mutter deutete an, dass er übertrieben selbstsicher war und sie sich deswegen gesorgt hatte.«

Der Anwalt lächelte traurig. »Kinder können sehr gute Schauspieler sein, und wenn es darum geht, die Eltern zu täuschen, haben sie jahrelange Übung. Ashton hätte seine Angst nie zeigen wollen. Mrs. Adcock gab in ihrer Aussage einen Mann als Schuldigen an, der wenige Jahre älter war als Ashton, aber natürlich hatte der selbst seine Lieferanten. Auch wenn sie ihn identifiziert hätten, wäre das größere Problem nicht gelöst worden.«

»Ich weiß, was Sie meinen. Also, was ist mit Ashton geschehen, nachdem er verurteilt wurde? Hatten Sie ihn in der Jugendstrafanstalt besucht?«

Der Anwalt bejahte. »Ich wollte nachsehen, ob es ihm gut ging – und ob er es sich vielleicht anders überlegt hatte, was die Preisgabe weiterer Einzelheiten betraf, die uns hätten helfen können, diejenigen zu finden, die ihn rekrutiert hatten.«

»Hatten Sie später Kontakt zu ihm, nachdem er nach London gezogen war?«

Der Anwalt lächelte. »Ich habe ihm hin und wieder eine E-Mail geschickt, nur um zu fragen, wie es ihm ging, und einmal haben wir uns auf einen Drink getroffen, als ich in der Stadt war. Bei der Gelegenheit erzählte er mir von der Geschäftsidee zu *Outside In*. Es war fantastisch, die Begeisterung in seinen Augen zu sehen. Ich hatte mich stets ein wenig wegen seiner Arbeit als Roadie gesorgt – all diese Partys hätten ihn wieder in die Drogenszene lenken können. *Outside In* war sein Durchbruch, und sicher war er froh, so viel Zeit mit jemandem wie Marina Shaw zu verbringen. Ich habe ihr Foto in den Zeitungen gesehen.«

War es nur eine beiläufige Bemerkung, oder wollte Rathbone etwas andeuten? Abermals fragte Eve sich, ob Marina und Ashton einander näher gewesen waren, als sie hatte durchblicken lassen, und, falls ja, ob da bis zum Schluss etwas gelaufen war. Es wäre gut, mehr über Marinas Liebesleben zu erfahren.

Eve wollte ihr Notizbuch wieder einstecken. »Vielen Dank für Ihre Zeit. Es war wirklich hilfreich.«

»Und mir war es ein Vergnügen.« Doch er machte keine Anstalten aufzustehen. »Hören Sie, verzeihen Sie, dass ich mich einmische. Gewiss sind Sie sich der Gefahr bewusst, in der Sie sein könnten, wenn Sie Ashtons alte Kontakte befragen. Unter uns, Ashton ist nach seiner Rückkehr nach Saxford bei mir gewesen. Er wollte mich in einer Sache um Rat fragen, aber er hat auch viel über Justin Ingram gesprochen.«

Eve stockte der Atem. Was kam jetzt?

»Ist Ihnen bekannt, dass er mit einer der Frauen verheiratet ist, die eine Beratung von *Outside In* gewonnen hatten?«

Sie nickte.

»Ashton erzählte von früher: von seiner Zeit in der Jugendstrafanstalt und darüber, dass sein Lieferant nie geschnappt wurde. Dann, unmittelbar darauf, erwähnte er seinen alten ›Freund‹ Justin Ingram. Ich hatte den Eindruck, dass er mir etwas mitzuteilen versuchte, auch wenn er auf meine Rückfrage nicht mehr sagen wollte.«

Eve durchfuhr ein eisiger Schauer. Hatte Ashton deshalb Justin gehasst? Hatte Justin ihn mit Drogen versorgt und dann hängen lassen, als ihn jemand bei der Polizei angeschwärzt hatte? Wenn ja, musste Justin sicher gewesen sein, dass Ashton ihn im Prozess nicht namentlich nennen würde. Vielleicht hatte Ashton keine Beweise gehabt, und Justins Weste hatte blütenrein ausgesehen. Diesen Eindruck vermittelte er dieser Tage immer noch. Als Teenager könnte Ashton bezweifelt haben, dass die Polizei ihn ernst nehmen würde. Und eventuell hatte er hinter der selbstsicheren Maske tatsächlich Angst gehabt, wie der Anwalt angedeutet hatte.

»Vielleicht bilde ich es mir auch nur ein«, sagte Rathbone, »aber als ich in der Lokalpresse las, dass die Ingrams die Pflanzengestaltung gewonnen hatten, habe ich mir Sorgen gemacht. Ich habe unweigerlich gedacht, dass Ashton die Gelegenheit für irgendeinen Racheakt nutzen könnte. Damals als Teenager mochte er verängstigt gewesen sein, doch er ist schon lange raus aus der Drogenszene. Angst verblasst, aber die Sehnsucht nach Rache wächst.«

Eve hatte ihren Kuli noch über dem Notizbuch gezückt. »Ich nehme an, das haben Sie auch der Polizei gegenüber erwähnt?«

»Die habe ich gestern Abend angerufen. Ich habe keine Beweise, nur ein mieses Gefühl, doch mir war klar, dass ich etwas sagen muss. Falls da irgendwas dran ist, könnte er für Ingram eine Bedrohung dargestellt haben. Ich wollte nur, dass Sie das wissen. Mir ist nicht wohl bei dem Gedanken, dass Sie womöglich in eine heikle Lage geraten.«

Einen Moment lang fragte Eve sich, ob Justin es gewesen sein könnte, der die Päckchen auf Ashtons Platz in der Schule gelegt hatte; aber vermutlich hätte Tina ihn erkannt, da er aus dem Dorf war. Es passte nicht.

»Danke für die Warnung.«

Rathbone nickte.

Fünf Minuten lang saß Eve in ihrem Auto, ehe sie nach Hause fuhr. Sie musste einfach warten, bis ihre Gedanken ein bisschen zur Ruhe gekommen waren. Es hörte sich an, als könnte Justin ein Motiv gehabt haben, Ashton umzubringen. Nur gab es zwei Unstimmigkeiten. Wenn Rathbone richtiglag, warum hatte Justin sich keine Sorgen gemacht, als Amber bei der Verlosung gezogen worden war? Man sollte meinen, Ashton in ihr Haus zu lassen wäre das Letzte, was Justin wollen würde. Wenn er nicht Ashtons Lieferant gewesen war, könnte er mit diesem in Verbindung gestanden haben, und er hatte keinen Schimmer gehabt, dass Ashton ihm auf der Spur war?

Diese Theorie klärte die zweite Ungereimtheit nicht: den Streich, den Ashton laut Marina den Ingrams gespielt hatte. Er schien viel zu kindisch und nichtig, um zu Justins Verbrechen zu passen. Vielleicht hatte Russell Rathbone Ashtons Worte falsch gedeutet. Falls nicht, musste Eve hier etwas übersehen. Aber was?

Sie musste mit den Ingrams sprechen und abwarten, was dabei herauskam. Auch Mrs. Foley könnte sie nach Ashtons Verhältnis zu Justin fragen.

Ihre Gedanken wurden von einer Textnachricht ihres Ex-Mannes Ian unterbrochen.

Ich habe eben die Nachrichten gesehen. Sag mir bitte, dass Du nicht an dem Nachruf dieses Drogendealer-Mordopfers arbeitest! Du kennst meine Ansichten.

Ja, die kannte Eve, und sie interessierten sie nicht die Bohne. Die Nachricht zu löschen fühlte sich gut an. Ein Jammer, dass sich der Adrenalinschub, den seine Nachrichten immerzu hervorriefen, nicht ebenso leicht löschen ließ!

Eve war enorm froh, dass sie nach Suffolk gezogen war. Wäre sie noch in London, würde er jetzt vor ihrer Tür stehen. Er hatte sie verlassen, nicht sie ihn, trotzdem konnte er nicht aufhören, sich einzumischen. Anscheinend hatte er das Gefühl, dass sie unfähig war, ihr Leben ohne ihn zu meistern. Sie würde ihm weiterhin das Gegenteil beweisen, jede Sekunde eines jeden Tages.

Eve holte tief Luft. Sie brauchte Nachdenkzeit mit Gus. Nachdenkzeit und alle Fakten, die sie auftreiben konnte.

Neben den Informationen über die Drogensache musste sie auch noch nach mehr Details über Howard Green graben. Betty glaubte ihm, und er wirkte anständig, aber das durfte sie, Eve, nicht einfach so übernehmen. Was in aller Welt hatte er an dem Morgen nach Ashtons Ermordung vor dem Apple Tree Cottage gemacht? Gäbe es einen konkreten Beweis für seine Schuld, müsste sie Mrs. Foley mit ihm konfrontieren. An diesem Abend, nachdem sie gegessen hatte, würde sie ins Apple Tree Cottage gehen und nachsehen.

Kapitel 18

Eve wollte nicht, dass Dorfbewohner sahen, wie sie das Apple Tree Cottage betrat. Es war besser, wenn sie alle nichts von dem Auftrag wussten, den Betty Foley ihr gegeben hatte.

Nach dem Abendessen ging sie mit Gus an den Strand und brachte ihn danach zurück nach Hause, bückte sich, um ihn noch einmal zu streicheln, und machte sich auf den Weg zu Ashtons Elternhaus. Sie trug eine dunkelblaue Jeans und einen marineblauen Rollkragenpullover. Gelbe Regensachen waren heute nicht angezeigt, und es war lau genug, dass sie auf ihre Daunenjacke verzichten konnte.

Als Eve sich Blind Eye Wood näherte, sah sie eine Nachtschwalbe am sich verdunkelnden Himmel, die lautlos nach Beute jagte. Der Vogel war gleich wieder fort, aber eine Sekunde später hörte Eve sein seltsames, helles Gurren, das in der Abendstille abwechselnd anhob und wieder abklang.

Die alten Apfelbäume in Betty Foleys Garten standen still im silbernen Mondschein und reckten die knorrigen Äste verdrehten Armen gleich in die Nacht. Eve ging durch die Seitenpforte, wie Betty gesagt hatte. Sie war nervös, obwohl sie die Erlaubnis hierzu hatte. Die rostigen Angeln quietschten laut. Eve blickte sich ein letztes Mal auf dem Weg um, bevor sie die Pforte hinter sich schloss.

Im Garten hinten standen mehrere gusseiserne Figuren,

die im spärlichen Licht schwer zu erkennen waren. Eve holte ihr Handy hervor und schaltete die Taschenlampenfunktion ein, um über den Rasen zu leuchten. Sie erblickte einen Hasen und eine Ente, ehe sie die Eule entdeckte. Sie sah solide aus, doch als Eve sie anhob, stellte sie fest, dass die Figur hohl war.

Der Hausschlüssel lag unter der Eule im Gras. Eve hatte ähnliche Figuren aus Bronze gesehen, die schwer genug waren, dass sie einen sicheren Stand gewährleisteten. Diese hier sah billig aus. Jemand hatte eine Tüte mit Kieselsteinen hineingesteckt – vermutlich um sie zu beschweren, damit sie bei Wind nicht umfiel.

Auf einmal wurde Eve traurig. Betty Foley hatte wahrscheinlich gespart, um sich Dinge für ihren Garten zu kaufen, aber wohl nie viel Geld übrig gehabt. Nun würde sie das Geld vom Anteil ihres Sohns an *Outside In* bekommen, doch das Vermögen würde sie immerfort an ihren großen Verlust erinnern.

Eve ging mit dem Schlüssel zur Vordertür, schloss auf und blickte sich um, als sie die Tür aufschob. Drinnen zögerte sie.

Howard hatte noch einen Schlüssel.

Es war unwahrscheinlich, dass er herkam – Betty hatte gesagt, im Haus müsse nichts gemacht werden –, trotzdem verunsicherte das Wissen Eve. Sie überlegte kurz, dann schob sie den Riegel vor. Sollte Howard versuchen, die Tür aufzuschließen, solange sie im Cottage war, müsste sie einiges erklären, aber es fühlte sich wie die am wenigsten gefährliche Option an. Einen Moment später hatte sie auch an der Hintertür den Riegel vorgeschoben.

Es war stickig im Haus und roch noch nach Essen. Vielleicht von Ashtons letzter Mahlzeit.

Bettys Zuhause war nicht direkt einsehbar, dennoch würden es Passanten bemerken, wenn Eve alle Lichter einschaltete. Stattdessen schaute sie sich vorsichtig im fahlen Mondlicht um und benutzte die Taschenlampe ihres Mobiltelefons, wenn sie mehr sehen wollte.

Wie sie erwartet hatte, war nichts Auffälliges zu entdecken. In der Küche stand kein schmutziges Geschirr, und das Zimmer, in dem Ashton geschlafen haben musste, verriet nichts. Einige Sachen von ihm waren noch da. Eine Lederjacke und ein Paar Stiefel erinnerten Eve an sein verwegenes Grinsen und den wissenden Blick. Es war unheimlich.

Sie war sich bereits sicher gewesen, dass die Polizei alles gefunden hätte, was in einem klaren Zusammenhang mit der Tat stehen könnte. Und wenn Howard Green vor ihnen im Haus gewesen war, könnte er Beweise entfernt haben. Seine mögliche Anwesenheit war am schwersten zu ignorieren, als sie die Chancen abwog, dass er in den Mord verwickelt sein könnte.

Doch dass sie nicht sofort etwas fand, schreckte Eve nicht. Als sie angeboten hatte, sich im Haus umzuschauen, war es ihr um weniger offensichtliche Hinweise gegangen, von denen ihre Erfahrung ihr sagte, dass es sie geben könnte. Was konnte eine plötzliche Eskalation der Feindseligkeit zwischen Howard Green und Ashton Foley ausgelöst haben? In all den Jahren, in denen sie nach dem Tod eines Menschen mit den Angehörigen zu tun hatte, war Geld mit Abstand der häufigste Grund für Streitigkeiten.

Betty Foley war Howard Green nahe, obwohl sie ihn auf Armeslänge hielt. Möglich wäre, dass ihre Leben enger verquickt waren, als ihr Sohn angenommen hatte. Und das schloss finanzielle Arrangements mit ein. Falls ja, könnte Ashton Details in Bettys Unterlagen aufgestöbert haben.

Eve sah sich nach einem Aktenschrank oder Ähnlichem um. Bei ihrem ersten Rundgang hatte sie keinen gesehen, doch bei dem zweiten wurde sie fündig.

In dem Haus gab es keine Diele. Das Erdgeschoss bestand aus einer Küche vorn und einem Wohnzimmer, einem kurzen Flur und einem Bad hinten. In dem Wohnzimmer stand der Aktenschrank. Das hässliche graue Metall war beinahe vollständig von einem meergrünen Überwurf verhüllt, Ton in Ton mit den Fensterrahmen. Obendrauf stand eine Vase mit Trockenblumen: rosa und violetter Strandhafer mit einem Zweig Garten-Silberblatt.

Eve schloss die Tür zwischen Wohnzimmer und Küche, damit sie das Licht einschalten konnte, ohne dass es vom Weg aus zu sehen wäre. Danach stand sie für einen Moment regungslos da. Sie fühlte sich in diesem hell erleuchteten Raum fehl am Platz.

Als sie Betty um Erlaubnis gebeten hatte, nach Hinweisen in ihrem Haus zu suchen, hatte sich die Frau wahrscheinlich nicht vorgestellt, dass sie in ihren privaten Unterlagen stöbern würde. Andererseits hatte sie Eve auf eine Weise eingespannt, die sie nicht freiwillig gewählt hätte, und sie in einen moralischen Zwiespalt gestürzt, sollte Howard etwas zu verbergen haben. Und Eve hatte mit keinem Wort gesagt, dass sie ihre Suche auf Ashtons Sachen beschränken würde.

Schließlich schob sie den Überwurf und die Blumen aus dem Weg, um an die Unterlagen zu gelangen. Ihr war immer noch unwohl dabei.

Eve holte tief Luft. Sie musste wissen, ob Betty ihr etwas verschwieg; ihre Sicherheit könnte davon abhängen. Wieder dachte Eve an die lange Pause, die entstanden war, als sie Betty gefragt hatte, ob ihr ein Grund einfiele, warum sich Ashton und Howard in letzter Zeit gestritten haben könnten. Falls Betty, wie Eve annahm, Informationen zurückhielt, war ihr Handeln hoffentlich verzeihlich.

Sie zog die Aktenschübe einen nach dem anderen auf und las die Tabs an den Hängeregistermappen. Wenn Ashton hier herumgeschnüffelt hatte, wonach hätte er gesucht? Und warum? Sollte er Howard immer noch ablehnen und sich fragen, wie es um die Gefühle seiner Mutter bestellt war, könnte Eve sich vorstellen, dass er nach ihrem Testament gesucht hatte. Er war nicht knapp bei Kasse, doch das hielt die wenigsten Leute ab. Ihnen ging es ums Prinzip. Um das Zeichen, dass ein Elternteil jemand anders genauso sehr oder mehr liebte als einen selbst. Ashton könnte mit der Absicht gesucht haben, Betty umzustimmen, falls sie ihrem Freund irgendetwas vermachen wollte. Oder er hatte schlicht das Gefühl genießen wollen, dass seine Abneigung gegen Howard berechtigt war.

Das Testament war schnell gefunden: unter *T*. Zum Glück war es ein ziemlich dünnes und simples Dokument, verglichen mit den wenigen anderen Beispielen, die Eve schon gesehen hatte. Das Haus würde an Ashton gehen, doch Betty hinterließ Howard eine Summe Geld und wenige besondere Besitztümer. Der Betrag war nicht hoch, und die Sachen klangen nicht wertvoll, trotzdem konnte Eve sich vorstellen, dass es Ashton wütend gemacht hatte.

Sie schüttelte den Kopf. Es hätte zu Handgreiflichkeiten zwischen den beiden führen können, wenn sie so oder so schon nur darauf gewartet hatten, aufeinander loszugehen. Aber hätte Howard danach entschieden, Ashton umzubringen? Es mutete falsch an. Eve hatte Howards Bluterguss an dem Tag vor Ashtons Ermordung gesehen. Howard hätte also mehr als genug Zeit gehabt, sich zu beruhigen und zur Vernunft zu kommen.

Eve musste weitersuchen, falls es noch etwas anderes gab. Erneut ging sie die Kartenreiter nach anderen Themen durch, die mit Finanzen zu tun haben könnten. Da war einer mit dem Titel *Haus*. Aus den Papieren ging hervor, dass sie die Hypothek fast abbezahlt hatte. Es gab keinen Hinweis, dass sie irgendetwas Ungewöhnliches getan hatte, wie beispielsweise Howard als Miteigentümer eintragen zu lassen, und Eve fiel auch kein Grund ein, warum sie es tun sollte. Er hatte sein eigenes Haus.

Doch dann, als sie die anderen Kartenreiter durchsah, entdeckte sie etwas, das Ashton aufgefallen sein könnte, falls er neugierig oder misstrauisch gewesen war: ein neuer Reiter, der nicht zu den übrigen passte und mit *Vermögen* beschriftet war. Der Titel überraschte Eve. Alles, was sie an diesem Abend gesehen hatte, sagte ihr, dass Betty wenig Geld besaß. Ihre Möbel hatten schon bessere Tage gesehen, und der Teppich war abgewetzt.

Eve blickte in die Akte. Sie enthielt lediglich zwei Dokumente. Eines war das Exposé eines Maklers in Southwold für ein Cottage in einem benachbarten Dorf, angeboten für 300.000 Pfund. Und das zweite Dokument war ein E-Mail-Austausch zwischen Howard Green und Betty Foley. Eve fühlte, wie ihr Puls schneller wurde, als sie die Einzelheiten überflog.

Die E-Mails beantworteten nicht alle ihre Fragen. Betty und Howard bezogen sich auf direkte Unterhaltungen, also musste Eve zwischen den Zeilen lesen. Doch es war klar, dass Betty irgendwann – vermutlich vor Kurzem – ein größeres Erbe von einem Verwandten angetreten hatte. Aus dem Schriftverkehr zwischen Howard und ihr ging hervor, dass sie die Immobilie nicht ganz finanzieren konnte und zusätzlich zu ihrem geerbten Kapital eine Hypothek aufnehmen müsste.

Eve dachte an ihre Unterhaltung mit Mrs. Foley. Sie hatte erwähnt, dass sie einmal mit den Hypothekenraten für das Apple Tree Cottage in Verzug gewesen war. Russell Rathbone hatte sie beraten und einen Plan entworfen, wie sie ihre Schulden tilgen konnte. Was wahrscheinlich bedeutete, dass ihre Bank nicht direkt versessen darauf war, ihr einen neuen Kredit zu gewähren.

Die letzte E-Mail in dem Ordner war eine formelle Nachricht von Howard, in der er bestätigte, dass er 200.000 Pfund von Bettys Geld in ihrem Namen investieren würde, eine Hypothek für die restliche Summe beantragen und sich um Mieter für »das Haus« kümmern würde. Vermutlich das in dem Makler-Exposé erwähnte. Howard bestätigte ebenfalls ein Arrangement, nach dem ein Teil der Miete an Betty gehen und der andere in die Bedienung der Hypothek fließen würde.

Diese E-Mail hatte er eindeutig zum Beweis dafür geschickt, dass das Haus ihr gehörte, und Betty hatte sie entsprechend abgelegt. Eve versuchte, sich Ashtons Reaktion auszumalen, säße er jetzt hier, wo sie saß, und würde dieselbe Akte durchsehen. Hatte er überhaupt von dem Erbe seiner Mutter gewusst? Betty könnte es ihm verheimlicht haben, und auch das hätte sich für ihn wahrscheinlich wie ein Verrat angefühlt. Dann hatte sie obendrein Howard das Geld anvertraut und ihm erlaubt, in ihrem Auftrag zu handeln.

Was war mit der juristischen Seite? Genügte wirklich eine E-Mail, um Bettys Interessen zu wahren? Und die ihres Sohnes als ihrem nächsten Angehörigen? Eve dachte an die Geschichte, als er versucht hatte, Daphnes Ring zu stehlen. Sylvia hatte gesagt, ihm sei es immer nur um Geld gegangen, immer nur um die eigene Person. Vielleicht brauchte er dieser Tage kein Geld, doch Eve wäre jede Wette eingegangen, dass ihm nicht gefallen hätte, wenn eine große Summe von Bettys in Howards Hände wanderte. Schließlich hasste er diesen Mann seit Jahren, wie es schien.

Ashton könnte sehr gut zugeschlagen haben – das konnte Eve sich vorstellen. Aber warum war er am Ende selbst tot?

Etwas übersah sie. Sie brauchte mehr Informationen, sowohl zu Howard als auch zu diesem Hauskauf in Bettys Auftrag. Doch alles, was sie an diesem Abend fand, mehrte ihr Unbehagen nur.

Sie schaltete das Licht im Wohnzimmer aus, öffnete die Küchentür wieder und zog den Riegel an der Hintertür zurück, bevor sie das Haus nach vorn heraus verließ. Einen Moment später war sie im Garten und legte den Schlüssel zurück unter die Eule.

Eve war noch in Gedanken versunken, als sie durch die Dunkelheit zurück zur Heath Lane ging.

Eigentlich hatte sie erwartet, dass es ein wenig heller wurde, hatte sie erst den Weg erreicht, und sie hielt den Atem an, als dies nicht geschah.

Ein großer Mann versperrte ihr den Weg. Beim Anblick der Silhouette vor ihr schlug ihr das Herz bis zum Hals.

Kapitel 19

»Was zum Teufel machen Sie hier?«

Er hatte Eves linken Oberarm mit der rechten Hand gepackt und hielt ihn wie in einer Schraubzwinge. Sie konnte sein Gesicht immer noch nicht richtig sehen, wusste aber jetzt, wen sie vor sich hatte.

Howard Green.

Eve schrak zurück und versuchte, sich ihm zu entwinden, während sie sich bemühte, die Panik im Zaum zu halten und nachzudenken. Anscheinend hatte er keine Ahnung, dass Betty sie gebeten hatte, seine Unschuld zu beweisen. Benebelt von Angst, bemühte sie sich, eine überzeugende Antwort zu finden.

»Mrs. Foley hat mich gebeten, mir ihr Haus anzusehen, weil ich den Nachruf auf Ashton schreibe. Es hilft, sich das Elternhaus des Verstorbenen anzuschauen.«

»Im Dunkeln? Nachts?«

»Ich war den ganzen Tag beschäftigt. Sie wissen doch, dass ich in Teilzeit im *Monty's* arbeite, und dann musste ich noch zu einem Gesprächstermin und hinterher zu Abend essen. Früher hatte ich keine Zeit.« Ihre Stimme drohte zu kippen.

Er ließ ihren Arm los und schüttelte sich, als versuchte er, sich wieder unter Kontrolle zu bringen. »Ich überprüfe das«, sagte er schroff. »Ich rede regelmäßig mit Betty, und ich kenne ihr Haus so gut wie mein eigenes. Sollte auch nur eine Kleinigkeit verändert sein, werde ich es merken.«

Howard Green trat ein wenig beiseite, aber nicht genug, dass ihr erspart geblieben wäre, sich an ihm vorbeizudrängen. Es war beängstigend.

Als Eve den Weg vom Apple Tree Cottage zur Straße ging, zitterten ihr die Knie. Es war verständlich, dass sie ihn erschreckt hatte und er Bettys Interessen schützen wollte. Aber war es normal, dass er sich durch Eves Anwesenheit derart bedroht fühlte?

Und was würde er sehen, wenn er ins Haus ging? Sie versuchte, sich genau in Erinnerung zu rufen, wie sie den Aktenschrank zurückgelassen hatte, mitsamt dem komplizierten Arrangement aus Überwurf und Blumenvase. Stand die Vase noch richtig? Und, wenn nicht, würde Howard es bemerken? Eve war sich sicher, dass er alles genauestens überprüfen würde; er hatte ihr ja praktisch gesagt, dass er nach Hinweisen suchen würde, um sie zu überführen.

Sie wanderte durchs Dorf, ohne ihre Umgebung wahrzunehmen. Wenn Howard erriet, was sie gesehen hatte, könnte sie dann Probleme bekommen? War es möglich, dass Betty sich vollkommen in dem Mann täuschte, mit dem sie seit so vielen Jahren zusammen war? Und Eve sorgte sich auch um Betty Foley. Wie würde sie reagieren, wenn sie erfuhr, dass Eve ihre privaten Papiere durchgegangen war?

Eve schlief schlecht in der Nacht. Sie stellte sich vor, wie Howard Green das Apple Tree Cottage absuchte, ein verirrtes bisschen Silberblatt auf dem Teppich oder ein wenig von dem Überwurf in einem der Schubfächer eingeklemmt bemerkte, ein Papier, das auffällig aus einem Hängeordner ragte … In ihrem Kopf verwandelte sich sein Gesicht zu dem des Kinderfängers in *Chitty Chitty Bang Bang*. Da gab es Überschneidungen.

Und was hatte Howard um die Zeit beim Apple Tree Cottage gewollt? War er zurückgekommen, um die Suche fortzusetzen, die er am Sonntagmorgen, kurz nach Ashtons Tod, begonnen hatte? Falls ja, musste er gelauert haben, bis die Spurensicherung fertig war.

Was auch immer sein Grund gewesen war, er verhielt sich verdächtig. Dass er nachts zu dem Cottage ging, legte nahe, dass er ebenso wenig Aufmerksamkeit erregen wollte wie Eve. Und vor allem war er im rückwärtigen Garten gewesen, als sie auf ihn getroffen war, obwohl er einen Hausschlüssel besaß. Er musste wissen, dass er nach dem Mord an Ashton in der Nähe des Hauses gesehen worden war. Vielleicht hatte er beschlossen, dass es zu riskant war, durch die Vordertür hineinzugehen, falls jemand zufällig vorbeikam. Auf der Rückseite des Hauses war er im Schatten, und der Garten war nicht einsehbar.

Eve fröstelte. Dem Himmel sei Dank, dass er nicht früher eingetroffen war, um festzustellen, dass sie sich eingesperrt hatte. Garantiert hätte er gewartet, bis sie wieder herauskam, und sie wollte sich nicht ausmalen, wie seine Reaktion dann ausgesehen hätte.

Sie wünschte sich um Bettys willen, dass Howard unschuldig war, doch jetzt waren ihre Zweifel erheblich größer. Sie hatte eine andere Seite von ihm gesehen. Der langweilige, aber verlässliche Mann, den sie bisher im Dorf erlebt hatte, hatte ein furchterregendes Alter Ego, wenn er unter Druck stand. Er mochte Betty lieben und bereit sein, so gut wie alles zu tun, um sie vor Schaden zu bewahren, aber es schloss ihn nicht aus. Im Extremfall könnte sein Beschützerdrang sogar das Motiv sein.

Es war offensichtlich, dass Ashton seine Mutter manchmal unglücklich gemacht hatte, und Howard könnte noch andere Gefahren für ihr Wohl gesehen haben, falls Ashton noch mit den örtlichen Kriminellen zu tun hatte. Vor allem blieb die simple Tatsache, dass Ashton ihm schon seit Jahren ein Dorn im Auge war.

Um drei Uhr morgens blickte Eve sich übernächtigt in ihrem Zimmer mit den dunklen Holzbalken um und entschied, ihre Nachforschungen zu Howard zu beschleunigen. Sollte sie in den nächsten vierundzwanzig Stunden nichts Beruhigendes finden, würde sie Betty ihre Position erklären. Und fand sie etwas Konkretes, müsste sie auch die Polizei einschalten. Zunächst müsste sie die Nachforschungen morgens allerdings aufschieben, denn sie hatte früh einen Termin mit Amber und Justin Ingram.

Auf ihre E-Mail-Anfrage hin hatte Justin geantwortet, sie dürfe vorbeikommen. Es war recht deutlich zu lesen, dass er sich nicht freute. Weil er viel zu tun oder etwas zu verbergen hatte?

Früh am Dienstagmorgen ging Eve zum Laufen an den Strand, um einen klaren Kopf zu bekommen. Gus nahm sie mit auf ihre Runde. Bei der Rückkehr hingen winzige Regentropfen in ihrem kurzen braunen Haar. In der Zwischenzeit war der Vertrag von *Icon* angekommen.

Eve riss den Umschlag auf, während sie in die Küche ging, und überflog den Inhalt. Die Zeitschrift hatte Mitarbeiter entlassen, aber das Honorar war immer noch hübsch verglichen mit dem, was Eve sonst gezahlt wurde. Es mochte ein gefährlicher Auftrag sein, doch zumindest fühlte sie sich nicht ausgenutzt.

»Lust auf ein goldenes Halsband, Gus?« Sein Blick war ein definitives *Nein*.

Nach dem Frühstück rief sie Justin an, um ihren Termin zu bestätigen. Er war einsilbig und weit weniger aufgekratzt als noch vor Tagen, was allerdings an der unter dem Bett platzierten Boxershorts liegen könnte. Eine halbe Stunde verbrachte Eve mit Recherche zu dem Paar.

Justin war Grafikdesigner – der Inhaber von *Ingram's Designs* –, was die Bemerkung erklärte, die Eve am Abend der Verlosung mitangehört hatte. Er hatte gehofft, dass er und Amber für einen Auftritt in Ashtons Fernsehsendung ausgewählt würden und seine Arbeit im Hintergrund gezeigt würde. Und auch wenn Eve nichts zu Ambers Beruf online finden konnte, hatte sie von Moira erfahren, dass sie in Teilzeit für Howard Green in dessen Antiquitätengeschäft angestellt war.

Schließlich zog Eve sich ein schokoladenbraunes Kleid und eine passende Jacke für ein formelles Interview an. Sie verabschiedete sich von Gus und trat hinaus auf die Haunted Lane, wo sie den Schirm aufspannte, da es inzwischen aus bleiernen Wolken schüttete.

Justin Ingram öffnete ihr und ließ sie in sein und Ambers Cottage in der Ferry Lane, einer engen, malerischen Seitenstraße, die hinunter zur Flussmündung führte. Heute sahen die Bäume und Sträucher an den Rändern grüner als gewöhnlich aus, und Wasser tropfte von ihnen, um die Straße hinabzufließen. Im vorigen Jahrhundert war eine Fähre regelmäßig vom Ende der Straße über den Fluss Sax nach Walberswick gefahren – wo der Ponton zu Ehren des Fährmanns »Arthurs Anleger« hieß. Dieser Tage musste man einen Umweg über das Festland und eine Brücke in Kauf nehmen.

Matt Falconer vom *Cross Keys* hatte ein Boot liegen, wo früher die Fähre festgemacht hatte, doch es war nicht zum allgemeinen Gebrauch gedacht. Wie Toby erzählte, unternahm Matt damit kleine Tagesausflüge zusammen mit Jo, wenn er sich mal wieder aus einer Bredouille schmeicheln musste.

Die Diele der Ingrams war genau so, wie Eve sie sich vorgestellt hatte. Sie passte bestens zu Justin: hell, luftig und blitzsauber, jedoch ohne die kleinen Macken und sichtbaren Fehler, die einem Ort (oder einer Person) Charakter verliehen. Von außen sah das Haus ähnlich alt aus wie Elizabeths Cottage, was man drinnen hingegen nicht erahnen würde. Es war vollständig renoviert worden, und die Deckenbalken mussten unter einer eingezogenen Decke versteckt sein, die für klare Linien sorgte.

Nachdem sie bei der Verlosung gehört hatte, dass Justin seine Entwürfe an den Wänden hängen hatte, achtete Eve besonders auf die Arbeiten dort. Es handelte sich um posterartige große Bilder in kräftigen Farben links und rechts, einschließlich einem für eine Firma, deren Namen Eve kannte.

Justin Ingram war bei der Begrüßung nicht gerade überschwänglich gewesen, aber als er jetzt bemerkte, wohin sie sah, lächelte er und bleckte dabei strahlend weiße Zähne. Unwillkürlich musste Eve an eine Zahnpasta-Reklame denken.

»Es war ein ziemlicher Knaller, den Bannister-Auftrag zu bekommen. Ich war damals erst fünfundzwanzig. Es war mein erster großer Auftrag, nachdem ich mich selbstständig gemacht hatte.«

Er plusterte sich auf, und Eve schenkte ihm ihr nettestes Lächeln. »Großartig!«

Justin führte sie durch eine Tür am Ende der Diele und in eine große Wohnküche. Sie mussten nach hinten angebaut haben. Der Raum bestand aus geraden Linien in Edelstahl, Birke und weißen Hochglanzelementen. Die Wände boten einen guten Hintergrund für Justins Arbeiten, dennoch fühlte sich Eve ein wenig wie in einem Operationssaal.

»Hier ist Amber«, sagte Justin, der seine Frau kaum ansah. Sein Ton war wieder frostig. »Mit ihr werden Sie über den Losgewinn reden wollen.«

Die Frau mit dem kupferroten Haar erhob sich lustlos von einem Barhocker und bot Eve Kaffee an.

»Danke, aber nur, wenn es keine Umstände macht. Und ich würde zunächst gern mit Ihnen beiden sprechen.« Sie wandte sich Justin zu, während Amber sich an einer supermodernen Kaffeemaschine zu schaffen machte, die an ein Raumschiff gemahnte. »Mr. Ingram …«

»Bitte, sagen Sie Justin.«

»Danke. Justin, Sie klangen erfreut über die Gelegenheit, wieder mit Ashton zusammenzukommen, als das Los Ihrer Frau gezogen wurde. Ich würde gern einige Erinnerungen von seinen Freunden aus der Kindheit hören.« Nach dem, was Russell Rathbone gesagt hatte, wollte sie verhindern, dass er zu früh verschwand.

Doch Justin schüttelte den starr gegelten Lockenkopf. »Ganz ehrlich, da war ich bloß höflich. Nicht, dass ich irgendwas gegen ihn gehabt hätte, doch ich bin vier Jahre älter als er, und meine Eltern haben außerhalb von Saxford gewohnt, sodass wir uns selten gesehen haben, zumal wir auf unterschiedlichen Schulen waren. Hin und wieder bin ich ihm im *Cross Keys* über den Weg gelaufen, aber das war auch schon alles. Ashton hat schon vor dem erlaubten Alter getrunken, und zu der Zeit gab es noch keine Jo Falconer, also wurde er nicht rausgeworfen.«

Das war interessant. Also *könnte* Justin derjenige gewesen sein, der Ashton das Päckchen in die Schule gebracht hatte. Tina Adcock hätte ihn wahrscheinlich nicht erkannt. Sie musste ihn mittlerweile vom Sehen kennen, doch natürlich stellte sie eher keine Verbindung zu dem Jungen her, den sie Jahre zuvor beobachtet hatte.

»Dem alten Besitzer vom *Cross Keys* ging es nur um seinen Profit«, endete Justin.

»Dann können Sie mir nicht viel über Ashtons Leben als Kind und Jugendlicher erzählen?«

»So gut wie nichts, was Sie nicht schon wissen. Und deshalb überlasse ich Sie den fähigen Händen meiner Frau. Sie hat Ashton gekannt, nicht wahr, Schatz? Und du warst ja auch die, die ihn so tadellos gastfreundlich empfangen hat, als er am Donnerstagnachmittag hier war. Leider hatte ich da einen Kundentermin. Ich hatte auf einen anderen Termin gehofft, doch *anscheinend* war Ashtons Kalender sehr voll.«

Amber wurde rot, und für einen kurzen Moment suchte ihr Blick Eves, als wollte sie deren Reaktion einschätzen. Ihr Mann verließ den Raum, und Amber stellte noch einiges an der Kaffeemaschine ein, bevor sie die Tür zur Diele schloss.

»Justin war enttäuscht«, sagte sie. »Er hatte gehofft, Ashtons Ideen aus erster Hand zu hören.«

Er klang auf jeden Fall ziemlich sauer. Amber musste Eves Gedanken erraten, denn sie zuckte mit den Schultern, als gäbe sie es auf.

»Ashton hat viel geflirtet. So war er mit jedem, wie Ihnen wahrscheinlich auch aufgefallen ist. Aber Justin konnte das schlecht aushalten.« Sie legte kurz die Hände an die Wangen und nahm sie wieder herunter. »Und er war ein Witzbold.« Ihr Tonfall war angespannt und wütend.

Würde sie jetzt mit ihrer eigenen Version der Ereignisse kommen? Eve sah sie fragend an. »Hat er sich mit Ihnen einen Scherz erlaubt?«

»Ja, einen, den ich ganz und gar nicht witzig fand.«

Eve wartete.

Schließlich, während die Kaffeemaschine gurgelnd eine

kleine Kanne füllte, seufzte Amber und erzählte die gleiche Geschichte wie Marina Shaw. Sofern Amber sich die nicht gemeinsam mit Ashton ausgedacht hatte, um ihre Spuren zu verwischen, musste sie der Wahrheit entsprechen. Auf jeden Fall klang sie ehrlich.

»Sie müssen richtig wütend gewesen sein.« Eve trank einen Schluck aus der Tasse, die Amber ihr gebracht hatte. *Mann, der war wirklich gut!*

Amber nickte. »War ich.« Sie schloss die Augen. »Bin ich noch. Ich kann nicht anders, obwohl er tot ist.«

»Warum hat er so etwas getan?«

Amber bohrte den Nagel des rechten Zeigefingers in die linke Handfläche. »Das frage ich mich auch.«

Könnte es etwas mit Rathbones Verdacht zu tun haben, was die Verbindung zwischen Ashton und Justin betraf? Mit Ashtons Dealen? Und hätte Ashton ihm tatsächlich eine Art Schuljungenstreich gespielt, um sich für etwas derart Ernstes zu rächen? Es war seltsam.

In diesem Augenblick wurde die Tür zur Diele wieder geöffnet. Eve blickte hin und sah einen Jungen hereinkommen, dessen Haar eine kleine Nuance dunkler als Ambers war.

»Möchtest du ein bisschen fernsehen, Leo?« Amber ging hin und umarmte ihn fest. Zwischen ihren Armen wurde das Gesicht des Jungen rotfleckig, und er entwand sich ihr. Amber drehte sich zu Eve um. »Die Osterferien haben diese Woche angefangen, und das schlechte Wetter ist wenig hilfreich.«

»Dad findet, ich soll nicht mehr am Computer spielen. Er sagt, keine Bildschirmzeit mehr.«

Eve war unbedingt für frische Luft, Bewegung und sinnvolle Beschäftigung, doch Justins Verbot war in diesem Moment kontraproduktiv. Er hatte sich in sein Arbeitszimmer zurückgezogen, war also eindeutig nicht gewillt, sich mit dem Jungen zu beschäftigen, und Eve versuchte, ein Interview zu führen. Sie nahm an, dass er Leo mit Absicht das Spielen am Computer verboten hatte.

»Justin und ich wechseln uns ab damit, ihn im Blick zu behalten«, erklärte Amber, als ahnte sie, was Eve dachte. »Ich arbeite in Teilzeit in Howard Greens Antiquitätenladen, und in den Stunden hält Justin hier die Stellung.«

»Es klingt nach einer faszinierenden Arbeit. Ich liebe Antiquitäten, verstehe aber nicht viel davon.«

Amber seufzte. »Meine Rolle ist ehrlich gesagt eher langweilig.«

»Ihre Verbindung zu Howard Green ist interessant, bedenkt man sein Verhältnis zu Ashton und Betty Foley.« Eve fragte sich, wie sie anschließen sollte. »Ich muss noch mit Howard sprechen. Glauben Sie, dass er nützliche Erinnerungen für den Nachruf hat?« Es war das Beste, sich dumm zu stellen und abzuwarten, was kam. »Ich nehme an, dass er Ashton hin und wieder erwähnt hat.«

»Seit dem Mord haben wir uns noch nicht gesehen. Ich arbeite in dieser Woche nur wenige Stunden.« Wieder schloss sie kurz die Augen.

Wenn der Gedanke an ihren Chef diese Miene provozierte, schätzte Eve, dass Moira recht hatte und dass für Howard zu arbeiten momentan nicht sehr angenehm war.

»Howard hat Ashton gehasst. Das kann ich Ihnen ruhig gleich erzählen. Es erspart Ihnen peinliche Situationen, wenn Sie mit ihm reden.«

Das war kurios. Bisher hatte Eve nicht erlebt, dass Howard seine Wut gegenüber Bettys Sohn auch nur ein Mal gezeigt hatte – nur anders herum. Doch Amber war sich der Intensität seiner negativen Gefühle offensichtlich bewusst. Und Viv hatte gesagt, früher wären ihre Auseinandersetzungen für jedermann sichtbar gewesen. Anscheinend hatte Howard sich enorm angestrengt, sich um Bettys willen Ashton gegenüber zivil zu verhalten, seit er nach Hause gekommen war. Nur war dann keine Betty mehr da gewesen, die ihn bremste …

Leo wartete noch, dass Amber ihm irgendeine Form von Unterhaltung vorschlug.

»Wie wäre es mit Malen?«, fragte seine Mutter und trank von ihrem Kaffee.

Leo stöhnte laut, doch innerhalb einer Minute saß er mit einem Block und Filzstiften am Küchentisch.

»Eigentlich liebt er es«, erklärte Amber. »Er kommt nach Justin.« Da schwang ein Anflug von Stolz in ihrer Stimme mit – auf ihren Sohn und ihren Mann, dachte Eve, obwohl Justin und sie sich gegenwärtig offenbar nicht so toll verstanden. Kein Wunder, dass sie sauer auf Ashton gewesen war, sollte er seine Boxershorts wirklich gezielt platziert haben.

Leo hatte bereits angefangen zu malen. Eve ging mehr Kaffee holen und blieb bei ihm stehen, um seine Arbeit zu bewundern. So gelangte sie auf die andere Seite des Küchentisches, und dort bemerkte sie einen Stapel Ausdrucke auf der Arbeitsplatte, die auf einer Präsentationsmappe mit dem Logo von *Ingram's Designs* lagen.

Es sah nach einem Angebot für einen neuen Auftrag aus. Und der Firmenname, *Outside In*, stand dort in klaren, frischen Blau- und Grüntönen. Es gab diverse Entwürfe, bei denen es sich ganz klar um Justins Vorstellungen handelte, wie die Firma sich darstellen sollte.

Doch Eve kannte die bisherigen Grafiken von *Outside In*. Sie waren auf und in der Broschüre gewesen, die Marina Shaw ihr gebracht hatte. Ihr jetziges Logo war eine klassische Illustration. Der Stil erinnerte Eve an Arthur Rackham und hatte etwas Märchen- oder Traumhaftes. Genau genommen sah es ein klein wenig unheimlich aus, aber vor allem sehr einprägsam, was man von Justins Entwürfen nicht hatte behaupten können.

In diesem Moment erschien Amber neben ihr. »Justin hat nur herumgealbert. Es ist seine Art von Kritzeln. *Outside In* hat einen eigenen Designer.«

»Haben Sie die Entwürfe nicht Ashton gezeigt? Ich vermute, er könnte interessiert gewesen sein, einen neuen Look auszuprobieren.« Vielleicht hatte Justin darauf gehofft.

Amber schüttelte den Kopf. »Oh, nein. Das war bloß ein bisschen Spaß.« Sie führte Eve hinüber zur Kücheninsel, weg von den Ausdrucken und von Leo. »Also, Sie möchten die Erinnerungen der Leute an Ashton hören, als er jünger war? Wir waren in derselben Klasse, deshalb kann ich Ihnen wohl eher helfen als Justin.« Ihr Tonfall war verbittert.

Eve nickte und holte ihr Notizbuch aus der Tasche.

»Er fiel gern auf … als der Mutigste oder so. Ich frage mich ehrlich, ob er deswegen in Schwierigkeiten geraten ist. Die Leute haben ihn beachtet, wenn er verrückt gespielt hat, und je weiter er ging, desto mehr Aufmerksamkeit hat er bekommen. Er liebte es, im Rampenlicht zu stehen.« Ihr Blick wurde härter. »Und irgendwann hat er wohl erkannt, dass man eine Menge Geld machen konnte, wenn man bereit war, gegen das Gesetz zu verstoßen.«

»Es muss schwer gewesen sein, sich von jenem Leben abzuwenden und als Erwachsener neu anzufangen.«

Amber trank von ihrem Kaffee. »Er wird eben andere Möglichkeiten gesehen haben, wie er seinen Lebensunterhalt verdienen kann, und bessere Wege, in der Öffentlichkeit bekannt zu werden. Ich glaube nicht, dass sich sein Charakter je geändert hat. Er hat sich immer für unbesiegbar gehalten, egal, was er gerade gemacht hat. Und man konnte nicht vernünftig mit ihm reden.«

Eve wollte wissen, was hinter diesen Worten steckte.

»Hatte er mit Ihnen über sein neuestes Projekt gesprochen?« Sie war nicht mal sicher, wonach sie gerade fragte, sondern stocherte im Nebel. Und es überraschte sie nicht, dass Ambers Miene sich verschloss.

»Er hat mir von seiner Arbeit für Billy Tozer erzählt«, antwortete sie nach einer Pause.

»Mehrere Leute im Dorf haben erwähnt, dass Sie beide als junge Teenager viel zusammen unterwegs waren«, erwiderte Eve. Ihr Gefühl sagte ihr, dass sie fürs Erste bei der persönlichen Beziehung der beiden bleiben sollte.

Amber schüttelte den Kopf. »Er hatte mich zu einigen Sachen überredet, die ich später bereut habe. Doch er hatte so eine Art an sich.« Sie klang immer noch wütend, aber da war auch eine traurige Note in ihrem Blick. »Ich hätte nicht so schwach sein dürfen. Heute bin ich stärker.« Sie wirkte ein wenig unsicher, ehe sie nickte. »Ja, bin ich.«

Etwas verriet Eve, dass sich hinter ihren Worten und Taten eine ganze Geschichte verbarg. Sie holte tief Luft und konzentrierte sich wieder auf den Nachruf. »Wie hat Ashton Ihr Zuhause für die Gestaltung von *Outside In* eingeschätzt?«

»Er ist durch sämtliche Zimmer gegangen, hat Fotos gemacht, um ein Gespür für das Haus zu bekommen. Nach einer Weile hatte ich ihn allein gelassen, was offensichtlich ein Fehler war. Er hat gesagt, unsere hohen weißen Wände wären ideal; sie eignen sich gut für Rankpflanzen und sind ein prima Hintergrund für Büsche und kleine Bäume.«

Unwillkürlich blickte Eve zu den Wänden, die gegenwärtig von Justins Entwürfen bedeckt waren. Es hörte sich nicht so an, als hätten die jene geplante Neugestaltung überlebt. »Ich vermute, nicht jeder will sein Zuhause so umgestalten lassen. All das Gießen und die Pflege müssen eine Menge Arbeit machen.«

Amber nagte an ihrer Unterlippe. »Es haben einige gesagt, ich hätte nicht sehr glücklich ausgesehen, als ich den Preis gewonnen habe«, bemerkte sie nach einer kurzen Weile. »Dabei war ich nur überrascht, sonst nichts. Ich hatte lediglich fünf Lose gekauft, weil Justin darauf bestand, und offen gesagt hatte ich mich nicht auf den ganzen Aufruhr gefreut, den solch eine komplette Neugestaltung mit sich bringen würde, sollten wir sie gewinnen. Aber es war vollkommen in Ordnung für mich, bei der Sache mitzumachen. Ich wäre nie darauf gekommen, dass Ashton uns so fies reinlegen würde. Tja, ich hatte wohl angenommen, dass er erwachsen geworden ist.«

»Verstehe.« Doch Eve dachte an Ambers Reaktion an dem Abend. Sie war nicht überrascht gewesen, sondern erschrocken. Und ängstlich.

Was Justin betraf: Könnte er wirklich der gewesen sein, der Ashton mit dem Cannabis versorgte, das er verkauft hatte? Und, falls ja, hatte er Ashton solche Angst eingejagt, dass er ihn nie verraten hatte, war er so sicher gewesen, ihn immer noch unter Kontrolle zu haben, dass es ihm nichts ausgemacht hatte, ihn in sein Haus zu lassen? Sogar sicher genug, dass er als Erstes an einen Auftrag für seine Designfirma dachte? Es ergab keinen Sinn. Andererseits hatte Russell Rathbone auch nur geraten, basierend auf dem, was Ashton erzählt beziehungsweise nicht erzählt hatte.

Wieder dachte Eve an Ambers Reaktion auf ihren Gewinn. Was wusste sie über Ashtons und Justins Geschichte? Und sollte sie besorgt gewesen sein, warum hatte sie dann überhaupt Lose gekauft?

So viele Fragen.

Als sie in Elizabeths Cottage zurückkehrte, stellte Eve ihren klatschnassen Regenschirm zum Abtropfen ins Bad, während Gus um ihre Füße herumwuselte.

»Ich habe keinen Schimmer, was hier los ist«, sagte Eve zu ihm, »aber ich behalte Justin im Hinterkopf. Er könnte Ashton aus Eifersucht und gekränktem Stolz getötet haben, selbst wenn es keine Drogenverbindung gibt.« Sie seufzte. »Trotz allem sieht bisher keiner so verdächtig aus wie der allerseits als so respektabel angesehene Howard Green.«

Einen Moment später setzte sie sich an ihren Laptop und schrieb eine E-Mail an Betty Foley. Vielleicht hatte sich Ashton ihr anvertraut, was Justin anging. Und Eve wollte sowieso einen regelmäßigen Austausch mit der Frau anregen. Sie wollte wissen, ob Howard sich gemeldet und was er ihr erzählt haben könnte.

Bei dem Gedanken wurde Eve mulmig.

Kapitel 20

Es war später Vormittag, als Eve ihre E-Mail an Betty Foley beendete. Der Regen hatte endlich aufgehört. Sie lief nach oben und tauschte ihre Interview-Kleidung gegen eine Jeans und ein schwarzes Polohemd aus, bevor sie wieder nach unten in die Diele ging und sich ihren Regenmantel vom Haken nahm.

»Gassi, Gus?«, rief sie und schlüpfte in ihre schwarzen Halbstiefel. Doch als der Dackel mit wehenden Schlappohren auf sie zugesprungen kam, klingelte ihr Mobiltelefon.

Sie nahm das Gespräch an und klemmte das Gerät zwischen Ohr und Schulter, während sie nach Gus' Leine griff. Vielleicht könnte sie den Hund zufriedenstellen, indem sie ging und gleichzeitig telefonierte.

»Hier ist Detective Inspector Palmer.«

Oder vielleicht auch nicht. Sie gab sich keinerlei Mühe, ihr Seufzen zu unterdrücken. Sollte er sie wieder nach ihrer Beziehung zu Ashton fragen, würde sie lieber nicht in der Öffentlichkeit antworten, auch wenn sie nichts zu verbergen hatte. Sie ließ die Hundeleine an ihrem Platz und bückte sich, um den sichtlich gekränkten Rauhaardackel zum Trost zu streicheln.

»Inspector, was kann ich für Sie tun?« Ihr einziger Wunsch war, ihn so schnell wie möglich abzuwimmeln.

»Ich rufe an, weil ich mich sorge, dass ich mich bei meinem letzten Besuch nicht klar genug ausgedrückt habe.« Er räusperte sich, was schleimig klang. »Um alle Zweifel auszuräumen: Sollte ich feststellen, dass Sie die Grenzen dessen übertreten, was Sie als Nachruf-Autorin legitim an Nachforschungen betreiben dürfen, werde ich gezwungen sein, eine richterliche Verfügung zu erwirken, die Ihnen den Kontakt zu Ashton Foleys Freunden und Angehörigen untersagt.«

Die Worte und der Tonfall machten Eve wütend. Er redete, als wäre sie eine Kriminelle! Hatte Howard Green sich beschwert? Hatte er Palmer erzählt, dass sie im Apple Tree Cottage gewesen war? Doch sicher würde er nicht zugeben wollen, dass er sich ebenfalls beim Haus aufgehalten hatte. Sie war schließlich mit Betty Foleys Erlaubnis dort gewesen, und die Spurensicherung hatte ihre Arbeit abgeschlossen.

»Darf ich fragen, wie Sie auf die Idee kommen, dass ich meine Befugnisse überschreiten könnte?« Sie schaffte es, ihre Stimme ruhig zu halten, auch wenn sie fühlte, dass sie vor Anstrengung zitterte.

Palmer lachte verächtlich. »Ich bin mir sicher, dass Sie darauf keine Antwort von mir erwarten.«

Er hatte recht. Sie kannte ihn zu gut, um mit einem Mindestmaß an Anstand zu rechnen. »Sollte mich jemand gemeldet haben, würde ich sagen, dass es mehr über die Geheimnisse desjenigen aussagt als über meine Vorgehensweise.«

»Ganz im Gegenteil! Ich denke, die Beschwerde hatte ausschließlich mit Ihrer aufdringlichen Art zu tun. Ich habe alle Zeugen, mit denen ich gesprochen habe, gewarnt, dass Sie sich wahrscheinlich bei ihnen melden würden«, fuhr Palmer fort. Sie hörte ihm an, wie sehr er dies hier genoss. »Und ich habe sie ausdrücklich gebeten, mich zu informieren, sollten Sie Fragen zu Dingen stellen, die Sie nichts angehen. Habe ich mich jetzt klar ausgedrückt?«

Er würde nicht auflegen, bis sie es ihm nicht versichert hatte, so viel stand fest. Als er sie endlich in Frieden ließ, fiel es ihr schwer, die Wut zu zügeln, die in ihr anschwoll. Sie bückte sich, um Gus die Leine anzulegen.

»Der Mann ist solch ein Idiot!« Sie streichelte den Hund. »Dem Himmel sei Dank, dass du hier bist, um es wieder wettzumachen.«

Sie müsste vorsichtig sein, doch sollte es ihr gelingen, irgendwelche nützlichen Informationen an die Polizei weiterzugeben, wäre es ein doppelter Triumph. Sie würde ihre Fähigkeiten nutzen, um für Gerechtigkeit zu sorgen – ein zusätzlicher Bonus bei der Arbeit, die sie liebte –, und obendrein Palmer zur Weißglut bringen. An diese Aussicht konnte sie sich klammern.

Erst nachdem Gus und sie das Cottage verlassen hatten und sich Eves Stress-Level langsam senkte, kam ihr ein anderer Gedanke. Könnte es sein, dass sie bereits mit Ashtons Mörder gesprochen hatte und von der Person bei der Polizei gemeldet worden war?

Sie ging mit Gus um den Dorfanger. Beide genossen sie die Regenpause, da traf sie auf Simon. Es war das erste Mal seit Längerem, dass sie ihm ohne Polly Cartwright an seinem Arm begegnete. Ihr Versuch, würdevoll zu sein – ein warmherziges, freundliches, aber gänzlich unbekümmertes Lächeln, während sie zügig weiterging –, wurde von Gus torpediert, der keinen Grund zur Zurückhaltung sah. Er warf einen Blick auf Simon, vollführte einen lustigen Sprung zur Seite und rollte sich auf den Rücken, um sich den Bauch kraulen zu lassen. Schamlosigkeit in Reinform!

Simon lachte, hockte sich hin und kam Gus' Aufforderung nach. Der Dackel sah ekstatisch aus. Er war dem Charme von Vivs Bruder auf Anhieb verfallen. Eve hatte ihn zwar auch recht machtvoll gefunden, doch, anders als bei Gus, redete bei ihr immer noch ihr Verstand ein Wörtchen mit. Simon und sie waren schlicht zu verschieden.

»Wie geht es dir?«, fragte er und richtete den Blick seiner lachenden braunen Augen auf sie. »Gus muntert mich sofort auf. Dabei ringe ich noch mit den entsetzlichen Neuigkeiten über Ashton.«

»Hast du ihn gekannt, als er noch ein Kind war?« Simon war jünger als Viv, aber immer noch deutlich älter als der Ermordete.

»Nein, so gut wie gar nicht. Ich hatte nur vage den Eindruck, dass er ein jugendlicher Rebell war. Niemanden hier hat es gewundert, als er in der Jugendstrafanstalt landete, um ehrlich zu sein. Sein Aufstieg zum Lokalhelden war eine weit größere Überraschung.«

»Ich habe zugestimmt, den Nachruf zu schreiben.«

»Wow!« Jetzt wurde er ernst und richtete sich wieder auf. »Nach dem, was letztes Mal passiert war, ist das eine mutige Entscheidung.«

»Ich werde aufpassen.«

»Gut.« Immer noch sah er sie an.

»Wie läuft es mit Polly?«

Sie wurde mit einem Erröten belohnt. »Na ja, du weißt schon, ist noch recht frisch.«

Eve lächelte. Ihr ging es besser, weil sie darüber sprachen. Und es gab ihr die Chance, großmütig zu sein. »Ihr seht hübsch zusammen aus. Und ich habe sie neulich mit dir ausreiten gesehen. Sie hält sich gut in einem Sattel.«

Simon besaß einen Reiterhof. Er hatte Eve eingeladen, mit ihm zu reiten, als sie immer mal wieder zusammen ausgegangen waren. Allein die Vorstellung war der blanke Horror für Eve. Warum sollte man sich auf etwas setzen, was einen eigenen Willen hatte, noch dazu so hoch über dem Boden? Und jedes Pferd, das sie bisher kennengelernt hatte, war wild entschlossen gewesen, sie zu beschämen. Es gab Zeiten, in denen es das Beste war, solche Dinge anderen zu überlassen.

»Wie sich herausgestellt hat, ist sie als Kind geritten.«

Natürlich ist sie. »Wie schön.« Eve war bewusst, dass die Unterhaltung ab jetzt holprig wurde, doch ihr kam Howard Green in den Sinn. Er war ein hiesiger Geschäftsmann, genau wie Simon. Möglicherweise kannten sie sich, und Eve musste mehr über den Mann in Erfahrung bringen. Da durften ihr ihre persönlichen Gefühle nicht im Weg stehen. Sie stellte die Frage.

Simon runzelte die Stirn. »Ich kenne ihn ein bisschen. Hast du Lust auf einen schnellen Drink im *Cross Keys*? Dann kann ich dir alles erzählen.«

Eve fragte sich, wo Polly sein mochte. Die Leute könnten reden. Aber vielleicht war sie albern; Simon machte sich schließlich keine Gedanken. Und er könnte auch noch mehr Informationen haben als ihre anderen Gesprächskandidaten. »Ja, gut. Danke.«

Fünf Minuten später saßen sie an einem Tisch, den Eve ausgewählt hatte – sehr gut sichtbar von der Bar aus. Sie hatten jeder ein Glas von Tobys »Frühlingsbecher« vor sich, bei dem es sich um einen wärmend gewürzten Apfelsaft handelte, der perfekt war, um die Kälte eines nasskalten Apriltages zu vertreiben. Das behauptete Toby nicht zu Unrecht. Und sie hatten den Kamin im Pub wieder angefeuert. Das Feuer knisterte gleich neben Eve, und im Schankraum roch es nach Holzrauch, Gewürzen und gehaltvollem Essen. Gus war losgezogen, um Hetty zu begrüßen, also war er zufrieden. Solange sie sich nicht allzu wild aufführten, würde Eve Zeit haben, sich zu konzentrieren.

»Hast du schon mit Howard gesprochen?«, fragte Simon leise.

Sie verneinte stumm und dachte an die beängstigende

Begegnung mit dem Mann am Abend zuvor. »Wir haben einige Worte gewechselt, doch ich wollte mehr über ihn herausfinden, bevor ich ihn direkt anspreche.«

Simon nickte.

»Bisher sind die einzigen offiziellen Interviews, die ich zu Ashton geführt habe, die mit Marina Shaw, seinem Anwalt Russell Rathbone und den Ingrams.«

Simon schaute sich um, bevor er etwas sagte, genau wie Viv und Eve es immer taten. »Justin Ingram war mit Ideen zu einem neuen Markendesign für den Reiterhof bei mir. Es liegt eine Weile zurück; zu der Zeit war *Ingram's Designs* noch nicht richtig in Fahrt gekommen. Ich glaube nicht, dass er sich heutzutage noch mit mir abgeben würde, aber damals war er ziemlich aggressiv in seiner Akquise. Er rief komplett verrückte Preise auf, und ich fand ihn offen gesagt ein bisschen aufdringlich. Zu hartnäckig. Am Ende habe ich jemanden gefunden, der für die Hälfte anständige Arbeit gemacht hat.«

Eve nickte. Sie hatte bei dem Mann das gleiche Gefühl, doch es wäre unprofessionell, sich jetzt festzulegen.

»Was Howard Green angeht, haben wir gelegentlich geplaudert. Auch wenn wir ganz unterschiedliche Geschäftsinteressen hatten, überlappen sich einige Schwierigkeiten, mit denen wir es zu tun bekommen.« Er nickte zur Bar. »Wir haben unsere Klagen und unsere Erfolge bei einem Bier hier geteilt. Wir hatten uns zufällig getroffen, nicht verabredet.«

»Und ihr habt euch verstanden?«

Simon holte tief Luft. »Nun ja, ich würde es nicht ganz so ausdrücken. Er ist so steif und förmlich, dass ich nie so richtig entspannen kann. Und er hat sehr altmodische Ansichten. Doch er ist immer absolut zivilisiert, und in einem so kleinen Dorf wie diesem ist es gut, wenn man mit den Leuten auskommen will. Kürzlich hat er mich übrigens aufgesucht. Er weiß, dass ich geschäftlich etwas breiter aufgestellt bin als er, und er hatte etwas entdeckt, von dem er dachte, es wäre eine exzellente Anlagemöglichkeit: eine Investition in eine Wohnanlage für wohlhabende Senioren. Die hatte irgendeinen richtig schaurigen Namen. Oh ja, jetzt weiß ich es wieder: *Golden Vistas*.«

Eve wusste, dass Simon schon in Immobilien investiert hatte.

Er schüttelte den Kopf. »Die Konditionen waren viel zu gut, um wahr zu sein, und das habe ich ihm gesagt. Leider hatte er diesen gierigen Blick, und ich fürchte, er witterte einen Riesenprofit.«

Simon schaute nachdenklich ins Nichts. »Es gibt zwei Sorten Menschen, die auf solche Betrügereien hereinfallen: die Gierigen und die Verzweifelten. Ich habe mich gefragt, ob es mit seinem Antiquitätengeschäft nicht gut läuft. Er sah für mich verdächtig nach einem Mann aus, der nach Strohhalmen greift, und ich habe ihm dringend geraten, sich unabhängigen Rat zu holen.«

Auch Moira hatte Eve gesagt, ihr Eindruck sei, dass Green geschäftliche Probleme hätte. »Weißt du, wie er sich entschieden hat?«

Simon verneinte. »Er hat sich bloß bedankt, aber das mehr auf die Art, wie es jemand macht, der das Gespräch mit dir für Zeitvergeudung hält. Ich hatte ihm nicht gesagt, was er hören wollte. Hoffentlich hat er eine zweite Meinung eingeholt und die gleiche Antwort bekommen. Ich habe diesen Deal, von dem er sprach, im Auge behalten, nur um zu sehen, ob der wirklich so halbseiden war.« Er grinste. »Und das war er. Das ganze Ding ist in sich zusammengefallen. Jeder, der da investiert hatte, hat sein Geld verloren.«

Sie tranken aus, auch wenn Eve den süßen, würzigen Apfelgeschmack kaum mehr wahrnahm. Simons Worte tanzten ihr durch den Kopf.

»Danach wollte ich Howard nicht fragen, was er unternommen hat«, fuhr Simon fort. »Falls er das Geld zum Investieren aufgetrieben hat, sich gegen meinen Rat entschieden und alles verloren hat, sollte man das Thema wohl lieber meiden.«

»Danke, Simon.«

»Denkst du, das ist relevant? Ich habe gehört, dass sich die Polizei sehr für Howard interessiert.«

»Ja, habe ich auch gehört. Und ich weiß es nicht, doch es ist nützlich, jeden Fetzen Information zu haben. Melde mich nur bitte nicht bei Palmer, ja? Er hält sich schon bereit, auf mich loszugehen, sollte ich irgendwelche Fragen stellen, die nicht unmittelbar mit Ashtons Lebensgeschichte zu tun haben.«

Simon staunte. »Dieser miese …« Er zügelte sich. »Dein Geheimnis ist bei mir sicher, Eve.« Dann bückte er sich, um Gus zu streicheln, der neben ihr aufgetaucht war, als ahnte er, dass sich ihre Unterhaltung dem Ende näherte.

Eve saß am Küchentisch in Elizabeths Cottage und trank den letzten Schluck Tee aus ihrer Tasse, als eine Textnachricht von Viv einging.

> *Lagebericht? Es heißt, dass Du vorhin mit Simon im Cross Keys was getrunken hast!*

Eve würde noch zu einer falschen Nase und einem breitkrempigen Hut greifen müssen, wenn das so weiterging.

> *Ich hatte ihn zu dem Fall befragt. Wir haben bloß einen warmen, würzigen Apfelsaft getrunken.*

Vivs Antwort kam eine Sekunde später.

Das sagen sie alle …

Eve hätte sich vielleicht mehr über diesen Scherz geärgert, wäre sie nicht noch so sehr mit dem beschäftigt, was Simon gesagt hatte. Es hatte wieder angefangen zu regnen, und Eve lauschte dem leisen Tropfen von den Reetdachrändern. Es war ein beruhigendes Hintergrundgeräusch zu den Gedanken, die in ihrem Kopf kreisten.

Gus blickte auf, und sie kraulte ihn hinter den Schlappohren. »Nichts von dem, was Simon mir erzählt hat, macht mich froher«, sagte sie zu dem Hund. »Er und Moira glauben beide, dass Howards Antiquitätengeschäft in Schwierigkeiten steckt, und Simon vermutet, dass er Geld in dieses Immobiliengeschäft stecken wollte, wahrscheinlich um seine Verluste auszugleichen. Die Frage ist, welches Geld er investieren konnte, wenn es um seinen Laden nicht rosig stand.«

Gus schaute sie mit seinen braunen Augen an, als überlegte er sich eine gute Antwort.

»Natürlich hätte er eine neue Hypothek auf sein eigenes Haus aufnehmen können«, fuhr Eve fort, »falls er es nicht schon getan hatte. Aber seit ich gestern im Apple Tree Cottage war, weiß ich, dass er Zugriff auf eine große Geldsumme hatte, nämlich Betty Foleys Erbe, das er für sie in dieses Mietobjekt stecken sollte.«

Sie schloss die Augen. Betty kannte eindeutig alle Einzelheiten. Sie hatte die E-Mail von Howard in ihren Akten, die genau erklärte, welches Arrangement sie vereinbart hatten. Etwas von den Mieteinnahmen sollte direkt an sie gehen, der Rest an die Bank, um die Hypothek zu bedienen, die auf dem Objekt lag. Wahrscheinlich war das Geld auf Bettys Konto tatsächlich eingegangen wie abgemacht, doch Eve konnte schlecht fragen … Sie hätte eigentlich gar nicht in die privaten Unterlagen sehen dürfen – was sie auch gewiss nicht getan hätte, wäre sie nicht in einem moralischen Konflikt gefangen. So konnte sie nur hoffen, dass ihre Zweifel an Howard Green ausreichten, ihr Vorgehen zu rechtfertigen.

Der Gedanke blieb beharrlich. Howard, der in eine finanzielle Schieflage geraten war, hatte vielleicht mehr Geld bei einem Anlagenbetrug versenkt, der ihn ruiniert hatte. Zugleich hatte er Zugriff auf Betty Foleys Vermögen gehabt, und das in irregulärer Weise. Obwohl Betty eine E-Mail mit allen Details hatte, war Eve sich sehr sicher, dass die nicht als legales Dokument gelten würde. Sie vermutete, dass sie vor Gericht ein guter Beweis war, sollten sie und Howard vor einem enden, doch die Angelegenheit war nicht nach Vorschrift gehandhabt worden.

Eve dachte wieder an Russell Rathbone. Eigentumsrecht war nicht sein Fachgebiet, doch vielleicht könnte er ihr grob sagen, wie Howard und Betty es hätten richtig festlegen müssen. Sie seufzte. Natürlich könnte sie ihn fragen, ohne Namen zu nennen. Sie könnte vorgeben, sich für sich selbst oder Freunde zu erkundigen. Er schien grundsätzlich sehr hilfsbereit zu sein.

Was, wenn Howard es irgendwie geschafft hatte, Geld von der Summe abzuzweigen, die Betty ihm gegeben hatte, und es für eigene Zwecke zu benutzen? Wie würde das zu Ashtons Tod passen? Aber in Bettys Unterlagen gab es keinen Hinweis auf etwas in der Richtung; nichts, was Ashton hätte in die Hände fallen können und so offensichtlich gefunden hätte, dass er deshalb Howard zur Rede stellte. Und Eve war gewiss, dass es auch nie etwas gegeben hatte. Howard hätte Betty nichts sehen lassen, was ihn verraten könnte.

Sie verstand es einfach nicht. Doch unter extremen Bedingungen übertraten Menschen bisweilen Grenzen, die sie normalerweise nie überschreiten würden. Und Howard bildete da wahrscheinlich keine Ausnahme. Seine altmodischen Manieren und seine Perspektiven machten es umso nachvollziehbarer; er würde es hassen, im Dorf das Gesicht zu verlieren. Wozu wäre er fähig, um genau das zu verhindern?

Kapitel 21

Nachdem sie ihre Teetasse in den Geschirrspüler gestellt hatte, setzte Eve sich auf eines der Sofas im Wohnzimmer, Gus eingerollt zu ihren Füßen, und sah nach ihren E-Mails. Betty Foley hatte geantwortet. Offenbar schlief sie schlecht – was nicht überraschend war.

Liebe Eve,
ja, Ashton hatte mir gegenüber Justin Ingram erwähnt. Ich weiß allerdings nur, dass er ihn gehasst hat. Wann immer sein Name zur Sprache kam, brach die Hölle los. Er hat ihn jedoch nie im Zusammenhang mit seiner Verhaftung erwähnt. Wie gesagt, Ashton blieb dabei, dass er nicht wusste, wer die Person war, für die er gedealt hat.

Betty ließ es klingen, als hätte Ashton mit der Sache nichts zu tun gehabt.

Aber manchmal habe ich mich gefragt, ob er es für sich behalten hat, um mich zu schützen. Und wenn Justin damit zu tun hatte, würde es zu Ashtons Gefühlen für ihn passen. Howard hat sich gemeldet und gesagt, dass er Sie getroffen hat, als Sie aus dem Apple Tree Cottage gekommen sind.

So würde Eve es nicht formulieren. Bei der Erinnerung daran und an das, was er Mrs. Foley erzählt haben mochte, wurde ihr heiß.

Danke, dass Sie mich nicht verraten haben! Ich habe ihm nicht erklärt, worum ich Sie gebeten habe, weil ich weiß, dass er in seinem Stolz gekränkt wäre, wenn sich eine Fremde für ihn einsetzt.
Als er wissen wollte, was ich mir dabei gedacht habe, habe ich gesagt, ich hätte Sie gebeten, sich im Haus umzusehen, damit Sie es in Ihrem Nachruf beschreiben können. Tut mir leid, dass ich Sie in eine unglückliche Position gebracht habe.
Liebe Grüße, Betty

Eve atmete erleichtert auf. Anscheinend war sie davongekommen – zumindest was Betty betraf. Was Howard Green dachte und vorhatte, war schwerer einzuschätzen und bereitete Eve Sorge. Was fiel ihm ein, Betty zu fragen, was sie sich dabei gedacht hatte, Eve in ihr Haus zu lassen? Es war schließlich ihr Cottage. Viv hatte ihn als sehr beschützend beschrieben. Trieb man das indes zu weit, konnte es eine Form von Kontrolle sein.

Eve hatte eben eine höfliche Antwort geschrieben, während sie weiter voller Zweifel an Howard blieb, da hörte sie, dass eine Textnachricht auf ihrem Mobiltelefon eingegangen war. Sie fischte es aus der Tasche.

Die Nachricht war von Robin Yardley, Eigenbrötler und Gärtner, der für fast alle in Saxford St. Peter arbeitete. Ein Mann mit einer geheimen Vergangenheit, wobei er es auch unbedingt belassen wollte.

Sie hielt den Atem an. Was könnte er wollen?

Seine Textnachricht war schlicht:

Bist Du in der Gegend? Treffen wir uns am alten Anleger auf dem Mündungspfad? R.

Sie antwortete, dass sie in einer halben Stunde dort sei. Und als sie bereit zum Aufbruch war, klarte der Himmel auf.

»Wollen wir raus, Gus?«

Er sprang auf und stellte sich vor die Haustür. Dabei wedelte er wild mit dem Schwanz.

Als sie die Haunted Lane zum Elizabeth's Walk entlangging, dachte sie an Robin und alles, was sie im vorigen Sommer über ihn herausgefunden hatte, als sie zum ersten Mal in Saxford gewesen war. Anhand mehrerer Zufallsfunde hatte sie sich einiges über seine Vorgeschichte zusammengereimt.

Nur sie – und vermutlich der Vikar – kannte einen Teil der Geschichte. Und vielleicht war niemandem die ganze Version bekannt. Robin war einst Police Detective gewesen, aber Eve hatte immer noch eine Menge Fragen. Warum hatte er seinen Job aufgegeben? Und weshalb war er so entschlossen, seine Vergangenheit unter Verschluss zu halten? Er hatte sogar seinen Namen geändert.

Fragte man die Suchmaschinen im Internet, hatte es diesen »Robin Yardley« bis vor zehn Jahren nicht gegeben. Und Verschwiegenheit war ihm wichtig. Man musste sich ja nur ansehen, wie vorsichtig er hinsichtlich dieses Treffens mit Eve war. Er hatte sich einen der einsamsten Flecken in der Gegend ausgesucht.

Eve erreichte das Ende des Elizabeth's Walk und bog auf den Pfad ab, der direkt neben dem Wasser zum Meer führte. Nach vorn befand sich zur einen Seite Schilf, zur anderen ein Graben, und dahinter erstreckten sich Felder. Sollte hier noch jemand anders unterwegs sein, würde es Eves Chancen vernichten, Robin zu sehen und Informationen von ihm zu bekommen. Dann wären sie nur noch zwei Dorfbewohner, die sich zufällig begegneten.

Aber die Flussmündung schien verlassen zu sein, abgesehen von der hiesigen Fauna. Rechts von ihr, zum Dorf hin, krächzten die Krähen und umflogen ihre frisch gebauten Nester, in die sie bald die ersten Eier legen würden.

Nach links, über Saxford Water hinweg, wo der Fluss breiter wurde und durch Riedinseln floss, flog eine Rohrweihe auf, um nach Beute zu jagen. Gus war stehen geblieben, weil er den Ruf einer Rohrdommel gehört hatte.

Sie blickte zu ihrem Dackel. »Du musst dir einen anderen Sport suchen, Gus. Ich glaube sowieso nicht, dass du einen Vogel schnappen könntest, und selbst wenn, würde ich dich davon abhalten müssen! Na komm!«

Der Dackel sah beleidigt aus, als wäre es eine schwere Kränkung, ihm zu unterstellen, er würde seinen Mitgeschöpfen etwas antun. Trotzdem spitzte er weiter die Ohren nach dem Geräusch, wie Eve nicht entging.

Nach dem jüngsten Regen war der Weg matschig. Eve trug Stiefel mit dicken Profilsohlen, die ihre Jeans unten über dem Schlamm hielten, aber Gus müsste später gründlich abgeputzt werden, wenn sie nach Hause kamen. Und dass er sich geduckt hatte, um der Rohrdommel zu lauschen, machte es um nichts besser. Nun drang ein Sonnenstrahl zwischen zwei dunklen Wolken hervor und beleuchtete das Wasser. Überall um Eve herum erstreckte sich ein Farbenmeer aus Grau, Grün, Blau und Violett, typisch für einen wechselhaften Tag am Wasser.

Sie näherten sich dem alten Anleger, der im Grunde nur ein von Schlamm bedeckter Betonblock war.

Eine Sekunde später tauchte der Ex-Cop, der zum Gärtner geworden war, grinsend hinter dem hohen Schilf auf.

»Entschuldige die Mantel-und-Degen-Nummer, aber

nach dem Tratsch, den ich seit dem Wochenende von meinen Kunden gehört habe, hielt ich es für besser, wenn wir nicht in der Öffentlichkeit dabei gesehen werden, wie wir uns unterhalten.«

Was Eve verstand. Das ganze Dorf dürfte auf Ashtons Tod fixiert sein. Würde Robin mit ihr gesehen, gar ins Gespräch vertieft oder ohne seine Gartenwerkzeuge bei ihr, würden alle Fragen stellen. Und früher oder später würde es jemand gewiss Palmer erzählen, was ein ernstes Problem wäre. Robins Vergangenheit war auch so gut wie allen bei der hiesigen Polizei unbekannt.

»Ich weiß zum Beispiel«, fuhr er fort, »dass du gebeten wurdest, den Nachruf für Ashton Foley zu schreiben, und dass du schon mit Moira, Marina Shaw, den Ingrams und Russell Rathbone gesprochen hast.«

»Woher zum Teufel weiß irgendwer von dem Anwalt?«

Robin lächelte. »Eine der Büroangestellten in Rathbones Kanzlei ist die ältere Tochter von Julia Grant, der Kirchenvorsteherin von St. Peter's. Ich mache Julia den Garten.«

Eve war bewusst gewesen, dass sie von dem Moment an, in dem sie nach Saxford gezogen war, keine Geheimnisse mehr haben würde. Und obgleich Robin schmunzelte, hatte sie gesehen, wie er sich beim Reden unauffällig umgesehen hatte.

Seine blaugrauen Augen nahmen für einen Moment einen ernsten Ausdruck an, als müsste er seine bisherige Einschätzung von ihr überprüfen. »Ich habe Informationen. Die möchte ich dir nicht vorenthalten – nicht, wenn du es wieder im Alleingang mit einem Mörder zu tun bekommen könntest –, aber meinem Kontakt bei der hiesigen Polizei könnte ein Disziplinarverfahren drohen, sollte Palmer mitbekommen, dass er Einzelheiten weitergegeben hat.«

»Verstehe«, murmelte Eve, auch wenn das nicht so recht

stimmte. Warum war DS Boles so entgegenkommend? Und warum verbarg Robin seine Vergangenheit vor allen anderen Polizisten hier? »Nein, von mir erfährt niemand etwas. Ich hätte nicht gedacht, dass ich mich noch einmal in solch einer Lage befinden würde.« Gus wurde immer schmutziger, während sie redeten, denn auf der Jagd nach irgendetwas unten im Graben schlitterte er eine Uferkante hinunter.

Robin nickte. »Orte wie Saxford sind seltsam. Da hat man alle Extreme. Leute achten aufeinander, wie man es in der Großstadt nicht kennt, aber es kann auch erdrückend sein, wie viel die Nachbarn über einen wissen. Es besteht immer die Gefahr, dass du etwas entdeckst, was Beziehungen unter Druck setzt. Die Leute werden auch festgefahren in ihrem Leben. Und dann kommt jemand wie Ashton, der teilweise ein Außenseiter ist, teilweise nicht, und der gewohnte Gang der Dinge wird empfindlich gestört. Normalerweise würde es nicht auf einen Mord hinauslaufen, doch Ashton war kein durchschnittlicher Dorfbewohner.«

»Ganz sicher nicht.«

Robin nickte, und auf einmal war da wieder ein amüsiertes Blitzen in seinen Augen. »Also, ich weiß ja, dass du schnell bist. Was hast du dir bisher zusammengereimt?«

Auch Eve musste grinsen. »Dir fehlt dein alter Job, oder?«

Er blickte gen Himmel. »Ich mag meinen gegenwärtigen durchaus. Aber, ja, okay, ertappt. Und falls du etwas erzählen willst …«

Eve berichtete ihm von Betty Foleys Bitte um Hilfe und allem, was sie bisher über Howard Green herausgefunden hatte. »Somit erweist sich mein Auftrag als problematisch. Nichts, was ich finde, lässt ihn unschuldig aussehen. Doch es könnte noch eine zweite Person ins Spiel kommen.«

Sie berichtete ihm von ihrem Besuch bei den Ingrams und allen Informationen, die sie bisher aufgeschnappt hatte, angefangen mit Russell Rathbones Vermutung, dass Ashton ihm diskret Hinweise auf Justin gegeben haben könnte, bis hin zu dem geschmacklosen »Streich«, den der Tote ihm gespielt hatte. »Trotzdem passen die Beweise gegen ihn nicht recht zusammen«, endete sie. »Ich habe das Gefühl, dass ich etwas übersehe, aber ich weiß nicht, was. Und währenddessen deutet alles, was ich höre, auf Howard Green hin.«

Wieder schaute Robin sich über die Schulter um und auch hinter sie, bevor er ein wenig näher zu ihr trat. Allerdings blieb er im Schilf. »Die Polizei ist sehr an ihm interessiert. Als sie ihn gefragt haben, was er vor Betty Foleys Cottage wollte, hat er behauptet, er hätte angeklopft, weil er mit Ashton reden wollte. Und dass er eine Flasche Whisky als Friedensangebot mitgebracht hatte. So ein Von-Mann-zu-Mann-Ding.«

Eve überlegte. »Ich habe nicht gesehen, dass er irgendwas bei sich hatte.«

Robin nickte. »Der Polizei war der verblassende Bluterguss an seiner Wange aufgefallen. Howard hat ihnen erzählt, er hätte abrupt bremsen müssen, doch sie glauben ihm kein Wort. Sie können ihm aber auch nicht beweisen, dass er gerade aus dem Cottage gekommen war, als du ihn gesehen hast. Und da er einen Schlüssel hat, werden alle Beweise, die sie zu seiner Anwesenheit finden, nichts nützen. Er war schon zigmal vorher in dem Haus, und das aus legitimen Gründen.«

Robin runzelte die Stirn. »An Ashtons Brieftasche gab es übrigens keine Fingerabdrücke, also sieht es aus, als wären sie abgewischt worden, obwohl seine Kreditkarten noch da waren, zusammen mit einem kleinen Bargeldbetrag. Und es fehlte auch sonst nichts, was offensichtlich gewesen wäre: Seine Schlüssel und sein Handy waren noch da.«

»Weißt du, ob die Polizei irgendwelche Verdächtigen hat,

die nicht auf meiner Liste stehen?« Falls ja, müsste sie die wahrscheinlich auch für den Nachruf interviewen. »Ich habe schon vor, mit seinen früheren Lehrern zu reden, den Adcocks.«

Doch Robin schüttelte den Kopf. »Bisher niemanden. Ich halte dich auf dem Laufenden, vorausgesetzt, ich erfahre mehr.«

Eve nahm an, dass er tatsächlich noch weitere Details in Erfahrung bringen würde. Aus ihr unbekannten Gründen schien DS Boles ihm eine Menge anzuvertrauen. »Und hat jemand aus der Gruppe ein wasserdichtes Alibi?«

»Nicht nach meinen Kriterien. Die Adcocks sind interessant, soweit ich gehört habe, weil Ashton sich bei der Verlosung sehr öffentlich über einige grausame Worte von Carl geäußert hatte. Du und Viv habt das Catering gemacht, nicht wahr? Also schätze ich, du hast ihn gehört?«

Eve nickte.

»Jetzt wünsche ich mir, ich hätte die Veranstaltung nicht geschwänzt. Die Polizei zieht auch eine alte Fehde in Betracht.«

Was Sinn ergab. »Ashton sagte, er wollte ›etwas zurückgeben‹. Er behauptete, Carl hätte ihm geholfen, ›neuen Antrieb‹ zu finden, und ich fand seine Wortwahl eigenartig.«

Robin merkte auf. »Stimmt. Carl und Tina geben sich gegenseitig Alibis, doch mein Kontakt sagt, dass sie ein bisschen nervös aussahen, als sie ihre Geschichten erzählt haben. Marina Shaw hat im Pub gewohnt, wo die Gäste kommen und gehen können, wie sie wollen, also ist nicht auszuschließen, dass sie weggegangen und unbemerkt wieder zurückgekommen ist.«

»Aber?« Es fiel ihr ein, als er schon sagte: »Ach, klar, Hetty!«

Er nickte. »Falls Marina vorsichtig war, könnte sie es geschafft haben, mitten in der Nacht in den Pub zurückzukehren, ohne dass die Hündin anschlug, doch es wäre ein großes Wagnis gewesen. Toby Falconer hat bestätigt, dass sie zum Frühstück dort war. Und ihm ist nichts Ungewöhnliches aufgefallen.«

»Was ist mit Justin und Amber Ingram? Stehen sie unter Verdacht?«

Robin sah sie an. »Die Polizei behält Justin im Hinterkopf, vor allem nachdem Russell Rathbone sich bei ihnen gemeldet und von einem Gespräch mit Ashton erzählt hatte. Zufällig ist Ambers Bruder Tierarzt, besitzt folglich eine Handfeuerwaffe, um gegebenenfalls kranke Tiere erschießen zu können.«

Eve spürte eine kühle Brise in ihrem kurzen Haar, gefolgt von einer Gänsehaut, die ihr die Arme heraufkroch. »Ich habe nicht gewusst, dass Veterinäre solche Waffen haben dürfen. Kann die Polizei sie untersuchen?«

»Solange Ambers Bruder ihnen die Erlaubnis gibt, ja. Sie haben keine stichhaltige Begründung für eine Durchsuchung, da keine Beweise vorliegen. Es würde einiger Winkelzüge bedürfen, Amber überhaupt jetzt als Verdächtige auszugeben, geschweige denn, sie mit einer Waffe in Verbindung zu bringen, die ihr Bruder wahrscheinlich unter Verschluss in seiner Praxis verwahrt«, sagte Robin. »Und sie haben weder eine Kugel noch eine Patronenhülse gefunden, also hat die Ballistik nichts in der Hand. Trotzdem denke ich, der Bruder würde einwilligen, sollten sie ihn fragen. Andernfalls würde es ziemlich verdächtig wirken.«

Er seufzte. »Jedenfalls würde ich nicht zu viel auf den möglichen Zugang zu einer Waffe setzen. Handfeuerwaffen sind die erste Wahl bei Verbrechen, obwohl der Besitz so gut wie jedem im Land untersagt ist. Aber ausgemusterte Waffen können reaktiviert und Schreckschusspistolen wieder scharf gemacht werden. Wer das auch war, wird sich kaum darauf verlassen haben, dass er einen hiesigen Tierarzt bestehlen kann.«

»Betty Foley hat gesagt, dass die Polizei wissen wollte, ob Howard sich über sein Geschäft eine Waffe hätte besorgen können.«

Robin nickte. »Stimmt. Antike Waffen nehmen in der Szene zu, weil moderne schwerer aufzutreiben sind. Die Leute machen die Kugeln für die selbst, weil es keine Originalmunition mehr gibt.«

»Würde Howard wissen, wie?«

Er kniff den Mund zusammen. »Dank YouTube-Videos, die alles Schritt für Schritt erklären, kann das jeder lernen.«

Demnach hätten sowohl Howard als auch Amber mit ein wenig Planung an eine Waffe gelangen können. »Es wäre interessant zu wissen, in welche Richtung ermittelt wurde, als Ashton zu seiner Jugendstrafe verurteilt wurde. Ich nehme an, dass die Polizei versucht hatte, diejenigen zu finden, die ihn beliefert hatten.«

Robin sah sie an. »Das habe ich schon gefragt. Ich sage dir Bescheid, wenn mein Kontakt etwas findet, das er weitergeben kann.«

Sie war neugierig, ob Justins Name jemals gefallen war. »Haben die Ingrams Alibis?«

»Wie die Adcocks geben sie sich gegenseitig eines, aber sie haben zugegeben, dass sie die ganze Nacht geschlafen haben. Ich würde nichts auf das geben, was sie sagen. Doch du solltest bei ihnen allen auf der Hut sein, wenn du mit ihnen redest. Geh kein Risiko ein, Eve. Wir mögen hier in der Pampa sein, und Ashtons alte Kontakte waren womöglich nur kleine Nummern, aber wenn sie schon gemordet haben, um ihr Geheimnis zu wahren, wollen sie jetzt die Kontrolle übernehmen.«

Eve stockte der Atem. »Verstehe. Ich halte dich auf dem Laufenden.«

Da war der kleinste Anflug eines Lächelns. »Danke. Und ich gebe dir alles weiter, was nützlich sein könnte. Wobei ich hoffe, dass Gus sich nicht jedes Mal so schmutzig macht!« Er lachte kurz, wurde jedoch gleich wieder ernst. »Eve, mein Kontakt hat erzählt, dass sich jemand über dich beschwert hat. Diejenigen haben behauptet, dass du anscheinend nach mehr forschst als nur zu Ashton Foleys Lebensgeschichte.«

Nun war es an Eve zu seufzen. »Dachte ich mir schon. Palmer hat mich verwarnt.«

Robin holte tief Luft. »Mein Kumpel sagt, der Anruf war anonym. Palmer hat nichts unternommen, um herauszubekommen, wer dich abschießen will, aber er hat es sich angesehen. Der Informant hat die Telefonzelle vor dem Laden von Moira und Paul benutzt. Da gibt es keine Kameraüberwachung.«

»Also jemand aus dem Dorf.«

Er nickte. »Möglich wäre es. Es muss nicht der Mörder sein, denn reichlich Dörfler haben andere Geheimnisse. Doch pass auf dich auf, auch bei Leuten, denen du vertraust.«

»Du weißt nicht zufällig, wer der Polizei erzählt hat, Ashton und ich könnten eine Affäre gehabt haben, oder?« Sie merkte, wie sie rot wurde, als Robin sie erschrocken ansah. »Hatten wir selbstverständlich nicht! Ich möchte es nur wissen, damit ich diejenigen von meiner Weihnachtskartenliste streichen kann.«

Für einen Moment grinste er.

»Scherz beiseite, ich halte es für denkbar, dass die anonyme Beschwerde von derselben Person kam.«

»Kann sein. Ich sehe mal, was ich herausfinden kann. Sei vorsichtig, Eve.«

Sie fröstelte, als sie Robin nachblickte, der den Weg entlang gen Küste davonging. Ehe Ashtons Mörder nicht gefunden war, würde sie nicht ruhig schlafen. Bei dem Gedanken, dass einer ihrer Nachbarn jeden ihrer Schritte beobachtete und darauf wartete, ob sie der Wahrheit zu nahe kam, stellten sich ihr die Nackenhaare auf.

Kapitel 22

Zu Hause machte sich Eve an ein wenig mehr Faktenprüfung. Sie wollte Genaueres zu Bettys inoffiziellem Darlehen an Howard Green wissen. Das Internet gab einige Hinweise her, aber Eve musste sich sicher sein, was die Konsequenzen betraf. Ohne juristischen Rat könnte sie Wichtiges übersehen.

Fünf Minuten später rief sie Russell Rathbone an. »Entschuldigen Sie, dass ich Sie schon wieder belästige.« Sie stellte sich ihn in seinem schicken Büro vor.

»Unsinn!« Sie konnte das Lächeln in seiner Stimme hören. »Es ist überhaupt keine Belästigung. Wie kann ich Ihnen helfen?«

Eve holte tief Luft. Wenn sie dieses Gespräch klug anging, müsste sie nicht einmal eine Verbindung zu Ashtons Tod herstellen. DI Palmers Drohung war ihr sehr gegenwärtig.

»Ich habe mich gefragt, ob ich Sie in einer hypothetischen Angelegenheit um Rat fragen darf. Es könnte etwas dauern, bis Sie eine Antwort finden, und ich weiß, dass Ihre Stunden kostbar sind. Falls es Ihnen lieber ist, vereinbare ich einen Termin.«

Er lachte. »Es wäre fraglos erbärmlich, könnte ich nicht am Telefon ein wenig helfen, ohne es Ihnen in Rechnung zu stellen.«

Eves Erfahrung nach rechneten Anwälte im Fünf-Minuten-Takt ab. Russell Rathbone war außergewöhnlich großzügig.

»Und was ist diese hypothetische Angelegenheit?«

Es war klar, dass er ahnte, sie wäre alles andere als das.

»Ich habe mich Folgendes gefragt: Wenn jemand in eine Immobilie investieren will, es aber nicht persönlich machen kann, was müsste die Person tun, um ihre Interessen zu schützen, wenn jemand anders in ihrem Auftrag handelt?«

Am anderen Ende trat für längere Zeit Stille ein. »Interessant, dass Sie das wissen wollen. Ashton kam mit der gleichen Frage zu mir. Und auch er sagte, dass es rein hypothetisch wäre.«

Unweigerlich herrschte an beiden Enden nachdenkliche Stille. Ashton musste dasselbe gesehen haben wie sie. Eve hatte gute Gründe, schwammig zu bleiben, doch warum hatte *er* Russell Rathbone nicht mehr erzählt? Immerhin war der Anwalt ein langjähriger Vertrauter der Familie.

»Ein Anwalt würde normalerweise einen offiziellen Vertrag aufsetzen, um das Arrangement deutlich zu machen, und eine Kopie an das Grundbuchamt schicken«, erklärte Rathbone. »Ohne das könnte man die Person, deren Geld eingesetzt wird, im Dunkeln lassen, was die weitere Handhabung des Besitzes betrifft.«

»Das klingt gefährlich.«

»Ist es auch. Die Person, die den Kauf tätigt – und deren Name in der Grundstückseigentumsurkunde steht –, hätte dann Zugriff auf das ihr anvertraute Geld, indem sie etwa eine Hypothek auf die Immobilie aufnimmt oder eine bestehende erhöht. Niemand würde den ungenannten Finanzier um Erlaubnis fragen; die Bank wüsste nicht einmal, dass einer existiert.«

Eve wurde heiß. Allmählich begriff sie, wie Howard Green sich in große Schwierigkeiten gebracht haben könnte.

»Im Grunde wäre es eine Methode, das Geld des eigentlichen Besitzers zu stehlen.«

»Wäre es.«

Und sie wusste, dass Betty Foley 200.000 Pfund gehabt hatte, die sie hatte anlegen wollen. Eventuell hatte Howard Green beinahe alles für seine Zwecke abgezweigt.

»Würde die Person, die das Geld gegeben hat, regelmäßig Mieteinnahmen erhalten, würde sie doch eine Veränderung bemerken. Ich meine, wenn die Hypothek erhöht wurde, müsste auch mehr Geld an die Bank fließen, um sie zu bedienen.«

Rathbone seufzte. »Ich fürchte, das muss nicht zwingend so sein. Es käme darauf an, welche Konditionen mit der Bank vereinbart wurden. Hohe Ratenzahlungen auf einen kleinen Kredit können dasselbe sein wie niedrige auf eine viel größere Summe. Der Finanzier muss nicht zwingend eine Veränderung erkennen.«

Eve wollte es kaum glauben. War das geschehen? Hatte Howard Geld von Betty genommen und es in das betrügerische Immobiliengeschäft gesteckt, das Simon erwähnt hatte? Wenn ja, hörte es sich an, als hätte er alles verloren. Vielleicht hatte er gehofft, ein Vermögen zu machen, die finanziellen Löcher in seinem Geschäft zu stopfen und die Hypothek für Bettys Besitz zurückzuzahlen, ohne dass sie es jemals erfuhr. Und die ganze Zeit hatte sie ihm so blind vertraut, und er hatte ihren Beschützer gemimt. Seine egoistische, anmaßende Haltung trieb Eves Adrenalinpegel in die Höhe.

»Darf ich fragen, ob Sie es Ashton genauso erklärt hatten?«

»Hatte ich.« Wieder seufzte er. »Schon gut, Sie müssen mir nicht mehr sagen oder ein gegebenes Versprechen von Vertraulichkeit brechen. Es ist nicht mein Fachgebiet, aber ich würde Mrs. Foley mit Freuden beraten, wenn sie wieder zurück ist.«

Es war sinnlos, so zu tun, als irrte er sich. Und ein guter Rat von einem verständnisvollen Bekannten der Familie wäre genau das, was Betty brauchen würde.

»Vielen Dank.« Sie legte auf, holte tief Luft und setzte sich nachdenklich an ihren Esstisch.

Wie war es abgelaufen? Wahrscheinlich hatte Ashton aus reiner Neugier in die Unterlagen seiner Mutter gesehen, um zu erfahren, ob sie irgendetwas getan hatte, von dem er nichts wusste. Er hatte die Information über das Erbe gefunden, das Betty erhalten hatte, und über die Immobilie, die Howard in ihrem Auftrag gekauft hatte. Vielleicht war er gekränkt gewesen, auf jeden Fall jedoch wütend, schätzte Eve. Wie sie, hatte er sich an seinen alten Freund und Mentor gewandt, Russell Rathbone, und um Rat gefragt. Und ihm wurde bestätigt, dass Howard viel zu viel Kontrolle über das Vermögen hatte, das rechtmäßig Ashtons Mutter gehörte.

Was hatte er dann getan? Hatte er mit Betty darüber geredet? Nein, das glaubte Eve nicht. Als sie Betty Foley gefragt hatte, ob ihr ein Grund einfiele, weshalb es zum Streit zwischen Ashton und Howard gekommen sein könnte, hatte sie eine Weile überlegt. Ihre Reaktion wäre eine andere gewesen, hätte Ashton sie bereits darauf angesprochen gehabt.

Aber Eve vermutete, dass er Howard Green mit seinem Wissen konfrontiert hatte. Er musste nichts von der Anlagemöglichkeit gewusst haben, von der Simon gesprochen hatte, oder von Howards geschäftlichen Problemen, doch er hätte sicher gewollt, dass alles richtig dokumentiert wurde. Schließlich war klar, dass er den Mann gehasst hatte, und auch wenn er sich nicht groß um Bettys Gefühle geschert hatte, konnte Eve sich nicht vorstellen, dass er es gelassen hingenommen hatte, wenn sie von Howard belogen wurde.

Vielleicht hatte er gedroht, mit seiner Mutter zu reden,

wenn sie zurück war, es sei denn, Howard regelte die Sache. Und natürlich hatte es Howard Green in eine äußerst schwierige Lage gebracht, sollte er wirklich Geld aus der Hypothek abgezweigt haben.

Er könnte nichts legal festmachen, ohne dass Betty erfuhr, dass er sie bestohlen hatte. Ihre Beziehung wäre vorbei gewesen, und Howard hätte sich vor Gericht wiedergefunden. Wie war das als Mordmotiv?

Gus war hereingekommen und tapste um den Esstisch, als wollte er die Gesamtsituation einschätzen.

»Es ergibt immer noch keinen Sinn«, sagte Eve zu ihm. Er sah sie fragend an. »Howard könnte sich über sein Antiquitätengeschäft eine Waffe besorgt haben, solange er schnell gehandelt hat. Aber wenn das alles stimmt und er Ashton ermordet hat, bevor der ihn verraten konnte, warum war er dann hinterher beim Apple Tree Cottage? Es ist ja nicht so, als hätte die Vernichtung der Papiere über das Haus geholfen. Betty hatte die Einzelheiten schon und sich wissentlich auf das Arrangement eingelassen.«

Eve vermutete, dass die Polizei Bettys Unterlagen nicht prüfen würde, weil sie zum Mord an Ashton ermittelten. »Und warum hat Howard dann Ashtons Brieftasche durchsucht, sie aber dort gelassen? Robin sagt, dass sie abgewischt wurde. Was hatte er zu finden gehofft?« Sie bückte sich zu ihrem Dackel. »Ich muss mir überlegen, wie es weitergehen soll. Das ist alles reine Spekulation. Wie kann ich von Palmer erwarten, dass er mich ernst nimmt, wenn ich das weitergebe? Und wie soll ich Betty Foley in die Augen sehen, nachdem ich der Polizei mehr Beweise gegen Howard Green gegeben habe, ohne zuerst die Fakten zu überprüfen?«

Doch sie fühlte sich der Wahrheit näher; es wurde Zeit, zusätzlichen Druck auszuüben. Ihr kam ein Plan in den Sinn, der allerdings riskant war. Gus schien ihre Furcht zu spüren und stupste mit seiner feuchten Nase an ihre Hand. Er hatte solch eine beruhigende Wirkung.

Nach fünfminütigem Starren ins Nichts hatte Eve eine Idee. Sie könnte Robin um Hilfe bitten, auch wenn es ihm nicht gefallen würde. Einen Moment später schrieb sie ihm eine Textnachricht. Er rief sofort zurück. Und Eve hatte recht: Es gefiel ihm nicht.

»Das Problem ist, dass ich in einer Sackgasse stecke.« Sie erklärte ihm, warum sie nicht direkt zur Polizei gehen wollte.

Wenige Minuten später hatte sie ihn überzeugt, und er seufzte. »Ich mag gar nicht glauben, dass ich dem zustimme, aber in Ordnung.«

»Verstehst du, was ich meine?«

»Ja, tue ich.«

Es half, dass er wusste, wie Palmer war.

Nach weiteren fünf Minuten schrieb sie eine Nachricht, die sie im Kopf entworfen hatte, und wenig später ging sie mit Gus über den Dorfanger zum oberen Ende der Dark Lane, in der Howard Green wohnte. Sie steckte den Umschlag durch seinen Briefschlitz.

Drinnen hatte sie eine Bewegung wahrgenommen und wusste daher, dass Howard zu Hause war. Er musste seinen Laden für heute geschlossen haben. Eve konnte lediglich hoffen, dass ihre Nachricht ihn nach draußen lockte. Sie zog sich wieder zurück. Ihre Kehle fühlte sich eng an. Eve hatte beschlossen, ihn sich in der Öffentlichkeit vorzunehmen, weil es sicherer war. Und Robin wäre dort, um auf sie aufzupassen. Dennoch war ihr Mund staubtrocken. Vielleicht schluckte Howard den Köder nicht, und wenn er beschloss, sie sich unter seinen Bedingungen zu schnappen, könnte sie ein Problem haben.

Er wusste, wo er sie finden würde, und sie wusste, wie Furcht einflößend er sein konnte.

Kapitel 23

Eve ging mit Gus zum Strand. Es war nicht, als würde sie von einem Dobermann begleitet, aber er gab ihr Selbstvertrauen, und er konnte vielleicht die Anspannung lindern. Es hatte inzwischen ganz aufgeklart, und es waren noch Osterferien, sodass die Leute nicht früh nach Hause eilten. Falls Howard Green herkam, um sie zu treffen, würden sie nicht die Einzigen am Strand sein. Trotzdem war sie froh, dass sie Robin gebeten hatte, in der Nähe zu sein. Sollte Howard eine Waffe mitbringen, könnte er Eve recht leicht isolieren, es sei denn, sie waren unter Menschen.

Gus und sie näherten sich vom Wald und der Heide her dem Ufer, wo sie an einer Provence-Grasmücke vorbeikamen. Eve versuchte, sich auf den Vogel zu konzentrieren, der in dem Stechginster umherhüpfte und munter trillerte. Doch Eves Herzschlag wollte sich nicht beruhigen. Was, wenn alles schiefging? Was, wenn Robin sich verspätete?

Eine Sekunde später stockte ihr der Atem, und ihre Bauchmuskeln verkrampften sich. Gleich hinter den Sanddünen, oben an der Küste und fernab von jeder Zivilisation, sah sie Howard Greens hagere Gestalt. Er hatte die Hände in den Hosentaschen vergraben, der Wind blies ihm das Haar nach hinten, und die Jacke hing ihm lose von den kantigen Schultern. Er war weiter weg vom Dorf, als Eve geschrieben hatte. In dieser Entfernung könnte er eine Waffe unter seiner Jacke verbergen und sie zwingen, mit ihm zu kommen, ohne dass es irgendwer bemerkte.

Sie blickte sich um. Wo war Robin? Ihr Handy meldete den Eingang einer Textnachricht.

Ich bin zwischen den Bäumen nahe der Heide, gleich südlich der Stelle, an der Green steht. Wenn Du bei ihm bist, gehe ich nach Norden hinauf zum Strand. Er wird wissen, dass ich da bin, und ich bin bereit, notfalls einzugreifen. Ignorier mich einfach.

Eve schluckte und schritt auf Howard zu. Schließlich waren Gus und sie hinter ihm, und sie rief, um Howard Green wissen zu lassen, dass sie da war. Der Seewind riss ihr die Worte von den Lippen, doch er musste etwas gehört haben, denn er drehte sich um. Sein Blick war unfreundlich.

»Ich kann nicht vermeiden, bei meiner Arbeit das eine oder andere zu erfahren«, sagte Eve. Sie war sparsam mit der Wahrheit, aber dieser Mann hatte es nicht anders verdient. »Es würde mir sehr helfen, wenn Sie mir erklären, was vor Ashtons Tod zwischen Ihnen und ihm vorgefallen ist.« Sie dachte an Palmer. Er würde sich diese Verfügung besorgen, die ihre Arbeit unmöglich machte, wenn Green sie meldete. Dies war ein sehr gewagtes Spiel. »Ihre Beziehung ist wichtig für den Nachruf.«

Sie erwartete nicht, dass er es ihr als den echten Grund abnahm, aber zumindest könnte sie das gegenüber Palmer behaupten, sollte er von dem Treffen erfahren. Eve hatte weiche Knie, obgleich Green wohl kaum einen Mord gestehen würde, selbst wenn er es gewesen war. Für einen kurzen Moment dachte sie an Robin. War er jetzt irgendwo hinter ihr, ging den Strand hinauf? Sie holte tief Luft.

»Die Sachen, die ich in meiner Nachricht erwähnt habe, werden zwangsläufig ans Licht kommen.« Sie hatte darin viel gemutmaßt, um Howard herzulocken. So hatte sie geschrieben, dass sie von dem Haus wusste, das er von Mrs. Foleys Geld gekauft hatte, und davon, dass er ohne ihre Erlaubnis Geld abgezapft hatte. Seine Wut, als er sie am Apple Tree Cottage gesehen hatte, passte zu ihren Vermutungen. Wäre er unschuldig, würde er verwirrt reagieren, doch da war keine Spur von Verwunderung in seinen Augen. »Ihr Verhalten war unehrlich, doch es ist natürlich nichts, verglichen mit einem Mord. Ich würde gern wissen, was wirklich passiert ist.«

Sie hatte ihr Bestes getan, um seine Wut zu dämpfen. Eve selbst war wütend auf ihn wegen dem, was er Betty Foley angetan hatte, aber er würde niemals mitspielen, wenn sie nicht ruhig blieb. Und sollte sie ihn zu sehr provozieren, war nicht abzusehen, wie er reagieren würde. Sein Blick sagte ihr, dass sie sehr vorsichtig sein musste. Falls Robin in der Nähe war, nahm sie an, dass Howard ihn bisher nicht gesehen hatte. Er war ganz auf sie konzentriert.

Eve hielt den Atem an. Sicher käme DI Palmer zu dem Schluss, Howard hätte Ashton umgebracht, wüsste er, was sie wusste. Und Eve vermutete, dass es Howard ebenfalls klar war. Er könnte es durchaus gewesen sein; alles deutete auf ihn als Täter hin. Je nachdem, wie dieses Gespräch verlief, müsste Eve Robin auf sich aufmerksam machen und dann die Polizei rufen. Natürlich würde Robin sie nicht im Stich lassen, trotzdem wünschte sie, sie könnte ihn sehen.

Greens Blick war auf Eve fixiert, und sie fühlte, dass sie innerlich zitterte. Gus' Reaktion half ihr wenig. Obwohl er unangeleint und das Meer nur wenige Schritte entfernt war, stand er stocksteif neben Eve, starrte den Mann vor ihnen an und knurrte leise.

»Sie und Ashton haben sich geprügelt. Ich habe gehört,

dass Ihre Beziehung nie einfach war, aber diese Gewalttätigkeit war neu. Und zu ihr kam es aus einem bestimmten Grund.« Sie machte eine kurze Pause. »Er hatte in Mrs. Foleys Unterlagen gesehen und wusste, dass Sie eine Immobilie gekauft hatten, ohne für die angemessenen Dokumente zu sorgen.« Als Green immer noch nichts sagte, ergänzte sie: »So viel weiß ich. Er hatte einen Anwalt um Rat gefragt, um herauszufinden, was getan werden musste.«

Howard Green fluchte. Gus baute sich auf – nun ja, so weit, wie er konnte – und knurrte lauter.

»Er hat Sie zur Rede gestellt, nehme ich an, und Sie haben sich geprügelt.« Sie drehte sich kaum merklich, während sie sprach, um mehr vom Strand zu sehen. Weit weg, zum Südende vom Dorf hin, gingen mehrere Leute am Wassersaum entlang. Aus dem Augenwinkel allerdings nahm sie eine Bewegung in der Nähe wahr. Robin? Aber sie musste sich konzentrieren. Er hatte gesagt, dass sie ihn ignorieren sollte.

Green folgte ihrem Blick wütend. »Na gut. Ja.«

»Ich denke, er wollte, dass Sie die korrekten Papiere besorgen, doch das konnten Sie nicht. Nicht, ohne zuzugeben, dass Sie Geld gestohlen hatten, indem Sie die Hypothek erhöhten. Und natürlich wollten Sie Ihre Beziehung mit Mrs. Foley nicht gefährden.«

Er hatte einen sehr triftigen Grund gehabt, Ashton zu töten, den jungen Mann, der ihm seit Jahren Steine in den Weg legte, was seine Beziehung zu Betty Foley anging. All diese aufgestaute Wut, die nur auf ein Ventil wartete … Eves Brustkorb fühlte sich zu eng an.

»Ich hatte vor, alles zurückzuzahlen – mit Zinsen. Betty hätte es nie erfahren. Ich hätte mein Geschäft gerettet und ihr auch noch einen Gefallen getan.«

»Nur, dass die Anlage, in die Sie das Geld gesteckt haben,

zu schön war, um wahr zu sein.« Eve erinnerte sich an Simons Worte. Er zumindest war bei Verstand gewesen.

»Mir wurde eine Menge versprochen, aber ich habe alles verloren.«

»Ashton wurde sicher wütend, als Sie sich weigerten, alles richtigzustellen. Hatten Sie zugegeben, was Sie getan haben, nachdem er Sie verprügelt hatte?«

Howard Green brauchte lange, ehe er schließlich den Kopf schüttelte. »Er hat mich hinterher geschlagen. Da hatte er die Beherrschung verloren.«

Es erklärte, warum Howard nicht reagiert hatte, als Ashton ihn im Dorfladen absichtlich angerempelt hatte. Er hatte gewusst, dass er sich auf dünnem Eis bewegte. Ashton war in der Lage, sein Leben zu ruinieren, sollte er eine falsche Bewegung machen.

»Also hatte er vor, es seiner Mutter zu erzählen.«

Howard Green lachte verbittert. »Ja. Er wollte warten, bis sie wieder nach Hause kam, um es ihr persönlich zu sagen. Wahrscheinlich wusste er, dass er ihre gute Meinung von mir gründlicher ruinieren konnte, wenn er sie von Angesicht zu Angesicht beeinflusste.« Er spie die Worte geradezu aus.

Dann war Howard Zeit zum Handeln geblieben. Er hatte gewusst, dass ihm noch mindestens einige Tage Galgenfrist blieben. Übelkeit stieg in Eve auf, aber Gus schien sich mittlerweile beruhigt zu haben, weil Howard und sie nur miteinander sprachen. Er sah sie immer wieder von der Seite an, als fragte er sich, warum sie kostbare Strandzeit mit diesem unfreundlichen Menschen verplemperten.

»Haben Sie gedacht, es gäbe eine Chance, dass sie Ihnen verzeiht?« Eve konnte nicht umhin, ungläubig zu klingen. Für sie an Bettys Stelle wäre Howard umgehend Geschichte gewesen, ob sie die Wahrheit von Angesicht zu Angesicht, via Telefon oder per Brieftaube erfahren hätte.

Green sah sie mit hartem Blick an. »Sie verstehen es nicht, aber ich hätte es Betty klargemacht. Mein Geschäft befindet sich in einer Krise, mein Haus steht kurz vor der Pfändung. Ich habe kaum genug zum Leben. Nun musste ich auch noch Amber entlassen, weil ich mir keine Angestellte mehr leisten kann. Ich habe bis zur letzten Minute durchgehalten, einen Ausweg gesucht. Und dann kommt Ashton, der Betty mit teuren Geschenken überschütten kann und mit Geld nur so um sich wirft, während ich mir nicht mal eine Runde Getränke im *Cross Keys* erlauben kann.«

Eve erinnerte sich an sein halbherziges Angebot, die Getränke zu übernehmen, als sie ihn mit Betty und Ashton dort gesehen hatte.

»Können Sie sich vorstellen, was für ein Gefühl das für mich war? Ich hatte mir um Bettys willen ihr Geld geliehen. Ich wollte es investieren, einen guten Profit machen und es weit genug bringen, dass ich für sie sorgen könnte.«

Eves Herzschlag ging durch die Decke. Für sie sorgen? Betty hätte sich leisten können, für sich selbst zu sorgen, hätte er sie nicht betrogen. Sie hatte Pläne gehabt, die ihr ein solides Einkommen für ihren Ruhestand sicherten, und Howard hatte ihr Geld gestohlen, um sein Ego aufzupolieren und seine Machtposition zu sichern!

»Ich hatte vor, sie auf Kreuzfahrten mitzunehmen – auf Wochenendausflüge –, all die Dinge, die sie verdient.« Sein Blick war unverwandt auf Eve gerichtet, weil er wohl erkannte, dass sie keinerlei Mitgefühl für ihn aufbrachte und nicht verstand, warum er so gehandelt hatte. »Sie hat ein schweres Leben gehabt!« Er trat vor, und Eve wich zurück. Sie konnte Gus wieder an ihrem Bein fühlen. »Ich musste für sie alles wiedergutmachen. Ashton hatte kein Recht, mich zu kritisieren; er pfiff auf ihre Gefühle. Er war nett zu ihr, wenn ihm danach war, und ließ sie ohne Vorwarnung fallen, sobald ihm langweilig wurde. Ich allein musste darauf achten, dass sie glücklich war.«

Eve fröstelte. Wie er seine Gründe für den Diebstahl von Bettys Geld beschönigte, war widerlich. Und sie hatte das Gefühl, dass er seine eigenen Lügen auch noch glaubte. Was sein Mordmotiv anging, wirkte es stärker denn je.

»Ich habe ihn nicht ermordet.« Es war, als hätte der Mann ihre Gedanken gelesen.

Nun konnte Eve sehen, dass Robin recht nahe bei ihnen war. Mit den Händen in den Hosentaschen schlenderte er über den Strand, blieb stehen und gab vor, auf sein Mobiltelefon zu sehen.

Deshalb fasste Eve den Mut, Howard ein wenig mehr aus der Reserve zu locken. »Das ist leicht gesagt. Aber er hätte Ihr Leben ruinieren können. Und Sie waren im Apple Tree Cottage an dem Morgen nach seiner Ermordung.« Er hatte so verschlagen gewirkt, als er dort vor dem Haus gestanden hatte.

Howard warf die Hände in die Höhe, sodass Eve zusammenzuckte. »Ich hatte schlecht geschlafen, wegen der Geldsorgen! Also war ich *mal wieder* früh auf und bin spazieren gegangen, draußen in der Heide, um nachzudenken. Da habe ich Ashtons Leiche gefunden. Ich habe ihn nicht umgebracht!« Er sah Eve an, als wäre die Vorstellung allein völlig abwegig.

»Wie spät war es, als Sie ihn gefunden haben?«

Er zuckte mit den Schultern. »Ich habe nicht auf die Uhr gesehen! Halb acht vielleicht? Er war schon steif und kalt, als ich ihn berührt habe.«

»Warum haben Sie ihn angefasst?«

Green blickte hinunter zu dem Sand. »Ich habe in seiner Brieftasche nach Bargeld gesehen. Ich habe Ihnen doch gesagt, wie schlimm die Dinge stehen.« Er lachte, und es hörte sich ein bisschen irre an. »Ich hatte gehofft, dass er viel bei sich hatte, weil er dauernd mit Geldscheinen herumwedelte. Aber da waren nur einige Kreditkarten – die zu leicht nachzuverfolgen wären – und etwas Kleingeld.«

Jetzt lichtete sich der Nebel. »Und dann sind Sie zum Apple Tree Cottage gegangen?«

Er nickte. »Ich dachte, er hätte dort Geld oder Wertgegenstände, die ich mir nehmen könnte. Ich hatte kein schlechtes Gewissen. Ashton hat sich schon früher sein Geld mit Straftaten verdient. Vielleicht tat er es noch. Ohnehin ist es für mich keine ehrliche Arbeit, Prominenten die Häuser mit Topfpflanzen vollzustellen.«

Sein Ton troff vor Verachtung. Eve war nicht sicher, ob der Handel mit Antiquitäten so viel besser war. Beide Geschäfte bauten darauf, Leuten etwas zu verkaufen, was ihnen Vergnügen bereitete.

»Ich habe nicht gewagt, mich zu lange umzusehen«, fuhr Green fort. »Mir war klar, dass es nicht lange dauern würde, bis die Polizei zu Bettys Cottage kommen würde, wenn Ashtons Leiche erst gefunden war. Aber es war noch relativ früh für einen Sonntagmorgen, deshalb habe ich es riskiert und gut aufgepasst. Am Ende habe ich nicht viel gefunden, obwohl ich länger als beabsichtigt gesucht habe. Von der Polizei weiß ich, dass ich von jemandem vor dem Haus gesehen wurde. Und wenn Sie das auch wissen, nehme ich an, das waren Sie.«

Er beugte sich zu ihr, und Eve schluckte.

Ihr war bewusst gewesen, dass Robin ein Stück weiter die Küste hinaufgegangen war. In diesem Moment drehte er sich seitlich zu ihnen, aufmerksam, und es wurde offensichtlich, dass er genauer auf sie achtete, als Eve gedacht hatte. Mit Sicherheit war er ein guter Detective gewesen.

Für einen Moment schien es, als würde Howard seinem Zorn nachgeben, doch dann ließ er die Schultern hängen.

»Und jetzt werden Sie denen alles erzählen, was ich gesagt habe.«

»Es wäre besser, würden Sie es selbst tun.« Die Polizei bräuchte seine Aussage – und wahrscheinlich würde Palmer über allem brüten, was Eve ihm schilderte, und sich stundenlang ärgern, bevor er irgendetwas unternahm.

»Ich kann mir nicht vorstellen, dass die mir glauben.« Seine Züge spannten sich sichtbar an.

»Warum sind Sie wieder zum Apple Tree Cottage gegangen, an dem Abend, als Sie mich dort getroffen haben?«

»Ich war verzweifelt! Ich wollte gründlicher nach etwas suchen, was mir zu Geld verhelfen könnte.« Wieder blickte er nach unten zu dem Sand und Kies. »Ich hatte immer noch die Hoffnung, dass Ashton etwas dort gelassen hatte: elektronische Geräte oder eine protzige Uhr vielleicht.« Er ließ den Kopf hängen. »Am Ende nahm ich ein paar Kerzenleuchter. Ein Erbe von derselben Person, die Betty das Geld vermacht hatte. Ich hätte sie eher an mich nehmen können, doch ich hatte mich bisher zurückgehalten.«

Hmm. Wie edelmütig.

Sein Blick schweifte zu den Wellen ab. »Ich wollte sie versetzen, denn ich brauchte genug Bargeld, um einen Konkursantrag zu stellen.«

Alles, was Howard sagte, bewirkte, dass Eve ihn nur noch mehr verachtete, dennoch glaubte sie ihm seine Version der Ereignisse. Sie erklärte, warum jemand Ashtons Brieftasche abgewischt und sie dann zurückgesteckt hatte. Und auch warum Howard mit seinem eigenen Schlüssel die Haustür vom Apple Tree Cottage auf- und wieder zugeschlossen hatte. Hätte er Ashton umgebracht, hätte er natürlich immer noch Geld gebraucht, aber sein erbärmlich gekränkter und defensiver Tonfall war überzeugend, und er hatte ihr eine Menge Details genannt.

»Ich denke, dass jemand vor mir im Apple Tree Cottage gewesen ist, an dem Morgen nach Ashtons Ermordung«, sagte Green plötzlich und packte Eves Arm fest.

Sie trat ein wenig zurück, und ihre Haut kribbelte unangenehm. »Wie kommen Sie darauf?«

Er ließ sie los, und jetzt schien er genauso verzweifelt wie wütend zu sein. »Da war ein schwacher Geruch. Ein Aftershave vielleicht. Moschusartig.« Er schüttelte den Kopf. »Ich konnte den nicht zuordnen.«

»Sie sollten unbedingt zur Polizei gehen. Es könnte helfen, den Mörder aufzuspüren. Machen Sie das?«

Nach einer Weile nickte er. »Ich fahre jetzt gleich hin.«

Aber würde er es auch tun? Er befand sich in einer solch prekären Lage, und ihm blieben keine guten Optionen. Eve würde ihm ein paar Stunden geben, von sich aus zu handeln, dann würde sie ihren eigenen Bericht an Palmer schicken. Den musste sie vorsichtig formulieren, und selbst dann war sie nicht sicher, ob er ihr glauben würde, dass sie im Rahmen ihrer Arbeit auf diese Informationen gestoßen war. Sollte er ihr allen Ernstes untersagen lassen, sich Ashtons Kontakten zu nähern, würde sie sich eben damit abfinden. Dies war viel zu wichtig, um es für sich zu behalten.

»Ist Ihnen sonst noch etwas aufgefallen?«

Howard Green seufzte tief. »Eine Sache noch. Als ich Ashtons Taschen nach seiner Brieftasche durchsucht habe, konnte ich keinen Hausschlüssel bei ihm finden. Aber in der Zeitung stand, dass nichts gestohlen wurde. Ich frage mich, ob der Mörder ihn benutzt hatte und hinterher wieder zurück zur Leiche gebracht hat.«

Wer immer die Schlüssel genommen hatte – vermutlich der Mörder –, musste sie demzufolge früh am Sonntagmorgen wieder zurückgesteckt haben: Nachdem Howard Ashtons Leiche gegen halb acht gefunden hatte, aber bevor Jo Falconer sie entdeckt hatte. Derjenige hatte sich offenbar Zugang zum Apple Tree Cottage verschaffen wollen, genau wie Howard, und es passte zu dem Geruch, den der Antiquitätenhändler im Haus bemerkt haben wollte.

Eve sah auf ihre Uhr. Es war kurz nach sieben Uhr abends. »Gehen Sie dann jetzt, um es DI Palmer zu erzählen … oder demjenigen, der gerade Dienst hat?«

Er nickte.

Doch als er fortging, zurück ins Dorf, war Eve innerlich gespalten.

»Mein Gefühl sagt mir, dass seine Geschichte stimmt, Gus«, murmelte sie. »Aber ich traue ihm einfach nicht, was seinen Gang zur Polizei betrifft.«

Sie schaute sich um, ehe sie sich selbst auf den Rückweg machte. Robin war inzwischen ein gutes Stück den Strand hinaufgegangen, doch als sie in seine Richtung schaute, schien er es zu spüren, denn er blickte sich über die Schulter um und hob eine Hand zu einem Gruß. Es war dezent, und niemand beobachtete ihn. Eve schmunzelte. Sie müsste ihm später per Textnachricht danken.

Gus und sie folgten demselben Weg, den Howard Green gegangen war, und beobachteten ihn, wie er die Heide in Richtung Smugglers' Lane überquerte. Eve hatte das Gefühl, dass sie mehr tun sollte, aber ihn bis zur Polizeiwache zu verfolgen war letztlich keine Option. Er ging ins Dorf und zu seinem Haus, vorbei an Billy Tozers, aus dem gerade Marina mit einem Blick kam, der besagte: *Ich bin so nachgefragt, dass ich schlicht keine Zeit habe.*

Eve würde Howard bis neun Uhr Zeit lassen; dann würde sie ihre Nachricht an die Polizei schicken.

Als Gus sich endlich entspannte und stehen blieb, um an einem Torpfosten zu schnüffeln, dachte Eve wieder an Betty

Foleys verzweifelte Bitte. Doch sie könnte nicht stillhalten, um Bettys Gefühle zu schonen. Wie würde sie damit klarkommen, dass ihr Freund sie betrogen hatte?

In der Nacht schlief Eve schlecht. Am Ende hatte sie die E-Mail an die Polizei um Viertel nach acht abgeschickt. Wollte Howard sein Versprechen halten, hätte er Zeit genug gehabt, und Eve konnte nicht länger warten. Hinterher hatte sie direkt auf der Wache angerufen und die Beamten auf die E-Mail hingewiesen. Bis dahin war ihre Nervosität immer weiter angewachsen. Sie hatte einige Worte auf den Hinweis verwandt, dass Howard Greens Aussage sie zum wahren Mörder führen könnte.

Ihre E-Mail enthielt exakt dieselben Informationen, die sie, zusammen mit ihrem Dank, an Robin geschickt hatte, sobald sie zu Hause gewesen war. Es wäre gut, seine Meinung zu allem zu hören.

Nachdem sie umgehend die Polizei kontaktiert hatte, hatte sie schnell eine kurze Mail an Betty Foley geschrieben, um sie zu warnen, dass Howard erwähnt hatte, mit neuen Informationen zur Polizei zu gehen, auch wenn sie nicht direkt mit Ashtons Ermordung zusammenhingen. Eve konnte es einfach nicht verantworten, Betty *nicht* vorzuwarnen. Sie hatte sich gefragt, ob sie ihr die ganze Geschichte erzählen sollte, fand jedoch, dass eigentlich Howard es ihr gestehen müsste und es für Betty umso schmerzhafter wäre, die Wahrheit von ihr zu erfahren.

Am nächsten Morgen brach der Tag klar und sonnig an. Eve packte sich dick gegen die steife Brise ein, die durch die Haunted Lane peitschte, und machte sich mit Gus auf zu einem Spaziergang, um einen klaren Kopf zu bekommen. Sie blieb auf den Hauptwegen, weil sie nicht wusste, wo Howard sein mochte.

Als sie die Love Lane entlanggingen, sah sie, wie Jo Falconer die Vorhänge in dem Cottage neben dem *Cross Keys* öffnete, in dem sie mit Matt wohnte. Toby hatte eine Wohnung über dem Pub, neben den Zimmern der Übernachtungsgäste. Jo hob eine Hand, und Eve winkte zurück. Selbst aus dieser Entfernung erkannte Gus sie und rückte näher an Eves Knöchel.

Sie gingen die Heath Lane hinunter zum Wald, der Heide und der Küste. Im Gegensatz zu dem Weg an der Flussmündung entlang war dies der schnellste zum Meer. Die dritte Alternative über den Dorfanger und die Dark Lane hinunter hätte sie direkt an Howard Greens Haus vorbeigeführt, und danach stand Eve nicht der Sinn.

Sie näherten sich eben dem Apple Tree Cottage zur Rechten, als Gus stehen blieb. Er hatte viele Arten, stehen zu bleiben. Da war die, bei der er kurz innehielt, um an etwas zu schnüffeln, die, wenn er ein Tier jagen wollte (zu der ein plötzliches Zerren an der Leine gehörte, wenn er seinem Instinkt folgte), und die »Das hier ist ernst«-Art. Bei Letzterer fand Eve es sehr schwierig, ihn zum Weitergehen zu bewegen, ehe er nicht untersucht hatte, was seine Aufmerksamkeit erregt hatte. Diesmal zog er Eve nicht in den Wald, wie an dem Morgen, nachdem Ashton ermordet worden war, sondern blieb schlicht stehen und starrte.

»Komm schon, Gus. Gehen wir an den Strand!« Nach den jüngsten Geschehnissen machte sie dieser Abschnitt des Weges nervös.

Doch Gus stand wie angewurzelt da, und dann, während sie hinsah, schien er zurückzuweichen und winselte leise.

Eve bekam eine Gänsehaut. Sie blickte zu den Bäumen, um auszumachen, was Gus sah – oder spürte. Da rührte sich nichts auf seiner Augenhöhe, weshalb Eve nach oben schaute und versuchte, sich auf den Bereich oberhalb des Unterholzes zu konzentrieren.

Und dann entdeckte sie es. Eine Bewegung zwischen den Bäumen. Ein sehr sachtes Verschieben von Licht und Dunkelheit. Es fiel mit einer starken Windböe zusammen. Als sich die Bäume unter der Wucht bogen, tat es der dunklere Schatten ebenfalls.

Was es auch war, befand sich über dem Boden. Und schwang.

Eve schlug sich eine Hand vor den Mund, und ihr wurde schlecht, als sie begriff, was sie sah.

Sie befand sich mitten im Blind Eye Wood, ohne bewusst hergegangen zu sein. Ihre Extremitäten wurden taub. Gus kauerte nahe neben ihr, und sein Winseln hob wieder an. Hoch über ihnen, in einer Schlinge baumelnd, die am Ast einer Kiefer befestigt war, hing Howard Green.

Eve zog ihr Handy aus der Jeanstasche, rang nach Luft und informierte die Polizei.

Kapitel 24

»Interessant, dass er im Wald war, genau wie Foley.« DI Palmer schaute Eve an, als wäre sie persönlich für das verantwortlich, was passiert war. Tief im Innern sorgte Eve sich, dass es tatsächlich stimmen könnte. Der Gedanke an den schmerzlich dünnen, schlaffen Körper Howards ließ sie nicht los. Sie hätte alles anders handhaben müssen – irgendwie.

Sie hatte der Polizei ihre Informationen geschickt, aber schon damit gerechnet, dass Palmer sich mit der Antwort Zeit lassen würde, es sei denn, Howard hatte sein Versprechen gehalten und war selbst bei ihnen gewesen. Der Detective Inspector hatte wahrscheinlich gedacht, die Angelegenheit könnte bis zum nächsten Morgen warten. Oder dass Eve sich etwas vormachte. Und nun hatte Howard Green seine Geschichte nie erzählt.

»Wenigstens ist der Fall damit abgeschlossen«, fuhr Palmer fort. Er lehnte sich auf ihrer Couch zurück und faltete die Hände über dem Bauch. »Es ist klar, dass Green Ashton Foley erschossen, Ihnen ein hübsches Märchen erzählt hat und dann in den Wald gegangen ist, um es zu beenden. Er hatte keine Zukunft. Er hatte das Geld seiner Freundin gestohlen, sich finanziell ruiniert und schließlich die letzte Grenze übertreten, als er sich zu einem Mord herabließ.«

Eve schwirrte der Kopf. »Warum sollte er in den Wald gehen, um sich umzubringen? Er hat allein gelebt. Sicher wäre es naheliegender gewesen, es bei sich zu Hause zu tun.«

Palmer betrachtete sie überheblich. »Ich denke, es sollte symbolisch sein. Er ist an die Stelle zurückgekehrt, an der er Ashton Foley ermordet hat – oder zumindest in die Nähe.«

»Und warum wählt er Erhängen, wenn er eine Waffe besitzt?« Eve konnte sich nicht zurückhalten.

Der DI seufzte gereizt. »Howard Green wäre nicht der erste Mörder, der seine Waffe nach der Tat verschwinden lässt. Er wird sie losgeworden sein, gleich nachdem er Foley erschossen hatte, und hat es zweifellos gestern Abend bereut. Aber das Seil hat es dann ja auch getan.«

»Es muss schwierig für ihn gewesen sein, da im Wald nach oben zu klettern.«

»Haben Sie den dicken Ast nicht gesehen, der ein Stück seitlich lag?« Palmer klang spöttisch, aber der Ast war Eve wirklich nicht aufgefallen. Sie hatte Howards Leiche angestarrt. Alles andere hatte sie nur verschwommen wahrgenommen.

»Wir nehmen an, er ist auf den gestiegen und hat ihn dann weggetreten.«

Wieder dachte Eve nach, nun über die fehlende Mordwaffe. »Ich hatte nicht gesehen, dass Howard irgendetwas bei sich hatte, als er vor dem Apple Tree Cottage stand. Wenn er direkt von dem Tatort hingegangen war, müsste er die Waffe noch bei sich gehabt haben.«

Palmer wirkte, als würde er sich gern die Mühe ersparen, es ihr zu erklären. »Er wird gewusst haben, dass er jemandem begegnen könnte. Wahrscheinlich hatte er sie irgendwo versteckt, sie hinterher wieder geholt und ist sie dann später losgeworden.«

DI Palmer hatte auf alles eine Antwort, und es war schwer, gegen ihn zu argumentieren. Dennoch war Eve beunruhigt.

Howard Greens Geschichte hatte wahr geklungen. Er hatte sich einer Menge Dinge schuldig gemacht, dessen war sie sich nach ihrem Gespräch mit ihm sicher, aber nicht eines Mordes. In diesem Punkt hatte sie ihre Meinung geändert.

»Sie hätten sofort zu uns kommen müssen, anstatt erst mit Mr. Green zu sprechen.«

»Ich hatte keine Fakten, nur das, was ich im Dorf gehört hatte.« Sie hatte nicht erzählt, was sie im Apple Tree Cottage gefunden hatte, und war vage geblieben, was ihre Informationsquellen anging. Zum Glück. Die Polizei würde jetzt natürlich alles herausfinden. »Ich wollte mehr über Ashtons Beziehung zu Mr. Green erfahren, deshalb hatte ich ihn um ein Gespräch gebeten. Und als er meinen Verdacht bestätigte, habe ich ihn gedrängt, zu Ihnen zu gehen, was er mir auch versprochen hatte. Aber, wie Sie wissen, hatte ich mich ebenfalls bei Ihnen gemeldet, um sicherzugehen, dass Sie alles erfahren, was ich herausgefunden hatte.«

Eve war übel. Sie versuchte, sich zu rechtfertigen, genau wie Howard Green es am vergangenen Tag getan hatte.

»Wir können nur annehmen, dass Ihr Bericht alle Informationen enthält, die er uns hätte geben können. Es ist ein Jammer, dass wir ihn nicht näher befragen konnten.«

Eve war wütend auf Palmer und sich selbst. Die Polizei hätte mit ihm reden können, wäre sie direkt nach dem Eingang ihrer Nachricht aktiv geworden. Vermutlich wusste Palmer das. Es erklärte, warum er sich vergleichsweise zahm gab. Falls er sich beschwerte, könnte sie es auch. Und sie hatte ihm einige nützliche Spuren geliefert.

Trotzdem nagten Schuldgefühle an ihr. Wäre sie mit ihren bruchstückhaften Beweisen und ihrer Ahnung zur Polizei gegangen, ohne das Gespräch mit Howard abzuwarten, hätten die sie ernst genommen? Hätte sie irgendwie sein Leben retten können?

»Was passiert mit Mrs. Foley?«

»Wir haben uns mit der Polizei in Neuseeland in Verbindung gesetzt. Die Beamten vor Ort werden sie benachrichtigen, und wir überprüfen die Finanzen zu dem Haus, das Green angeblich mit ihrem Geld gekauft hatte. Früher oder später wird sie hören, was er getan hat, selbstverständlich – vorausgesetzt, Sie haben recht. Und wir suchen in ihrem Haus nach entsprechenden Unterlagen.«

Arme Betty.

Kapitel 25

Kurz nachdem Palmer Elizabeths Cottage verlassen hatte, ging eine Textnachricht von Robin ein.

Habe eben von Howard gehört. Ich sehe mal, was ich herausfinden kann. Mein Kontakt sagt, es wurde noch kein Abschiedsbrief gefunden. Aber die meisten im Team sind sich einig, dass es wohl keinen gibt. Vielleicht konnte Howard sich nicht erklären.

Sogar das klang plausibel. Eve blickte ins Leere. Sie fühlte sich machtlos. Und wenn sie sich irrte? Warum war sie so überzeugt, dass Howard Green ermordet worden war, wenn sie ihn gestern Nachmittag noch für schuldig gehalten hatte? Es war seltsam, dass sie am vergangenen Tag die Bestätigung seines erbärmlichen Charakters bekommen hatte, ihn aber gleichzeitig von ihrer Verdächtigenliste gestrichen hatte.

Sie fragte sich, was Robin von ihr denken mochte. Er hatte nicht gewollt, dass sie sich Howard am Strand vorknöpfte. Hätte sie seinen Rat befolgt und wäre direkt zur Polizei gegangen, könnte Howard Green dann noch am Leben sein? Sie hatte Robin zu der Aktion am Strand nur überreden können, weil er wusste, wie langsam und verblendet

Palmer bisweilen war und wie sehr sie Betty Foley weiteren Schmerz ersparen wollte.

Eve versuchte, ihre Schuldgefühle abzustellen, und wandte sich wieder den Fragen zu, die sie Palmer gestellt hatte. Na gut, sie konnte sich vorstellen, dass Howard die Waffe losgeworden war, falls er den Mord begangen hatte. Doch sie konnte noch immer nicht DI Palmers Argumenten folgen, weshalb Howard sich im Wald umgebracht hatte. Warum hätte er es tun sollen, wenn er dort Gefahr lief, gestört zu werden? Es musste gedauert haben, das Seil zu befestigen, und was Palmer über den dicken Ast gesagt hatte, den Howard weggekickt hatte, klang zu abwegig. Naheliegender war doch, dass Ashtons wahrer Mörder alles wie einen Suizid inszeniert und die Waffe benutzt hatte, um Howard zum Gehorsam zu zwingen.

Sie schrieb Robin, was sie über all das dachte. In weniger als einer Minute antwortete er.

Ich stimme zu, dass es merkwürdig ist. Palmer wird es aber nie glauben. Wenigstens hast Du ihn vom Hals, weil er den Fall für aufgeklärt hält. Doch wenn Du recht hast, ist dieser Täter so versiert wie skrupellos. Sei unbedingt vorsichtig, Eve! Ich wette, der Täter war es auch, der Dich bei Palmer gemeldet hatte. Falls ja, hat er Dich genau im Blick. Und er wird keine Ruhe geben, nur weil Palmer nichts mehr unternimmt.

Robins Textnachricht bewirkte, dass Eves Nerven blank lagen. Sie war äußerst angespannt, lauschte auf jedes Geräusch außerhalb des Cottage. Gus hingegen schien ruhig zu sein, was letztlich auch Eve beruhigte.

Sie war froh, dass gleich ihre Frühschicht im *Monty's* beginnen würde. Mit Viv zu reden war genau das, was sie jetzt brauchte. In ihrem Kopf wimmelte es von Gedanken an Howard Greens Tod und was er bedeuten könnte. Über all das zu sprechen würde guttun, und es würde auch vielleicht ein wenig Klarheit in das Durcheinander in ihrem Kopf bringen. Es sollte genügend Zeit sein für eine richtige Unterhaltung.

Manchmal war im Café zu viel los, aber an diesem Morgen würde Angie helfen, eine neue Bedienung einzuarbeiten, und Viv und Eve sollten als Probegäste fungieren, um sie durch die einzelnen Arbeitsschritte zu führen.

Bevor Eve zur Arbeit aufbrach, bekam sie eine E-Mail von Betty Foley.

Bitte versuchen Sie weiter, Howards Unschuld zu beweisen. Er hätte Ashton nicht umgebracht.

Diese Situation war gruselig! Dass ein einzelner Mensch so viel Leid ertragen musste!

Eve antwortete sofort, drückte ihr aufrichtiges Mitgefühl aus und versicherte, dass sie Betty glaubte und weitermachen würde. Doch obwohl Eve inzwischen überzeugt war, dass Howard keinen Mord begangen hatte, blieb der Gedanke an alles, was er getan hatte, und an die bittere Wahrheit, der Betty sich würde stellen müssen. Zu beweisen, dass er Ashton nicht getötet hatte, würde nicht reichen, um Bettys Schmerz zu lindern, doch es würde Eve anspornen. Und was immer sie von Howard Green gehalten hatte – Palmers Beharren auf Greens Schuld würde sie bei der Stange halten. Bei Eves Arbeit als Nachruf-Journalistin drehte sich alles darum, die Wahrheit zu enthüllen, das Gute wie das Schlechte über die Toten.

Eine Viertelstunde später stand Eve mit Viv vor dem Café. Bevor sie hineingingen und ihre Rolle als Gäste spielten, fragte Eve: »Hast du das von Howard gehört?«

»Ja, und dass du ihn gefunden hast.« Ihre Freundin legte eine Hand auf Eves Arm und drückte ihn. »Furchtbar. Ich kann nicht glauben, dass er sich umgebracht hat.«

»Falls er es denn hat.«

Viv beäugte sie prüfend. »Ich sehe schon, dass wir reden müssen. Regeln wir das hier erst mal, dann kannst du mich auf den aktuellen Stand der Ermittlungen bringen.«

»Und wer ist die neue Bedienung?«, erkundigte sich Eve, als sie das Café betraten und die Türglocke über ihnen bimmelte.

»Eine Studienfreundin von Angie. Sie heißt Tammy«, antwortete Viv leise. »Anscheinend ist sie sehr niedlich, doch sie scheint auch ziemlich schüchtern zu sein.« Da war ein schelmisches Funkeln in Vivs Augen.

»Tja, wir können ein oder zwei zusätzliche Aushilfen gebrauchen. Du bist doch nett zu ihr, oder?«

Viv riss die blauen Augen weit auf. »Selbstverständlich! Ich erinnere mich noch, wie es war, als ich angefangen habe. Ich werde mich vorbildlich benehmen. Wir setzen uns hin und genießen es, bedient zu werden.« Auf einmal verdunkelte sich ihre Miene. »Und dann erzählst du mir das Neueste über die Mordermittlung.«

Sie marschierte zum Tresen, wo Angie grinsend ein dunkelhaariges Mädchen vor sich schob. Die neue Bedienung errötete, was Eve gut verstand. Sie selbst hatte zwar kein Problem, in normalen Situationen mit Leuten zu interagieren, aber Rollenspiele hasste sie wie die Pest. Es machte ihr nichts aus, undercover Fragen zu stellen, doch sie fand es schlicht peinlich, wenn alle Beteiligten Bescheid wussten und bei der Scharade mitmachten. An der Schule, an der sie früher gearbeitet hatte, hatten sie solch ein Rollenspiel mal im Rahmen einer Fortbildung zum Umgang mit aggressiven Eltern machen müssen. Es war furchtbar gewesen.

»Dies ist Tammy«, erklärte Angie.

»Danke, wir hätten gern einen Tisch mit Blick auf die Dorfwiese!«, erwiderte Viv.

Tammy wurde bleich. Alle Plätze vorn im Café waren besetzt.

Eve bedachte ihre Freundin mit einem strengen Blick und trat vor. »Wenn du schwierige Gäste hast, lenk sie am besten ab. In diesem Fall könntest du uns zu einem Tisch mit Blick in den Garten führen. Die Aussicht ist viel schöner. Oder wenn da auch alles besetzt ist, könntest du uns eine Alternative empfehlen, die du für netter und gemütlicher hältst oder die näher am Tresen ist, sodass wir schneller bedient werden.«

»Ich wollte warten, dass sie von selbst auf die Idee kommt!«, zischte Viv, sobald Tammy sie zu ihrem Tisch geführt hatte und zurückgelaufen war, um die Karten zu holen.

»Tut mir leid. Ich habe es nicht ausgehalten, sie so unsicher zu erleben. Findest du nicht, dass sie schneller lernen könnte, wenn man ihr ein paar Tipps gibt?«

Viv grinste. »Klar, aber wo bleibt da der Spaß?«

Von ihrem Tisch aus blickten sie in den Garten des *Monty's* und zum Fluss Sax. Auf der anderen Seite sah Eve einige Säbelschnäbler durch das seichte Wasser waten. Sie tauchten ihre langen, nach oben gebogenen Schnäbel in den Fluss, bevor sie ihr Gefieder ordneten, während andere über sie hinwegglitten, ehe sie sich im sonnengesprenkelten Wasser zu ihnen gesellten.

Viv folgte Eves Blick. »Bist du froh, dass du hergezogen bist? Trotz allem, meine ich? Ich hätte im Traum nicht gedacht, dass du wieder über ein Mordopfer schreiben musst.«

»Ich genauso wenig. Aber ja. Ich würde nirgendwo auf der Welt lieber leben.« Sie fühlte sich geerdet und ganz sie selbst, was sie seit Jahren nicht mehr erlebt hatte.

»Hier sind Ihre Speisekarten.« Tammy war wieder da. Sie war sehr rot im Gesicht.

»Na dann.« Viv überflog ihr eigenes Angebot. »Wir hätten gerne … Eve – hast du eine Idee? War es ein anstrengender Tag bisher? Wie wäre es mit dem Schokoladen-Medley und einer Kanne Assam für dich?«

»Perfekt.« Eve wollte nur, dass das arme Mädchen weitermachen konnte.

Tammy notierte die Bestellung auf einem Block und zog sich zum Tresen zurück, wo Angie bei einer verführerischen Auswahl von Cupcakes und Törtchen stand.

»Also teilst du die Ansicht der Polizei nicht, was Howard Greens Tod angeht?«, fragte Viv. »Ich bin verwirrt. Dass er vor dem Apple Tree Cottage gesehen wurde, hatte ihn von Anfang an schuldig wirken lassen. Und sein Selbstmord würde auch ins Bild passen.«

Sie hatten reichlich Abstand zu den anderen Gästen, dennoch schaute Eve sich kurz um und senkte die Stimme. »Anfangs habe ich ehrlich auch gedacht, dass er es war, aber das hat sich gestern am späten Nachmittag geändert. Jetzt bin ich mir ziemlich sicher, dass ich falschgelegen hatte.«

Eve erzählte Viv von den jüngsten Entwicklungen und vor allem von ihrem Besuch im Apple Tree Cottage, Simons Information und dem Gespräch mit Green tags zuvor. »Seine Erklärung beinhaltete einige Details, die nicht geholfen hätten, seine Unschuld zu beweisen. Warum sollte er sie mir geben, wenn sie nicht wahr waren? Ich rede seit Jahren mit Leuten, die alle möglichen Hintergedanken und Gründe haben, Kleinigkeiten zu verheimlichen oder zu vertuschen. Entsprechend habe ich mich an die kleinen Anzeichen gewöhnt, wenn jemand lügt. Mein Gefühl sagt mir, dass Howard Green endlich ehrlich war. Er hat sich einer Menge Dinge schuldig gemacht, keine Frage, doch ich glaube nicht, dass er ein Mörder war.«

»Wow!«

In diesem Moment erschienen Angie und Tammy mit einem Tablett, und Tammy begann aufzutragen, wobei das Geschirr mächtig klimperte.

Eve ertrug es kaum hinzusehen.

»Sehr schön«, sagte Viv mit einem recht gefrorenen Lächeln. Eines der Schokoladenherz-Törtchen war auf die Seite gekippt. »Du machst das schon, wenn die Angst erst weg ist.«

Das Mädchen errötete noch mehr und huschte davon. Viv beugte sich vor, um den Tee einzuschenken. »Siehst du? Ich bin nicht so Furcht einflößend, oder?«

»Du wirkst wie eine Frau, die Kuchenservieren sehr ernst nimmt, und du bist Tammys angehende Chefin. Dein gekünsteltes Lächeln konnte nicht ganz darüber hinwegtäuschen.«

Eve nahm einen Schoko-Himbeer-Kuchen auf – ihre Leibspeise. »Nun, eine Möglichkeit wäre, dass wir einen Einzeltäter haben, der von Anfang an Ashton Foley und Howard Green tot sehen wollte. Beide hatten eines gemeinsam: Betty Foley hat sie geliebt.«

»Soweit ich sehen kann, war sie da ganz schön fehlgeleitet.«

Eve nickte. »Arme Betty. Dennoch, wenn jemand sie richtig verletzen wollte – oder sie vielleicht sogar beschützen wollte –, könnte der- oder diejenige die beiden Männer in ihrem Leben umbringen. Aber das sehe ich im Grunde nicht. Wenn das Motiv war, sie zu verletzten, haben das ja schon Ashton und Howard selbst erledigt. Ashton war unsensibel und kaum je zu Hause; noch dazu hörte es sich an, als hätte er für seinen Aufenthalt zu Hause einige fragwürdige Pläne gehabt. Und Howard hat Betty komplett ausgenommen.«

Viv seufzte. »Stimmt.«

»Und beide umzubringen, um sie zu schützen, scheint

mir weit hergeholt. Es würde auf jemanden hindeuten, der auf Betty fixiert ist und eine vollkommen verzerre Realitätswahrnehmung hat. Gäbe es so jemanden hier, würde das ganze Dorf es wissen.« Eve machte eine Pause, um einen Schluck Tee zu trinken. »Folglich könnten Ashton und Howard auch von zwei verschiedenen Leuten umgebracht worden sein. Es müsste nicht zwangsläufig einen Zusammenhang zwischen den Morden geben.«

»Sehr methodisch sauber von dir, das zu erwähnen, aber das glaubst du doch nicht ernsthaft, oder?«

Eve schüttelte den Kopf. »Nein, es wäre ein zu großer Zufall.«

Viv nickte.

»Womit das wahrscheinlichste Szenario bleibt, wie ich es sehe: Howard wusste etwas Entscheidendes über den Mord an Ashton und wurde umgebracht, bevor er reden konnte. Ich tippe, dass der wahre Mörder es gerade erst herausgefunden hat; daher das Timing.«

Viv schluckte den Rest ihres Schokoladenherzens herunter. »Das leuchtet ein.«

»Und es muss irgendeine Entwicklung gegeben haben, und zwar irgendwann gestern.«

»Was meinst du, welche das gewesen sein könnte?«

Wie üblich stellte Eve fest, dass ihr Vivs Kuchen beim Denken halfen. Der Himbeergeschmack kitzelte ihren Gaumen. »Vielleicht hatte ihn etwas, was er mir erzählt hat, plötzlich auf eine Idee gebracht, und er konnte eine Verbindung herstellen, die er vorher nicht gesehen hatte.«

»Könnte sein. Aber falls ja, warum ist er damit nicht zur Polizei gegangen?«

Eve nahm noch einen Schluck Assam. »Vielleicht hat er nicht gedacht, dass sie ihm glauben. Ich hatte ja auch Angst vor ihrer Reaktion, als er mir versprochen hat, hinzugehen und ihnen die Wahrheit zu erzählen. Du weißt, wie Palmer ist. Wenn er sich auf eine Theorie eingeschossen hat, gibt er sie sehr ungern auf, und für ihn stand von Anfang an Howard Green als Täter fest. Doch mir fällt noch ein anderer Grund ein.«

Eve neigte sich vor. »Howard stand kurz vor dem kompletten Ruin, finanziell und in seiner Beziehung mit Betty. Er hat mir erzählt, dass er im Cottage nach Geld oder etwas Versetzbarem gesucht hatte, was Ashton dort gelassen hatte. Howard brauchte es, um einen Konkursantrag stellen zu können. Vielleicht hat er, sollte er plötzlich die Wahrheit erkannt haben, eine letzte Chance gesehen, sich aus dem Schlamassel zu retten, in den er sich manövriert hatte.«

»Erpressung?«, hauchte Viv. »Er hat riskiert, den Mörder zu treffen, um ihm Geld abzupressen?«

»Denkbar wäre es.« Howard war kein sonderlich scharfsinniger Mann gewesen. Eve konnte sich vorstellen, dass sein Urteilsvermögen vor lauter Verzweiflung hinreichend getrübt gewesen war, um ein enormes Risiko einzugehen. »Es würde erklären, wie er in dem Wald gelandet ist. Immerhin ist der ein guter Ort für ein heimliches nächtliches Treffen. Und wenn der wahre Mörder noch die Waffe hat, könnte er ihn gezwungen haben, seinen Anweisungen zu folgen und alles wie Selbstmord aussehen zu lassen.«

»Hätte er sich nicht geweigert?«

Eve trank von ihrem Tee. »Ich glaube, wenn du dem Tod ins Auge blickst, entscheidest du dich für die Wahl, die dir eventuell noch eine Chance lässt. Wenn Howard gedacht hat, dass er auch sofort erschossen werden könnte, sich aber noch eine Minute verschaffen konnte, indem er tat, was ihm befohlen wurde, hätte er es bestimmt gemacht. Schließlich bestand in der Zeit noch die winzige Möglichkeit, dass jemand kommt und die ganze Prozedur stört.«

Viv blickte sie an. »Was für ein Gedanke! Aber, ja, es ergibt einen Sinn.«

»In der Nacht, in der Ashton ermordet wurde, muss der Täter gleich nach dem Mord im Apple Tree Cottage gewesen sein. Und früh am nächsten Morgen, nachdem er wieder fort war, doch nicht lange danach, ist Howard mit seinem Schlüssel hineingegangen. Ihm war aufgefallen, dass Ashton keine Schlüssel bei sich gehabt hatte, als er seine Taschen durchsuchte. Wäre er weniger geschockt oder weniger verzweifelt gewesen, hätte er wohl gezögert, selbst das Haus zu betreten. Der Mörder könnte ja noch dort gewesen sein.«

Eve machte eine kleine Pause und sprach dann weiter. »Am Ende sind Howard und er sich nicht begegnet, doch es dürfte knapp gewesen sein. Der Täter könnte die Hausschlüssel zurück in Ashtons Tasche gesteckt haben, während Howard Bettys Haus nach Geld oder etwas von Wert durchsuchte. Oder wenig später. Jedenfalls fand die Spurensicherung die Schlüssel später bei Ashtons Leiche. In allen Berichten steht, dass nichts von den normalen Sachen fehlte. Ich würde wetten, dass der Mörder die Schlüssel eher früher als später wieder zurückbrachte. Denn je weiter der Morgen voranschritt, desto größer wurde die Wahrscheinlichkeit, dass Ashtons Leiche entdeckt wurde.«

»Es blieb trotzdem ein Risiko, die Schlüssel zurückzubringen.« Viv nahm ihre Tasse auf.

»Ja. Dem Täter muss wichtig gewesen sein, die Tatsache zu verbergen, dass er im Apple Tree Cottage gewesen war. Ich nehme an, dass er einen bestimmten Grund hatte, ins Haus zu gehen, und der könnte helfen, die Person zu identifizieren. Nur kennen wir ihn nicht.«

»Dann war es nicht bloß ein Dieb, der es beispielsweise auf Ashtons Wertgegenstände abgesehen hatte.«

»Nein, war es nicht. Und wenn alles zeitlich so eng getaktet war, wie ich denke, besteht die Möglichkeit, dass der Mörder Howard ins Haus gehen sah, als er selbst verschwand. Oder dass Howard etwas bemerkt hatte, was er erst später als wichtig erkannte.«

»Meinst du, der Täter ist ins Haus gegangen, um etwas zu entfernen, was ihn verraten könnte?«

Eve runzelte die Stirn. »Möglich, aber es kann nichts Offensichtliches gewesen sein. Als Palmer mich wegen Ashtons Ermordung befragt hat, wollte er wissen, wo ich zwischen Samstagabend zehn Uhr und Sonntagmorgen zwei Uhr war. Wenn der Täter die Schlüssel bis zu dem Zeitpunkt, als Howard die Leiche absuchte, noch nicht zurückgebracht hatte, liegt es nahe, dass er sich einige Zeit im Apple Tree Cottage aufhielt. Wäre es darum gegangen, ein Glas zu entfernen, aus dem er getrunken hatte, oder einen fallen gelassenen Schal zu holen, wäre es eine Sache von wenigen Minuten gewesen.«

Eve aß den Rest ihres Schoko-Himbeer-Törtchens. »Aber ich frage mich, ob er etwas gesucht hat. Etwas, was er haben wollte, was Ashton jedoch gut versteckt hatte. Vielleicht ein Gegenstand, der Hinweise auf seine Identität liefern würde. Die Frage ist, ob er es gefunden hat oder ob er letztlich aufgegeben hat, weil es zu riskant gewesen wäre, länger zu suchen.«

Wenig später hatte Tammy geübt, ihre Rechnung zu erstellen. Viv hatte noch einige weitere bezahlte Probestunden für die nächste Woche mit ihr vereinbart. Viv und Eve waren wieder in der Küche des *Monty's*, als Eve einen Kassenbon auf dem Fußboden bemerkte.

»Was ist das?« Sie hielt ihn in die Höhe.

Viv stutzte. »Den muss ich fallen gelassen haben. Du verpetzt mich doch jetzt nicht, weil ich zu viel Geld im Dorfladen verprasst habe, oder?«

Eve zog eine Augenbraue hoch. »Nein, mich sorgt eher, was auf der Rückseite notiert ist.«

Viv sah sie fragend an. »Ich weiß nicht …«, begann sie und errötete, was Eve auch für sehr angebracht hielt. »Ja, stimmt, ähm …«

Eve betrachtete die gekritzelten Notizen auf der Rückseite, die nur partiell lesbar waren. »*Schoko h. Lim CC? Min.* Irgendwas … Sieht das wie *Sirup* aus? Für zwanzig Uhr? Mit einem Tag – *Sa.* Aber da steht kein Datum …«

»Ah, ja! Ich wollte das noch ins Buch mit den Reservierungen eintragen.«

»Hattest du dir dafür irgendeine Deadline gesetzt?«

Viv wirkte verzweifelt. »Solange ich mich noch erinnern konnte, was sie wollten, gewiss doch. Aber ich muss dann abgelenkt worden sein.« Sie ließ den Kopf hängen.

»Jetzt spiel nicht die Zerknirschte. Ich soll dein Geschäft organisieren, doch das funktioniert nicht, wenn ich dich immer wieder vom Haken lasse.«

»Ach, du!« Viv lachte.

Eve nahm sich wieder den Kassenbon vor. »Telefonnummer? Kontaktname? Zeit der Reservierung?«

»Na ja, der Bon war ein bisschen klein, und ich bin da rausgegangen, doch ich habe ja alles aufgeschrieben.«

»Sag mir bitte, dass es nicht auf deinem Handrücken stand.« Viv mochte desorganisiert sein, aber sie achtete sehr auf Hygiene.

»Ich hatte mir irgendwas gegriffen, um es darauf zu notieren.« Viv stand inzwischen in der Tür zum Büro und blickte sich nach links und rechts in der Küche um. »Nein, warte, ich hab's.« Sie ging zu einem der Schränke und zog eine große Mehltüte heraus.

Eve konnte sehen, dass etwas oben, fast an der Falz, notiert war.

»Alles klar«, verkündete Viv strahlend.

»Weißt du, an welchem Samstag sie kommen?«

»Sagen wir mal, die gute Nachricht ist, dass ich ihre Nummer aufgeschrieben habe. Ich rufe sie heute noch an und trage dann alles ordnungsgemäß ins Buch ein.«

»Gibt es einen bestimmten Grund, weshalb du das nicht gleich gemacht hast?«

»Ach, na ja, ich hatte das Buch nicht greifbar, als das Telefon geklingelt hat.«

Eve sah sie genervt an.

»Ja, ich weiß! Ich habe nicht vergessen, was du mir geraten hast. Immer in die oberste Schublade neben dem Ofen legen, damit es zur Hand ist, wenn ich backe oder vorbereite, dann vergesse ich es nicht mehr. Hat dir schon mal jemand gesagt, dass es für andere Menschen ein bisschen anstrengend sein kann, wie extrem organisiert du bist?«

»Schon oft. Du wirst mir danken, wenn zwanzig wählerische Gäste zur Tür hereinmarschieren und tatsächlich Sitzplätze sowie das bekommen, was sie vorbestellt haben.«

Viv lachte. »Ich hasse es, wenn du so vernünftig bist.« Doch sie wurde gleich wieder ernst. »Eve, was hast du vor? In dieser Mordgeschichte, meine ich. Wenn du recht hast, dann ist der Täter total eiskalt. Ich weiß, dass Betty auf dich zählt, aber jetzt fühlt es sich echt wie eine andere Nummer an. Wäre sie hier und wüsste Bescheid, würde sie sicher auch begreifen, was sie da von dir verlangt, und dir sagen, dass du aufhören musst.«

Eve atmete tief durch und dachte an Robins Warnung. Auch er sorgte sich um sie, obwohl er wusste, dass sie nicht aufgeben würde. Die offizielle Erklärung für Howards Tod hinzunehmen war in gewisser Weise verlockend, nur wäre es vollkommen falsch, jetzt aufzugeben. »Ich weiß. Und ich denke, du hast recht; Betty ist ein umsichtiger Mensch.

Aber ehrlich, Viv, nachdem ich Howards Leiche dort hängen sah, so ausgemergelt und wehrlos, kann ich mich nicht mehr davon abwenden. Er hat einige abscheuliche Sachen getan, doch ist es deshalb in Ordnung, alle glauben zu lassen, dass er auch ein Mörder war? Und sich in dem Wissen zurückzulehnen, dass der wahre Täter noch da draußen ist? Er könnte wieder morden, und wenn ich nichts unternehme, träfe mich eine Mitschuld. Es wäre anders, würde die Polizei weiter nachforschen, aber Palmer will den Fall abschließen.«

Viv seufzte. »Ich verstehe dich ja. Sei trotzdem bitte vorsichtig. Mir gefällt das nicht.«

»Bin ich. Und du weißt ja, wie vernünftig ich bin.« Es wurde Zeit, die Stimmung aufzulockern.

Und ihre Freundin lächelte sogar ein wenig. »Wenn es um Café-Buchhaltung geht, ja, doch du warst allein losgezogen, um mit Howard Green zu reden.«

Natürlich hatte Eve ihr nichts von Robin erzählt. Es würden eine Million Fragen auf sie einprasseln, sollte seine Beteiligung herauskommen. »Ich habe mich nahe bei den anderen Leuten gehalten.«

»Du hast auf alles eine Antwort. Also, wenn du weitermachst, auf wen willst du dich konzentrieren?«

Eine gute Frage. »Da Howard nicht mehr da ist, schätze ich, dass Justin an die Spitze meiner Verdächtigenliste gerückt ist.«

»Du klingst nicht allzu überzeugt.«

Eve holte tief Luft. »Bin ich auch nicht. Ashton hat ihn gehasst – jedenfalls seiner Mutter, Rathbone und Marina zufolge. Und nachdem Justin die Boxershorts gefunden hatte, die Ashton platziert hatte, haben wir gesehen, dass er stinksauer war. Aber reichte seine Wut aus, um zu morden? Über vierundzwanzig Stunden später, nachdem Amber ihm zweifellos erzählt hatte, dass es nur Ashtons Vorstellung von einem Scherz war?«

»Hmm. So gesehen ist es fraglich.«

»Und dann hatte Rathbone den Eindruck, Justin könnte Ashton damals mit Cannabis versorgt haben, als er noch ein Teenager war. Doch es hörte sich an, als würde er nur zwischen den Zeilen lesen, und nichts, was ich bisher sehe, deutet darauf hin.«

Viv nagte an ihrer Unterlippe. »Stimmt. Der Unterhosen-Streich war wirklich keine Rache, wie sie typisch für das Drogenmilieu ist. Und Justin war eindeutig scharf darauf, dass Ashton zu ihm nach Hause kam.«

Eve nickte. »Ganz ausschließen kann ich ihn allerdings auch nicht. Ich hatte Angst um Amber, als er hergekommen ist und sie aus dem Café gezerrt hat.«

»Also ist noch einiges zu tun?«

Eve bejahte. »Ich habe das Gefühl, dass ich bisher gerade mal an der Oberfläche gekratzt habe. Heute Nachmittag habe ich einen Termin mit Tina und Carl Adcock.« Sie rief sich Carls verschlossene und Tinas lebensüberdrüssige Miene bei der Verlosung ins Gedächtnis. »Ich muss einfach weitergraben, damit ich sehe, was sich hinter der Fassade verbirgt, die jeder nach außen zeigt.«

Auf einmal runzelte Viv die Stirn. »Irgendwas war mit den Adcocks. Ich bin mir sicher, dass es in einer Textnachricht stand …« Sie hatte angefangen, Mehl aus der bekritzelten Tüte abzuwiegen, um mit dem Backen anzufangen, hielt jetzt aber inne und holte ihr Handy hervor. »Eine Minute. Wenn ich zurückscrolle, dauert es Stunden, doch ich müsste suchen können … Hier«, sagte sie nach wenigen Momenten. »Eine Nachricht, die Sam über Carl Adcock geschrieben hatte, als er vor ein paar Jahren im Zeltlager der Schule war.«

Eve blickte auf das Display. Ihr war gar nicht der Gedanke

gekommen, dass Vivs Sohn möglicherweise von denselben Lehrern unterrichtet worden war.

Adcock ist mal wieder eklig am Flirten. Latscht ohne Grund in die Zelte. Widerlich – auch wenn ein oder zwei Leute es anscheinend scharf finden.

Am Ende hatte er ein Kotz-Emoji angefügt.

Das war interessant. Bestand die Möglichkeit, dass Ashton während seiner Schulzeit beobachtet hatte, wie sich Carl Adcock Schülerinnen gegenüber unangemessen verhielt? Falls ja, hätte Carls abfällige Bemerkung über Ashton umso heuchlerischer angemutet. Einen Beweis aufzutreiben wäre eine gute Art gewesen, sich zu rächen. Vielleicht hatte Ashton gehofft, in ihrem Haus etwas zu finden – eventuell Fotos?

»Ich hatte natürlich geantwortet.« Viv sah wieder auf ihr Handy, verzog das Gesicht und zeigte Eve das Display.

Das ist furchtbar. Wir sollten es melden.

Und dann kam Sams Antwort.

Keiner fühlt sich bedroht, Mum. Chill mal!

»Meine Kinder nehmen mich alle nicht ernst«, sagte Viv. »Soll ich Sam und Kirsty schreiben und sie fragen, ob sie mehr über Carl wissen? Es könnte allerdings ein bisschen dauern, bis sie antworten. Im Moment haben sie in Bhutan kein Netz, doch früher oder später müssen sie ein Internet-Café finden.«

Eve überlegte noch. »Das wäre super. Danke.«

Kapitel 26

Eve hatte ihre Schicht im *Monty's* beendet. Bis zu ihrem Termin mit den Adcocks hatte sie noch ein paar Stunden Zeit. Sie musste ihre Gedanken ordnen. Der Hintergrund zu den beiden Toten beherrschte ihr Denken immer noch, aber auch der Abgabetermin des Nachrufs für *Icon* nahte.

Sie setzte sich an den Esstisch in Elizabeths Cottage und versuchte, sich zu konzentrieren. Bisher hatte sie Material für einen guten Essay, welcher von Ashtons Kontakten ihn ermordet haben könnte – auch wenn alles gegenwärtig durch Howard Greens Tod durcheinandergeriet. Ashtons Lebensgeschichte indes war immer noch unvollständig.

Seine Kindheit hatte sie zu einem guten Teil recherchiert, und das Gespräch mit seinen früheren Lehrern sollte ihr zusätzliches Wissen bescheren. Dann hatte Russell Rathbone geholfen, die Teenagerjahre zu erhellen, und Marina Shaw hatte Interessantes über den Start seines Unternehmens beigesteuert. Nun wollte Eve mit seinen *Outside-In*-Kunden sprechen, um den letzten Teil ein wenig abzurunden. Sie hatte Billy Tozers Presseagentin gemailt, und die hatte gesagt, sie würde die Anfrage weiterleiten. Doch selbst wenn er bereit war, sie zu empfangen, würde sie kein vollständiges Bild bekommen, da Ashtons Arbeit bei ihm vorzeitig geendet hatte.

Die Kundenliste, die Marina Shaw ihr gegeben hatte, war ein guter Ansatz. Eve hatte nicht vor, quer durchs Land zu reisen und mit ihnen allen zu sprechen, aber ein oder zwei persönliche Besuche könnten nützlich sein.

Um zu entscheiden, wen sie wählen wollte, musste sie ein wenig zu den Namen auf Marinas Liste recherchieren. Wenn sie in dieser Phase gründlich war, würde es sich später auszahlen. Letztlich fiel ihre Wahl auf eine berühmte Kundin in London, das Model Heaven Jones. Sie war ein fester Begriff und wirkte in Interviews warmherzig und offen. Sie wäre ein gutes Gegengewicht zu Billy Tozer und obendrein genauso bekannt.

Eve rief Heavens Agenten an und fragte, ob er ein Treffen arrangieren könne. Dann machte sie sich daran, die anderen auf der Liste zu kontaktieren. Zitate von ihnen könnte sie auch per Telefon bekommen und später entscheiden, welche sie aufnahm, wenn sie erst eine anständige Zahl gesammelt hatte.

Sie interessierte, was sich jeder von ihnen davon versprochen hatte, *Outside In* zu beauftragen, und wie sehr die Arbeit dieser Firma ihr Leben verändert hatte.

Als sie ihr Telefon aus der Tasche nahm, trottete Gus auf dem Weg in die Küche an ihr vorbei. Eve wählte die erste Nummer auf der Liste. Einen Moment später teilte eine Hausangestellte ihr mit, dass die Familie im Urlaub in Portugal war. Natürlich, es waren ja Osterferien. Sie hinterließ ihre Telefonnummer und die E-Mail-Adresse, falls sie noch eine Chance sahen, sie noch vor dem Abgabetermin zu kontaktieren.

Die Nächsten auf der Liste – ein Paar – meldeten sich nicht unter der Mobilnummer, die Eve vorlag, also sprach sie auf die Mailbox. Weiter mit Nummer drei …

Marina hatte ihr insgesamt sechs Kontaktdaten gegeben,

neben Heaven Jones'. Fünf der sechs waren Handynummern, aber keiner war zu erreichen. Eve sah auf der Website, ob dort Kunden von *Outside In* aufgeführt wurden, die früher schon Empfehlungen für die Firma ausgesprochen hatten. Schließlich fand sie eine Handvoll, die Marina nicht erwähnt hatte, und machte sich an die Aufgabe, ihre Kontaktnummern herauszufinden. Wenn sie schon mit Journalisten gesprochen und die Firma empfohlen hatten, würden sie wahrscheinlich nichts gegen ihren Anruf haben.

Zu den ersten beiden Namen fand sie keine Telefonnummern, beim dritten und vierten jedoch handelte es sich um Geschäftsleute mit Firmennummern. Die Arbeit von *Outside In* lag bei ihnen eine ganze Weile zurück, daher könnten sie ihr gewiss sagen, wie sich die neue Pflanzengestaltung entwickelt hatte.

Einer von ihnen nahm ab, und Eve erklärte ihm den Grund ihres Anrufs. »Entschuldigen Sie bitte, dass ich Sie aus heiterem Himmel anrufe. Ich würde nur gern eine möglichst klare Vorstellung bekommen, und mir ist aufgefallen, dass Sie schon diesbezüglich mit der Presse gesprochen hatten. Mir ist bewusst, dass es eine Weile her ist, doch die Fotos Ihres Hauses in der *Sunday Times* sehen fantastisch aus, und ich habe mich gefragt, ob Sie mir …«

»Ich habe gar nicht gewusst, dass er tot ist«, unterbrach sie der Mann am anderen Ende. »Ich bin im Ausland gewesen.«

»Tut mir leid, dass Sie es auf diese Weise erfahren müssen. Es ist eine furchtbare Nachricht. Und ich schätze, alle Kunden von *Outside In* müssen Ashton Foley bis zu einem gewissen Grad kennengelernt haben.«

Stille trat ein. »Oh ja, kennengelernt haben wir ihn durchaus. Als Erstes hatte er uns erklärt, dass er uns verstehen müsste, um mit seiner Partnerin das richtige Design zu entwickeln. Die sind hier wochenlang ein und aus gegangen.«

»Mich würde der Prozess interessieren. Könnten Sie mir ein wenig mehr darüber erzählen, wie es für Sie war und wie lange es gedauert hat, bis die Ideen Form annahmen?«

»Bedaure, nein.«

Eve nahm es nie für selbstverständlich, dass Leute mit ihr sprachen, doch diese Reaktion kam recht abrupt.

»Wenn es ein ungünstiger Zeitpunkt ist, könnte ich …«

»Ich will kein Interview geben, basta. Und jetzt muss ich Schluss machen.« Er legte auf.

Eve folgte Gus in die Küche. »Weißt du, was merkwürdig ist, Gus?« Er blickte von seinem Wassernapf zu ihr auf. »Ja, ich weiß, was du denkst. Alle Menschen sind merkwürdig, stimmt's? Ich schätze mal, in der Hundewelt verhalten sich alle ein bisschen rationaler. Aber für gewöhnlich sind Menschen ziemlich berechenbar. Dieser Typ, mit dem ich eben geredet habe, hat sein eigenes Architekturbüro. Er hatte nichts dagegen, mit der Presse über Ashton Foleys und Marina Shaws Arbeit zu sprechen, als sie abgeschlossen war. Da hat er ein Loblied auf sie gesungen, konnte sie gar nicht genug rühmen. Und seine Firma bekam durch den Beitrag eine hübsche Publicity. Jetzt biete ich ihm mehr davon an, und was macht er? Okay, vielleicht nicht ganz in der gleichen Größenordnung, aber immerhin.«

Gus trottete zurück ins Wohnzimmer, und wieder folgte Eve ihm.

»Nein, nicht in der gleichen Größenordnung, doch in einer Hochglanzzeitschrift mit einer riesigen Reichweite. Und plötzlich ist er nicht interessiert. Nicht nur das, er ist sogar schroff und unfreundlich.«

Sie sank auf eines der wunderbar weichen Sofas. »Das ist schlicht unlogisch. Wenn jemand gerade gestorben ist, sind die Leute normalerweise großzügiger und opfern ein wenig zusätzliche Zeit, um über die Person zu sprechen.«

Der Mann war kein Fan von Ashton persönlich gewesen. So viel hatte sein Tonfall ihr verraten.

Doch warum hatte er damals in dem Beitrag dann so von ihm geschwärmt?

Kapitel 27

Das Telefonat beschäftigte Eve noch, als sie mit Gus eine kleine Runde entlang der Flussmündung drehte, bevor sie ihn an diesem Abend fütterte. Eine halbe Stunde später, als Eve selbst schon hungrig wurde, stand sie in der leeren weiterführenden Schule ein kleines Stück außerhalb von Saxford. Hier wurden alle Kinder aus den umliegenden Dörfern mit Bussen hingebracht, damit sie ihre Schulausbildung abschließen konnten.

Die Sonne stand bereits tief am Himmel, und da Ferien waren, wurde das Gebäude nicht beheizt. Eve trug ihre »Kaltwetter-Uniform«: Tweedhose, Halbstiefel, schokoladenbrauner Zopfmusterpullover und beiger Mantel. Es war Tina Adcocks Vorschlag gewesen, dass sie sich hier trafen. Anscheinend hatten Carl und sie den Nachmittag in der Schule verbracht, um einige Schreibarbeiten zu erledigen und das restliche Schuljahr zu planen.

Eve hatte nichts dagegen, sich nach der Frau zu richten, wenn sie dafür mit ihr und ihrem Mann reden konnte. Ashtons frühere Lehrer müssten einiges zu ihrem Artikel beitragen können. Beim Anblick der leeren Pulte kam sie nun zu dem Schluss, dass sie sich auch alles hätte vorstellen können, ohne es direkt zu erleben. Sogar die Schautafeln waren leer, und unter hohen Stapeln lugten hier und da noch Fetzen von zerrissenem Papier hervor. Gab es einen Grund, weshalb Tina keinen Hausbesuch gewollt hatte?

»In diesem Raum habe ich ihn unterrichtet«, sagte die Frau und schritt auf das Lehrerpult zu. Eve vermutete, dass ihr stets bewusst war, wie sie auf andere wirkte. Sie trug eine braune Lederjacke, ein tief ausgeschnittenes Top, einen Bleistiftrock und hohe Stiefel. Ihr Make-up war auffällig, aber makellos. Carl Adcock hatte sich noch nicht zu ihnen gesellt.

»Was ist Ihr Fach?«

»Englisch.« Sie warf Eve einen ironischen Blick zu. »Ashton hätte es ›Folter‹ genannt. Ich hatte es versucht, aber er war desinteressiert. Die Schule war ihm nicht aufregend genug.«

»Hat er Ärger gemacht?«

Tina nickte. »Und er war nicht der Einzige. Ich würde sagen, dass ich für gewöhnlich das Wohlwollen der halben Klasse habe.«

Eve konnte sich nichts Schlimmeres vorstellen, als vor einer Schülerschar zu stehen, die einem unbedingt das Leben zur Hölle machen wollte. In London hatte sie ihren Job im Schulbüro gehasst, aber wenigstens war sie nie an vorderster Front gewesen. »Klingt nach einer Herausforderung. Doch Ashton ist nicht besonders aufgefallen?«

»Oh nein, das würde ich nicht sagen.« Für einen Sekundenbruchteil huschte ein kleines Lächeln über ihr Gesicht, bevor sich ihre Züge verhärteten. »Nein, leider tanzte er mir auf eine Weise auf der Nase herum, die ich wohl nie vergessen werde.« Sie stockte kurz. »Aber das sollte ich lieber nicht erzählen, wenn Sie seinen Nachruf schreiben.«

Es war üblich, dass Befragte an solchen Punkten auf die Bremse traten. Und Eve konnte es ihnen nicht verübeln. Sie schienen zu glauben, dass sie darauf hoffte, die Verstorbenen mit scharfer Zunge vernichten zu können. Dabei wollte sie nichts weiter als einen ehrlichen, gut lesbaren Artikel schreiben. Sie müsste den Teil über seine Schulzeit eben eher allgemein halten. »Verstehe. Es besteht kein Druck, aber wenn Ihnen eine besondere Anekdote einfällt, die Sie mir erzählen könnten, wäre es großartig. Natürlich können Sie mir die auch nachliefern.«

Sie nickte. »Werde ich.«

»Haben Sie irgendwelche schönen Erinnerungen an ihn, trotz allem, was er Ihnen zugemutet hat?« Es war seltsam, doch diese Frage führte oft zum Kern der negativeren Gefühle, die jemand hegte. Wenn ein Gegenüber bei dieser Antwort kreativ werden musste, sprach es Bände.

Eve sah, wie Tinas Blick versonnen wurde, dann gleich wieder hart. Nun schaute sie Eve direkt an. »Nein.«

Es gab nicht viele, die das zugeben würden. Und es sagte über sie wie auch über Ashton eine Menge aus. »Ich habe gesehen, dass Sie sich vor dem Jugendgericht für Ashton ausgesprochen hatten.«

Tina strich sich eine blonde Locke hinters Ohr. »Weil ich mich schuldig gefühlt habe. Ich hatte ja mitbekommen, wie jemand vor dem Unterricht hier in die Schule gekommen war und einen Umschlag auf Ashtons Platz gelegt hatte. Als Ashton dann Probleme bekommen hat, wurde mir klar, dass ich es gleich hätte melden müssen. Es konnte nicht das einzige Mal gewesen sein, wie ich später erkannt habe. Woher hätte der Typ wissen sollen, wo Ashton saß, wenn er ihn nicht durchs Fenster beobachtet oder ihn bereits vorher hier getroffen hatte?«

Tina Adcock zuckte mit den Schultern. »Heutzutage ist die Security eine ganz andere. Wer kein Schüler oder Mitarbeiter ist, kommt sehr schwer hier rein, aber damals war es ein Leichtes. Und der Typ sah eindeutig ›falsch‹ aus: zu alt, um ein Schüler zu sein, doch zu jung, um zum Kollegium zu gehören.«

»Und Sie hätten ihn ohnehin erkannt, vermute ich, hätte er hierhergehört?«

»Wahrscheinlich. Obwohl wir oft Vertretungslehrer haben.« Sie verzog das Gesicht. »Wir sind alle erschöpft. Wenn ein Virus umgeht, ist es kein Wunder, dass es uns hier im Sturm erobert. Jedenfalls hatte ich vor Gericht ausgesagt, teils um der Polizei zu helfen und, ja, teils weil ich dachte, dass Ashton von einem älteren ›Freund‹ kontrolliert wurde. Es war schlicht das moralisch Richtige. Ich kann ehrlich nicht behaupten, dass ich viel Mitleid mit ihm hatte.«

Sie straffte die Schultern, bevor sie weitersprach. »Trotzdem schockt mich, dass er tot ist. Und das, nachdem er endlich etwas aus sich gemacht hatte. Das hofft ja jeder Lehrer für seine Schüler: dass man ihnen tief in ihrem Innern das Gefühl gibt, es würde sich lohnen, zu arbeiten und Ziele zu erreichen.«

Es klang nach einstudierten Sätzen für den Elternabend. »Und Sie haben ihn unterstützt, indem Sie Lose gekauft haben.« Was Eve immer noch ein wenig verwunderte. An Tinas Stelle wäre sie auch erfreut gewesen, dass Ashton seine Berufung gefunden hatte, aber sie hätte nicht riskieren wollen, dass er bei ihr zu Hause ein und aus ging, womöglich für mehrere Wochen, wäre sie für seine Fernsehserie ausgewählt worden.

Tina Adcock runzelte die Stirn. »Ich hatte das Gefühl, dass es für mich als seine frühere Lehrerin das Mindeste war, was ich tun konnte. Und natürlich wollte ich auch Jim Thackerays Spendenaktion unterstützen.«

Dann hätte sie einfach spenden können. Eve hatte die Gläser mit den Losen überall im Dorf gesehen. Neben einigen von ihnen standen Spendendosen und sogar solche, in die man seine gekauften Losabschnitte werfen konnte. Es wäre kein Problem gewesen, etwas zu geben, ohne tatsächlich zu riskieren, ausgelost zu werden.

In diesem Moment tauchte Carl Adcock auf. Er war in Jeans, ein am Hals offenes weißes Hemd und ein schwarzes Sakko gekleidet. Als er Eve kurz zulächelte, musste sie ein Erschaudern unterdrücken, weil sie an Sams Textnachricht an Viv dachte, was sein Verhalten gegenüber Schülerinnen betraf.

»Kommen Sie, und sehen Sie sich den Theaterraum an. Da musste ich mich mit Ashton abkämpfen.«

Eve und Tina folgten ihm einen Korridor entlang in einen großen Raum mit riesigen Fenstern, gerahmt von bodenlangen schwarzen Vorhängen.

»Er war begabt«, berichtete Carl, »aber ich konnte damals nicht erkennen, wie er sein Talent für irgendwas Ehrliches nutzen würde. Als ich ihm gesagt habe, aus ihm würde nie etwas werden, war ich mir absolut sicher.« Er schüttelte den Kopf. »An dem Tag war mir der Kragen geplatzt, und deshalb kam ein abgelutschtes Klischee heraus.«

Vielleicht wünschte er, er hätte es origineller formuliert, da ihm jetzt seine Worte in der Öffentlichkeit vorgehalten worden waren.

»Werden Sie über das schreiben, was Ashton gesagt hatte: dass ihm die Jugendstrafanstalt geholfen hat, zur Vernunft zu kommen?«, fragte Carl.

Die Leute wollten über den Inhalt eines Nachrufs oft vorher informiert sein, um zu sehen, ob er ihre Lieben richtig abbildete oder – genauso oft – sie selbst. In diesem Fall war die Antwort nicht einfach. Eve hatte Ashton schon nicht geglaubt, als er es gesagt hatte, dabei wäre es ein Originalzitat von ihm.

»Ich habe noch nicht entschieden, was genau ich benutze.« Was der Wahrheit entsprach. »Und ich muss noch mit ein paar Leuten reden, bevor ich anfange, den Text zu entwerfen.«

»Der Schule wird es sicher nicht gefallen, wenn solch ein Zitat herumgeht. Auch wenn es gewiss von der Nachricht überlagert wird, dass der Freund seiner Mutter ihn umgebracht hat.«

Eve achtete auf Carl Adcocks Augen. Glaubte er das wirklich? Oder könnte er selbst die Morde begangen haben? Wenn Ashton Beweise für sein strafbares Verhalten gegenüber weiblichen Teenagern hatte, hätte Carl eine Menge zu verlieren gehabt. »Wie war es, als er Sie für die *Outside-In*-Beratung besucht hat?«

Eve war dankbar für ihre Ausbildung. Ein alter Mentor hatte ihr geraten, erst zu beobachten und sich später erst Notizen zu machen. Hätte sie jetzt in ihren Block gesehen, hätte sie den Blickwechsel zwischen Mann und Frau verpasst. Er war binnen einer Mikrosekunde vorbei, verriet indes eine Dynamik, die Eve ins Grübeln brachte.

Da war Wut – eine Konfrontation zwischen ihnen – und zugleich für einen winzig kleinen Moment eine sehr deutliche Furcht.

»Ich habe mich gefreut, dass er sich gemacht hat«, antwortete Carl Adcock. »Aber seine Firma und diese Idee, die Natur ins Haus zu bringen ...?« Er schüttelte den Kopf. »Da wäre ich auch selbst drauf gekommen. Ich habe unterrichtet, als er wegen der Beratung bei uns war. Tina hatte im Haus die Stellung gehalten, weil sie Freistunden hatte. Er konnte es nicht in der Woche einrichten, in der wir beide hätten da sein können, doch Tina hat mir später alles erzählt. Wenn Sie mich fragen, hätte die Welt die Firma *Outside In* nicht gebraucht.«

Als Eve ihren Mini Clubman wenig später vom Schulparkplatz lenkte, blickte sie auf und sah ein Gesicht im Fenster des Raumes, den sie eben verlassen hatte. Tina Adcock beobachtete sie. Äußerlich war sie ganz gefasst und beherrscht, aber Eve hatte das Gefühl, dass unter der Oberfläche eine Menge vor sich ging. Und Tina und Carl waren das zweite Paar, das bei der Verlosung gewonnen hatte, obwohl sie Gründe hatten, Ashton zu meiden.

Das war noch so eine Sache, der Eve nachgehen musste.

Kapitel 28

»Danke, dass Sie mich reinlassen«, sagte Eve früh am Donnerstagmorgen, als sie den Gemeindesaal betrat. Der große, luftige Raum war in wässriges Frühlingssonnenlicht getaucht. Staubpartikel schwebten durch die Luft, aufgewirbelt von Reverend Jim Thackeray und ihr. Besonders Jim setzte einige von ihnen in Bewegung, weil er ein Bär von einem Mann war mit dichtem grauen Haar und freundlichen, klugen Augen.

»Nicht doch. Es gab mal Zeiten, da brauchten wir gar nicht abzuschließen, aber die sind leider vorbei.«

Der Raum sah erheblich ordentlicher aus als bei Eves letztem Besuch. Man sollte gar nicht glauben, dass sich hier so viele Menschen gedrängt hatten, um Ashton bei der Losziehung zuzusehen. Es war eigenartig, nach seinem Tod wieder im Gemeindesaal zu sein. Eve konnte Ashton noch vor sich sehen, wie er mit seinem schwarzen Zylinder auf der Bühne gestanden hatte. Fast schien es unmöglich zu glauben, dass er nicht mehr da war, so überlebensgroß, wie er gewesen war.

»Ich habe mit Betty Foley gesprochen, die arme Frau«, sagte der Vikar. »Ich kann mir gar nicht vorstellen, was sie durchmachen muss. Ich hatte gehofft, Reden könnte ihr helfen.«

Es war typisch für ihn, und Eve war froh, dass jemand auf Betty achtgab.

»Wie ich höre, schreiben Sie den Nachruf auf Ashton?«, fuhr Jim Thackeray fort.

»Ja, stimmt. Ich habe auch mit seiner Mutter gesprochen. Sie wollte mit mir darüber reden.« Eve blickte ihn von der Seite an und fragte sich, was Betty Foley wohl zu Howards Tod gesagt hatte. »Falls Sie irgendwelche Erinnerungen haben, die Sie mit mir teilen möchten, würde ich sie gern mit in den Nachruf aufnehmen.«

Für einen Moment lächelte der Vikar. »Vielleicht hören Sie sich die lieber erst mal an.«

Sie lachte. »Wir Nachruf-Autoren scheuen uns nicht vor der Wahrheit. Es wäre allerdings prima, hätten Sie auch Positives zu sagen, als Gegengewicht quasi.«

»Nun, Ashton hat mir geholfen, beinahe tausend Pfund an Spenden für das Kirchendach zu bekommen.« Wieder lächelte er. »Und er war ein Energiebündel. Mit ihm hier war das Leben in Saxford nicht langweilig. Er hatte eine Menge Charisma. Ich war noch nicht hier, als er ein Kind war, doch ich erinnere mich an ein paar seiner Besuche im Dorf, nachdem er nach London gezogen war. Einmal nur über Nacht. Ich habe es mir gemerkt, weil Betty mir alles davon erzählt hatte. Sie war sehr emotional und aufgeregt.«

Der Vikar schüttelte den Kopf, und Eve hatte den Eindruck, dass er damals schon großes Mitleid mit ihr empfunden hatte.

»Davor lag sein letzter Besuch hier mindestens zehn Jahre zurück, glaube ich«, berichtete Jim weiter. »Da war er länger geblieben, was niemandem entging. Seine Partys waren das Gesprächsthema Nummer eins in Saxford. Die Dorfbewohner sogen es entweder begeistert auf oder reagierten wütend, je nach Altersgruppe.« Er machte eine kurze Pause, und da war ein leichtes Blitzen in seinen Augen. »Und noch eine Vielzahl anderer Faktoren. Ich denke, einige Leute fanden diese Aura von Skandal, die ihn umgab, recht reizvoll.«

Eve nahm ihr Notizbuch aus der Tasche. An Ashton schieden sich die Geister, doch bei manchen war er beliebt, wenn auch bisweilen aus den falschen Gründen.

»Demnach hat er seine Mutter selten gesehen?«

Jim Thackeray seufzte. »Ja, ich glaube schon, obwohl ich noch weiß, dass Betty einmal nach London gereist war, um ihn zu besuchen. Hinterher strahlte sie übers ganze Gesicht. Er hatte sie bei Harrods neu eingekleidet und sie danach zum Essen in einen exklusiven Club ausgeführt, in dem er Mitglied war, bevor er mit ihr in ein Theater im West End ging.«

Eve konnte sich vorstellen, wie sagenhaft es für Betty Foley gewesen sein musste, auch wenn die Frau im Gegenzug viel hatte leiden müssen. »Wunderbar.« Sie sah den Vikar an. »Sie hat ja im Laufe der Jahre nicht viel Vergnügen gehabt, oder?«

»Vermutlich nicht.«

Und dann malte Eve sich aus, wie Betty Foley Howard Green alles vom luxuriösen Leben ihres Sohnes und den teuren Geschenken erzählt hatte, mit denen er sie überschüttet hatte. Selbst wenn sie zu taktvoll gewesen war, es Howard direkt zu sagen, hatte er gewiss davon gehört. Er hatte ihre neue Kleidung gesehen, die Leichtigkeit in ihrem Gang. War Ashton wirklich an seiner Mutter gelegen gewesen? Oder war es ihm einzig darum gegangen zu punkten?

Als Eve den Vikar wieder ansah, war offensichtlich, dass er das Gleiche dachte wie sie.

»Ich habe gesehen, wie er und Betty sich bei seinem letzten Besuch ernsthaft unterhielten«, sagte er.

Eve nickte und erinnerte sich, wie die beiden am Strand

entlanggegangen waren. »Ja, ich auch.« Und da war eine eindeutige Nähe gewesen. Es könnte eine Erinnerung sein, an die Betty sich zukünftig klammern konnte.

»Hatte Mrs. Foley Ihnen zufällig erzählt, welchen Auftrag sie mir noch gegeben hatte?«

Der Vikar zog die Augenbrauen hoch. »Nein, hat sie nicht.«

Was Eve nicht überraschte. Betty hatte nicht gewollt, dass Howard davon erfuhr; vielleicht war sie die Einzige gewesen, der Ashtons Mutter vertraut hatte. Doch bevor Eve die nächste Bitte äußerte, musste sie ihren Auftrag preisgeben.

»Unter uns, obwohl die Polizei glaubt, dass Howard Green es war, der Ashton ermordet hatte, bevor er sich selbst umgebracht hat, ist Betty überzeugt, dass er es niemals getan hätte. Sie hatte mich schon vor seinem Tod gebeten, beim Beweis seiner Unschuld zu helfen. Mir ist es vorher nicht gelungen, aber ich habe genug herausgefunden, um mir sicher zu sein, dass sie recht hat. Und ich habe versprochen, mich weiter nach Beweisen umzuschauen, die helfen könnten, seinen Namen reinzuwaschen.«

Der Vikar nickte. »Ich bin froh, dass Sie mir das erzählt haben. Mir fiel es auch schwer zu glauben, dass Howard Ashton umgebracht hat. Er hat sich immer als Bettys Beschützer gesehen – es war Teil seiner Identität –, und gerade er wusste, wie sehr sie ihren Sohn geliebt hat.«

Natürlich wusste der Vikar nicht, wie viel Howard zu verlieren gehabt hatte. Die Einzelheiten zu seinen betrügerischen Aktivitäten waren bisher nicht an die Öffentlichkeit gedrungen, doch es ergab trotzdem einen Sinn. Und im Nachhinein dachte Eve, dass Howard sich auch gern als den moralisch Überlegenen gesehen hatte.

Jedes Mal, wenn Ashton sich rücksichtslos aufgeführt hatte – mit seinen Freunden verschwunden war oder Bettys

Pläne für die Fahrt zum Flughafen durcheinandergebracht hatte –, war Howard da gewesen, bereit, einzuspringen oder nachzugeben und sich in einem guten Licht zu zeigen. Ashtons Existenz hatte ihm dabei geholfen. Dennoch blieb es ein Schock, dass der nach außen so loyale und stoische Howard Betty hinterrücks ihr Geld gestohlen hatte.

»Und ich verstehe, dass Betty Sie um Hilfe gebeten hat«, bemerkte Jim Thackeray. »Ihr Ruf eilt Ihnen voraus. Also sind Sie hier, weil Sie eine Ahnung haben?«

»Es ist bloß ein Gedanke. Ich nehme nicht an, dass Sie noch die Losabschnitte haben – die in dem Kasten waren, aus dem Ashton gezogen hat?«

Jim Thackeray runzelte die Stirn und sah Eve mit seinen intelligenten Augen an. »Folgen Sie mir.« Er führte sie in die Küche. Die Arbeitsflächen aus Edelstahl waren makellos blank, und es roch nach Bleiche. Auf dem Fensterbrett sah Eve den Ringhalter, den Sylvia erwähnt hatte. »Mrs. Crocket, die Putzkraft, ist sehr gründlich«, sagte der Vikar, »aber Sie haben Glück. Das Altpapier wird erst Ende der Woche abgeholt.«

Er zeigte zu den Tonnen hinter der Tür: eine für Restmüll und drei für unterschiedliches Recycling. Eine war voller Lose – eine Masse aus gefalteten pinken, blauen und gelben Zetteln.

Der Vikar sah ebenfalls hin. »Es war eine beliebte Verlosung. Ich frage mich, was jetzt passiert – mit den Gewinnern, meine ich.«

Es war eine berechtigte Frage. Eve hatte nicht gehört, ob die Fernsehserie fortgesetzt würde, womit für die Gewinner der Traum von einem Auftritt platzte. Andererseits hatte Ashton ihnen die Option lediglich in Aussicht gestellt, sofern sich jemand von ihnen als geeignet erwies. Eve vermutete, dass Marina Shaw die Beratungen beenden würde, falls sie nicht schon abgeschlossen waren.

Doch Eve beschäftigte die Ziehung selbst. Amber hatte nicht gewinnen wollen, sondern angeblich auf Justins Drängen hin Lose gekauft. Und an dem Abend der Verlosung schien er entzückt gewesen zu sein. Die Adcocks hatten Lose gekauft, obwohl Carl Ashton offensichtlich verabscheut hatte. Und etwas an ihrem ehemaligen Schüler hatte sie nervös gemacht. Das hatte Eve in ihren Augen gelesen.

»Macht es Ihnen etwas aus, wenn ich mir die Lose mal näher ansehe?«, fragte Eve.

Der Vikar schüttelte den Kopf. »Das war eine merkwürdige Veranstaltung. Anfangs glaubte ich zu wissen, welches Spiel Ashton treibt, doch am Ende hatte ich das Gefühl, ich hätte etwas verpasst. Ich hege keinerlei Zweifel, dass Sie für eine gute Sache arbeiten. Und auch wenn mich der Gemeinderatsvorsitzende – wie auch die hiesige Diözese – mit einigem Nachdruck an die neuen Datenschutzbestimmungen erinnert hat, waren die Namen auf den Rückseiten der Lose nicht verdeckt. Ein schreckliches Versehen. Vielleicht lasse ich Sie mal allein. Wären Sie so freundlich, hinterher abzuschließen und den Schlüssel zum Pfarrhaus zu bringen?«

Sie bejahte stumm. »Vielen Dank.« Ein Hoch auf Jim Thackeray! Eve zog den Altpapiereimer in die Raummitte und begann, die Lose systematisch durchzugehen.

Das Projekt brauchte eine Weile, doch es lohnte sich.

Moira Squires hatte eine wahnwitzige Anzahl an Losen gekauft. Oh Mann, sie war wirklich wild auf einen Gewinn gewesen! Da sie im Mittelpunkt des Dorflebens stand, hatte sie wahrscheinlich die Vorstellung gehasst, sich von anderen Leuten anhören zu müssen, wie wundervoll Ashton ihre Häuser gestalten würde. Da war es ungleich besser, dafür zu sorgen, dass sie eine hohe Gewinnchance hatte und diejenige sein konnte, die aufregende Neuigkeiten mitzuteilen hatte.

Vivs Schwiegereltern hatten ebenfalls viele Lose erstanden, obwohl sie nicht zur Verlosung gekommen waren. Als sie gehört hatten, dass sie nicht gewonnen hatten, hatten sie Viv zufolge überlegt, Ashton einfach regulär zu buchen. Wie Viv unterstellte, eher um ihren Wohlstand zur Schau zu stellen als aus irgendeinem anderen Grund.

Doch es waren Eves Ergebnisse zu Tina Adcock und Amber Ingram, die sie ins Grübeln brachten. Von beiden wie auch ihren Ehemännern gab es keinen einzigen weiteren Losabschnitt.

Natürlich wurden die Lose, die Ashton gezogen hatte, woanders verwahrt. Eve schätzte, dass er sie sich in die Jeanstasche gesteckt hatte oder so. Aber Tatsache blieb: Sowohl Tina Adcock als auch Amber Ingram hatten jeweils nur ein einziges Los gekauft … oder gar keins, und Ashton Foley hatte die Ziehung manipuliert.

Kapitel 29

»Rate mal, bei wem ich gewesen bin?« Es war früher Nachmittag, und Eve zog ihre blaue Daunenjacke im Büro des *Monty's* aus. Zwischen der Altpapierdurchsuchung beim Vikar und ihrer Ankunft im Café hatte Eve noch mehr Aufregendes erlebt.

»Bei wem?« Viv neigte den Kopf zur Seite. »Nein – warte! Hast du etwa endlich einen Termin bei Billy Tozer gehabt?«

»Genau. Ich hatte schon befürchtet, dass er mich nie einladen würde, aber anscheinend sieht er nicht in seine Mails, wenn ihn die Muse küsst. Heute Morgen hat er dann plötzlich angerufen und mich gebeten, sofort zu ihm zu kommen.« Er meinte, Ashtons Tod hätte lauter rohe Gefühle in ihm aufgewühlt, die er künstlerisch ausdrücken musste. Es hätte heuchlerisch gewirkt, hätte er dabei keine Tränen in den Augen gehabt.

»Und wie ist das Haus? Hast du Fotos gemacht?« Vivs narzissengelbes Haar wippte, und sie klang atemlos.

Eve schüttelte den Kopf. »Fotografie ist nicht mein Spezialgebiet. Ich wäre dem nicht gerecht geworden.«

Viv sah sie streng an. »Hier geht es nicht um Profi-Aufnahmen, Eve!«

»Du wirst warten müssen, wie alle anderen auch. Ich habe seine Erlaubnis, dass der Fotograf von *Icon* kommen und ein paar anständige Aufnahmen machen darf. Die werden das Warten wert sein.«

Viv seufzte. »Du bist so diszipliniert. Dann erzähl jetzt alles!«

Eve hängte ihre Jacke auf den Haken hinter der Tür. »Ich bin mir sicher, für einen Psychologen wäre es ein Fest gewesen. Es gab jede Menge phallische Kakteen und andere Stachelgewächse. Natürlich hatten Marina und Ashton alles entworfen, aber mit seinem Input. Über einem Rahmen in seinem Schlafzimmer hat er Passionsblumen.«

»Er hat dich in sein Schlafzimmer mitgenommen?«

»Es war ganz unschuldig und professionell. Er war der perfekte Gentleman.«

»Was noch?«

»Sie haben ihm einen ›Stilleraum‹ gestaltet. Der ist voller Moose und Farne, allesamt ausgewählt, weil sie die ältesten Pflanzen der Erde sind. Billy Tozer kann sich in die Mitte setzen und sich ganz ›eins mit historischer Botanik‹ fühlen.«

»Aber nicht so eins wie hier mit Schokoladen-Himbeer-Kuchen, wenn er zum Schlemmen vorbeikommt, oder?« Viv zog eine Augenbraue hoch.

Es stimmte, dass ihr Gebäck eine nachhaltige Wirkung besaß, wie Eve sie von nichts anderem kannte. Und noch dazu war sie loyal. »Natürlich nicht. Obwohl ich zugeben muss, dass mir das Zimmer mit den Moosen und Farnen gefallen hat.«

»Sag nicht, dass du Marina um eine Beratung bitten willst!«

»Nein, ich dachte eher, dass ich mich darauf beschränke, einige Geranien zu kaufen. Das Problem ist, dass das Raumklima exakt auf die Pflanzen abgestimmt sein muss.«

»Und du bist nicht sicher, ob du und die Farne dieselben Bedürfnisse habt?«

»Vielleicht nicht – jedenfalls nicht rund um die Uhr.«

»Gott sei Dank! Für einen Augenblick dachte ich, ich habe dich verloren. Sonst noch etwas, was dir gefallen hat?«

»Die Orangenbäume in seinem Wohnzimmer waren hübsch.«

»Warum wirst du rot?«

»Sie standen in versenkten Beeten im Boden. Anscheinend fühlen sie sich wohler im Raum, wenn sie nicht in einem Topf sind.«

Viv nickte. »Ich glaube, das kann ich mir vorstellen.«

»Gus hat gegen einen von ihnen gepinkelt.«

»Nein!«

Eve konnte Viv ansehen, dass sie mit ihr fühlte, aber vor allem amüsiert war.

»Billy hat es sehr gelassen genommen. Zum Glück mag er Hunde. Er hat eine Dänische Dogge, die Thor heißt. Der Hund ist so groß wie ein kleines Pferd.«

»Ach du Schreck.«

»Wie sich herausgestellt hat, ist er ein Softie, genau wie sein Halter. Er ist weggelaufen, als Gus hereinkam. Ich schätze, es ist ein bisschen so wie bei jemandem von meiner Größe, der Angst vor Spinnen hat. Billy hat mir Earl Grey und einige Schokokekse aus einer Packung serviert.«

Viv schnitt eine Grimasse. »Iih, bäh!«

»Ich habe ihm von deinem Konfekt und deinen Kuchen vorgeschwärmt. Er überlegt, eine feste Bestellung bei dir aufzugeben.«

Nun riss Viv die Augen weit auf. »Fantastisch! Gut gemacht! Denkst du, ich kann *Lieferantin von Billy Tozer, Rapper* hier ins Fenster schreiben? Vielleicht kommen wir damit in die Zeitung!«

»Warten wir erst mal, ob er bestellt. Er klang zumindest recht angetan, *bevor* Gus das Bein an seinem Orangenbaum gehoben hat. Aber er scheint ein netter Kerl zu sein, nicht so, wie die Presse ihn darstellt. Ich tippe, dass er hart an seinem Bad-Boy-Image arbeitet, anschließend nach Hause geht und sich einen Becher Kakao zubereitet.«

»Irgendwas Hilfreiches zu dem Mord?«

»Nur eine seltsame Sache. Er hat mir erzählt, dass sein Haus in einem einmaligen Fernseh-Special über *Outside In* gezeigt werden soll. Und er hatte keine Ahnung gehabt, dass noch etwas anderes geplant war.«

»Aber hatte Ashton nicht gesagt, dass einer der Gewinner fürs Fernsehen ausgewählt werden könnte, als Teil einer ganzen Serie?«

»Eben. Deshalb wurde ich neugierig. Ich habe bei der Produktionsfirma angerufen, die diese Doku über Tozers Haus macht, und sie wussten auch nichts von einer Serie.«

Vivs Mund wurde zu einem O. »Denkst du, Ashton hatte sich das ausgedacht, damit der Preis verlockender klingt?«

»Und vielleicht, um jemanden wie Justin Ingram zu reizen, der so nach Publicity giert?« Und der zweifellos dachte, dass seine Frau reichlich Lose gekauft hatte. »Ja, kann sein. Ich habe Marina gerade gefragt. Wie es sich anhört, hatte Ashton ihr erzählt, dass er mit jemandem aus dem Produktionsteam über die Idee geredet hatte, doch dafür finde ich keine Belege.«

»Ah, dann hast du Marina gesehen, als du reingekommen bist?«

»Ja.« Sie saß mit einem Mann, der wie ein Model aussah, an einem Tisch im Café: hohe Wangenknochen, seidiges, dunkles Haar und dunkelbraune Augen. »Wer ist der Typ bei ihr, weißt du das? Ich hatte Marina auf dem Rückweg von der Toilette angesprochen, deshalb wurden wir einander nicht vorgestellt.«

Beide gingen zur Tür, um ins Café zu spähen.

»Keinen Schimmer«, murmelte Viv, »doch sie sind so gut

wie fertig und werden sicher gleich die Bedienung zu sich winken, falls du vor Angie dort sein willst.«

Die Aushilfe arbeitete heute wieder vorn. Das College machte ebenfalls Osterferien, die Angie für einige zusätzliche Arbeitsstunden nutzte.

Eve huschte ins Café, vorbei an Angie (die ein wenig erschrocken wirkte, weil sie so plötzlich auftauchte) und zu Marinas Tisch.

»Noch mal hallo! Möchten Sie vielleicht noch eine Kanne Tee oder etwas mehr Kuchen?«

Marina sah sie unfreundlich an, aber da war noch etwas anderes in ihrem Blick, als sie zu dem Mann ihr gegenüber schaute. Stolz. »Wir müssen los«, antwortete sie. »Es ist eine Menge zu tun. Ich darf Billy nicht vernachlässigen, trotz Ashtons Tod. Wir müssen bei ihm fertig werden, denn er will mit der Arbeit an seinem neuen Album anfangen.«

Der Dunkelhaarige streckte sich auf dem Stuhl und seufzte, als hätte er wenig Lust, sich zu bewegen. Er berührte Marinas Hand, als er sich Eve zuwandte. »Ich würde gerne länger bleiben. Marina und ich haben nicht viel Zeit zusammen, weil wir beide beruflich so eingespannt sind. Dieser Laden ist herrlich zum Entspannen. Sind Sie die Besitzerin?«

Wahrscheinlich vermutete er es, weil sie, Eve, so viel älter war als Angie. »Nein, nur eine Mitarbeiterin. Viv, die Frau mit den gelben Haaren, ist das Genie hinter dem *Monty's*.«

Er grinste. »Ich bin selbst in der Gastronomie tätig. Mir gehört die neue *MacAskill*-Bistro-Kette.«

»Oh, wow!« Eve hatte nie davon gehört.

»Dies ist Eves richtiger Job«, erklärte Marina. »Sie ist die, von der ich dir erzählt habe, die sich auch im Schreiben von Nachrufen versucht.«

Eve holte tief Luft.

»Natürlich!« Der Mann ließ Marinas Hand los und

reichte Eve seine. »Ich bin Zach Campbell, Marinas Lebensgefährte. Ich wollte herkommen, sowie ich das von Ashton hörte, konnte mich aber nicht eher loseisen. Und bald muss ich schon wieder weg. Um fünf werde ich in London erwartet. In der Gastro gibt es keine Pause, was?«

Eve schüttelte ihm die Hand und bemerkte, dass Marina die Augen verdrehte. Zweifellos hielt sie das *Monty's* für einen sehr unbedeutenden Laden.

»Tja«, er blickte seitlich zu seiner Freundin, »wenigstens bin ich nicht immer auf Tour wie Jack.« Eve wunderte nicht, dass die Frau mit irgendeinem Rockstar liiert gewesen war. Bei ihrer Arbeit für Prominente stolperte sie wahrscheinlich dauernd über welche. Beweisstück A: Billy Tozer.

»Ich fahre entschieden beruhigter wieder, da Ashtons Mörder jetzt tot ist.« Zach Campbell lehnte sich auf seinem Stuhl zurück. »Jedenfalls hat es mich gefreut, Sie kennenzulernen.«

»Ganz meinerseits. Ich hoffe, Sie konnten den Aufenthalt im Dorf ein wenig genießen, trotz der schrecklichen Umstände.«

Er lächelte. »Konnte ich. Und alle hier sind sehr freundlich.« Er nickte nach vorn und zum Dorfanger. »Dieser Matt Falconer aus dem Pub ist eine Marke für sich, was?«

Eve nickte lächelnd. Auf keinen Fall würde sie zugeben, dass sie Matt eher für einen biertrinkenden Faulenzer hielt, der das Leben genoss, während seine Frau und sein Bruder die ganze Arbeit machten. Aber er konnte großartig mit den Gästen umgehen und wusste stets dafür zu sorgen, dass sich jeder im Pub wohlfühlte.

»Er hat uns in seinem Boot mit rausgenommen. Ein richtig kleines Ding – keine Kabine und mit einem putzigen Außenbordmotor –, doch er meinte, draußen auf dem Wasser zu sein würde uns enorm guttun. Und das hat es!«

Marina sah angesäuert aus. Matts Boot hatte ihre Erwartungen definitiv nicht erfüllt.

Eve blickte wieder zu Zach Campbell. Seine Existenz und der Hinweis auf einen Ex vor ihm widerlegten die Theorie, dass Marina und Ashton eine feste Beziehung gehabt hatten. Obendrein war deutlich zu sehen, wie froh Marina war, an Zachs Seite zu sein.

»Also bitte nur die Rechnung«, sagte sie ein wenig gereizt.

»Selbstverständlich.«

Eve ging sie zusammenstellen. So kratzbürstig Marina auch sein mochte, war ihr Geschäft ihr wichtig. Ihre persönlichen Gefühle würden sie nicht davon abhalten, die Aufträge auszuführen, die sie hatte. Es passte zu Marina, dass sie sich mit Ashton wegen seines albernen Streichs bei den Ingrams gestritten hatte – und auch, dass sie private Beziehungen mit ihren Kollegen vermied.

Fünf Minuten später war Eve wieder in der Küche. Sie war mit Scones beschäftigt, während Viv Honig-Himbeer-Kuchen zubereitete und Angie vorn im Café bediente.

»Also, bring mich auf den neuesten Stand«, drängte Viv.

Eve erzählte ihr von den anderthalb Stunden, die sie die Lose im Gemeindesaal durchgesehen hatte.

»Ich fasse nicht, dass du dir das angetan hast!«

»Es ist schwierig, das große Ganze zu sehen, wenn man die kleinen Details nicht überprüft.« Bei aller Übung hatte Eve immer noch nicht den Dreh heraus, wie sie Scones herstellen konnte, ohne klebrigen Teig zwischen die Finger zu bekommen. Den schabte sie nun mit einem Messerrücken ab.

»Und du denkst, dass Amber und Tina überhaupt nie Lose gekauft hatten?«

Eve streute mehr Mehl auf die Arbeitsplatte. Ihr Teig war zu feucht, das war das Problem. »Ja, würde ich vermuten. Allenfalls ein einziges. Doch wer kauft denn nur ein einzelnes Los? Es ist nicht unmöglich, aber die Lose waren nicht teuer. Sich da auf maximal ein Pfund zu beschränken wirkt ein bisschen knauserig.«

Viv maß die Himbeeren ab, wobei sie nicht etwa konventionell eine Waage einsetzte – sie verließ sich lieber auf ihr gutes Augenmaß. »Ich fand schon, dass Amber ziemlich erschrocken aussah, als Ashton ihren Namen vorgelesen hat.«

»Und jetzt wissen wir, warum. Tina hatte sich besser im Griff. Ich frage mich, ob sie Ambers Reaktion bemerkt und eins und eins zusammengezählt hat, als er auch ihren Namen aufrief.«

»Oder sie ist einfach eine coole Socke.«

Nun benahm sich der Scones-Teig. Eve atmete erleichtert auf und griff nach einem Nudelholz. »Die scheint sie zu sein. Und ich denke noch darüber nach, was uns das sagt.«

»Nur zu«, forderte Viv sie auf. »Du bist gut darin. Ich kann dir Backen beibringen und du mir die Kunst des Ermittelns.«

»Na ja, Ashton hatte Amber und Tina offenbar gezielt ausgesucht, und keine der beiden Frauen wollte, dass es bekannt wird. Sie hätten gleich bei der Ziehung etwas sagen können, haben es aber nicht. Zuerst dachte ich, Amber könnte still geblieben sein, weil Justin ihr aufgetragen hatte, sie solle einen ganzen Stapel Lose kaufen, und sie ihn ignoriert hatte.«

»Faulpelz«, kommentierte Viv, die behutsam ihre Zutaten verrührte. »Als hätte er nicht selbst welche kaufen können, wenn es ihm derart wichtig war.«

»Genau. Jedenfalls bin ich mir sicher, dass ich recht habe. Sie hat auch mich belogen, was den Loskauf angeht, und sie war geschockt, als Ashton verkündete, sie hätte gewonnen.

Ich denke, der Grund, weshalb sie kein Los gekauft hat, und die Tatsache, dass sie es geheim hält, ergeben zusammen etwas Wichtiges. Und das Gleiche gilt für Tina Adcock. Trotzdem sieht es so aus, als wären es ihre Männer gewesen, die Stress mit Ashton gehabt hatten.«

Eve erzählte, was geschehen war, als sie sich tags zuvor mit Tina und Carl getroffen hatte.

»Als ich nach Ashtons Besuch fragte, wechselten sie kurz einen Blick, bevor sie antworteten. Und sie sahen seltsam aus … irgendwie wütend aufeinander, aber auch fast ängstlich.«

»Merkwürdig. Brauchst du den Scone-Schneider?« Sie hielt ihn Eve hin.

»Danke. Und überdies muss Ashton sich sicher gewesen sein, dass sie ihn nicht verraten würden, als er ihre Namen aufrief. Ich würde schätzen, dass er gegen jede von ihnen etwas in der Hand hatte, und sei es nur im weiteren Sinne, und sie haben den Mund gehalten, um ihre Männer zu schützen. Ich vermute, sie hatten entschieden abzuwarten, was er ihnen unter vier Augen sagen würde.«

»Was einleuchtet. Also stehen die Adcocks und Ingrams jetzt auf deiner Verdächtigenliste?«

Obwohl Eve sie tatsächlich auf ihrer Liste hatte, fühlte es sich eigenartig an, dass Viv es laut aussprach. »Ja, ich denke schon.« Sie machte sich daran, die Scones so sauber wie möglich zu schneiden.

Viv blickte sie mit großen Augen an. »Und wenn Ashtons Motiv, die Verlosung zu manipulieren, das war, alte Rechnungen zu begleichen …«

»… könnte er es auf Carl Adcock abgesehen haben, weil der ihm gesagt hatte, aus ihm würde nie etwas werden. Und auf Justin, weil er ihn gehasst hat – auch wenn ich immer noch nicht recht weiß, warum. Und auf Moira, weil sie ihn als Kind immerfort schlechtgemacht hatte.« Eve unterbrach ihre Arbeit. »Auch wenn Moiras Gewinn wahrscheinlich echt war. Sie hatte die Hälfte der verfügbaren Lose aufgekauft. Alles trägt zu dem Bild bei, das ich mir mache, doch noch übersehe ich etwas. Nichts, was ich gefunden habe, erklärt, warum einer von ihnen darauf reagieren würde, indem er Ashton ermordet.«

»Und nun?«

Eve seufzte. »Ich möchte noch einmal mit allen reden, kann sie aber schlecht alle zweimal befragen.«

»Wenigstens steht das Fest zur begonnenen Kirchenreparatur bevor«, bemerkte Viv. »Da wird gewiss das ganze Dorf sein, denn wir wissen ja, wie Jim Leute in die Pflicht nehmen kann.« Sie lachte.

Was der Wahrheit entsprach. Der Vikar hatte die Veranstaltung gerade geplant, als Eve ihm den Schlüssel zum Gemeindesaal zurückgebracht hatte. Er hatte gesagt, dass er beschlossen hatte, trotz der jüngsten Todesfälle das Fest auszurichten, weil es den Dorfbewohnern eine Gelegenheit bot zusammenzukommen. Dann jedoch hatte er sie mit einem kleinen Augenzwinkern angesehen und ergänzt: »Außerdem brauchen wir das Geld.«

Es würde noch eine Spendenveranstaltung werden. Bei dieser würde es Getränke und Snacks geben, alles bezahlt von Billy Tozer, auf dass der Kirche mehr Spenden zuflossen.

Eve würde dort sein, um Small Talk zu machen und sehr genau hinzuhören.

In diesem Moment piepte es in Vivs Tasche. »Eine Nachricht. Es wird eines der Kinder sein. Keiner sonst schreibt mir Textnachrichten.« Sie ging sich die Hände waschen, bevor sie das Telefon aus ihrer Tasche holte, es entsperrte und stirnrunzelnd die Nachricht las.

»Alles in Ordnung?«, fragte Eve.

Viv blickte zu ihr auf. »Ich habe mich des Sexismus schuldig gemacht.«

»Was?«

»Sam schreibt. Ich hatte ihn um mehr Einzelheiten zu seiner Nachricht über Carl Adcock gefragt, der sich im Zeltlager der Schule an die Schülerinnen rangemacht hatte?«

Eve nickte.

»Tja, das war nicht Carl, und es waren auch keine Schülerinnen.« Sie schüttelte den Kopf und tippte auf ihr Mobiltelefon ein. »Er hat recht. Das hatte er nie behauptet. *Adcock ist mal wieder eklig am Flirten. Latscht ohne Grund in die Zelte. Widerlich – auch wenn ein oder zwei Leute es anscheinend scharf finden.*« Viv schüttelte den Kopf. »Ich kann nicht glauben, dass ich so verblendet war. Auf die Idee bin ich überhaupt nicht gekommen. Sam schreibt, Tina ist berüchtigt dafür, mit den älteren Schülern zu flirten, aber er erinnert sich, dass sie auch bei einigen Fünfzehnjährigen ziemlich aufdringlich wurde.«

Kapitel 30

Eve sollte abends nach London fahren, um mit Heaven Jones über ihre Erfahrungen mit Ashton und *Outside In* zu reden. Sobald sie im *Monty's* fertig war, holte sie Gus, damit er sich vor ihrer Abfahrt noch austoben konnte.

Er flitzte über den Strand, wobei das Fell an seinem Bauch fast über den kiesdurchwirkten Sand strich. Er hatte die feuchte schwarze Nase in den Wind gerichtet, und seine Ohren flogen. Ihn zu sehen machte Eve geradezu peinlich emotional. Sie war nicht die Einzige, der dieser Umzug an die Küste gutgetan hatte. Wie üblich nahm Gus das Meer als Unterhaltungsprogramm, das allein für ihn da war. Er sprang in die Wellen und wieder heraus, wenn sie sich am Ufer brachen, und bekam Gischt in die Kinnhaare.

Ein bisschen weiter oben schritt Eve am Strand entlang. Der Wind drang durch ihren Pullover – sie hatte die Daunenjacke zu Hause gelassen – und auf ihre Haut, was sich jedoch erfrischend anfühlte und nicht unangenehm.

Es war gut, das Salzwasser zu riechen und den Wind in ihrem kurzen Haar zu spüren. Sie ließ ihren Gedanken an Tina Adcock freien Lauf.

Es bestand immer noch die Möglichkeit, dass Ashton die Verlosung manipuliert hatte, um sich an Carl zu rächen, doch allem Anschein nach nicht in der Hoffnung, irgendwelche

Beweise für Fehltritte von ihm zu finden. Könnte Ashton einst Tina nahe gewesen sein und jetzt erkannt haben, wie unverzeihlich es gewesen war, dass sie ihre Position derart ausgenutzt hatte?

Eve erinnerte sich an ihre gestrige Unterhaltung mit der Frau. »Aber Ashton ist nicht besonders aufgefallen?«, hatte sie gefragt.

»Oh nein, das würde ich nicht sagen«, hatte Tina geantwortet. Und für einen Sekundenbruchteil war ein kleines Lächeln über ihr Gesicht gehuscht. Eve hatte das alles in ihrem Notizbuch festgehalten und hinterher abgetippt. Folglich hatten sich ihr die Details eingeprägt. Und dann, nach dem Lächeln, hatten sich Tinas Züge wieder verhärtet, wie Eve noch wusste. Als wären einst kostbare Erinnerungen unter negativeren Gefühlen begraben worden.

Falls Ashton und Tina einmal eine Beziehung gehabt hatten, könnte er geplant haben, sie bloßzustellen? Tina hatte ängstlich gewirkt, als Eve sie nach Ashtons Besuch gefragt hatte. Und sie hatte vor Gericht für ihn ausgesagt. Was passen würde, wenn sie sich früher nahe gewesen waren.

Eve atmete die Meeresluft tief ein. »Und es würde noch eine andere Frage klären«, sagte sie zu Gus. »Ich hatte mich gewundert, dass Ashton es geschafft hatte, Tina zu besuchen, als Carl nicht zu Hause war. Er hätte schlecht um einen Termin bitten können, an dem Carl nicht anwesend war, wenn er nach Belastendem gegen ihn suchen wollte und Tina von nichts wusste. Aber wenn Tina Adcock etwas zu verbergen hatte – und einen guten Grund, Ashton unter vier Augen zu sprechen –, wäre sie sehr erpicht auf einen Besuch zu einer Zeit gewesen, zu der Carl nicht im Haus sein konnte.«

Ihre Gedanken wanderten zurück zu Justin und Amber. Ashton hatte auch sie besucht, als Justin nicht da gewesen war. Wie hatte er das arrangiert?

Justin schien nach wie vor ein naheliegender Verdächtiger zu sein, aber Tina Adcock war ebenfalls interessant. Ashton könnte alle Informationen gehabt haben, die er brauchte, um sie beruflich zu vernichten. Hatte er sich Zutritt zu ihrem Haus verschafft, um handfeste Beweise zu bekommen? Oder einfach um zu sehen, wie sie sich wand – und ihr mit dem zu drohen, was er tun *könnte*? Oder war Eve auf dem Holzweg? Hatte Ashton immer noch Gefühle für Tina gehabt? Nein, das kam Eve unwahrscheinlich vor. Sie hatten seit Jahren keinen Kontakt mehr gehabt, soweit sie wusste.

Es war wie ein Griff in eine Rauchwolke. Eve merkte, wie ihr Herzschlag sich beschleunigte. Sie konnte nur hoffen, dass sie etwas Konkretes fand, was die Polizei umstimmte und Betty Foley ein kleines bisschen Trost schenkte.

Sie blickte auf ihrem Mobiltelefon nach der Uhrzeit. In der nächsten halben Stunde müsste sie nach London aufbrechen.

»Tut mir leid, dass ich dich heute Abend verlasse, Gus«, sagte sie auf dem Weg zurück den Strand hinauf. »Aber rate mal, wer gleich zu dir kommt. Angie! Ja, sie!«

Angie war schon früher in die Bresche gesprungen, und Gus schien die Aufmerksamkeit der Studentin genauso sehr zu schätzen wie Eves. Es war ein wenig verletzend, doch offensichtlich sehr praktisch.

Heaven Jones hatte Eve eine Führung durch ihr durch Pflanzen bereichertes Zuhause angeboten. Als eine von Ashtons ersten Kundinnen hatte sie die Neugestaltung von *Outside In* schon vor zehn Jahren in Auftrag gegeben, also könnte Eve sich ansehen, wie sie sich auf Dauer machte.

»Was meinst du, Gus?«, fragte sie, als sie sich Elizabeths Cottage näherten. »Wird es inzwischen wie eine Szene aus *Dornröschen* anmuten? Vielleicht muss Heaven sich den Weg durch Unterholz frei schlagen, um zu ihrer Haustür zu kommen …«

Sie war sehr gespannt. Mehr noch: Sie konnte es kaum erwarten zu sehen, was für ein Mensch Heaven war. Sie könnte auch eine seiner Drogenabnehmerinnen gewesen sein, als Ashton neu in London gewesen war, sofern die Gerüchte stimmten, dass er anfangs dort gedealt hatte. Es könnte ein interessanter Abend werden …

Heaven Jones' Haus in Hampstead war riesig und lag ein gutes Stück von der Straße zurück – ganz anders als das schmale Reihenhaus, das Eve früher in der Hauptstadt besessen hatte.

Für den Anlass hatte Eve ein elegantes Kleid und einen Blazer gewählt. Das Kleid war in einem dunklen Orange und das edelste Outfit, das sie besaß. Für ihre Interviews kleidete sie sich stets gut, doch in diesem Fall hatte sie sich wegen Heavens Beruf besondere Mühe gegeben. Dabei war das Model vermutlich daran gewöhnt, dass alle anderen ein bisschen schäbig aussahen.

Eve stieg die fünf Stufen zur glänzend weißen Haustür hinauf und läutete. Einen Moment später öffnete eine Frau. Ihr Gesicht kam Eve von Fotos bekannt vor, die sie gesehen hatte.

Heaven war gut über einen Meter achtzig groß, mager und kantig, mit Zügen, die an einen Elf aus *Herr der Ringe* gemahnten. Ihr silbriges Haar und die blassblauen Augen verstärkten den Eindruck noch. Sie schien einen sehr großen Kissenbezug mit Löchern für Kopf, Arme und Beine zu tragen, dazu silberne Sandalen und silbern lackierte Finger- und Fußnägel.

»Eve? Willkommen!« Ihre Stimme war tief und melodisch.

»Danke, dass Sie mich empfangen.«

Dies war keine Frau, die Pflanzen unkontrolliert in ihrem Heim wuchern ließ, schätzte Eve. Alles an ihr und dem Äußeren des Hauses war makellos. Ihre Diele war wunderschön: breit mit einer hohen Decke. Der Hintergrund war glänzend weiß, doch jemand hatte auf halber Länge einen salbeigrünen Holzrahmen eingepasst. Man konnte unter dem Bogen hindurchgehen, den er bildete, und auch durch ihn hindurch zu dem Rest dahinter sehen, doch um den Rahmen rankte sich eine Kletterpflanze mit sattgrünem Laub. Eve konnte riesige Glastüren ausmachen, so hoch und breit wie die Diele, die in Heaven Jones' Garten führten. Kleinere Pflanzen standen auf schmalen Holztischen entlang der Wände, die dem Raum Farbtupfer verliehen. Obwohl es Abend wurde, erhellten noch letzte tiefe Sonnenstrahlen alles.

»Ihre Diele ist wunderschön, Ms. Jones. Und das ist Teil von dem, was *Outside In* geschaffen hat?«

Sie nickte lächelnd. »Bitte, nennen Sie mich Heaven.« Eve würde sich bemühen. »Es ist verblüffend, nicht? Es gibt allem solch ein Gefühl von Ruhe, und ich stelle fest, dass ich es wirklich brauche. Bei meiner Arbeit herrscht eine Menge Druck.«

Es war interessant. Eve wusste, dass *Outside In* wahnsinnig teuer war und manche Leute die Firma nur engagierten, um mit dem neuesten Trend mitzuhalten. Doch als sie Heavens Zuhause betrat, fühlte sie die Wirkung dieser Arbeit. Der Stress der Fahrt nach London verblasste, kaum dass sie den Duft von Laub und Erde einatmete.

»Kommen Sie mit durch.« Sie führte Eve in eine geräumige Küche. »Was kann ich Ihnen zu trinken anbieten? Ich wollte mir gerade einen Grünkohl-Smoothie zubereiten.«

»Klingt interessant und … äh, nett. Ich probiere auch einen, danke.« Eve hoffte, der würde auf der Rückfahrt keine unerwünschten Nachwirkungen haben.

»Dies war noch eine von Ashtons und Marinas Interventionen«, sagte Heaven und schwang einen grazilen Arm hinter sich. »Eine Kräuterwand. Ich mag sie, weil sie den Raum schön riechen und grün aussehen lässt. Und es ist ein praktischer Touch, auf den ich nicht gekommen wäre.«

Auf einem Regal über der Arbeitsfläche waren rustikale Holzkübel aufgereiht, in denen Basilikum, Salbei, Rosmarin, Oregano und Thymian wuchsen.

Eve beobachtete, wie Heaven Grünkohl, Avocado, Blaubeeren, Limone und Ingwer in einen Mixer gab.

»Hier.« Sie schenkte zwei Gläser ein. »Nehmen wir die mit ins Esszimmer.«

Es war ein entzückender, heller Raum, mit einem Baum in einem riesigen Topf auf dem Holzfußboden in einer Ecke, von dem Eve annahm, dass Marina Shaw ihn als »Statement« bezeichnen würde – eine klare Aussage. Hier wären Besuchshunde keine Gefahr, solange sie nicht sehr groß waren. Die schimmernden Blätter des Baumes bildeten einen schönen Kontrast zur weißen Wand dahinter. Wieder einmal erkannte Eve das Können hinter Ashtons und Marinas prahlerischem Auftreten. Bei schönem Wetter würde die Sonne hier für Schattenmuster an der Wand sorgen, die sich über den Tag ständig veränderten. Die Vorstellung gefiel Eve.

»Es ist ein Ficus«, erklärte Heaven. »Ashton, Marina und ich hatten entschieden, es in keinem der Zimmer zu übertreiben. Alle Pflanzen brauchen eine gewisse Pflege, aber sie lohnt sich. Und dieser Baum ist besonders tolerant. Er mag sogar mehrere Tage trockene Erde.« Sie sank anmutig auf einen durchsichtigen Kunststoffstuhl und bedeutete Eve, es ihr gleichzutun.

»Also«, fuhr Heaven seufzend fort, »es hat mir sehr leidgetan, das von Ashton zu hören.« Sie schüttelte den Kopf. »Natürlich hatte ich gehört, dass er es genoss, gefährlich zu leben, als er noch zur Schule ging. Er war immer noch ein Partylöwe, als ich ihn kennenlernte, aber auch sehr ehrgeizig. Ich kann nicht glauben, dass er jetzt noch mit irgendetwas Kriminellem zu tun hatte.«

Was interessant war, bedachte man die Gerüchte, die Eve über sein Dealen in London gehört hatte. Sie erwähnte die Gerüchte, und Heaven verzog das Gesicht.

»Da haben Sie die Presse in ihrer Reinform. Sie erfinden Dramen, wenn sie keine finden. Ich erinnere mich, so etwas in einer dieser anonymen Klatschkolumnen gelesen zu haben, da Sie es jetzt erwähnen. Aber ich hätte es sicher gewusst, wäre etwas daran gewesen.« Sie neigte sich vor, stützte das Kinn in die Hand und runzelte die Stirn. »Damals hatte ich einen wilden Freund, der Drogen genommen hat. Hätte Ashton noch mit der Welt zu tun gehabt, hätte mein Typ ihn nach seinen Preisen gefragt und Deals nebenher gemacht.« Sie lächelte reumütig. »Zu der Zeit war auf dem Gebiet eine Menge los, aber nicht bei Ashton.«

Eve nahm im Geiste einige Korrekturen vor. Vielleicht hatte er all das damals wirklich hinter sich gelassen.

»Erzählen Sie mir, was Sie für Ihren Artikel wissen möchten«, bat Heaven.

»Wir könnten damit anfangen, wie Sie Ashton kennengelernt haben. Oder kannten Sie ihn über Marina?«

Sie schüttelte den Kopf. »Nein, das war Ashton – indirekt über den falschen Freund, den ich bereits erwähnte. Er war verrückt, schlimm, und es war aufregend, ihn zu kennen! Ronnie Randall.«

Noch ein Rockstar, wie Billy Tozer. Heaven sprach Randalls Namen aus, als könnte Eve nie von ihm gehört haben.

»Ashton war eine Zeit lang einer von Ronnies Roadies.« Heaven trank von ihrem Smoothie. »Ihre Wege trennten sich, aber als *Outside In* geboren war, sah Ronnie einen Artikel über die Firma und hat ihn mir gezeigt. Er hat gewusst, dass ich etwas an diesem Haus verändern wollte, damit ich hier besser zur Ruhe kommen kann. Und ihn hat fasziniert, dass er was von dieser Idee wusste. Es war so schrullig. Aber das war Ashton ja auch. Was zu den Zügen zählte, die ich an ihm mochte. Er hat mich oft überrascht.«

Eve nippte an ihrem Glas und fand den Smoothie unerwartet trinkbar. Sie war froh, dass Heaven nicht zu asketisch gewesen war und die Blaubeeren hinzugefügt hatte. »Das ist interessant. Könnten Sie mir vielleicht ein paar Beispiele geben?« Es klang, als hätte Heaven eine andere Seite an Ashton wahrgenommen, und ihre Erinnerungen könnten Eves Artikel zusätzliche Farbe verleihen.

»Nun, ich denke, es hätte ihm nichts ausgemacht, wenn ich Ihnen sage, dass er in dem Ruf stand, ein Playboy zu sein. Er war charmant, und ich nehme an, dass er eine Menge Herzen gebrochen hat. Aber eines Tages, als er hier war, hat er mir gestanden, dass er heimlich eine Jugendliebe besucht hatte, als er kurz in Suffolk gewesen war.« Heaven seufzte verträumt. »Eine Frau, mit der er während seiner Schulzeit zusammen gewesen war, wie es sich anhörte. Es war so eine *Romeo und Julia*-Geschichte, wie er es erzählte. Oder zumindest seien ihre Eltern dagegen gewesen.«

Eve hielt den Atem an, und das Model fuhr fort.

»Wer könnte es ihnen verdenken? Seinen Erzählungen nach war er als Teenager ein richtig schlimmer Finger. Sie konnten ja nicht wissen, dass er sein Leben in den Griff bekommen würde. Und obwohl ich nicht viel Zeit mit ihm verbracht habe, würde ich ihn auch als Erwachsenen nicht als sonderlich gefestigt bezeichnen.« Sie lächelte traurig. »Aber alle Eltern wünschen sich für ihre Kinder, dass deren Partner gefestigt sind, nicht?«

Das konnte Eve nicht leugnen. Als ihre Zwillinge sich

verliebten, hatte sie inständig gehofft, ihre Partner wären bodenständig, gesetzestreu und verlässlich in ihrer Zuneigung.

»Ashton hat gesagt, er und dieses Mädchen hätten die romantische Seite ihrer Beziehung immer geheim gehalten. Ich frage mich, was aus ihr geworden ist. Es klang so, als wäre sie schon mit einem anderen zusammen gewesen, als Ashton wieder zu Besuch dort war. Ich denke, er war hingefahren, um die Beziehung zu kitten, das Mädchen zu überreden, dass sie wieder zu ihm kam. Ich habe gehört, wie er Ronnie erzählte, sie hätten einen leidenschaftlichen Moment gehabt, und er würde glauben, dass er am Ende gewinnen würde.«

Heaven seufzte. »Aber letztendlich hatte sie sich für den anderen entschieden. Und Ashton war sehr schlecht auf den Typen zu sprechen, wer immer das war. Er klang richtig konventionell. Die Sorte Mann, bei der man sich darauf verlassen konnte, dass er die Hypothek abzahlte und pünktlich zum Abendessen zu Hause war.«

Das Model holte tief Luft. »Es ist inzwischen eine ganze Weile her, doch ich könnte mir vorstellen, dass die Frau nach Ashtons Tod leidet.« Sie sah Eve an. »Wenn sie und er einander bei ihrem Wiedersehen nicht widerstehen konnten, selbst wenn sie es beendet hatte, muss sie tief im Innern sehr viel für ihn empfunden haben.«

Eve fühlte, wie ihr eine Gänsehaut über den Rücken kroch, als sie begriff. »Hieß sie zufällig Amber?«

Heaven nickte und lächelte wieder traurig. »Kennen Sie sie? Ja – ich hatte den Namen vergessen, aber das war er.«

Eve dachte an Ambers verkniffene Züge, als sie über Ashton gesprochen hatte. Bei seinem letzten Besuch hatte er sich wieder in ihr Leben geschlichen, doch nun war klar, dass es nicht zum ersten Mal geschehen war. Vor Jahren schon hatte er sie ins Chaos gestürzt, als sie sich gerade mit ihrem neuen Mann einrichtete, Justin vermutlich. Das alte Feuer war erneut entfacht worden, als Ashton sie hatte zurückgewinnen wollen. Aber anscheinend hatte sie es hinterher bereut. Vielleicht war sie wütend auf Ashton gewesen, weil er wieder aufgekreuzt war und sie durcheinandergebracht hatte. So oder so hatte sie ihn abgewiesen und stattdessen Justin geheiratet. Leos Geburt drei Jahre später dürfte die Beziehung noch zusätzlich gefestigt haben.

Was hatte das bei Ashton ausgelöst? War er auf beide wütend gewesen? Auf Rache aus?

Und wenn er Beweise hatte, dass Amber mit ihm fremdgegangen war, hatte Amber ihn vielleicht zum Schweigen bringen wollen.

Kapitel 31

»Sieht gut aus«, sagte Robin Yardley, nachdem er sich gründlich im Garten umgeschaut hatte. »Es braucht nur etwas regelmäßige Arbeit, um hier den Status quo zu halten.«

»Und da könnte ich Probleme bekommen.« Mit ihren Nachrufen, Gus und den Schichten im *Monty's* blieb ihr nicht sehr viel freie Zeit, um die Anlagen in Schuss zu halten.

Er lachte. »Vergiss nicht, dass sogar die lässigsten Gärten nur so aussehen, weil jemand sie liebt und sich regelmäßig um sie kümmert. Hört das auf, gerät alles außer Kontrolle, und ein Garten, der einem einmal Ruhe beschert hat, bereitet einem Stress und Schuldgefühle.«

»Welch weise Worte.« Eve hasste es, die Kontrolle zu verlieren.

Robin stand noch im Garten von Elizabeths Cottage und betrachtete den Pflanzplan, den er ursprünglich für Vivs und Simons Eltern entworfen hatte. Gegenwärtig zierten ihn eine Menge Pflanzen, die im Frühling für Farbe sorgten. Winterharte blassrosa Geranien und einige dezentere Christrosen duckten sich in dem Beet links, während sich eine tiefblaue Clematis an der alten roten Ziegelsteinmauer ausbreitete und sich die weißen Blüten der Magnolie sanft in der milden Brise wiegten. Der Apfelbaum schlug auch aus; die Knospen waren größtenteils noch geschlossen, versprachen aber innerhalb der nächsten Tage prächtige rosa Blüten.

Gus rannte durch die Beete und blieb hin und wieder stehen, um freudig zu Robin zu blicken. Der Dackel schien stolz auf sein persönliches Territorium zu sein.

»Ich könnte einmal im Monat kommen, um bei den wichtigsten Arbeiten auf dem Laufenden zu bleiben.«

Eve war klar, dass er bei seiner gegenwärtigen Tätigkeit die professionelle Einschätzung ebenso wenig abstellen konnte wie bei einem neuen Kriminalfall im Dorf. Eve ging es nicht anders. Sie analysierte unentwegt Menschen, denen sie begegnete, und versuchte, hinter die Fassade zu blicken.

Doch jetzt gerade war Botanik nicht ihr Hauptthema. Der Garten war ein nützlicher Vorwand, ihn zu sich zu bitten. Robin hatte Neuigkeiten zu Ashtons und Howards Tod von seinem Kontakt bei der hiesigen Polizei. Und entweder suchten sie sich weiter abgelegene Plätze, an denen sie sich scheinbar zufällig begegneten, oder sie brauchten eine andere Lösung, mit der sie alles erklären konnten, sollten sie beobachtet werden. Sollte sich herumsprechen, dass Robin mehr über den Fall wusste, als er eigentlich wissen dürfte, würden er und sein Kontakt ernste Schwierigkeiten mit DI Palmer bekommen. Eves Garten hingegen war ein ständig aktuelles Thema, und deshalb ging es ihr schon seit einer Weile durch den Kopf.

»Das wäre gut, danke.« Sie hatte die Preise seit ihrer letzten Unterhaltung auf seiner Website nachgesehen, und sie waren in Ordnung. Eve mochte einen etwas lässigeren Garten, doch daraus sollte kein Dschungel werden. Ein wenig Ordnung beruhigte sie.

Robin blickte sich über die Schulter um, vorbei an dem Apfelbaum und direkt in die Haunted Lane. Daphne und

Sylvia waren Eves einzige Nachbarn hier, aber die Einheimischen nutzten diesen Weg gern als Abkürzung zur Flussmündung und zum Strand. Robin sah Eve an und trat in den Hausschatten, wo sie niemand sehen konnte.

Eve wollte definitiv mehr über seine Vergangenheit erfahren, auch wenn sie seine Privatsphäre respektierte.

»Es ist warm genug, dass wir uns an den Terrassentisch setzen können.« Bei besagtem Tisch handelte es sich um eine sehr dekorative Gusseisenarbeit, die Eve zusammen mit dem Haus erworben hatte. »Möchtest du einen Kaffee?«

»Gern, danke.«

Wenige Minuten später kehrte sie mit einem Tablett zurück, beladen mit zwei Kaffeebechern, ihrem Notizbuch und einem Kuli. »Nochmals danke, dass du mir am Strand Rückendeckung gegeben hast.« Sie fühlte sich immer noch furchtbar, wenn sie daran dachte, wie sich die Dinge von da an entwickelt hatten.

Robin neigte sich zu ihr. »Du konntest nicht vorhersehen, was geschehen würde.«

Für einen Moment starrte sie in ihren Kaffee und atmete tief durch. »Also, du hast Neuigkeiten?«

»Ein paar, die eventuell einen Ansatz bieten. Aber ehe wir auf die zu sprechen kommen, habe ich eine, die uns nicht unbedingt weiterbringt.«

Was kam jetzt?

»Du hattest mich gebeten herauszufinden, wer der Polizei erzählt hat, dass du und Ashton eine Affäre gehabt haben könntet. Mein Kontakt hat sich extrem gesträubt, es mir zu sagen. Ich musste ihm schwören, dass du keine Frau bist, die loszieht und die Person deswegen angeht. Anscheinend war es eine Frau namens Gwen Harris, die in der Heath Lane wohnt. Und sie hat es von April Davies.«

Moiras Schwester.

»Die es wiederum gehört hatte von …«

»Moira.« Wahrscheinlich hatte sie gesehen, wie Ashton mit ihr im Dorfladen und dann wieder bei der Verlosung gesprochen hatte, und sehr voreilige Schlüsse gezogen.

»Du siehst, der Ladentratsch hat seinen Weg zur Polizei gefunden. Gwen gehört zu den Leuten, die durchs Dorf wuseln und ständig von Bürgerpflicht reden. Irgendwie glaube ich nicht, dass sie unsere Mörderin ist. Ich kümmer mich allerdings um ihren Garten – und ich könnte ihre Rosen köpfen, wenn sie zu blühen beginnen, falls du es willst.«

Eve lachte. »Sehr nett von dir. Und bring mir bitte Fotos.«

Er grinste. »Und wie steht es mit allem anderen?«

»Ich glaube immer noch nicht, dass Howard Greens Tod ein Suizid war. Und wo ich auch nachsehe, wird alles nur noch komplizierter. Ich würde das gerne mal alles sortieren.« Bisher waren die neuen Informationen in Lichtgeschwindigkeit auf Eve eingeprasselt, und all die Fakten fühlten sich wie ein schreckliches Durcheinander an Farbspritzern auf einer weißen Wand an. Würde sie alles ordentlich einordnen, ergäbe sich vielleicht ein richtiges Bild.

Robin nickte und lehnte sich entspannt auf seinem Stuhl zurück. »Gehen wir noch mal an den Anfang zurück und versuchen es von da aus. Wir können die neuen Informationen einfügen, wenn sie relevant werden, damit wir nicht alles isoliert betrachten. Du fängst an.«

Eve atmete einmal durch. »Okay. Also, wir haben Ashton, der an den Ort seiner Kindheit zurückkehrt, weil er und seine Geschäftspartnerin Marina Shaw gebeten wurden, an Billy Tozers Haus zu arbeiten. Ashton wohnt bei seiner Mutter, Marina im *Cross Keys*. Sie beginnen mit der Arbeit für Tozer, aber Ashton engagiert sich auch in Dorfangelegenheiten. Er trifft alte Freunde und schlägt eine Verlosung vor, um Spenden für das Kirchendach zu sammeln. Nur scheint es jetzt, als wäre der Hauptgewinn – ein Fernsehauftritt für einen der Gewinner – tatsächlich frei erfunden.«

Robin merkte auf.

»Ich finde keine Nachweise, dass die Fernsehproduktion dem zugestimmt hatte. Dann zieht er live auf der Bühne drei Gewinner, doch es sieht aus, als wäre die Ziehung manipuliert worden – zumindest teilweise. Moira Squires hatte einen ganzen Haufen Lose gekauft, aber es gab überhaupt keine anderen Lose auf Amber Ingrams oder Tina Adcocks Namen; ich habe das Altpapier im Gemeindesaal durchgesehen.«

»Wow, gute Arbeit! Ich stimme zu, dass es mehr als ungewöhnlich wäre, hätten sie jede nur ein Los gekauft. Viel wahrscheinlicher ist, dass sie gar keins gekauft haben. Und dennoch haben sie nichts gesagt, als ihre Namen aufgerufen wurden?« Robin war nicht bei der Verlosung gewesen.

»Nein. Amber sah erschüttert aus. Ihren Namen rief er als zweiten auf, nach Moira Squires'. Und dann kam Tina als Dritte. Sie wirkte – ich weiß nicht – irgendwie misstrauisch, aber auch hart. Und als ich mit ihnen gesprochen habe, hat keine von ihnen zugegeben, dass sie keine Lose gekauft hatten. Amber sagte, sie wäre überrascht gewesen, weil sie nur fünf Lose erstanden hatte. Und Tina hat behauptet, sie hätte St. Peter's anders unterstützen wollen.«

»Gut. Demnach haben sie beide einen Grund, es nicht zu erzählen. Was meinst du, welcher das sein könnte?«

Eve erzählte ihm, was Heaven Jones über Ashtons und Ambers Liebesgeschichte gesagt hatte – und dass sie noch eine letzte Affäre gehabt haben könnten, als Amber und Justin bereits zusammen waren.

»Ich vermute, dass Ashton ihre Gefühle immer noch durcheinanderbrachte und sie ihn nicht in ihrem Haus haben wollte«, sagte Eve. »Sie könnte befürchtet haben, dass er versuchen würde, sie zurückzubekommen, oder dass er Ärger machen würde, um sich zu rächen. Aber zuzugeben, dass sie der Gewinn schockierte, oder die Ziehung infrage zu stellen, hätte lauter Fragen aufgeworfen, auch Fragen ihres Mannes. Das konnte sie nicht riskieren.«

Sie schwieg einen Moment nachdenklich, dann fügte sie hinzu: »Vielleicht hielt sie es für sicherer, Ashton unter vier Augen zur Rede zu stellen. Es würde erklären, wie er den Besuch zu einer Zeit hatte arrangieren können, als Justin nicht zu Hause gewesen war. Ashton wusste etwas, was ihrer Ehe schaden könnte, und Justin und Amber haben natürlich auch noch den kleinen Sohn. Kein Wunder, dass sie Ashton nicht in ihrem Haus haben wollte, wenn die beiden da waren.«

»Also stellte er eine Bedrohung für Amber dar. Und selbstverständlich hätte Justin umso mehr Grund, Ashton auch zu hassen, wenn er herausgefunden hatte, dass er mit seiner Freundin geschlafen hatte, als sie schon ein Paar gewesen waren. Es ist nicht auszuschließen, dass es bei dem Streit wegen der unter dem Bett platzierten Unterhose herausgekommen ist. Immer vorausgesetzt, sie wurde tatsächlich nur dort platziert.«

Eve nickte. »Davon gehe ich aus. Amber sah so perplex aus, als Justin auf der Suche nach ihr ins Café gestürmt kam. Da war nicht der Hauch eines Schuldgefühls, bloß Angst und Verwirrung.«

»Apropos Amber, ich habe Informationen von meinem Polizeikontakt.«

Nach wie vor nannte er Greg Boles nicht beim Namen. Eve fragte sich, ob Robin es vorzog, dass sie nicht zu viele Details kannte, warum auch immer. Sie sah ihn fragend an.

»Es war Amber Ingram, die Ashton Foley damals als Teenager bei der Polizei gemeldet hatte.«

»Wie bitte?« Eve lehnte sich zurück und versuchte, diese Nachricht einzuordnen.

»Auf ihren Tipp hin, den die Polizei ihrem Wunsch gemäß anonym behandelte, hatten sie ihn mit Drogen bei sich erwischt – zu viel für den Eigenbedarf – und eine Ermittlung gestartet.«

Eve brauchte einen Moment, um sich wieder vorzulehnen und von ihrem Kaffee zu trinken. Sie schlug ihr Notizbuch auf und ergänzte dieses neue Detail auf der Zeitachse, die sie entworfen hatte. »Wenn Ashton das wusste, wäre er wahrscheinlich noch viel mehr auf Rache an ihr aus gewesen. Er wollte sie leiden sehen.«

Ambers Gefühle für Ashton mussten sehr verwirrend gewesen sein. Es klang, als wäre da eine starke Chemie zwischen ihnen gewesen, aber ihr gefielen seine Handlungsweisen nicht ... oder, vielleicht, seine Drogengeschichten. So oder so hatte sie davon gewusst. Wie viel hatte sie mit dem Geschäft zu tun gehabt? Es war noch ein Faktor, den Amber sicher dringend vor Justin verheimlichen wollte. Eve dachte wieder an Leo und daran, wie fest Amber ihn in ihrer klinisch sauberen, aufgeräumten Küche in die Arme genommen hatte. Sie musste gewusst haben, dass ihr sicheres Leben bedroht war.

»Jetzt kommen wir zu der Frage, warum Ashton Zugang zu jedem der drei Gewinnerhäuser haben wollte, nehme ich an?« Robin schaute sie mit seinen blaugrauen Augen an.

Sie bejahte stumm, während sie sich Notizen machte, um ihre Gedanken nicht zu vergessen. Dann sah sie auf. »Ich denke, Moira könnte nur eine Ablenkung gewesen sein – die einzige echte Gewinnerin von den dreien. Man könnte sagen, dass sie ekstatisch war, als ihr Los gezogen wurde. Und das, obwohl sie Ashton den Gerüchten zufolge früher richtig mies behandelt hat. Er hatte sich in ihrem Laden wohl ein wenig wild aufgeführt, doch ansonsten konnte ich keinen konkreten Grund finden, warum er sie ins Visier hätte nehmen sollen. Noch dazu wirkte sie ganz entspannt, als ich sie nach seinem Besuch fragte. Falls er versucht hatte, sich für früheres Unrecht zu rächen, schien sie es nicht bemerkt zu haben.«

Was typisch für sie wäre, denn Moira hatte ein enorm dickes Fell.

»Okay.«

»Aber was Amber Ingram angeht, hing es vermutlich mit seiner früheren Beziehung mit ihr zusammen, seinem daraus resultierenden Hass auf Justin und seiner Wut auf Amber, weil sie ihn der Polizei gemeldet hatte, falls er das irgendwie erfahren hatte. Es passt alles gut zu dem Streich, den Ashton den Ingrams gespielt hat. Der war exakt die Art Nummer, die ein Typ durchziehen würde, wenn sein Ego angeknackst ist.«

»Stimmt«, bestätigte Robin. »Also hatte Amber ein Motiv. Dass er ihr Streiche gespielt hatte, heißt nicht zwangsläufig, dass Ashton fertig mit ihr war. Und sie hatte sich bereits als einigermaßen skrupellos erwiesen, als sie ihn heimlich bei der Polizei gemeldet hatte. Vielleicht wollte sie sicher sein, dass er diesmal für immer von der Bildfläche verschwinden würde.«

Möglich wäre es, fand Eve. Sie erinnerte sich, wie stolz Amber gewesen war, als sie über Justins Designtalent gesprochen hatte. Sie war glücklich, mit ihm zusammen zu sein, auch wenn Eve das nicht nachvollziehen konnte. Wenn sie sich trennten, müsste Amber sich das Sorgerecht für Leo mit Justin teilen; ihr ganzes Leben wäre ein anderes.

»Hat ihr Bruder der Polizei jemals seine Waffe gezeigt?«

Robin nickte. »Ja, doch die war eine Sackgasse. Sie ist in letzter Zeit nicht abgefeuert worden. Aber Amber hätte sich immer noch über das Antiquitätengeschäft eine Waffe besorgen können.«

»Hm, würde Justin ihr denn ein Alibi geben, wenn sie

schuldig war?«, fragte Eve. Er war momentan ziemlich wütend auf sie; das war für jedermann offensichtlich.

»Tja, er sagt, dass er in der Nacht, in der Ashton ermordet wurde, tief und fest geschlafen hat. Es wäre möglich, dass Amber sich aus dem Haus geschlichen hat, ohne dass er es bemerkt hat. Und nach dem heftigen Streit wegen der Boxershorts, die Justin gefunden hatte, haben sie vielleicht nicht einmal im selben Zimmer geschlafen. So etwas würde ein Mann wie er vielleicht vor lauter Stolz unerwähnt lassen.«

»Kann gut sein.«

»Was ist mit der Theorie, dass Justin Ashtons Cannabis-Lieferant war?«, wollte Robin wissen.

»Es ist bisher nicht auszuschließen, dass der Typ, den Tina Adcock an Ashtons Platz in der Schule gesehen hatte, Justin war. Allerdings ist die Beweislage sehr dünn. Justin jedenfalls hatte eindeutig keine Gefahr vorausgesehen, als er Amber den Auftrag gab, viele Lose zu kaufen.«

Wieder schrieb Eve in ihr Notizbuch. Sie hatte das Gefühl, dass sie in diesem Puzzle einige Teile etwas klarer sah. Wenn sie jedoch versuchte, sich das ganze Bild vorzustellen, blieb da immer noch ein Nebel. »Allmählich frage ich mich, ob Justin von der Liste gestrichen werden sollte«, sagte sie. »Sein Verhalten passt schlicht nicht zu einem schlechten Gewissen. Es war immer nur Amber, die ängstlich wirkte.«

»Da könntest du recht haben«, pflichtete Robin ihr bei. »Aber Justin könnte Ashton trotzdem aus Eifersucht ermordet haben.«

»Könnte er. Vor allem, wenn er glaubte, dass Amber bis heute etwas für ihn empfand, auch wenn es mehr eine Hassliebe war.«

»Aber …«, begannen beide gleichzeitig.

»Du zuerst«, sagte Eve.

»Wer Ashton umgebracht hat, hat hinterher Apple Tree

Cottage durchsucht, und das verträgt sich nicht mit einem Eifersuchtsmotiv. Es ist eher so, als hätte der Täter gewusst, dass Ashton gefährliche Informationen besessen hat.«

Eve nickte. Das Gleiche hatte sie sagen wollen. Justin Ingram konnten sie von der Liste der Verdächtigen streichen, soweit es sie betraf. Und wenn sie es genau bedachte, konnte sie sich ohnehin nicht vorstellen, dass er riskieren würde, bei der Auseinandersetzung mit einem Gegner seine Frisur zu ruinieren.

»Für Amber passt es aber immer noch.« Ein winziges Kribbeln durchfuhr sie. »Sie wusste genug über Ashtons Drogengeschäfte, um ihn zu melden. Eventuell war sie nur eine unbeteiligte Zeugin, doch falls sie direkt involviert war, könnte er entsprechende Beweise gehabt haben. Oder Beweise, dass sie mit ihm geschlafen hatte, als sie bereits mit Justin zusammen gewesen war – einen Brief, der sich darauf bezog, oder so was. Ashton könnte ihr erzählt haben, dass er etwas bei sich hatte, was er Justin jederzeit zeigen könnte.« Was hätte sie getan, um es in die Finger zu bekommen?

Robin sah ernst aus, als er von seinem Kaffee trank. »Dem stimme ich zu. Sie hatte möglicherweise eine Menge zu verlieren. Was ist mit den Adcocks? Hast du eine Ahnung, warum Ashton sich Zutritt zu ihrem Haus verschaffen wollte?«

»Anfangs dachte ich an etwas eher Kleines, wie Vergeltung für Carls verächtliche Bemerkungen in der Schulzeit oder auch bloß eine Chance, sie zu verspotten. Aber inzwischen weiß ich, dass Tina auf den einen oder anderen Schüler stand und sich ihm genähert hat.« Eve war überaus zufrieden mit sich, weil sie Robin diese Information liefern konnte. Allerdings musste sie sich beherrschen. Jeder wusste schließlich, dass Hochmut vor dem Fall kam.

Robin stieß einen leisen Pfiff aus, der Eve erst recht froh machte. »Okay. Irgendwelche handfesten Beweise?«

»Hörensagen. Doch ich könnte mir vorstellen, dass es reichlich Zeugen gibt.«

»Gut.«

»Und ich habe nachgedacht. Vielleicht hatte Tina etwas bei Ashton versucht, als er jünger war, und ihm ist erst klar geworden, wie falsch das war, als er schon aus der Schule war. Vielleicht wollte er nachsehen, ob er echte Beweise gegen sie findet. Oder eventuell versuchen, einen Keil zwischen Tina und Carl zu treiben, um beiden eins auszuwischen. Immerhin hegte er auch gegen ihn einen Groll. Wenn ich mit meiner Vermutung richtigliege, hatte er ein Druckmittel gegen Tina und konnte verlangen, dass sie ihn allein zu Hause empfing.«

Ihre Notizen waren inzwischen ein Chaos aus Pfeilen, Sternchen und Einschüben. Die müsste sie später wieder in Form bringen.

»Dann hatte Tina eventuell ein Mordmotiv, wenn sie ihren Namen und ihren Job retten wollte.«

»Und auch dieses Paar gibt sich gegenseitig ein Alibi, oder?«

Robin nickte, und Eve dachte an den Blick, den Tina und Carl gewechselt hatten, als sie mit den beiden in Ashtons alter Schule geredet hatte. Dieser Anflug von Furcht. Hatte Tina ihren Mann gebeten, für sie zu lügen?

»Gehe ich recht in der Annahme, dass die Polizei nach Howard Greens Tod keine Alibis überprüft hat, weil Palmer fest an einen Suizid glaubt?«

Robin sah sie direkt an. »Ja. Das haben sie nicht. *Bisher.*«

Eve sah ihn verwundert an.

»Ich habe mir die größte und beste Neuigkeit für den Schluss aufbewahrt. Eine Tatortermittlerin hat Palmer einen Strich durch die Rechnung gemacht, was den Suizid angeht.«

Eve hielt den Atem an.

»Ihr ist aufgefallen, dass in Howard Greens Haus oberflächlich alles sauber und ordentlich war, jedoch der Inhalt mehrerer Schubladen durchwühlt war – solche, in denen Sachen versteckt sein könnten, Wäschekommoden und so. Die Schubladen in der Küche mit Sachen wie Schnur und Kochutensilien waren tipptopp aufgeräumt, genau wie andere Bereiche im Haus. Zum Glück hat die Ermittlerin daraufhin weitergesucht. Ihr fiel auf, dass die meisten Bücher in seinen Regalen alphabetisch geordnet waren, einige von ihnen aber nicht am richtigen Platz standen. Danach fand das Team winzige Glasfragmente auf dem Fußboden, als hätte jemand hastig geputzt, nachdem er etwas zerbrochen hatte.«

»Jemand ist nach Howards Tod dort gewesen? Hat seine Sachen durchwühlt? Alles abgesucht?«

Robin holte tief Luft. »Palmer ist noch nicht überzeugt, doch mein Kontakt bei der Polizei hat mit Howard Greens früherer Putzfrau gesprochen. Howard hatte sie vor einer Weile entlassen, weil er sie sich nicht mehr leisten konnte. Sie hat bestätigt, dass er seine Schubladen niemals in solch einem Zustand zurückgelassen hätte. Und dass eine Vase fehlte, die stets neben den Büchern gestanden hatte. Sie war aus hellgrünem Glas, was zu den gefundenen Scherben passt. Wie es aussieht, war jemand im Haus und hat versucht, seine Spuren zu verwischen, hatte jedoch zu wenig Zeit und musste wieder verschwinden.«

Er machte eine kurze Pause. »Der schwierige Teil wird sein, Palmer dazu zu bringen, sich den Fakten zu stellen.«

»Aber für uns sieht es aus, als hätte der Mörder nach Ashtons Tod das Apple Tree Cottage durchsucht, nicht gefunden, wonach er suchte, und wäre zu dem Schluss gekommen, dass Howard es sich genommen haben könnte?«

Wieder nickte Robin. »Würde ich sagen, ja.«

Kapitel 32

»Also scheint es, als hätte der Mörder gewusst, dass Howard nach ihm im Apple Tree Cottage war«, sagte Eve nachdenklich zu Gus. »Vielleicht hat er ihn gesehen, oder Howard hat sich ihm verraten, indem er ihn angesprochen hat. Ich vermute, er wurde umgebracht, weil er wusste, wer der Täter war, aber auch, weil der Mörder sein Haus durchsuchen wollte.«

Gus sah sie nachdenklich an und zog die Augenbrauen hoch.

Eve hatte ihr Mittagessen beendet und stand auf, bereit für einen Hundespaziergang den Mündungspfad entlang. Der Dackel rannte voraus zu seiner Leine.

»Was könnte Ashton versteckt haben, das der Mörder so dringend haben wollte? Beweise für Tinas Affären mit Schülern? Sie würden sie ihren Job, ihren Ruf und wahrscheinlich ihre Ehe kosten. Und je nach Alter der betreffenden Schüler könnte sie vor Gericht gestellt werden. Oder Beweise, dass Amber Justin betrogen hatte oder als Teenager beim Dealen mitgemacht hatte?«

Für einen Moment schweiften ihre Gedanken zu den anderen Kontakten ab, die sie befragt hatte. Plötzlich stockte sie bei einem der früheren Kunden von *Outside In*. Vor Jahren hatte der Mann noch Lobeshymnen auf Ashton gesungen, jetzt indes war er nicht mehr gewillt, auch nur ein gutes Wort über ihn zu sagen.

Was hatte sich geändert?

Könnte es sein, dass Ashton auch über ihn vernichtende Informationen besessen hatte? Etwas, von dem der Kunde nichts gewusst hatte, als er jenes erste Interview gleich nach Abschluss der Gestaltungsarbeiten gegeben hatte? Könnte Ashton ihn wenig später mit seinem Wissen konfrontiert haben? Er musste eine Menge über seine Kunden erfahren, wenn er sich über Wochen in ihren Häusern aufhielt. Da boten sich weidlich Chancen, über ruinöse Geheimnisse zu stolpern.

Ein eisiger Schauer lief Eve über den Rücken. War Ashton ein Serien-Erpresser gewesen, der all diese Menschen aus seiner Vergangenheit in der Hand gehabt hatte?

Sie würde mehr Kunden von *Outside In* ansprechen müssen, sobald sie Zeit dafür hatte. Wenn sie mit ihrer Vermutung richtiglag, war der Mann, mit dem sie gesprochen hatte, vielleicht nicht der einzige Betroffene.

Ihre Gedanken überschlugen sich. Ashton war sehr vermögend gewesen, als er gestorben war, dabei musste es eine Weile gedauert haben, ehe die Firma Gewinne machte. Und selbst wenn es ihm in letzter Zeit an nichts mangelte, hatte er alte Rechnungen zu begleichen gehabt. Es könnte ein Sport für ihn gewesen sein. Und als Teenager hatte er schon Geld gemacht, wo immer er konnte: angefangen mit dem Versuch, Daphnes Ring zu stehlen, bis hin zum Drogenverkauf. Warum sollte er Erpressung nicht als Teil seines Portfolios nutzen?

Eve erinnerte sich an Sylvias Worte. Für Ashton ging es immer um Geld und immer um ihn selbst.

Wieder dachte sie an Amber. Eve konnte nicht glauben, dass Ashton sie zurückgewollt hatte; er war jahrelang nicht in

Saxford gewesen. Das ganze Projekt – Rache an seinen Nachbarn – war erst zustande gekommen, als sich die Gelegenheit in Form von Billy Tozers Auftrag ergeben hatte. Ashtons Ego war angekratzt worden, und er hatte Lust, es den Ingrams und den Adcocks heimzuzahlen. Es sah aus, als wäre sein Handeln von altem Groll motiviert gewesen, nicht von Liebe.

»Ich bin mir nicht sicher, ob die Dinge dadurch klarer werden«, murmelte sie. »Aber ich habe Familien schon an beidem zerbrechen gesehen. Gehässige Testamente, die zu Schmerz und Zwietracht führen, und blinde Liebe zu einer Person, die Vernachlässigung anderer Familienmitglieder zufolge hat.«

Sie runzelte die Stirn, als sie Gus die Leine anlegte. Eve wollte nicht, dass Amber die Täterin war. Sich Leo vorzustellen, der erfuhr, dass seine Mutter eine Doppelmörderin war, war einfach furchtbar. Aber sie hatte die Möglichkeit gehabt, an eine Waffe zu gelangen. Und war es ihr zuzutrauen? Howard Green zu zwingen, sich selbst das Leben zu nehmen, war ein schauriges Verbrechen. Doch ihn am Leben zu lassen hätte in ihrem Fall bedeutet, alles zu opfern. Und natürlich hatte sie für ihn gearbeitet. Eve hatte letztlich erkannt, was für ein unangenehmer und unmoralischer Mann er war. Er könnte Amber über Jahre hinweg schlecht behandelt haben.

Eve seufzte. Nein, der Täter ging geplant und skrupellos vor. Er hatte es beinahe geschafft, Howards Tod als Selbstmord durchgehen zu lassen. Es könnte gut sein, dass sie auf dem falschen Dampfer war. Sie klammerte sich an den Gedanken, dass Ashtons früherer Cannabis-Lieferant – wer immer das sein mochte – nach wie vor als Täter in Betracht kam. Den könnte Ashton auch erpresst haben. Und gewiss war jemand mit kriminellen Verbindungen wahrscheinlicher als ein durchschnittlicher Dorfbewohner.

Gus zog Eve die Haunted Lane in Richtung Elizabeth's

Walk hinunter. Seevögel segelten über ihnen, und vor ihnen raschelte es verlockend im Stechginster. Jetzt war ein wenig echte Hundezeit angesagt, doch wenn sie zurückkam, musste sie sich an ihren Computer setzen und auf Teufel komm raus recherchieren. Es war die einzige Vorgehensweise, die sie kannte.

Mit Gus unter dem Esstisch zu ihren Füßen und der Frühlingssonne, die durch die Kassettenfenster hereinfiel, machte Eve sich an die Arbeit, wobei sie sich zunächst auf die Drogengeschichte konzentrierte. Wenn Ashtons Lieferant noch aktiv war, musste er immerfort Hinweise hinterlassen – und dass Palmer und seine Mannschaft ihn bisher nie geschnappt hatten, musste nicht heißen, dass seit Ashtons Verurteilung keine Drogendelikte mehr strafrechtlich verfolgt worden waren.

Eve fing mit der akribischen Recherche zu jeder relevanten Nachrichtenmeldung an, einschließlich der kleinsten Erwähnungen von Jugendlichen, die mit illegalen Substanzen erwischt worden waren.

Es war ein langwieriges Unterfangen, Jahre von Nachrichtenmeldungen durchzugehen. Nach einer Stunde hatte Eve bereits eine überschaubare Liste angefertigt. Sie umfasste neben den jeweiligen Quellen die Orte, an denen kleinere Drogendelikte in der Gegend aufgefallen waren.

Sie unterbrach, um sich etwas zu trinken zu holen, und rief Viv kurz an, brachte sie auf den neuesten Stand und klagte der Freundin zugleich ihr Leid. Eve wusste, dass zwei Leute vorn im Café arbeiteten, weil ihre Freundin die Wochenarbeitspläne erstellte. Trotzdem hatte sie ein schlechtes Gewissen, weil sie während der Arbeitszeit anrief.

Viv schnaubte spöttisch, als Eve fragte, ob es gerade passte.

»Ich habe Zeit, und ich brenne darauf, deine Neuigkeiten zu hören!«

Das Update nahm doch einige Minuten in Anspruch.

»Und was hast du jetzt vor?«, fragte Viv am Ende.

»Ich muss bei der Drogenrecherche bleiben, die ich gerade betreibe. Und ich hoffe sehr, dass sie mich in eine andere Richtung lenkt, um Leos willen.«

»Lass mich wissen, wie du vorankommst. Und geh ja kein Risiko ein!«

Eve kehrte zur Suche nach regionalen Nachrichten zurück und fügte zwei weitere Verhaftungen wegen Drogenbesitzes zu ihren Notizen hinzu: in Darringham und in Roxford. Jetzt hatte sie eine passable Liste. Es wurde Zeit nachzusehen, ob es ein Muster gab. Sie druckte sich eine Karte der Umgebung aus, bevor sie die Ortsnamen einen nach dem anderen bei Google Maps eingab und sie alle in ihrem Ausdruck markierte.

Da gab es eindeutig eine Häufung. Aber hatte die irgendwas mit Ashtons damaligem Lieferanten zu tun? Möglich schien es. Sogar wahrscheinlich. Eve mutmaßte, dass Dealer ihr Revier hatten und nicht scharf darauf waren, es mit anderen zu teilen.

Sie sah wieder zu der Karte mit den Markierungen, dann zu der auf dem Bildschirm und zoomte ran, um sich die anderen Weiler und Dörfer in der Nähe anzuschauen.

Und da erkannte sie es: Mitten in dem Cluster befand sich ein Jugendclub an einem Ort namens Little Mill Marsh. Binnen einer Sekunde hatte sie einen neuen Tab geöffnet und das Dorf in eine Internet-Suchmaschine eingegeben, zusammen mit dem Wort *Jugendclub*.

Da war er. Das *Drop In*.

Es war derselbe Club, in dem Ashton nach seinem Ärger wegen Ladendiebstahls gewesen war, bevor er mit Drogen zu tun bekommen hatte. Könnte es eine Verbindung geben? Wäre es möglich, dass Russell Rathbones Idee, Ashton von Ärger fernzuhalten, am Ende zu seinem Aufenthalt in der Jugendstrafanstalt geführt hatte?

Der Website zufolge bot der Club derzeit wegen der Ferien zusätzliche Öffnungszeiten an. Eve musste ihn sich mal näher ansehen. Ohne Beweise konnte sie das Denken der Polizei nicht beeinflussen. Und sie musste gründlich sein. Wenn sie dem nicht nachging, könnte Howards Name nie reingewaschen werden. Betty müsste ewig mit dem Getuschel und der Unsicherheit leben.

Gus blickte hoffnungsvoll auf, als Eve sich auf ihrem Stuhl bewegte.

»Diesmal vielleicht nicht, Süßer.« Sie bückte sich, um ihn zu streicheln. »Du bist der beste Begleiter, aber du ziehst zu viel Aufmerksamkeit auf dich, weil du so unfassbar bezaubernd bist. Ich gehe mit dir raus, wenn ich zurück bin, abgemacht?«

Sein Blick war niederschmetternd.

»Ja, ich weiß ja. Ich bin auch nicht lange weg!«

Little Mill Marsh war ein großes Dorf, das heruntergekommen aussah. Es war voller schmaler Reihenhäuser, an denen die Farbe abblätterte und deren Vorgärten verwahrlost waren, das Gras zu hoch, die Blumenbeete ungepflegt. In einer Ladenzeile waren zwei von fünf Geschäften mit Brettern vernagelt, und von den verbliebenen war eines ein Wettbüro, ein anderes ein schmuddelig wirkender China-Imbiss, und im Fenster des dritten klebte ein Werbeplakat mit der Aufschrift *Schnaps-Sonderangebote*. Vor der Tür lagen jede Menge Hundehaufen.

Eve fand den Jugendclub und parkte ein Stück weiter an der Straße. Sie liebte ihr Auto, auch wenn es recht alt war, was in dieser Gegend ein Segen sein dürfte. Sie hatte bereits das Gefühl aufzufallen.

Der Website zufolge sollte das Ferienprogramm in zehn Minuten beginnen. Eve stieg aus dem Wagen und ging in einer Seitenstraße auf und ab. Sie wollte nicht im Auto sitzen bleiben, weil es Aufmerksamkeit erregen könnte. Sie fand einen Block, den sie umrunden konnte, sodass sie eine Abkürzung zu einer Stelle nahe dem Clubeingang nahm. Von dort konnte sie das Kommen und Gehen beobachten. Vielleicht könnte sie einen der Besucher ansprechen – und vorgeben, ein Kind zu haben, das eventuell an einer Mitgliedschaft interessiert war. So bekäme sie einen Eindruck davon, welche Art von Jugendlichen den Club besuchten und was es denjenigen brachte.

Sie hatte das Clubgebäude beinahe erreicht, als eine Frau aus der Tür trat. Mit einem ironischen Lächeln begrüßte sie einen Jugendlichen in Lederjacke, Jeans und schweren Stiefeln.

Es war Tina Adcock.

Kapitel 33

Eve rang nach Luft und machte kehrt. Sie war froh, dass sie Gus zu Hause gelassen hatte. Auch wenn er ihr fehlte, fiel er zu sehr auf. Obendrein war er gar kein Freund von plötzlichen Richtungswechseln.

Ihr Herzschlag hatte sich beschleunigt. Es war sehr knapp gewesen. Hatte Tina sie gesehen? Eve riskierte einen Blick zurück. Die Frau war wieder im Gebäude verschwunden. Es war unmöglich zu sagen. Tina hatte auf den Jungen konzentriert gewirkt, der gerade gekommen war. Vielleicht hatte Eve Glück gehabt. Sie ging zurück um den Block herum und zu ihrem Wagen, wo sie allmählich wieder ruhiger wurde.

Also leitete Tina Adcock das *Drop In* – den Jugendclub, in dem Ashton früher gewesen war – oder arbeitete dort zumindest. Das kam nicht sehr unerwartet. Es passte zu ihrem Job als Lehrerin, und eventuell wollte sie jungen Menschen helfen. Oder, nach dem, was Vivs Sohn gesagt hatte, genoss sie die Gelegenheit, mit einer großen Gruppe Jugendlicher zusammen zu sein, in der sich wahrscheinlich einige hübsche junge Männer fanden. Falls die Gerüchte stimmten, dürfte ihr nicht erlaubt sein, hiermit weiterzumachen. Aber war an den Geschichten überhaupt etwas dran?

Eve setzte sich in ihren Mini und blickte zum Jugendclub.

Ashton hatte keine Drogen verkauft, bevor er hergekommen war. Und es war Tina, die erwähnt hatte, dass er seine Ware vermutlich in die Schule geliefert bekam. Hatte sie sich das ausgedacht, um von sich und dem Club abzulenken, den sie leitete?

Ashton hatte nicht mit dem Finger auf seine Lehrerin gezeigt. Gut möglich, dass er um die Konsequenzen wusste, sollte er etwas sagen. Sie war bei seinem Prozess gewesen, hatte ein Auge auf ihn gehabt. Und hätte sein Wort gegen ihres gestanden, wer hätte ihm, dem kleinen Dealer, geglaubt? Doch vielleicht hatte er so oder so vorgehabt zu warten: um dann Rache zu nehmen, wenn es ihm passte, auf seine Weise, anstatt der Polizei den Triumph zu gönnen.

Eve konnte es sich vorstellen, weil es zu seiner Persönlichkeit und seiner Lebenserfahrung passte. Sie bezweifelte, dass er ein Fan der Strafverfolgungsbehörden gewesen war. Im Zusammenhang mit seiner problematischen Jugend hatte er häufiger Tina Adcock erwähnt, und er hatte gesagt, er würde sich immer an »ihren Beitrag« erinnern. Die seltsame Formulierung war Eve aufgefallen.

Zu der Zeit hatte sie gedacht, er wäre dankbar, dass sie sich vor Gericht für ihn eingesetzt hatte. Doch wenn er gewusst hatte, dass sie log, um ihre eigene Haut zu retten, rückte es die Dinge in ein völlig neues Licht. War jedes Mal, dass er ihren Namen erwähnte, eine verschleierte Drohung gewesen? Eine Warnung an Tina, dass er nicht vergessen hatte? Dass es noch nicht vorbei war?

Eve hatte ihr Handy hervorgenommen und tippte in der Hoffnung darauf herum, dass jeder, der sie bemerkte, annahm, sie hätte angehalten, um Textnachrichten zu schreiben oder nach dem Weg zu sehen. Im Kopf ging sie alle Implikationen durch, als sie eine Bewegung bemerkte. Sie blickte wieder zum Jugendclub auf. Ein Mann, der ein wenig zu alt aussah, um einen Jugendclub zu besuchen, war auf einem zu kleinen rosa Fahrrad vorgefahren.

Eve rutschte tiefer in ihren Sitz, als er sich kurz auf der Straße umblickte. Er sprang von dem Rad, warf es unabgeschlossen vor dem Club auf den Boden und öffnete im Gehen den Reißverschluss seiner Bomberjacke. Als er durch den Eingang trat, zog er ein Päckchen unter seiner Jacke hervor.

Eves Haut kribbelte. Sie wettete, dass er nicht dort war, um Tischfußball zu spielen oder einer anderen Beschäftigung nachzugehen, welche auch immer Tina an diesem Tag anbot. Und dies war auch ganz sicher nicht sein eigenes Fahrrad!

Ein paar Minuten später war er wieder draußen.

Eve saß da und fragte sich, was sie tun sollte. Der junge Mann riss das Rad wieder hoch und fuhr schlingernd darauf die Straße hinunter; beim Treten stießen seine Knie jedes Mal gegen seine Ellbogen.

Diese Chance durfte sie sich nicht entgehen lassen. Eve ließ den Motor an und fuhr ihm langsam hinterher. Sie wartete, bis er ein gutes Stück voraus war, bevor sie dieselbe Abbiegung nahm wie er.

Sie fuhren durch eine Wohnstraße und von dort hinaus aufs Land. Zu beiden Seiten erstreckten sich matschige Weiden, auf denen die Schweine einer hiesigen Farm lebten. Eve hielt sich zurück und fuhr erheblich langsamer als sonst. Zum Glück war es nicht ungewöhnlich, dass Wagen im Schneckentempo auf den Landstraßen unterwegs waren. Der Typ vor ihr schien sie nicht bemerkt zu haben oder sich im Geringsten zu sorgen, was sein wie auch immer geartetes Vorhaben betraf.

Wenig später erreichten sie Blythburgh – den nächstgelegenen Ort. Der Mann auf dem pinken Rad führte Eve zu einer Straße voller moderner roter Backsteinbauten mit Läden im Erdgeschoss, unter anderem ein Friseursalon, ein Wollgeschäft und ein Café.

Vor einem der Bauten schwenkte er auf den Gehweg. Eve parkte in sicherem Abstand hinter einem VW Bus und stieg aus.

Ihre Beine zitterten ein wenig, als sie auf derselben Straßenseite in Richtung ihres Zielobjekts ging. Aus reiner Neugier hatte sie sich den Jugendclub ansehen wollen, und nun verfolgte sie einen Kerl, der mit Drogenhandel zu tun haben könnte, obwohl er wahrscheinlich nur ein kleiner Laufbursche war.

Eve ging langsam, weil sie nicht gesehen hatte, in welches Geschäft er gegangen war. Wichtig war, dass sie ruhig blieb. Sie durfte sich nicht verraten. Aber der Mann kannte sie nicht. Sie war bloß eine von vielen Bewohnerinnen Suffolks, die sich um ihre eigenen Angelegenheiten kümmerte. Dieser Gedanke genügte, um Eves zu schnelle Atmung zu beruhigen.

Schließlich kam sie zu einem Laden, der Mietpostfächer anbot. Der junge Mann mit dem gestohlenen Fahrrad war darin. Er zog etwas aus der Tasche – sicher einen Schlüssel –, steuerte direkt auf eines der Schließfächer zu und öffnete dann die Jacke.

Als Eve vorbeiging, legte er ein kleineres Päckchen als das vorhin am Club in das Fach und verschloss das Fach wieder. Ein älterer Mann hinter dem Tresen sah ihn von der Seite an, beugte sich dann jedoch wieder zu seinem Schreibtisch, wo er mit irgendwelchen Papieren befasst zu sein schien.

Im nächsten Moment war der Typ wieder draußen und radelte davon. Eve blickte ihm nach, wie er schlingernd die Straße hinauffuhr. Ein Wagen hupte, weil er ihm beinahe vor die Kühlerhaube geraten wäre.

Welche Möglichkeiten hatte sie? Sie könnte warten und

beobachten, doch diejenigen, die das Postfach gemietet hatten, kamen womöglich erst in Stunden. Und sollte Tina sie gesehen und die anderen gewarnt haben, könnten sie vorbereitet sein …

Kapitel 34

Eve wartete mit Gus zwischen dem hohen Schilf, das in der sanften Frühlingsbrise raschelte, und lauschte dem Ruf einer Rohrweihe. An einem normalen Tag würde ihr der Klang ein Gefühl von Frieden und Freude bescheren, doch heute erinnerte er sie daran, worum es den Raubvögeln ging, wenn sie über der Heide und dem Marschland kreisten: Sie hielten nach ihren Opfern Ausschau, um exakt im richtigen Moment nach unten zu stoßen und sie zu fangen.

»Eve.«

Es war Robin. Sie hatte ihn um dieses Treffen gebeten, um ihm alles zu berichten. Vielleicht könnte er seinen Kontakt dazu bringen, dass die hiesige Polizei sie ernst nahm. Furcht nistete tief in ihrem Bauch. Was, wenn Tina sie vor dem Jugendclub gesehen hatte?

»Danke, dass du gekommen bist.« Immer noch fühlte sie sich zittrig, als sie ihm erzählte, was sie an diesem Tag beobachtet hatte. »Es ist nur eine Vermutung, doch wie es aussieht, wickelt Tina ihre Geschäfte in dem Jugendclub ab. Er ist ein praktischer Lieferort, da sich nur wenige andere Erwachsene dort aufhalten und mitbekommen können, was läuft. Und es erklärt, warum es für Ashton schlimmer wurde, als er anfing, in den Club zu gehen, nicht besser.«

Robin nickte. »Ich spreche gleich mit meinem Kontakt.

Das wird ihn interessieren. Könnte sein, dass er eine Observierung des Jugendclubs arrangieren kann. Hoffentlich beobachten die dann das Gleiche wie du. Wenn ja, können sie Fragen stellen. Tina Adcock redet eventuell, wenn sie glaubt, Kooperation würde sich günstig für sie auswirken. Es hängt allerdings davon ab, ob sie auch Ashton und Howard umgebracht hat.«

Eve stimmte ihm zu. Falls die Frau die Mörderin war, würde sie komplett dichtmachen. Und was dann? Gäbe es genug Beweise für eine Verurteilung? Würde Palmer überhaupt nach Beweisen suchen, wenn er nach wie vor bei seiner These von Howard als Mörder blieb? Die Vorstellung, dass dieser Fall möglicherweise ungeklärt blieb, war entsetzlich.

Robin sah sie verständnisvoll an. »Die Polizei kann auch die Schließfachfirma befragen. Die könnten genügend wissen, um Tina wegen Drogendelikten zu verurteilen. Und ich bin mir sicher, dass die Polizei sich auch andere Leute ansehen wird, die in den Jugendclub gehen, um herauszufinden, ob es da ein Muster gibt. Darüber hinaus ist jetzt klar, dass Tina Adcock ein Motiv hatte, Ashton zu ermorden. Sobald Palmer akzeptiert, dass Howard unschuldig war, werden sie gründlich ermitteln.«

Eve kam es vor, als hinge alles an einem seidenen Faden.

»Gute Arbeit«, lobte Robin und schüttelte dann den Kopf. »Gut, aber gefährlich.«

Sie schluckte. »Ich hatte keine Ahnung, auf was ich stoßen würde, als ich beschlossen hatte, mir mal den Club anzuschauen. Ich hoffe nur, dass Tina mich nicht gesehen hat.«

Robin wurde sehr ernst. »Denkst du, sie könnte?«

»Weiß ich nicht. Ich glaube nicht.«

»Ich folge dir zurück. Und ich halte dich auf dem Laufenden, doch sei bitte vorsichtig. Es sind schon zwei Menschen ermordet worden, und für Tina steht eine Menge auf dem Spiel.« Er runzelte die Stirn. »Melde dich, sowie du das Gefühl hast, du könntest gesehen worden sein. Aber vergiss auch Amber nicht. Sie hat ebenfalls noch ein starkes Motiv für die Morde.«

»Das musst du mir nicht extra sagen.« Beide könnten es gewesen sein. Und Eve wusste nicht, aus welcher Richtung die Bedrohung kam.

Für den Rest des Tages lagen Eves Nerven blank. Das Einschlafen am Abend fiel ihr ausgesprochen schwer, trotz der beruhigenden Atmosphäre von Elizabeths altem Schlafzimmer mit den tiefen Deckenbalken und der stillen Landschaft draußen.

Nachdem sie stundenlang an die Decke gestarrt hatte, ging Eve nach unten, um kurz im Internet zu recherchieren. Könnte sie unbemerkt herausfinden, ob Amber früher den Jugendclub besucht hatte, so wie Ashton? Direkt fragen konnte Eve sie nicht. Falls Amber mit dem Dealen zu tun gehabt hatte, würde sie ahnen, dass Eve sie verdächtigte und wusste, welche Rolle der Club dabei gespielt hatte.

Das Internet gab nichts her. Moira Squires könnte es wissen, doch bestand das Risiko, dass sie es dem halben Dorf erzählte, wenn Eve sie darauf ansprach. Schließlich gab sie es auf, ging wieder ins Bett und schlief endlich ein.

Am nächsten Tag zwang Eve sich, mit dem Schreiben von Ashtons Nachruf zu beginnen. Gus saß treu und brav zu ihren Füßen. Er spürte offenbar ihre Nervosität. Die schien ansteckend zu sein. Bei dem kleinsten Geräusch vor dem Haus zuckte er genauso zusammen wie sie.

Auch das Verfassen des Nachrufs entpuppte sich als schwierig. Der Gedanke, dass Betty Foley ihn lesen würde, setzte Eve zu. Ihr Berufsethos verlangte, dass sie ehrlich war; welchen Sinn hatte solch ein Nachruf sonst?

Sie konnte Ashtons problematische Vergangenheit nicht beschönigen. Und sie stellte fest, dass sie um Bettys willen besorgt war, was als Nächstes über Ashton ans Tageslicht kommen mochte. Seine mögliche Rolle als Erpresser? Die Tatsache, dass Ashton die privaten Papiere seiner Mutter durchwühlt hatte? Sollten Beweise auftauchen, müsste Eve zumindest diese Seite seines Charakters ansprechen, da sie sich sonst der Schönfärberei schuldig machte.

»Ich muss alles noch einmal durchgehen«, sagte sie zu Gus. »Und mich vergewissern, dass ich jede positive Bemerkung zu Ashton aufgenommen habe, als Gegengewicht und Betty zuliebe.« Russell Rathbones Zitate waren ein Geschenk des Himmels. Er hatte Ashtons Potenzial erkannt und sich geweigert, ihn aufzugeben. Und dann war da noch Ashtons geschäftlicher Erfolg.

»Und Heaven Jones hat ihn gemocht.« Sie überflog die Notizen zum Interview mit dem Model. »Für sie hat Ashtons und Marinas Arbeit wirklich etwas bewegt.« Heavens Information über Ashtons Besuch in Saxford, um Amber zu sehen, ließ Eve innehalten. Seine »Jugendliebe«, hatte Heaven sie genannt. Und das Model hatte gesagt, dass er hingefahren war, um Amber zurückzugewinnen. Ein letzter Versuch, bevor sie sich endgültig auf Justin festlegte.

Eve überlegte. Heaven hatte Ashtons Bemühungen tatsächlich als rührend und ziemlich romantisch beschrieben. Und so, wie sie es geschildert hatte, hatte sie ihn zuvor für einen hartgesottenen Playboy gehalten, was sich aber durch jene Episode geändert hatte.

»Was das Private angeht, ist Heavens Bericht noch der

schmeichelhafteste«, erklärte Eve dem Dackel. Und sie hatte Heaven gemocht. Das Model war ihr vernünftig und aufmerksam vorgekommen.

Eve stand auf und ging im Esszimmer auf und ab. Natürlich hatte Amber ihn zurückgewiesen, doch Heaven hatte gesagt, es sei ihr Freund gewesen, den er hasste, nicht sie. Auf jeden Fall hatte es nicht so geklungen, als hätte Ashton damals gewusst, dass Amber diejenige gewesen war, die ihn bei der Polizei gemeldet hatte.

Bei dem Gedanken blieb Eve abrupt stehen. Wenn er es damals, nach seinem Umzug nach London, nicht gewusst hatte, war es dann nicht wahrscheinlich, dass er es nie herausgefunden hatte? Gus folgte Eve mit dem Blick, als sie erneut den Esstisch umrundete und hinüber zum Flügelfenster ging.

Einen Moment lang schaute sie nach draußen. Ashtons Verhaftung lag Jahre zurück und hatte in Suffolk stattgefunden. Wie hätte er es erfahren sollen, wenn einzig die Polizei von Saxford darüber Bescheid wusste und er sich weit entfernt in der Hauptstadt aufhielt?

In diesem Licht betrachtete sie Ashtons Verhalten aufs Neue. Wenn er nicht auf Rache an Amber aus gewesen war, weil sie ihn gemeldet hatte, war es ihm dann darum gegangen, sie zu erpressen, als Wiedergutmachung für die Tatsache, dass sie einen anderen geheiratet hatte? Doch allen Berichten zufolge hatte er Justin gehasst, nicht Amber. Sie war seine große Liebe. Also warum sollte er sie auf solch grausame Weise leiden lassen, indem er auf eine Methode zurückgriff, die Justin gar nicht betraf?

Die Unterhose unter dem Bett zu platzieren ergab einen Sinn, wenn er ihrem Mann eins auswischen wollte; Amber zu erpressen hingegen nicht. Selbst wenn sich Ashtons Zorn nach und nach aufgebaut hatte, schien es immer noch seltsam, da Marina, Russell Rathbone und seine Mutter sagten, er hätte Justin nicht ausstehen können.

Eve runzelte die Stirn. »Ergibt das wirklich einen Sinn, Gus?«

Je mehr sie darüber nachdachte, desto klarer wurde ihr, dass sie die Sache nicht auf sich beruhen lassen konnte. Da war etwas, was sie nicht begriff, und nicht alles zu überprüfen machte sie unruhig.

Eine Minute später wählte sie die Nummer der Ingrams. Und fünf Minuten danach saß sie in ihrem Mini Clubman und fuhr zu Howard Greens Antiquitätengeschäft. Amber war anscheinend dort, um für seine Nachlassverwalter die Bücher und den Bestand zu ordnen. Justin hatte am Telefon gesagt, damit verschwendeten sie wahrlich keine Zeit, bedenke man, wie hoch er verschuldet gewesen sei. Er hatte sich angewidert angehört.

Eve musste Amber mit dem konfrontieren, was sie wusste, und sehen, ob sie redete. Doch sie hoffte, dass die Nachlassverwalter ebenfalls vor Ort waren. Auch wenn sie etwas Entlastendes gefunden hatte, wusste sie immer noch nicht, ob sie Amber trauen konnte.

Kapitel 35

»Was wollen Sie?« Ambers Gesicht war gerötet. Sie war über einen Karton gebückt gewesen, in den sie Sachen packte.

Eve hatte das Antiquitätengeschäft durch die offene Ladentür betreten. Es war offensichtlich, dass hier Leute kamen und gingen. Eve war froh gewesen, einen Mann im Anzug auf dem Parkplatz zu sehen, der mit seinem Handy telefonierte, und sie sah, dass die Überwachungskamera des Geschäfts auch noch da war, obgleich sie nicht wusste, ob sie eingeschaltet war. Die Anwesenheit anderer war beruhigend, bedeutete jedoch auch, dass sie Amber schnell zum Reden bringen musste, solange sich niemand sonst im Laden aufhielt.

Sie durchquerte den dunkelblau gestrichenen Raum voller Objekte, die der Atmosphäre etwas Unheimliches verliehen. Da waren alte Globen, Beistelltische, Gehstöcke und Schmuck, aber auch Kuriositäten wie ein uralter Taucherhelm und ein nautisches Instrument, das Eve nicht erkannte. Über allem lag eine drückende Aura von Vergangenem und Leben, die längst vorbei waren.

»Amber, ich bin hier, weil ich Ihre Hilfe brauche.« Vielleicht war das ein guter Ansatz. War die Frau unschuldig, könnte sie von sich aus die Information liefern, die Eve benötigte.

»Ich weiß nicht, wie ich irgendwem helfen kann«, antwortete Amber. Sie klang hoffnungslos, und Eve fragte sich, ob Justin ihr die Sache mit der Unterhose inzwischen verziehen hatte.

»Sie können Betty Foley helfen.«

Amber blickte Eve ängstlich an. »Was meinen Sie?«

»Sie hat ihren Sohn verloren, und die Polizei glaubt immer noch, dass ihr Freund Howard Green ihn umgebracht hat. Entsprechend geht es ihr furchtbar schlecht, und Howards Namen reinzuwaschen könnte ihr ein klein wenig Trost spenden.«

Amber nahm einen Briefbeschwerer auf und drehte ihn in der Hand hin und her. Unwillkürlich schätzte Eve ab, wie schwer er sein mochte. Aber da draußen vor dem Geschäft hielt sich ein Mann auf, und sie blieb beharrlich.

»Ich verstehe nicht, welche Rolle Sie bei alldem gespielt haben.«

»Rolle?«, wiederholte Amber und legte den Briefbeschwerer wieder hin.

»Ich weiß, dass Ashton die Ziehung der Lose manipuliert hatte. Sie haben nie ein Los gekauft.«

»Das war nicht nur ich!« Amber verschränkte die Arme vor der Brust. »Tina Adcock hatte auch keins gekauft.«

Das wusste sie? Eve versuchte, die Fakten zusammenzufügen. »Hatte er es auf Sie beide aus demselben Grund abgesehen?« Vielleicht hatte Amber gewusst, dass er auch Tina erpressen wollte. Möglicherweise hatten die zwei Frauen sich ausgetauscht.

»Nein, aber es hing zusammen.«

»Ich muss es wissen, Amber. Sonst kann ich Betty nicht helfen, und sofern Sie Ashton und Howard nicht ermordet haben …«

»Ermordet?« Sie war ehrlich entsetzt. Das sah Eve ihr an.

»Sofern Sie sie nicht ermordet haben, sollte ich das, was Sie mir erzählen, für mich behalten können. Es würde mir nur helfen zu wissen, wo ich suchen soll.«

Immer noch starrte Amber sie an.

»Sie hatten ein Motiv, weil Sie Ihre Affäre mit Ashton geheim halten wollten, wie auch alles, was er Justin über Ihre Teenager-Jahre hätte erzählen können – zum Beispiel den versuchten Diebstahl von Daphne Lovatts Ring.«

Eve wollte nicht den Verdacht erwähnen, dass Amber von Ashtons Dealen gewusst hatte. Es würde ihr klarmachen, dass die Polizei Informationen durchsickern ließ.

»Also, warum hatte Ashton Sie besucht, als Justin nicht zu Hause war?«

Eve hörte eine Bewegung hinter sich und drehte sich zu dem Mann um, der vor dem Laden telefoniert hatte. Er nickte Eve zu, ehe er sich an Amber wandte.

»Ich fahre nur kurz zurück ins Büro, muss mich um ein paar Sachen kümmern, dann bin ich wieder da.«

»Okay.«

Eve wartete mit angehaltenem Atem, bis er fort war und die Tür hinter sich geschlossen hatte. »Amber?«

Sie hatte stocksteif dagestanden, ließ jetzt jedoch die Schultern hängen. »Na gut. Aber wenn Justin irgendwas hiervon erfährt, ist meine Ehe zu Ende, und wer weiß, was dann mit Leo passiert. Das haben Sie zu verantworten.« Sie sah Eve eindringlich an. »Und mit Ihrem Gewissen zu vereinbaren. Sie müssen mich schützen. Und erwarten Sie nicht, dass ich mit irgendwas hiervon zur Polizei gehe. Ich habe keine konkreten Beweise, nur meine eigene Geschichte, und ich bezweifle, dass irgendwer sie mir glauben würde.«

»Okay, verstehe. Und ich werde mein Bestes tun, damit die Sache unter uns bleibt.« Eve konnte nur hoffen, dass sie ihr Versprechen würde halten können. Sie sah Leo vor sich, der am Küchentisch der Ingrams malte.

»Ashton wollte meine Hilfe.« Amber rang die Hände. »Damals, als er als Teenager mit Drogen gehandelt hat, hatte er versucht, mich mit reinzuziehen. Zu der Zeit fand er es witzig und erwachsen, obwohl ich ihn gewarnt hatte, dass es ihn teuer zu stehen kommen könnte. Das war lange bevor er erwischt wurde.«

Sie blickte zu Boden. »Aber vorher hatte ich gesehen, wie er ein Päckchen von Tina Adcock annahm. Ich wusste, dass sie ihn mit den Drogen versorgte, drüben im Jugendclub.« Amber holte tief Luft. »Er hat ihr nie verziehen, wie sie ihn behandelt hat. Und er hat die Zeit in der Jugendstrafanstalt gehasst – die hat wirklich alles Leuchtende in seinen Augen zum Erlöschen gebracht. Es war bitter. Zuerst wollte er Rache, aber zu seinen Bedingungen. Er wollte sich nicht bei der Polizei einschleimen, nachdem die ihn so mies behandelt hatte, und er hat sowieso bezweifelt, dass die Beamten ihm glauben würden, wenn sein Wort gegen Tinas stand.«

Amber seufzte. »Doch dann verging Zeit, er gewann Abstand, und er fing an, das ganze Bild zu sehen. Er hat mir erzählt, dass er sicher war, dass Tina es immer noch macht: Kinder rekrutieren, sie umgarnen, ihnen jede Menge Aufmerksamkeit schenken und sie richtig reinziehen. Sie bereitet sie vor und lässt sie dann die Drecksarbeit für sich erledigen. Ashton hatte nach seiner Chance gesucht, sie zur Rechenschaft zu ziehen.«

»Zur Rechenschaft ziehen?«

Amber schien verwirrt von Eves Tonfall zu sein. »Ja! Er ist zu mir gekommen, weil er mich überreden wollte, alles aufzuschreiben, was ich weiß, und es als Aussage zu unterschreiben, die er der Polizei vorlegen konnte, zusammen mit den Beweisen, die er in Tinas Haus zu finden hoffte.«

Alles, was Eve bisher zu wissen geglaubt hatte, verschob sich auf einmal.

»Er hat es nicht begriffen.« Amber hatte Tränen in den Augen. »Es war unfair von ihm, das von mir zu erwarten. Justin hat keine Ahnung, in was für Kreisen ich mich damals bewegt habe. Hätte ich getan, was er wollte, und wäre meine Vergangenheit ans Licht gekommen, wäre es zwischen Justin und mir vorbei gewesen. Ich würde Leo nur noch zeitweise sehen, und alles, was ich habe, wäre verloren. Ich mag mein Leben. Es muss nur wieder ein bisschen Ruhe einkehren.«

Doch sie fühlte sich schuldig. Das sah Eve ihr an.

»Denken Sie, dass er die Beweise in Tinas Haus gefunden hat, die er brauchte?«

Amber nickte. »Ich bin mir sogar sicher, dass er deshalb tot ist. Er hätte gleich mit seiner Geschichte zur Polizei gehen sollen, damit sie Tina beobachten oder so. Keine Ahnung! Aber er wollte es nicht. Sein Verhältnis zur Polizei in Saxford war echt schlecht. Und er wollte unbedingt selbst Beweise finden, die er ihnen auf dem Silbertablett servieren konnte. Er hat ihnen nicht zugetraut, dass sie ihren Job richtig machen, und er war der festen Meinung, dass sie ihm niemals glauben würden, wenn er ihnen nicht einen Haufen Beweise brachte.«

Für einen Moment dachte Eve an Palmer. Sie war davon überzeugt, dass Ashton recht gehabt hatte.

Amber sah Eve an. »Hätte ich ihm geholfen, wäre er jetzt vielleicht nicht tot. Doch ich hätte auch meinen Mann und mein Zuhause verloren, und Leo hätte mich irgendwann gehasst, weil ich die Familie zerstört habe.« Sie strich sich mit der rechten Hand über den linken Arm. »Ich fühle mich so schuldig.« Ihre Stimme wurde zu einem Flüstern. »Ich war die, die Ashton damals bei der Polizei gemeldet hatte.

Ich hatte Angst, und es schien mir wie ein Weg, das alles zu stoppen. Ich hatte nicht geahnt, wie ernst es für ihn werden würde.«

Jetzt hielt sie sich die Hände vors Gesicht, und ihre nächsten Worte klangen erstickt. »Und ich war eifersüchtig auf Tina Adcock. Ashton hat mir geschworen, dass da nie was zwischen ihnen war, aber sie hat wie verrückt mit ihm geflirtet. Das Verrückte und richtig Gemeine ist, dass ich ihm angeboten hatte, ihm beizustehen und der Polizei von ihr zu erzählen – nachdem er damals erwischt wurde, meine ich. Ich hatte gedacht, wenn wir beide bei derselben Geschichte bleiben, glauben sie uns, doch er hat es abgelehnt.«

Sie schüttelte bei der Erinnerung den Kopf. »Er meinte, Tina würde einen Weg finden, mir zu schaden, solange wir nichts Konkretes gegen sie in der Hand hatten. Und dieses Mal war sein Plan, dass er erst zur Polizei gehen würde, wenn er Beweise hätte, dass sie immer noch aktiv war. Meine Aussage hätte geholfen zu belegen, dass sie damals auch schon involviert war.«

Was für ein entsetzliches Timing!

»Ich dachte, Ashton hätte erraten, dass ich es war, die ihn damals bei der Polizei gemeldet hatte, doch davon hatte er keine Ahnung. Er war immer freundlich, ganz ehrlich, bis zu seinem letzten Besuch. Und er hat erst die Fassung mir gegenüber verloren, als ich mich weigerte, das Richtige zu tun und Tina zu stoppen.«

»Da hat er seine Unterhose in Ihrem Schlafzimmer platziert?«

Sie nickte. »Ich wusste davon nichts, bis Justin sie fand, aber Ashton war wütend und frustriert gewesen, als er an dem Tag unser Haus verließ. Er hat gesagt, ich soll an all die Jungen denken, die Tina für sich ›vorbereitet‹, und dass es eines Tages Leo sein könnte. Dann hat er mich angeschrien, ich wäre im Netz meiner Mittelschichtswerte gefangen und es ginge mir nur um Sicherheit. Ich schätze, er hat gedacht, ich müsste mal wachgerüttelt werden.« Sie schüttelte den Kopf. »Er war schon immer direkt und sehr impulsiv. Und hart in seinen Urteilen. Hat stets aus dem Bauch heraus agiert.«

Eve saß in ihrem Wagen, den sie am Dorfanger von Saxford St. Peter geparkt hatte, und starrte vor sich hin. Wie konnte sie sich derart in Ashton getäuscht haben? Sie dachte an das, was sie in ihrem Nachruf schreiben könnte und jetzt gern schreiben würde. Doch solange Tina Adcock nicht verhaftet und Beweise für ihre Schuld gefunden waren, könnte sie nichts davon öffentlich machen.

Dennoch fiel ihr ein Stein vom Herzen. Ashton war nicht der gewissenlose Opportunist gewesen, für den sie ihn gehalten hatte. Sie revidierte alles, was sie über ihn wusste, sah alles in einem neuen Licht.

Ja, er war gedankenlos gewesen und hatte es genossen, gegen andere anzutreten. Howard Green hatte er schon getriezt, bevor er von dessen Machenschaften gewusst hatte. Und er war ein Weiberheld gewesen. Vielleicht hatte er nie aufgehört, Amber zu lieben, und möglicherweise hätte ihn keine andere Frau dazu verlocken können, eine feste Beziehung mit ihr einzugehen. Was keine Entschuldigung dafür war, dass er andere Frauen an der Nase herumgeführt hatte. Aber letztlich hatte Eve jetzt ein klareres Bild von ihm.

Er war die Papiere seiner Mutter durchgegangen, die für ihn besorgniserregend gewesen waren, aber er hatte erreichen wollen, dass Howard ehrlich zu Betty war und die Dinge richtigstellte. Vielleicht hatte er es um Bettys willen getan, nicht für sich selbst. Und eventuell hatte er nur in den Unterlagen geschnüffelt, weil er Howard grundsätzlich nicht über den Weg traute.

Eve würde es nie genau wissen, doch an dem Tag am Strand *hatte* sie gespürt, dass sich Ashton und seine Mutter sehr nahestanden. Sie hätte damals ihrem Gefühl trauen sollen.

Sie seufzte. Ashton war wie die meisten Menschen gewesen: eine komplizierte, ambivalente Persönlichkeit, aber auch einzigartig. Gedankenlos, aber liebevoll, idiotisch, doch auch mutig, und vor allem hatte er klare Grundsätze gehabt, was sie nie vermutet hätte.

Eve stieg aus dem Wagen. Was bedeutete das für den Fall? Ashtons Mörder – vermutlich Tina, es sei denn, sie hatte einen Komplizen – hatte Apple Tree Cottage durchsucht, ebenso wie Howards Cottage, auf der Suche nach dem Beweis, den Ashton wahrscheinlich aus dem Haus der Adcocks mitgenommen hatte. Howard hatte jedoch nichts davon gewusst, also hatte Tina diesen Beweis bei ihm niemals finden können. Sie könnte deshalb zum Apple Tree Cottage zurückgekehrt sein und es erneut durchsucht haben, nachdem sie bei Howard nicht fündig geworden war.

Aber wie hätte sie hineinkommen sollen? Ashtons Schlüssel hatte sie ja wieder zurück in seine Tasche gesteckt. Und von dem Schlüssel unter der gusseisernen Eule in Bettys Garten konnte sie nichts wissen – sonst hätte sie den gleich benutzt. Von einem Einbruch in Mrs. Foleys Haus war nichts berichtet worden. Eve schätzte, dass Ashtons Beweis immer noch irgendwo versteckt sein könnte und Tina entsprechend verzweifelt war.

Und jetzt lief ihnen die Zeit davon: Selbst wenn die Polizei sie wegen Dealens anklagen könnte, hieß es nicht, dass sie ihr auch die Morde nachweisen könnten. Und Amber Ingram hatte sich schlichtweg geweigert, offen mit der Polizei zu reden, als Eve sie darum gebeten hatte.

Vor Nervosität verkrampfte sich ihr Magen. War Tina ihr auf der Spur? Es war gut möglich. Ich bin vor dem Jugendclub viel zu unvorsichtig gewesen, dachte Eve. Wenn die Chance bestand, dass der Beweis gegen Tina Adcock noch irgendwo war, musste Eve ihn unbedingt finden – und zwar bevor Tina ihn fand. Er sollte ausreichen, um die Polizei von Tina Adcock als Ashtons Mörderin zu überzeugen, und war Tina erst angeklagt, würde Eve sich sicher fühlen.

Aber die Aufgabe war Furcht einflößend. Sie könnte riskieren, ein zweites Mal selbst im Apple Tree Cottage zu suchen – dem wahrscheinlichsten Versteck. Doch wie viel würde das bringen? Ashtons Mörderin hatte das Haus die ganze Nacht auf den Kopf gestellt, ohne fündig zu werden.

Eve blickte über den Dorfanger zu St. Peter's, als sie ihren Wagen verriegelte. Die Feier zu den beginnenden Dachreparaturen sollte am nächsten Tag stattfinden. Die Vorstellung, herumzustehen, Häppchen zu essen und Sherry zu trinken, erschien ihr in diesem Augenblick so absurd, dass Eve beinahe lachen musste. Es war eine Reaktion auf die Angst, die sie fest im Griff hatte.

Tina Adcock würde sicher an der Feier teilnehmen. Eve würde sich gern vor der Veranstaltung drücken, doch wenn die Lehrerin unsicher war, wie viel Eve wusste, wäre es das Klügste, sich dort ebenfalls blicken zu lassen, sich ganz normal zu verhalten und ahnungslos zu geben. Wenn sie sich versteckte, würden die Leute ihr Fehlen bemerken, und Tinas Verdacht würde umso stärker werden.

Eve graute davor, ihr in die Augen zu schauen und in ihrem Blick alles bestätigt zu sehen. Und die Gewissheit darin zu finden, dass Tina sie vor dem Jugendclub gesehen hatte.

Kapitel 36

Jim Thackeray stand am Ambo vorn in St. Peter's und bedankte sich für die großzügigen Spenden der Dorfbewohner, die es möglich gemacht hatten, mit der Dachreparatur zu beginnen. Und er würdigte Ashton Foleys Engagement.

Eve fragte sich, ob Ashton die Verlosung auch vorgeschlagen hätte, hätte er nicht vorgehabt, Tina Adcocks Haus zu durchsuchen. Doch in gewisser Weise war es gleichgültig. Er hatte gute Gründe dafür gehabt, und die Kirche profitierte ebenfalls von der Spendenaktion. Eve war ziemlich sicher, dass Jim es so sehen würde, würde er alle Fakten kennen.

Sie versuchte, sich auf die Worte des Vikars zu konzentrieren, aber sie war abgelenkt. Tina Adcock saß in der Reihe vor ihr. Früher oder später mussten sie einige Worte miteinander wechseln. Eve wollte sich vollkommen normal verhalten, auch wenn ihr Herz raste. Konnte man innerlich so angespannt sein, ohne dass es sich im Gesicht spiegelte? Carl war an Tinas Seite, und Eve konnte sehen, dass er lächelte. Wie viel wusste er von dem Nebengeschäft seiner Frau? Wie mochte er reagieren, wenn er erfuhr, dass sie drohte, enttarnt zu werden?

Amber und Justin Ingram hatten sich Plätze gleich auf der anderen Seite des Mittelgangs ausgesucht. Justin lächelte und nickte, als wäre es ihm persönlich zu verdanken, dass der Kirche so viel Geld gespendet worden war. Natürlich, er hatte Amber ja aufgetragen, viele Lose zu kaufen. Sie saß neben ihm, einen Arm fest um Leos Schultern gelegt.

Russell Rathbone hatte auf der anderen Seite Platz genommen, eine Reihe vor den Ingrams, und nickte zu der Anekdote, die der Vikar erzählte.

Weiter vorn saß Marina Shaw neben Billy Tozer. Ihr Freund, der Restaurantbesitzer, war zurück nach London gefahren, aber Tozer und Marina gaben ein eindrucksvolles Paar ab.

Es hatte reichlich Unruhe gegeben, als der hochgewachsene, muskulöse Tozer die Kirche betreten hatte. Marina trug einen gut geschnittenen Hosenanzug, vermutlich ein Designerstück. Tozer hatte sich ein schwarz-weißes Bandana um den Kopf geschlungen, und obgleich sein Outfit aus Jeans und einem Hoodie bestand, sah er nicht minder beeindruckend aus. Für einen Moment fiel Eves Blick auf Moira Squires, die Tozer mit offenem Mund anstarrte, bis Paul sie anstieß und sie den Mund wieder zuklappte.

»Und zum Schluss«, sagte Jim Thackeray gerade, »aber ganz sicher nicht weniger herzlich möchte ich den jungen Leuten vom Jugendclub *Drop In* danken, von denen einige heute hier sind, um Erfrischungen zu reichen.«

In der Kirchenbank vor Eve drehte sich der Mann neben Tina Adcock zur Seite und klopfte ihr lächelnd auf die Schulter.

»Das ist der Direktor der Schule, an der die Adcocks unterrichten«, flüsterte Viv.

Tina nahm mit einem vornehmem Lächeln zur Kenntnis, dass ihr Vorgesetzter ihre Bemühungen um die hiesige Jugend anerkannte … während ihr bewusst war, dass sie sie zu jungen Kriminellen machte. Zumindest einige von ihnen. Ihre Skrupellosigkeit und ihre perfekte Tarnung als geachtetes Gemeindemitglied raubten Eve den Atem. Und obendrein hatte sie sich auch noch an die Jungen in ihrer Obhut herangemacht!

Warum hatten die Schüler ihr unangemessenes Verhalten nie gemeldet? Vielleicht hatten sie es für Petzen beim Direx gehalten, und außerdem waren sie jung. Ihnen war unter Umständen gar nicht klar, wie falsch und wie verachtenswert Tina Adcocks Verhalten war.

Eve erinnerte sich an Sams Textnachricht an Viv über sie. *Widerlich – auch wenn es ein oder zwei Leute anscheinend scharf finden …*

Eve schaute sich zu der Handvoll Teenager um, die seitlich in der Kirche hinter langen Klapptischen standen. Die Tische waren eigens für den Anlass aufgestellt worden, verhüllt von weißen Tüchern und voller Platten mit Häppchen.

Einen Moment später schweiften Eves Gedanken zu dem Beweis ab, den Ashton gefunden haben musste und der Tinas Schuld belegen würde. Doch als der Vikar seine Ansprache beendete, konzentrierte sie sich wieder auf das Hier und Jetzt.

»Der gute alte Billy Tozer«, sagte Viv, als in ihrer Reihe alle aufstanden und begannen, gen Kirchenschiff zu rücken. »Mir gefallen die Getränke und Snacks, die er serviert. Komm, stürzen wir uns darauf!«

Sie wurden von Sylvia und Daphne aus dem Hope Cottage begrüßt, die gleichzeitig mit ihnen bei den Snacks und Getränken ankamen, und ein pickliger Junge reichte ihnen Gläser mit Sherry.

»Prost!« Sylvia erhob ihr Glas.

»Zum Wohl!« Daphnes Blick wirkte traurig und verängstigt. »Mir ist immer noch nicht wohl dabei, nach Ashtons und Howards Tod das Kirchendach zu feiern.« Im

Deckenlicht funkelte der Ring an ihrem Finger. Eve fragte sich unwillkürlich, ob es der war, den Ashton zu stehlen versucht hatte.

»Ach, du!«, sagte Sylvia. »Falls du dich damit besser fühlst: Hier und heute wird die Arbeit fortgeführt, die Ashton mit seiner Verlosung angefangen hatte. Und Billy Tozer scheint einen exzellenten Geschmack zu haben, was Sherry angeht. Ich bin überrascht!«

Eve verstand, was sie meinte. Tozer sah nicht wie ein Sherry-Trinker aus, doch nun, da sie ihn kennengelernt hatte, wusste sie, dass er aufmerksam genug war, sich beraten zu lassen, was er kaufen sollte.

»Der Drink tut mir gut«, fuhr Sylvia fort. »Ich brauche etwas, um mich aufzuwärmen. Die Kirche mag ja beheizt sein, aber draußen weht ein kalter Wind, und ich bin noch vom Weg hierher bis auf die Knochen durchgefroren.«

Daphne seufzte. »Der Sturm hat unser Spalier umgeworfen und die Clematis abgebrochen. Und das, als sie gerade zu blühen anfing.«

Eve war der Schaden auf dem Hinweg zur Kirche aufgefallen. Und auf dem Dorfanger war ein dicker Ast der Eiche abgebrochen.

Viv fragte Daphne nach neuen Keramikarbeiten und ob sie einige Stücke im *Monty's* ausstellen könne. In der Zwischenzeit stellte Russell Rathbone sich Sylvia vor.

Eve war in Gedanken wieder bei dem Fall, doch einen Moment später lenkte Moira Squires sie ab. Sie sprach (atemlos und sehr schnell) mit einer Frau, deren Namen Eve nicht kannte.

»Nun ja, ja, sie sehen wie ein sehr hübsches Paar aus, aber zufällig weiß ich, dass Marina und Billy nicht zusammen sind.« Dass Moira die beiden beim Vornamen nannte, war Eve nicht entgangen.

Die andere Frau riss die Augen weit auf. »Ich habe gar nicht gewusst, dass du sie persönlich kennst.«

Moiras Lächeln wurde breiter. »Na ja, bedenkt man meine Stellung im Dorf …« *Nett und sparsam mit der Wahrheit.* »Ich kenne natürlich Marinas gegenwärtigen Lebensgefährten, den Londoner Restaurantbesitzer Zach Campbell, dem die *MacAskill*-Bistrokette gehört.«

Ihre Freundin lächelte zögerlich. Sie hat auch noch nie von der gehört, vermutete Eve.

»Die armen jungen Dinger«, sagte Moira. »Sie haben kaum Zeit zusammen, wo sie doch beide so erfolgreich sind. Aber sie genießen ihr Glück, wo immer sie können. Und ich habe gehört« – ihre Freundin neigte sich vor – »dass ihre Beziehung eine sehr positive Entwicklung für Marina ist. Der liebe Zach hat mir alles im Laden erzählt.«

Das passiert denen, die nicht auf der Hut sind, dachte Eve.

»Marinas früherer Freund war Alkoholiker und *sehr* belastet, wie ich gehört habe.« Sie benetzte die Lippen. Anderer Leute Elend und Drama waren nun mal ihr Lebenselixier. »Der Stress und die Anspannung seiner Arbeit …«

Flüchtig erinnerte Eve sich, dass Marina einen Rockstar-Ex erwähnt hatte.

»Hallo, Eve.« Russell Rathbone stand neben ihr. »Wie schön, Sie hier zu sehen. Und es ist gut für das Dorf, zu etwas Positivem zusammenzukommen.«

Sie nickte.

»Ich könnte mir vorstellen, dass alle im Ort ein wenig ruhiger sind, wenn auch erschüttert, seit klar ist, dass Howard Ashton umgebracht hat.« Er schüttelte den Kopf. »Arme Betty.«

Wie lange noch, bis Palmer endlich zugab, dass Howards Tod kein Suizid war? Leugnete er immer noch die Wahrheit, oder könnte die Polizei heimlich an der Suche nach dem wahren Mörder arbeiten, wohl wissend, dass sich die Schuldigen in falscher Sicherheit wähnten? Eve wünschte, sie könnte es glauben.

In diesem Moment kam eine Frau in einem beigen Kostüm zu ihnen und strahlte Russell Rathbone an. »Wie wunderbar, Sie hier zu sehen! Es ist so nett von Ihnen, an solchen Veranstaltungen teilzunehmen.«

»Ich bleibe gern auf dem Laufenden, was die hiesigen Dörfer betrifft.«

Die Frau sah Eve an. »Russell ist seit Jahren unser Familienanwalt, aber er ist auch ein Held hier in der Gegend!«

»Nicht doch!« Russell lachte. »Ich werde gleich rot.«

»Und sehen Sie sich all die reizenden jungen Leute hier vom *Drop In* an.« Wieder schaute sie zu Eve. »Russell schickt viele Teenager dorthin – verlorene Seelen, die auf die schiefe Bahn geraten sind. Und am Ende haben sie einen echten Sinn für Verantwortung entwickelt.«

Sie wusste eindeutig nichts von denen, die es nicht taten. Tina mochte sich um die Jugendlichen, die Rathbone ihr schickte, besonders kümmern, weil sie wusste, dass sie schon in Schwierigkeiten geraten und wahrscheinlich empfänglich waren für ihre Angebote von schnellem Geld und spannenden Jobs.

Eve blickte auf und sah, dass Rathbone sie beobachtete. Etwas in seinen Augen ließ sie für einen Moment innehalten. Sie fühlte, wie sich die kleinen Haare an ihren Armen aufrichteten.

Als hiesiger Anwalt wusste er wahrscheinlich, ob eine auffällige Anzahl von Jugendlichen, die er an Tina verwiesen hatte, wieder in Schwierigkeiten geriet. Man sollte meinen, dass es ihn stutzig machte und er sich fragte, ob der Club ein ganz so sicheres und therapeutisch wertvolles Umfeld war, wie es schien. Es sei denn …

Als sich das Schweigen zwischen ihnen ausdehnte, überkam Eve eine Welle ganz neuer Bedenken wie ein Schwall Eiswasser. Sie versuchte, ihre Gedanken abzustellen, damit sie sich nicht auf ihrer Miene niederschlugen, aber etwas in den Augen des Anwalts hatte sich verändert. Und bei dem Anblick wurde ihr Mund trocken. Ihr Brustkorb fühlte sich mit einem Mal zu eng an.

»Entschuldigen Sie mich«, bat sie. »Ich muss nach meiner Freundin Viv sehen. Sie hatte erwähnt, dass sie früh gehen müsste.«

»Natürlich.« Rathbone lächelte so gewinnend wie immer, doch sein Blick war kalt.

Eve hatte ihn für charmant gehalten; andererseits konnten charmante Menschen skrupellos sein.

Anstatt hinüber zu Viv zu gehen, machte sie sich auf den Weg zur Toilette, die von der Sakristei abging. Dabei begegnete ihr Jim Thackerays Blick über die Schulter eines Dorfbewohners hinweg. Er wirkte besorgt.

Und dann, kurz bevor sie den Raum verließ, bemerkte sie, dass Russell Rathbone und Tina Adcock zusammenstanden. Sie hatten einander die Köpfe zugeneigt und unterhielten sich.

Eve schloss sich in der Toilette ein. Sie musste Robin schreiben, der nicht zur Feier gekommen war. Überhaupt nahm er an den wenigsten Dorfveranstaltungen teil.

Habe eben mit Russell Rathbone geredet. Komischer Blick, als jemand erwähnte, wie viele junge Straffällige er zum Drop In *schickt. Habe das Gefühl, dass er mit drinsteckt.*

Ihre Hände waren klamm, und sie überlegte hektisch. Dann tippte sie noch eine Nachricht.

Rathbone hat ja gesagt, dass er Justin für Ashtons Dealer hielt, aber darauf weist nichts hin. Eher sieht es so aus, als hätte Ashton ihn gehasst, weil Justin ein Idiot ist und Amber bekommen hat. Keine Drogenverbindung. R. könnte beabsichtigt haben, von sich und Tina abzulenken.

Kein Wunder, dass Ashtons Verhalten nicht zu Rathbones Geschichte zu passen schien. Warum war es Eve nicht eher aufgefallen? Die Vermutungen des Anwalts hatten nie ins Bild gepasst.

Hätte reichlich Gelegenheit, gefährdete Jugendliche zum Club zu schicken, im Austausch gegen einen Anteil von Tinas Gewinn.

Eve dachte an das Foto im Bücherregal des Anwalts, das seine Kinder in den noblen Schuluniformen zeigte. Wahrscheinlich hatte er enorme Fixkosten. Da käme ihm das zusätzliche Geld sicher recht. Und natürlich hatte er ihr erzählt, dass er seinerzeit am Internat in Schwierigkeiten geraten war. Robins Antwort kam binnen Sekunden.

Ich verständige meinen Kontakt, aber ohne handfeste Beweise braucht er Palmers Zustimmung, um zu ermitteln. Und ein erfolgreicher Philanthrop und Anwalt dürfte für den DI der Schrecken aller Verdächtigen sein. Pass auf Dich auf.

Am liebsten hätte Eve die Feier sofort verlassen. Die Vorstellung, sich in Elizabeths Cottage einzuschließen, solange noch alle in der Kirche waren, schien ihr überaus reizvoll. Sie unterhielt sich kurz mit Viv und sagte, sie müsste mit ihrem Artikel vorankommen. Dann schlich sie sich nach draußen und lief, so schnell sie konnte, über den Dorfanger. Dabei schaute sie sich immer wieder zur Kirche um.

Was könnte Robins Kontakt letztlich tun? Würde er ihren Verdacht ernst nehmen? Sogar Robin dachte wahrscheinlich, sie hätte sich da in etwas verrannt. Und sie hatte keine Beweise. Aber Russell Rathbone hatte wie eine Klette an Ashton geklebt. Er hatte sich weit über seine eigentliche Rolle hinaus engagiert – scheinbar, weil er solch ein netter und aufrichtiger Mann war.

Eve stellte fest, dass sie nicht mehr an das Bild glaubte, das er nach außen präsentierte. Indem er den Kontakt gehalten hatte, hatte er Ashton Foley immer wieder fragen können, wer ihn beliefert hatte. Doch obwohl Ashton dem Anwalt eindeutig vertraut hatte, nahm Eve an, dass er Tina nie erwähnt hatte, sondern bei seinem Plan geblieben war, es ihr auf eigene Faust heimzuzahlen. Hätte er Rathbone etwas verraten, hätte der Anwalt sicher sofort Alarm geschlagen, und Ashton wäre schon viel früher ermordet worden.

Dass Rathbone ihren Verdacht sofort bemerkt hatte, legte nahe, dass Tina sie tatsächlich vor dem *Drop In* gesehen und Rathbone davon erzählt hatte. Er war bereits misstrauisch gewesen.

Was hatten sie mit ihr vor? Es könnte Tage oder Wochen dauern, bis die Polizei etwas Belastendes gegen sie fand. Und jetzt waren sie sicher besonders vorsichtig. Ihnen würde viel Zeit bleiben, Eve auszuschalten.

Sie musste selbst einen Beweis finden. Falls sie richtiglag, war sie in permanenter Gefahr, solange sie diesen Beweis nicht fand.

Draußen stürmte es immer noch sehr, und die Äste der Eiche wurden wild hin und her gepeitscht. Das Schild vor dem *Monty's* war auch umgeweht worden. Normalerweise wäre Eve direkt hingelaufen und hätte es wieder aufgestellt, aber sie hatte es zu eilig, nach Hause zu kommen. Das Schild würde ohnehin nicht stehen bleiben. Es war eine dieser aufklappbaren Tafeln, bei denen Sandsäcke auf den Streben unten nötig waren, um sie zu halten. Aber die würden hässlich aussehen. Gäbe es eine Möglichkeit, die Beschwerung zu verbergen …

Plötzlich fühlte Eve, wie in ihrem Gehirn eine kleine Verbindung geschaltet wurde. Die Kiestüte in Betty Foleys eiserner Eule im Garten … Eve hatte angenommen, der Kies sollte verhindern, dass die Eule bei Wind umgeweht werden würde.

Sie merkte, wie ihre Wangen heiß wurden und sich ihr die Nackenhaare aufstellten. Die Eule war hohl – ausgestopft mit schweren Steinen unten, aber was befand sich weiter oben? Und sie war nicht die einzige Schmuckfigur im Garten des Apple Tree Cottage. Da waren noch ein Hase und eine Ente gewesen. Beide waren recht groß – groß genug für ein kleines Beweislager, wie es Ashton angelegt haben könnte.

Eves Erfahrung nach hatten die Leute in Saxford St. Peter ein Faible dafür, Dinge in ihren Gärten zu verstecken …

Auf halbem Weg über den Dorfanger blickte sie sich wieder zur Kirche um. Bisher war noch niemand sonst herausgekommen. Jetzt wäre der ideale Zeitpunkt, sich in Bettys Garten zu schleichen und diese Figuren näher zu untersuchen. Abgesehen von Robin waren alle, die mit dem Fall zu tun hatten, noch in der Kirche. Ich sollte also sicher sein, dachte Eve.

Wenn sich Rathbone oder Tina auf die Suche nach ihr machten, würden sie zu Elizabeths Cottage gehen, wo niemand öffnen würde, und wissen, dass sie nicht zu Hause war. Doch sie hätten keinen Grund zu glauben, dass sie zu Ashtons Elternhaus gegangen war. Und hätte sie Erfolg, könnte sie diesen Albtraum abkürzen. Der Gedanke, welche Erleichterung es wäre, spornte Eve an, es schnellstens hinter sich zu bringen. Sie bräuchte nur eine Minute, um in den Figuren nachzusehen.

Zunächst ging sie weiter auf Elizabeths Cottage zu, für den Fall, dass jemand sie beobachtete. Doch nachdem sie die Love Lane überquert hatte, bog sie rechts nach Blind Eye Wood und in Richtung Heide ab. Sie wagte nicht, den verborgenen Weg über die Flussmündung zu nehmen. Es würde zu lange dauern, und dort war es zu einsam. Sie wollte alles erledigt haben, wenn die Veranstaltung endete.

Hastig ging sie durch das verlassene Dorf. Sogar der Pub hatte geschlossen. Jo, Matt und Toby waren alle in der Kirche. (»Es ist wichtig, dass wir sie unterstützen«, hatte Jo gesagt. »Wir möchten schließlich alle nicht, dass uns das Kirchendach auf den Kopf fällt.«)

Der Wind fegte durch die Bäume und verbog die Äste auf groteske Weise. Als Eve sich dem Wald näherte, war das Tosen beachtlich.

Im Geiste ging sie alles durch, was sie wusste. Ihr Verstand brütete über Details, zupfte und zurrte an ihnen. Könnte Russell Rathbone der Mörder sein, nicht Tina Adcock?

Aber es erschien Eve unwahrscheinlich. Sie glaubte nicht, dass Howard sich mit dem Anwalt getroffen hätte, mithin kam er als Täter nicht infrage. Und hätte Howard das Dorf verlassen, um zu Rathbone zu fahren, warum hätte der ihn zurück nach Saxford bringen sollen, um ihn dort zu töten? Außerdem konnte Eve sich nicht vorstellen, dass sich der Anwalt selbst die Hände schmutzig machte. Eve schätzte, dass er stets Abstand zum Geschehen hielt, Tina gern aus der Ferne Jugendliche schickte, seinen Anteil kassierte und alles weit von sich wies, was danach geschah. Jetzt jedoch war es anders. Er sah, dass er ebenfalls in Gefahr war aufzufliegen.

Eve fröstelte und blickte sich erneut um.

Nach wie vor war niemand auf dem Weg zu entdecken, dennoch hatte sie Angst. Sie zog ihr Mobiltelefon hervor und stellte fest, dass sie noch ein Netz hatte. Sofort drückte sie die Kurzwahl für Robin.

Und landete direkt auf der Mailbox. Vielleicht war er beschäftigt. Oder er hatte keinen Empfang. Der war in Saxford nicht besonders gut.

Eves Herz pochte wie wild, als sie Robin eine Nachricht aufs Band sprach. »Ich versuche es bei den Gartenfiguren vom Apple Tree Cottage. Vielleicht hatte Ashton ja dort die Beweise versteckt, hinter denen sein Mörder her war. Alle anderen sind noch in der Kirche, und es geht schnell. Ich gebe dir später Bescheid, was ich gefunden habe.«

Sie fühlte sich besser, nachdem sie ihm gesagt hatte, wo sie war.

Wieder blickte sie sich um und ging durch Betty Foleys Vorgarten zur Seitenpforte, die in den rückwärtigen Garten führte. Sie schlüpfte hindurch und schloss die Pforte hinter sich. Der Garten war von Koniferen eingerahmt, in denen der Wind rauschte.

Mit angehaltenem Atem hockte Eve sich neben die Eule, legte sie auf die Seite, sodass der Ersatzschlüssel zum Vorschein kam, und zog die Kiestüte heraus. Abgesehen vom Kopf war die Figur vollkommen hohl, doch in ihrem Inneren war sonst nichts versteckt.

Eve hielt inne und dachte wieder an Howard Green. Was war mit dem moschusartigen Geruch, den er erwähnt hatte, als er nach Ashtons Tod im Apple Tree Cottage gewesen war? Er hatte ihn für ein Aftershave gehalten, hatte aber unsicher geklungen. Wies es weg von Tina, hin zu einem Mann? Eve konnte es nicht genau sagen. Der Geruch schien Howard verwirrt zu haben.

Mechanisch stopfte sie den Beutel zurück in die Eule und stellte sie wieder an ihren Platz.

Eve hatte eben den Hasen auf die Seite gelegt – beinahe ohne ihn sich richtig anzusehen –, als ihr ein neuer Gedanke kam. Drogen. Könnte Howard Drogen gerochen haben? Den Geruch von Cannabis?

Tina würde gewiss kein Gras rauchen, wenn sie auf solch einer ernsten Mission war, oder? Tatsächlich konnte Eve sich nicht vorstellen, dass sie überhaupt Drogen konsumierte. Tina Adcock war viel zu kontrolliert. Wahrscheinlich hielt sie die Leute, an die sie verkaufte, für Versager.

Während Eve mit dieser Frage rang, gingen ihr weitere Erinnerungen durch den Kopf. Sie dachte an den Abend, an dem sie Marina und Ashton auf dem Mündungsweg streiten gehört hatte. Sie hatte sich gefragt, ob die beiden etwas Illegales rauchten. Ashton mochte da kein Cannabis mehr verkauft haben, aber das bedeutete nicht, dass er die Droge vollständig mied.

Eve stockte der Atem. Kälte kroch ihr über die Haut, den Nacken hinauf und über den Schädel und verursachte ihr eine Gänsehaut auf den Armen.

Howard war direkt an Marina vorbeigegangen, als er nach seinem Gespräch mit Eve den Strand verlassen hatte. Könnte sie da nach Drogen gerochen haben? Sie und Tozer hatten eventuell zusammen geraucht. Hatte es Howard an den Geruch erinnert, den er am Morgen nach Ashtons Ermordung im Apple Tree Cottage wahrgenommen hatte?

Sie rief sich zur Ordnung. Es gab keinen Grund zu der Annahme, dass es Marina gewesen war, die das Cottage durchsucht oder Ashton ermordet hatte. Jeder könnte nach Cannabis riechen.

Es sei denn … dass Howard an ihr vorbeigegangen war, im Laufe des Abends angenommen hatte, die Wahrheit erkannt zu haben, und beschlossen hatte, nicht zur Polizei zu gehen. Dann wurde er umgebracht – möglicherweise nach einem fehlgeschlagenen Erpressungsversuch, falls Eve recht hatte. Vielleicht hatte die zufällige Begegnung mit Marina sein Schicksal besiegelt.

Doch wenn das stimmte, warum hatte sie Ashton ermordet? Was hatte er herausgefunden und versteckt, was ihr so gefährlich werden konnte?

Eves Herz schlug schneller. Was es auch war, die Suche im Apple Tree Cottage hatte nichts ergeben, und auch in Howards Haus war sie nicht fündig geworden.

Und plötzlich wurde Eve bewusst, in welcher Gefahr sie schwebte. Wer auch immer der Täter war, er suchte ganz gewiss immer noch nach den ihn belastenden Beweisen. Und würde Zeiten wählen, in denen keiner aus dem Dorf sah, wie er versuchte, in Ashtons altes Zuhause zu gelangen.

Zum Beispiel wenn alle bei einer Spendenveranstaltung in der Kirche waren …

Eve stand angespannt auf, doch ein Schaben ließ sie mitten in der Bewegung innehalten. Jemand hob den Riegel der Seitenpforte.

Ihr blieb keine Zeit mehr zu fliehen. Ein kleiner Strauch stand zwischen Eve und dem Haus. Hinter den duckte sie sich mit zitternden Beinen.

Durch das spärliche Laub ihres erbärmlichen Verstecks beobachtete Eve, wie die Pforte zu Betty Foleys Garten geöffnet wurde.

Marina Shaw kam nach hinten, den Blick über die Schulter auf den Weg hinter sich gerichtet.

Kapitel 37

Eve wich sämtliche Luft aus der Lunge. Ihre Gedanken überschlugen sich. Wo könnte Marina eine Waffe herbekommen haben?

Und wenn sie jetzt noch bewaffnet war … Ihre Lederjacke schwang offen um ihren Oberkörper, und aus diesem Winkel war nicht zu erkennen, was möglicherweise in den Taschen steckte. Eve hielt den Atem an, als Marina durch den Garten ging, wobei ihr Blick auf das Haus gerichtet war. Durch den Strauch konnte Eve sie recht klar sehen. Doch sollte Marina sich umdrehen …

Eine Sekunde später zog die Frau einen Schlüssel hervor und schob ihn ins Schloss der Hintertür.

Eve stellte ihr Handy lautlos. Robin könnte zurückrufen, und sie wollte auf keinen Fall durch ein Geräusch auf sich aufmerksam machen. Marina hatte die Tür jetzt geöffnet. Ginge sie nur ein kleines Stück weiter und sähe nicht richtig hin, wenn sie die Tür wieder schloss, wäre alles gut.

Doch in diesem Moment flog eine Krähe über den Garten, krächzte plötzlich, und Marina drehte sich nach dem Verursacher des Lärms um.

Innerhalb einer Mikrosekunde fixierte sie den Strauch. »Was machen Sie hier?« Ihre Augen waren wie Eis, als Eve sich mit immer noch zitternden Beinen aufrichtete.

»Ich stehe wegen des Nachrufs mit Betty Foley in Kontakt. Sie hat mich gebeten, ab und zu hier vorbeizugehen und ein Auge auf das Cottage zu haben. Ich wollte mir eben den Ersatzschlüssel holen, den sie hier im Garten versteckt. Was ist mit Ihnen?«

Marina hielt ihren Schlüssel in die Höhe. »Ashton hatte erwähnt, dass es einen Ersatzschlüssel gibt. Vielleicht ist dies der, nach dem Sie suchen. Ich wollte rein und selbst nachsehen, ob ich irgendwelche Hinweise finde, wer ihn umgebracht hat.« Sie schaute kurz nach unten und seufzte. »Er ist jahrelang mein Geschäftspartner gewesen. Ich habe gehört, dass es inzwischen fraglich ist, ob Howard Green ihn erschossen hat. Mich stört, dass die Polizei keine Fortschritte macht.«

Doch ihr Versuch, traurig zu wirken, misslang. Und Betty Foley hatte nie etwas von einem zweiten Ersatzschlüssel gesagt; noch dazu hatte Marina den Schlüssel offensichtlich bei sich gehabt. Sie könnte Ashton seine Haustürschlüssel nach seinem Tod abgenommen haben, musste die aber zurückgebracht haben. Sie waren wieder bei seiner Leiche gefunden worden. Vielleicht hatte sie einen Ersatzschlüssel für die Hintertür in einer Küchenschublade oder so gefunden und ihn behalten, um später zurückzukehren und weiterzusuchen. Und sie dürfte angenommen haben, dass sie heute Nachmittag nicht gestört werden würde.

»Was glauben Sie denn zu finden?«, fragte Eve. Hatte Marina eine Waffe bei sich? Wäre Eve sicher, solange sie bei ihrer Ausrede blieb?

Doch nun bewegte sich Marina auf sie und den Strauch zu. Ihr Blick fiel auf den gusseisernen Hasen zu ihren Füßen. Er lag noch auf der Seite. Stirnrunzelnd trat sie noch näher heran und staunte merklich, als sie erkannte, dass die Figur innen mit einer Kiestüte beschwert war. »Ich weiß nicht, ob ich Ihnen glaube, dass Sie hier sind, um ein Auge auf das Haus zu haben, Eve. Es ist eine merkwürdige Zeit dafür.«

Sie sahen einander an. Eve versuchte, ihre Furcht zu verbergen, was nicht leicht war. Marinas Hand wanderte zu einer Innentasche ihrer Lederjacke. Und jetzt bemerkte Eve, dass die Tasche sehr gewölbt war.

Lächelnd erklärte Marina: »Was mich betrifft, denke ich, dass Sie wissen, was ich hier zu finden hoffe. Wie nett von Ihnen, dass Sie mir die Mühe ersparen.« Sie zog eine Handfeuerwaffe. »Nehmen Sie den Kies raus. Mal sehen, ob Sie richtig geraten hatten.«

Kapitel 38

Eve hockte sich hin und tat, was Marina von ihr verlangte. Mit zitternden Händen zog sie die Kiestüte aus der Figur. Was würde mit ihr passieren? Außer Robin wusste niemand, wo sie war, und er hatte keine Ahnung, dass Marina eine Bedrohung darstellte. Vielleicht war er noch damit beschäftigt, Nachforschungen zu Russell Rathbone und Tina Adcock anzustellen. Eve hatte ihn ungewollt auf eine falsche Fährte geschickt.

In dem Hasen war nichts versteckt.

»Ein Jammer. Die Eule?«

Eve zuckte mit den Schultern. »Keine Ahnung«, log sie, um Zeit zu gewinnen. Ihre Stimme bebte. Vorsichtig legte Eve das gusseiserne Tier auf die Seite, zog die Kiestüte heraus und tastete eine Weile im Inneren der Eule herum. Deutlich fühlte sie den Ersatzschlüssel. »Leer«, behauptete sie dennoch und steckte die Tüte mit den Kieseln wieder hinein.

»Na, denn versuchen wir es bei der Ente, nicht?« Marina wies mit der Waffe auf das dritte Eisentier. »Und ich hoffe, dass wir diesmal Glück haben. Sonst muss ich weitersuchen. So oder so werde ich Ihre Gesellschaft dabei nicht brauchen, also werden wir beide, wenn wir mit den Figuren fertig sind, einen kleinen Spaziergang unternehmen. Wie gut, dass alle Dorfbewohner noch drüben in St. Peter's sind.« Wieder lächelte sie.

Warum habe ich nicht gleich erkannt, wie gefährlich sie ist?, fragte sich Eve. Sie hatte von Anfang an kein gutes Gefühl bei der Frau gehabt – und Marina war allemal eiskalt genug, um zwei Menschen umzubringen. Eve hatte bisher nur noch nicht ihr Motiv ergründet.

»Machen Sie schon!«

Langsam hockte Eve sich neben die Ente, drehte sie auf die Seite und nahm sich so viel Zeit wie möglich, um auch hier die Kiestüte herauszuziehen. Was war Marinas Rolle bei alldem? Sie rauchte wahrscheinlich Cannabis, und sie stammte ursprünglich aus Saxford St. Peter …

»Dann haben Sie auch mit dem hiesigen Drogenhandel zu tun? Arbeiten Sie mit Tina Adcock zusammen?«

Marina schüttelte den Kopf. »Sie haben keinen Schimmer, oder? Ich muss mir die Hände nicht mit Dealen schmutzig machen. Zwar gönne ich mir hin und wieder einen Joint, aber Dealen? Warum sollte ich? Ich habe mein eigenes erfolgreiches Unternehmen, falls es Ihnen noch nicht aufgefallen ist – in einem ganz anderen Pflanzenbereich.«

Eve wurde übel. Oben im vorderen Teil der Ente, hinter der Stelle, an der die Kiestüte gesteckt hatte, ertastet sie etwas. Eine kleine Plastiktüte, vermutete sie. Eve zog sie heraus.

In dem durchsichtigen Beutel steckten ein Mobiltelefon und ein USB-Stick.

Marina streckte die freie Hand danach aus. »Danke. Und Ihr Telefon hätte ich auch gerne.«

Eve blieb keine andere Wahl, als es ihr zu geben. Robin hatte immer noch nicht auf ihre Nachricht reagiert. Was zum Teufel konnte sie tun, um sich aus dieser Situation zu retten? Sie musste dafür sorgen, dass Marina weiterredete. Es könnte sein, dass Robin zum Cottage kam, wenn sie sich nicht an ihrem Telefon meldete. »Dann befinden sich auf diesem Handy und dem Stick die Beweise, die die Polizei benutzen kann, um Tina Adcock zu verhaften?« *Oder habe ich das auch völlig falsch verstanden?*

Sie kam immer noch nicht dahinter, warum es Marina so wichtig gewesen war, diese versteckten Sachen zu finden – oder warum sie Ashton ermordet hatte.

Marinas Züge verhärteten sich. »Auf dem Handy, ja, soweit Ashton gesagt hat. Den USB-Stick hatte er nicht erwähnt.« Ihre Stimme klang angespannt. »Aber ich denke, dass ich weiß, was ich darauf finden werde.« Als sie ihre Waffe auf Eve richtete, spiegelte sich purer Hass in ihren Augen. Eve hatte jedoch das Gefühl, dass sie noch an Ashton dachte. »Zeit für den kleinen Spaziergang. Stecken Sie zuerst den Kies wieder in die Ente, und stellen Sie sie dorthin, wo sie gestanden hat.«

Während sie tat wie geheißen, versuchte Eve, sich zu konzentrieren. Sie musste alles verzögern, damit Robin eine Chance hatte, sie einzuholen. Nur könnte er überall sein. Und sie hatte keine Ahnung, wie lange es dauern würde, bis er ihre Nachricht bekam und abhörte. Panik überkam sie, und sie musste sich enorm anstrengen, konzentriert zu bleiben. Jetzt durfte sie nicht die Nerven verlieren.

Also hatte Marina nichts mit Tinas Cannabis-Geschäft zu tun. Aber sie wollte trotzdem unbedingt Ashtons Beweise an sich bringen. Und dafür hatte sie ihn vermutlich umgebracht, genauso wie Howard, damit der den Mund hielt. Was befand sich auf dem USB-Stick?

Eve stellte die Ente wieder auf, und Marina zeigte zur Gartenpforte. »Machen wir uns auf den Weg.«

Sie konnte nichts tun. Eves Hoffnung schwand, als sie durch den Vorgarten ging. Sie versuchte, sich auf ihre Journalistenausbildung zu besinnen, logisch nachzudenken und so die Angst nicht übermächtig werden zu lassen.

Motive. Die musste sie sich ansehen. Sie kam nicht drauf,

warum Marina Ashton umgebracht hatte, ahnte indes, was sie insgesamt antrieb. Ihre Karriere und ihr Ruf. Sie hatte *Outside In* aufgebaut, sich auf Ashtons Kontakte und dessen lockere Art mit Leuten verlassen, alles andere hingegen selbst eingebracht: das botanische Know-how und geschäftliche Können. Sie hatte sogar Kredite arrangiert, während Ashton als Roadie unterwegs gewesen war. Wahrscheinlich hatte sie endlose Stunden gearbeitet, während er mit Leuten wie Ronnie Randall Party gemacht hatte.

»Hatte Ashton Informationen, die das Aus für die Zukunft von *Outside In* bedeuten könnten?« Oder für Marinas Zukunft? Für Marina wäre dies sicher ein und dasselbe. Es war jedenfalls die einzige Lösung, die einen Sinn ergab.

Marina war hinter ihr und trieb sie über die Heath Lane. »Er hat seine Position in der Firma genutzt, um bei Tina Adcock belastende Beweise zu stehlen. Und er wollte sie der Polizei übergeben. Es wäre auf sämtlichen Titelseiten der Klatschpresse gelandet: Outside In *nutzt den Zugang zu Privathäusern, um einen Drogenring im ländlichen Suffolk auffliegen zu lassen!* Kein Kunde hätte uns jemals wieder vertraut.«

Eve fühlte Marinas Waffe an ihrem Rücken, und ihr schlotterten die Knie, als sie den Wald betraten. Sie stieg über eine Baumwurzel und duckte sich, um einem Ast auszuweichen. »Sicher hätte es keine Kunden abgeschreckt, die nichts zu verbergen haben.«

»Wow, sind Sie naiv! Fast jeder hat etwas zu verbergen, ganz besonders die Reichen und Berühmten. Und mit denen machen wir unser Geschäft.«

Plötzlich fiel Eve ihr Telefonat mit dem früheren *Outside-In*-Kunden wieder ein – der in der *Sunday Times* noch ein Loblied auf die Firma gesungen hatte, sich dann aber geweigert hatte, mit Eve zu reden. Sie hatte ihn fast vergessen. Anfangs hatte sie gedacht, Ashton hätte ihn erpresst, aber dann, als seine eigentlichen Motive durch das Gespräch mit Amber Ingram klar wurden, war sie dem nicht wieder nachgegangen. Wenn Ashton kein Erpresser gewesen war …

»Ah, Sie haben früher Ihre Kunden erpresst? Und Sie haben sich gesorgt, dass die reden könnten, wenn sie den Artikel über Tina Adcock sehen?«

»Meine Güte, Sie sind gründlich! Wie ich sehe, sind Sie nicht bei der Kundenliste geblieben, die ich Ihnen gegeben habe. Hätte ich mir denken können.« Sie seufzte. »Ja, hatte ich. Aber nur ganz zu Anfang, als wir noch zu kämpfen hatten. Mir war klar, dass die Firma untergeht, wenn ich nichts unternehme. Ich hatte es anonym gemacht. Die Kunden dürften jedoch erraten haben, dass wir es waren, aber sie konnten nicht sicher sein, ob es Ashton war oder ich.«

Kurz dachte Eve an ihre Unterhaltung mit Marina im *Monty's* zurück. »Als ich mit Ihnen gesprochen habe, hatte ich gesagt, dass ich ebenfalls in die Häuser der Leute gehe, die ich befrage, weil man auf die Weise viel über einen Menschen erfährt.«

»Stimmt. Für einen Moment dachte ich, dass Sie der Wahrheit auf der Spur sind – doch zu dem Zeitpunkt hatten Sie keinen Schimmer, oder?«

»Sie haben anonym bei der Polizei angerufen und gesagt, dass ich mehr herumfrage, als für den Nachruf erforderlich wäre.«

»Ich war übervorsichtig. Dabei hätte ich mir keine Sorgen machen müssen.«

Eve sah eine Bewegung weiter vorn: irgendein kleines Tier, das tiefer ins Dickicht huschte. Sie fühlte sich zum Zerreißen angespannt. Konnten die Tiere und Vögel um sie herum die Furcht fühlen, die sie ausstrahlte?

»Diese Leute hatten all das verdient, was sie bekommen haben«, sagte Marina. »Hätten sie sich früher benommen, hätte ich ihnen nichts anhaben können. Und sie konnten sich problemlos leisten, was ich verlangt hatte. Aber können Sie sich deren Reaktion vorstellen, hätten sie gesehen, wie Ashton in der Presse gefeiert wird, weil er wieder im Haus eines Kunden herumgeschnüffelt hat, diesmal jedoch auf der Seite des Gesetzes? Sie wären außer sich gewesen.«

»Deshalb waren Sie in Sorge, dass sie mit ihren eigenen Erpressungsfällen zur Polizei gehen würden?«

»Ja, die Gefahr bestand.«

Aber wie groß war sie? Eve dachte angestrengt nach, während sie weitergingen. Der Weg durch den Wald schien endlos zu sein. Hatte Marina es wirklich für nötig gehalten, Ashton umzubringen, damit er seine Beweise nicht zur Polizei brachte? Sicher, wenn sich ihre Befürchtungen bewahrheitet hätten, wäre ihre Karriere vorbei gewesen. Aber wegen solch etwas Unsicherem zu morden …?

Und es erklärte immer noch nicht den USB-Stick.

Auf einmal wusste Eve es. »Sie hatten Ashton nichts von Ihrer Erpressung in der Anfangszeit Ihrer Firma erzählt. Es ist erst rausgekommen, als Sie versucht haben, ihm auszureden, mit seinen Beweisen gegen Tina Adcock zur Polizei zu gehen. Und Sie hatten gedacht, dass er es verstehen würde.«

Aber Ashton hatte sich verändert. Nach seiner Zeit in der Jugendstrafanstalt schien er allen Erzählungen zufolge sein Handeln überdacht, sein Leben neu ausgerichtet und nie wieder zurückgesehen zu haben. Er war mit dem Ziel nach Saxford zurückgekehrt, Tina Adcock ihrer gerechten Strafe zuzuführen. Und dann hatte Marina versucht, ihn aufzuhalten, um ihm zu enthüllen, dass seine eigene Firma auf illegal erworbenem Geld aufgebaut war.

»Sie klingen richtig zufrieden mit sich, was angesichts Ihrer Situation fast ironisch ist. Sie haben es endlich rausbekommen! Ja, ich habe es ihm an dem Tag erzählt, an dem ich ihn umgebracht habe, als letztes Mittel. Ich hatte schon an dem Freitagabend versucht, ihn zur Vernunft zu bringen. Und ich hatte gehofft, ihm würde klar werden, in welche Schwierigkeiten es uns bringen könnte, wenn unsere Kunden sehen würden, wie verletzlich ihre Geheimnisse sind.«

»Deshalb hatten Sie und Ashton sich so sehr gestritten, als ich Sie unten am Mündungsweg gehört hatte.« Eve erinnerte sich an Marinas Worte: *Du sorgst für Probleme, wo es nicht nötig ist!*

»Ja, ich war achtlos, aber es schien, als wären wir auf dem Weg allein.« Nun bebte ihre Stimme – vor Wut. »Er hat es einfach nicht kapiert! Er hätte nichts weiter tun müssen, als sich von der Idee zu verabschieden, den Helden zu spielen und Tina Adcock vor Gericht zu bringen. Irgendwann hätte jemand anders sie erwischt, und es war ja nicht mehr sein Problem. Aber mit ihm war nicht zu reden.«

Aus Marinas Mund hörte es sich an, als wäre Ashton selbst schuld an seinem Tod gewesen. »Er laberte immer weiter von den Jugendlichen, die Tina immer noch köderte, und deren Zukunft. Da habe ich gewusst, dass ich die Erpressungen gestehen muss, damit er sieht, welche Gefahr uns droht. Ich habe eine Nacht darüber geschlafen, aber am Samstag musste ich handeln.«

Nirgends war eine Spur von Robin zu entdecken. Inzwischen waren sie auf einem Weg, der durch den Wald zur Flussmündung führte.

Was hatte Marina vor? Sie war zu schlau, um noch einen Mord durch Erschießen oder einen vorgetäuschten Selbstmord zu wagen. Eve versuchte, die Unterhaltung aufrechtzuerhalten, aber ihre Kehle war so trocken, dass sie kaum sprechen konnte. Sie stolperte über eine Baumwurzel.

»Weitergehen! Und konzentrieren Sie sich! Ich lasse Ihre

Leiche nicht hier in Saxford rumliegen, wo die Leute sie finden.«

Eve musste mehr Fragen stellen. Solange Marina redete, merkte sie vielleicht nicht, dass Eve versuchte, Zeit zu schinden. Und sie zu provozieren war vermutlich die beste Taktik, damit sie unaufmerksam wurde.

»Also hat Ashton die Dinge anders gesehen als Sie, als Sie endlich gestanden haben, dass Sie Ihre eigenen Kunden erpresst hatten. Wundert mich nicht!«

»Treiben Sie es nicht zu weit!« Eve fühlte, wie Marina den Lauf ihrer Waffe wieder gegen ihren Rücken stieß, und in ihrem Hals bildete sich ein Kloß. »Ashton war blind! Ich war mir sicher, dass er mich verstehen würde. Ich habe das ganze Geschäftliche von *Outside In* geregelt, und mir war in der ersten Zeit der Firma klar, dass wir nicht schnell genug Geld machten, um unsere Schulden zu decken. Ashton hat sich ja nie mit solchen Kleinigkeiten abgegeben. Ich habe alles Geld, das ich eingenommen hatte, zurück ins Geschäft gepumpt, sodass er auch davon profitiert hat. Ohne meine Bemühungen … ohne alles, was ich gemacht habe, wäre *Outside In* nicht solch ein Erfolg gewesen.«

Eve ballte die Hände zu Fäusten, um sich zu beherrschen.

»Aber selbst als ich gestanden habe, wollte er immer noch mit den Beweisen zur Polizei gehen, und ich konnte ihm ansehen, wie geschockt er war. Er war entsetzt über das, was ich getan hatte, und sagte, dass er über seine Zukunft nachdenken müsse, darüber, wie es weitergehen soll. Ich habe unsere alten Finanz- und Geschäftsdaten so schnell von unserem Server gezogen, wie ich konnte, doch ich hatte das Gefühl, dass er noch Kopien haben könnte, die Unregelmäßigkeiten, ein auffälliges Muster zeigen. Beweise gegen mich. Und ich denke, er hätte geredet. Da war mir klar, dass er sterben musste.«

Sie waren auf dem Weg zur Flussmündung. Wenn sie jetzt quer über den Mündungsweg gingen, würden sie zum verlassenen Ende der Ferry Lane und Arthurs Anleger kommen.

Wo Matt Falconers Boot vertäut war. Hatte Marina die Schlüssel? Es wäre für sie ein Leichtes gewesen, sie zu stehlen. Marina wohnte im Pub, und Matt hatte sie und ihren Freund auf dem Boot mit rausgenommen. Eve wusste nicht, wo Matt die Schlüssel dafür aufbewahrte, doch Marina würde es wissen. Aber wie hatte sie voraussehen können, dass sie die brauchen würde?

»Sie haben Ashton und Howard in den Wald gelockt, um sie zu töten.«

»Ich hatte Ashton gegenüber behauptet, ich hätte noch mal nachgedacht. Er hätte recht. Ich wollte mich mit ihm versöhnen und überlegen, wie es am besten mit unserer Firma weitergeht. Er war ziemlich vertrauensselig, trotz allem, was er hinter sich hatte. Und er hatte keine Ahnung, was ich vorhatte.«

Marina schwieg einen Moment. »Was Howard Green angeht«, sie lachte kurz auf, »hatte er mich um ein Treffen dort gebeten. Und dann hat er versucht, Geld von mir zu erpressen, total frech! Er hatte ziemlich altmodische Vorstellungen von Frauen. Ich glaube, er hat gedacht, dass ich Ashton in einer Art leidenschaftlichem Ausraster umgebracht hatte und niemals kaltblütig sein könnte. Ach du lieber Himmel, lag der falsch!«

Eve stellte sich vor, wie Marina ihn den Baum hinauf gezwungen hatte. Und sie hatte das Gefühl, ihre Beine würden jeden Moment unter ihr nachgeben. Sie zitterte am ganzen Körper.

»In dem Moment, in dem Howard mich kontaktiert hat, dachte ich mir schon, dass er am Ende begriffen hatte, dass ich Ashton ermordet hatte. Ich hatte ihn gesehen, wie er kurz nach mir ins Apple Tree Cottage gegangen ist. Fast wären wir uns da über den Weg gelaufen. Und er hätte viel früher sterben müssen, was so viel schwerer zu erklären gewesen wäre. Na ja, wie dem auch sei. Ich war im Wald auf ihn vorbereitet, mit meiner Waffe, der Schlinge an Ort und Stelle und dem dicken Ast, auf den er steigen konnte. Ich hatte gehofft, dass die Ermittlungen zu Ashtons Mord mit ihm enden.«

Es war immer noch sehr stürmisch, und im Wald verursachte der Sturm genug Lärm, dass ihr Gespräch übertönt wurde. Aber hier war ohnehin niemand, der sie hören könnte.

Mittlerweile sah Eve das Wasser weiter vorn. Tränen brannten in ihren Augen. Ihre Kinder. Gus. Viv … Sie hatte solche Angst vor Tina Adcock und Russell Rathbone gehabt, dass sie blind für die Gefahr direkt vor ihrer Nase gewesen war.

»Wir machen einen Ausflug, Eve. Die Küste hinauf und raus aufs Meer. Ich habe schon Boote wie dieses gesteuert, doch Sie übernehmen es, und ich weise Sie an. Mir ist lieber, wenn ich weiter die Waffe auf Sie richte.« Sie lächelte.

Wenn ich an Bord gehe, bin ich verloren, dachte Eve. Und es schien unausweichlich zu sein. Marina war sehr konzentriert.

»Bleiben Sie stehen, dicht am Wasser. Und rühren Sie sich nicht!«

Nahe an der Stelle, an der der Anleger auf das Land stieß, bückte Marina sich und griff mit der freien Hand nach einer kleinen Blechdose, die direkt unter einer der Planken auf dem Trockenen lag.

Sie warf Eve die Dose zu, ohne die Waffe von ihr abzuwenden. »Aufmachen.«

Eve tat es und ließ die Dose fast fallen, so sehr zitterten ihre Hände. In der Blechdose lag der Bootsschlüssel.

»Der Ausflug, den Zach und ich mit Matt Falconer gemacht haben, war letztlich doch nicht verschwendete Zeit«, bemerkte Marina. »Hätte man das gedacht? Gehen Sie an Bord, Eve. Ich bin mir sicher, dass Sie dieses Ding toll lenken können. Sie sind ja so praktisch veranlagt!«

Es klang wie eine Beleidigung. Eves Knie waren weich, als sie an Bord stieg. Das Boot wippte bereits wie verrückt, dabei lag es noch im Schutz der Flussmündung. Sie rutschte aus und landete im Rumpf. Es war ein schlichtes Boot, nicht größer als ein Ruderboot mit einem Außenbordmotor hinten.

Marina müsste genauso einsteigen wie sie. Dies war der einzige Moment, in dem sie ihre Aufmerksamkeit zwischen ihr, Eve, und etwas anderem teilen musste. Eve schluckte. Doch Marina würde es besser machen. Nachdem sie ihre Geschichte erzählt hatte, gewann sie wieder an Kontrolle. Sie wirkte selbstbewusst und eiskalt – und sie zweifelte keinen Moment an ihrem Erfolg. Ein Zuviel an Adrenalin würde Marina jedenfalls nicht nervös machen.

Verzweifelt schaute Eve sich um. Unter dem Sitz waren Schwimmwesten verstaut. Und ein Kasten. Sie blickte auf die seitliche Beschriftung.

Signalraketen. Die mit den kleinen Fallschirmen dran.

Eves Puls beschleunigte. Könnten die ihr helfen? Aber sie hatte keine Ahnung, wie man die abfeuerte, und wenn es ihr nicht gelang, war sie verloren. Doch was würde Marina tun, falls sie Erfolg hatte? Sie auf der Stelle umbringen? Aber das würde nicht helfen. Ein Schuss könnte die Leute ebenso herbeilocken wie eine Signalrakete. Eher würde Marina bei ihrem Fluchtplan bleiben. Es sei denn, die Wut übermannte sie.

Marina stand mit dem rechten Fuß im Boot, mit dem linken noch auf dem Anleger.

Eves Herz hämmerte hart gegen die Rippen, als sie sich

auf eine der Signalraketen stürzte und verzweifelt an der Schraubkappe zerrte.

Marina sprang auf sie zu und verlor das Gleichgewicht, als sie ihr anderes Bein in das wippende Boot zog.

Eve lehnte bedenklich über dem Bootsrand, warf die Raketenkappe hinter sich und riss an der Schnur darunter. Die Leuchtrakete schoss hoch in die Luft.

Als Eve sich wieder umdrehte, hatte Marina sich schon wieder erholt. Sie richtete die Waffe mit beiden Händen auf Eve, bebend vor Zorn. Es schien auf Messers Schneide zu stehen. Doch die Frau bändigte ihre Wut. Und das blendend helle Licht war bereits erloschen.

»Keiner sieht das blöde Signal. Die sind alle noch in der Kirche. Den Schlüssel in die Zündung, los, dann den Starter oben ziehen!«

Eves Versuch war gescheitert. Mehr konnte sie nicht tun. Sie bewegte sich so langsam wie möglich. Es gelang ihr ohnehin beinahe nicht, den Schlüssel in das Motorschloss zu bekommen, weil ihre Hände so sehr zitterten. Sie blickte sich um und sah die Wut in Marinas Augen.

»Jetzt die Zündschnur ziehen!«

Eve machte es zu zögerlich. Nichts passierte.

»Fester!«

Eve hatte sich erneut zu ihr umgesehen und wollte sich wieder nach vorn wenden, als sie eine Bewegung bemerkte – links von Marina im Wald. Eve schaute stattdessen zur Ferry Lane, um Marinas Blick nicht hinzulenken, doch auch dort bewegte sich etwas. Aus jeder Richtung, in die sie sah, blickte ihr jemand entgegen. Die Hälfte der Leute, die die Kirchenveranstaltung besucht hatten, schienen gekommen zu sein.

Unter ihnen war Jim Thackeray. Er hatte seine Soutane abgelegt und die Ärmel des schwarzen Hemdes hochgekrempelt, das er darunter trug. Viv war tiefrot im Gesicht und beugte sich vor, um zu Atem zu kommen. Sogar Simon war da, neben ihm eine mürrische Polly. Es sah aus, als wäre der hohe Absatz ihres linken Schuhs abgebrochen.

Und hinter ihnen allen erschien Robin Yardley.

»Lassen Sie die Waffe fallen!«, sagte der Vikar und schaute über seine Schulter. »Die Polizei ist unterwegs.«

Marina sah zu dem Halbkreis von Dorfbewohnern. Eve beobachtete sie. Würde die Frau sie als Geisel benutzen, um von hier fortzukommen?

»Sie können nirgends hin«, fuhr Jim Thackeray fort. »Die Polizei wird von allen Seiten kommen, sollten Sie versuchen zu fliehen. Und ich darf ergänzen, dass auch der Herr Sie sehr genau überwacht.« Er schaute zum Himmel empor. »Für mich sieht es nach einem Gewitter aus.«

Einen Moment später konnten sie alle das Dröhnen eines Bootsmotors hören, das der Wind zu ihnen herübertrug.

Eve sah Zorn in Marinas Augen, keine Niederlage. Schließlich warf sie die Waffe aus dem Boot ins Wasser.

Kapitel 39

»Die meisten von uns waren auf dem Heimweg von der Feier, als wir das Signal gesehen haben«, sagte Viv. »Robin Yardley war draußen auf dem Dorfanger und rannte irgendwohin. Zuerst hatte ich ihn gar nicht bemerkt.« Sie runzelte die Stirn. »Ich hatte mich schon gefragt, ob mit dir alles okay ist. Ich habe versucht, dich anzurufen, nachdem du fort warst, und du bist nicht an dein Handy gegangen. Natürlich wussten wir alle, dass du in einer ziemlich gefährlichen Angelegenheit nachforschst. Und dann hat Jim gesagt, er habe deinen ängstlichen Blick bemerkt.«

Eve erinnerte sich, wie er sie auf der Feier angeschaut hatte.

»Da sind wir alle losgelaufen, auf das Signalfeuer zu. Jim hat sich gut geschlagen, was?« Ihre Augen leuchteten vor Begeisterung.

»Und ob er das hat! Ich lasse ihm noch eine Flasche seines Lieblingsgetränks zukommen und natürlich mein herzliches Dankeschön.« Doch nichts könnte ausdrücken, wie unendlich dankbar sie ihm für sein Eingreifen war.

Sie saßen im *Monty's* und bekamen von Angie und deren Studienfreundin Vivs »Schokoladen-Intensiv-Kur« serviert. Tammy machte sich inzwischen sehr gut. Die Kuchenauswahl war Vivs Standardheilmittel für Menschen, die unlängst tödlicher Gefahr ausgesetzt gewesen waren. Hinterher wollte sie Eve zu einer therapeutischen Backstunde mit in die Küche nehmen. Am kommenden Montag stand im *Monty's* die »Osterfeier« an: eine Cupcake-Suche und ein Osterhaubenwettbewerb, bei dem das Kind mit dem schönsten österlich verzierten Hut ausgezeichnet werden würde. Viv zufolge herrschte da immer das reinste Chaos. Doch sie hatte versprochen, Eve ihr Geheimrezept für ihren Lieblingsosterkuchen zu verraten: Zitronen, Orangen, Gewürze und Himbeerglasur. Das Wochenende drauf war Ostern, spät in diesem Jahr und am Ende der Schulferien.

»Die Polizei hat sich im Gegensatz zu Jim nicht mit Ruhm bekleckert.« Viv schwenkte den kleinen Kuchen in der Hand. »Warum haben die so lange gebraucht?«

Die Verstärkung zu Wasser war kurz nach der Warnung des Vikars eingetroffen, aber Boles und Palmer erst eine ganze Weile später.

»Das hatte sicher mit DI Palmer zu tun. Wahrscheinlich hatte er gehofft, er würde mich für immer los.« Was für eine Enttäuschung musste es gewesen sein, sie quicklebendig anzutreffen …

»Es war klasse, dass du Marina zum Reden gebracht hast. Weißt du, welche Fortschritte die Polizei macht?«, fragte Viv.

»Nicht so richtig.« Eve hatte ihre Aussage bei DI Palmer und DS Boles zu Protokoll gegeben, doch sie selbst musste jetzt mit Jim Thackeray und Robin sprechen. Als Erstes würde sie sich bedanken, hatte allerdings auch einige Fragen, die die beiden ihr eventuell beantworten konnten.

»Tja, achte darauf, dass ich es zuerst erfahre, wenn du irgendwelche Neuigkeiten hörst«, sagte Viv.

Eve verdrehte die Augen.

»Ach, Eve?«

»Ja?«

»Wie wäre es heute mit einem Mädchenabend? Und vielleicht ein paar Pyjamapartys in Elizabeths Cottage, bis du weißt, was mit der Teufels-Tina und dem Rattengesicht Rathbone passiert?«

Eve hatte ihr alles über Tinas Drogengeschäfte erzählt und dass diese Geschichte noch nicht vorbei war. Nach wie vor fühlte sie sich bedroht und würde es weiterhin, bis die beiden hinter Gittern waren. Vivs Angebot rührte sie sehr. Sie öffnete den Mund, um zu antworten, wobei sie Angst hatte, dass ihre Stimme kippen würde.

Zum Glück kam Viv ihr zuvor. »Ich weiß, was du denkst. Das sehe ich dir an. Nichts könnte dich mehr entzücken, als mich als Hausgast zu haben, aber dir fehlen die Worte, deinen Dank auszudrücken. Nun, keine Sorge, musst du nicht. Ich möchte kommen. Sollten irgendwelche finsteren Gestalten vor deiner Tür aufkreuzen, kann ich sie allein mit meiner schrillen Haarfarbe in die Flucht schlagen. Und ich kann in Simons altem Zimmer schlafen! Seines war größer als meins, was mich immer rasend neidisch gemacht hat.« Sie grinste. »Endlich kann ich mir meinen Traum erfüllen!«

Eve lachte und spürte, wie sich ihre Anspannung ein wenig legte.

»Apropos Simon, er meinte, dass er auch bei dir vorbeisehen will, also könntest du zusätzlichen Schutz gebrauchen. Ich habe ihn darauf hingewiesen, dass er sein Besuchsrecht verwirkt hat, als er sich mit Polly eingelassen hat.«

Eve schmunzelte. »Wenn du es so sagst, bin ich wohl überredet.« Sie dachte an Betty Foley. Wenigstens hatten sie jetzt alle Antworten. Dem Himmel sei Dank, dass sie ihr berichten konnte, wie mutig Ashton gewesen war und wie viel ihm an den jungen Leuten gelegen hatte, die Tina seit Jahren ins Visier nahm. Dennoch hatte Betty so viel verloren. Diesen Gedanken sprach Eve laut aus.

Viv nickte. »Ich weiß. Es ist entsetzlich. Wir werden uns alle um sie kümmern, wenn sie wieder hier ist. Wir können ihr Essen bringen und sie ins Café einladen oder ins *Cross Keys* drüben. Übrigens habe ich deswegen schon mit Toby gesprochen. Die Dorfbewohner stehen bereit! Sogar Moira macht mit. Oh, und da wir von Moira sprechen, wie ich sehe, bist du eingeknickt.«

»Wie bitte?«

»Sie hat mir erzählt, dass du Robin als Gärtner eingestellt hast.«

Wie zum Teufel hatte Moira das herausgefunden? Es war ja sicher nicht so, als hätte Robin es ihr erzählt. »Deine Eltern haben den Garten wunderschön angelegt, und ich möchte nicht, dass er vor die Hunde geht.«

Viv grinste. »Und es hat ja noch andere Vorteile.«

Wovon redete sie?

»Er mag nicht sehr gesprächig sein, ist jedoch sehr nett anzusehen. Und kann super mit der Hacke umgehen. Also quasi doppelter Nutzen. Eine nette Szenerie, die dir eine nette Szenerie beschert.«

Eve neigte den Kopf zur Seite. »Dir ist klar, dass du Quatsch redest, oder? Also, zeigst du mir jetzt dieses Osterkuchenrezept?«

Nach dem Schnellkurs im *Monty's* ging Eve zum Dorfladen. Sie wollte Whisky für den Vikar besorgen. Für Robin hatte sie eine Flasche aus ihrem Vorrat in Elizabeths Cottage dabei – etwas Besonderes, das eine Freundin aus Frankreich mitgebracht hatte. Sie durfte nicht riskieren, zwei Flaschen bei Moira zu kaufen, weil die Ladenbesitzerin dann Fragen stellen würde.

Eve suchte den besten Whisky aus, den das Geschäft im Angebot hatte, und wollte zum Pfarrhaus gehen. Sie war nicht in der Stimmung, sich aushorchen zu lassen, und schaffte es, innerhalb von fünf Minuten Moiras Klauen zu entkommen. Das war ein Grund, stolz zu sein und zu feiern.

»Meine liebe Eve, das ist doch nicht nötig!«, sagte Jim Thackeray, als sie in seinem geräumigen Wohnzimmer Platz nahm. »Ich muss gestehen, dass ich mich von Robin Yardley habe beraten lassen.« Für einen Moment wurde er ernst. »Ich weiß, dass Sie seine Vorgeschichte kennen.«

Sie nickte. »Na ja, in Ansätzen.«

»Wir konnten uns auf dem Weg die Ferry Lane hinunter kurz unterhalten. Zum Glück sind wir beide verhältnismäßig fit und konnten beim Laufen reden. Robin hatte bereits Verstärkung gerufen. Wie ich es verstanden habe, hat Ihre Nachricht ihn aufmerken lassen. Und was danach geschehen ist, muss ihn sehr beunruhigt haben.«

Eve war immer noch zum Heulen zumute. Sie mochte den Vikar und Viv so gern und war Robin so dankbar. Ja, sie fühlte sich sogar entspannter, was Simon betraf. Was war mit ihr los?

»Es ist eine vollkommen normale Reaktion«, sagte Jim Thackeray, als er ihre Tränen sah, und tätschelte ihren Arm. »Sie brauchen einen Tropfen von dem richtigen Stoff.« Er öffnete die Flasche, die sie mitgebracht hatte.

»Ich fürchte eher, der schafft mich endgültig. Dann weine ich mir auf der Dorfwiese die Augen aus dem Kopf, und alle werden sich fragen, was Sie zu mir gesagt haben.«

Der Vikar lachte. »Anders als Moira Squires denkt, trinke ich immer nur sehr in Maßen. Aber Zeiten wie diese verlangen danach. Ich brühe Ihnen eine schöne Tasse Kaffee dazu auf.«

Eine Stunde später saß Eve in Robins warmer Küche neben einem knisternden Herdfeuer, vor sich einen Becher heiße Schokolade.

»Entschuldige, wenn ich nach Whisky rieche«, sagte sie. »Ich bin beim Vikar gewesen.«

Robin lachte. »Der gute alte Jim!«

Sie würde zu gerne fragen, woher die beiden sich kannten. Und sie wäre jede Wette eingegangen, dass der Vikar mehr über Robin wusste als irgendjemand sonst in Saxford, sie eingeschlossen. Aber sie durfte nicht neugierig sein – nicht mehr. Es würde seine Meinung von ihr ruinieren. »Der Fairness halber sollte ich erwähnen, dass ich ihm den Whisky mitgebracht hatte.«

»Ihr zwei, also ehrlich! Obwohl ich schätze, dass du im Moment eine gute Ausrede hast.«

»Ich habe dir auch etwas mitgebracht: eine Flasche Tempête des Marées, das ist ein sehr guter Cognac. Man bewahrt ihn im Kühlschrank auf. Meine Freundin Sara bringt ihn mir aus Frankreich mit.« Sie nickte zu dem Beutel, den sie dabeihatte, und spürte, dass sie errötete. Was allein Vivs Schuld war. Ihre Bemerkung über Robins Aussehen ging Eve durch den Kopf.

»Tempête des Marées?«

»Es heißt so viel wie Gezeitensturm. Ich fand es besonders passend, nachdem ich einer Frau namens Marina von einem wippenden Boot aus entkommen konnte – dank dir und Jim.«

Er zog eine Augenbraue hoch. »Verstehe. Möchtest du etwas davon, zu deiner Schokolade?«

Sie zögerte. »Lieber nicht nach dem Whisky. Aber verrate mir demnächst, wie er dir schmeckt.«

»Mache ich.« Für einen Moment waren sie still. »Dank ist aber nicht nötig«, sagte Robin schließlich. »Du weißt, wie sehr mir mein alter Job fehlt. Andernfalls hätte ich dich natürlich dir selbst überlassen.«

Damit war alle Anspannung beseitigt, und Eve lachte. »Was war passiert, Robin?«, fragte sie. »Ich meine, dir war klar, dass ich wegen Tina Adcock in Gefahr sein könnte, und es bestand die vage Möglichkeit, dass meine verrückte Theorie zu Russell Rathbone auch stimmte. Doch das allein erklärt nicht, warum die Polizei bereits unterwegs war, als ich die Signalrakete abgeschossen habe.«

»Um ehrlich zu sein, war das Timing recht eng. Ich war im Dorfladen. Moira hatte die Kirchenveranstaltung früh verlassen, um den Laden wieder aufzumachen, und da ich sie mehrere Tage nicht gesehen hatte, war ich sozusagen Frischfleisch für sie. Sie hat mir lauter Tratsch erzählt, den sie Marinas Freund entlocken konnte, Zach Campbell. Und es ging einzig um Marinas Ex, den Typen, mit dem sie vor Zach zusammen war.«

»Der Rockstar?« Eve erinnerte sich, dass Zach erwähnt hatte, er wäre ständig unterwegs gewesen, und dann hatte sie gehört, wie Moira ihrer Freundin noch erzählt hatte, dass der Typ Probleme gehabt hätte, ein Alkoholiker war – und das alles nur wegen seines Berufs.

»Rockstar?« Robin schüttelte den Kopf. »Nein, dieser Typ war bei den Streitkräften. Er kam mit einer posttraumatischen Belastungsstörung aus Afghanistan zurück.«

»Bei den Streitkräften?« Eve stellte ihren Becher ab und vergrub das Gesicht in den Händen.

»Was?«

»Unterwegs! Im Einsatz. Oh mein Gott, das hat Zach Campbell in meinem Beisein gesagt. Aber ich dachte automatisch an eine Band.« Und jetzt wurde ihr noch etwas klar. »Die Waffe?«

Robin bejahte. »Moira hatte eine außergewöhnliche Geschichte von Zach zu erzählen, wie dieser Ex-Freund eines Tages seine Dienstwaffe auf Marina gerichtet hatte, ehe er sich umbesann und versuchte, sich selbst zu erschießen. Er hatte die Waffe offensichtlich nach seiner Heimkehr nicht abgegeben. Und was hättest du in dieser Situation an Marinas Stelle getan?«

»Ihm die Waffe weggenommen.«

»Zu demselben Schluss bin ich auch gekommen. Und obwohl Tina Adcock gut zu dem Doppelmord zu passen schien, habe ich mich plötzlich gefragt, ob die wahre Mörderin nicht die ganze Zeit direkt vor unserer Nase war. Ich wusste nicht genau, welches Motiv Marina haben könnte, doch es sah aus, als hätte sie die Mittel und die Gelegenheit gehabt.«

Er schüttelte den Kopf. »Zuerst konnte ich mir nicht vorstellen, wie sie sich nach dem Mord an Ashton in den Pub hätte zurückschleichen können, ohne dass Hetty anschlägt, aber dann ging es mir auf. Wenn sie die ganze Nacht das Apple Tree Cottage abgesucht hatte, musste sie es gar nicht. Sie konnte direkt in den Frühstücksraum gehen, und keinem fiel auf, dass sie nicht von oben kam, solange sie durch die Hintertür in den Pub ging und die Augen offen hielt.«

Es stimmte. Jeder konnte zum Frühstück in den Pub gehen, nicht nur die Übernachtungsgäste. Und Hetty war es gewohnt, dass Leute um die Zeit kamen und gingen. »Das leuchtet ein.« Eve dachte an die Abfolge der Ereignisse. »Howard hatte mir erzählt, dass keine Schlüssel bei Ashtons Leiche gewesen waren, als er die Taschen gegen halb acht nach Bargeld absuchte. Fünf oder zehn Minuten später müsste er beim Apple Tree Cottage gewesen sein. Und Marina hat gesagt, dass sie ihn kommen gesehen hatte, als sie auf dem Rückweg war. Es liegt also nahe, dass sie die ganze Nacht dort geblieben war und sich dann durch den Wald zu einem frühen Frühstück zurückgeschlichen hat. Um die Zeit dürften weniger Leute in der Nähe gewesen sein als eine Stunde später.«

Gegen acht oder neun konnte man darauf zählen, dass mehrere Dorfbewohner zu Bacon und Eiern im *Cross Keys* einkehrten. »So sah es aus, als hätte sie wie üblich im Pub geschlafen. Und dann ging die arme Jo vielleicht gegen halb zehn raus, um frische Luft zu schnappen« – Toby bereitete für gewöhnlich das Frühstück, daher wurde sie nicht gebraucht – »und hat Ashtons Leiche gefunden.«

Robin nickte. »Und ich vermute, Marina hat auch eine ähnliche Taktik angewandt, nachdem sie Howard umgebracht hatte. Sein Cottage liegt zentraler, deshalb könnte sie noch ein wenig früher von dort fortgegangen sein, um nicht gesehen zu werden, aber danach könnte sie sich im Wald versteckt haben, bis Frühstückszeit war. Sobald mir klar wurde, wie sie es angestellt hatte, ergab sich alles sehr schnell. Ich habe in die Kirche gesehen, konnte jedoch weder dich noch Marina entdecken, während die Adcocks und Rathbone noch dort waren. Da wollte ich dich anrufen und sah deine Nachricht.«

Er lächelte entschuldigend. »Anscheinend hatte ich kein Netz, als du angerufen hattest. Ich habe es bei dir versucht, nachdem ich die Mailbox abgehört hatte, doch du bist nicht rangegangen. Und dann habe ich meinen Polizeikontakt auf dem Weg zum Apple Tree Cottage angerufen. Da warst du nicht. Ich bin gerade zurück durch die Heath Lane gelaufen, als ich dein Signal sah, und machte mit dem Vikar zusammen kehrt in Richtung Flussmündung.«

»Danke, Robin! Wie gut, dass du so fit bist. Und die Polizeiboote?«

»Mein Kontakt und ich vermuteten, dass Marina versuchen könnte, aus dem Dorf zu verschwinden. Sie wäre niemals davongekommen, hätte sie deine Leiche in Saxford abgelegt.« Er sah sie zerknirscht an. »Entschuldige.«

Sie schüttelte den Kopf. »Schon gut. Du bist schließlich vom Fach, da geht man die Dinge sachlich an.«

Ein amüsiertes Funkeln blitzte in seinen Augen auf.

»Jedenfalls hat mein Polizeifreund gesagt, dass er ihr alle Fluchtwege abschneiden würde – sicherheitshalber auch den übers Wasser. Und als ich deine Signalrakete sah, habe ich ihn sofort wieder angerufen.«

»Jim Thackeray meinte, du hättest ihm erzählt, wie er die Situation handhaben muss.«

Robin sah sie verwundert an. »Er ist ein bescheidener Mann.«

»Keine Neuigkeiten zu Tina Adcock oder Russell Rathbone, nehme ich an?« Diese ewige Anspannung in ihrem Bauch, weil sie nicht sicher war, fühlte sich schrecklich an.

»Ich hätte dich angerufen, wärst du nicht vorbeigekommen. Mein Kontakt sagt, dass das Handy, das Ashton als Beweis versteckt hatte, Gold wert ist.« Wieder blickte er Eve an. »Es ist mit Tina Adcocks Fingerabdrücken übersät, gehört aber eindeutig jemand anders. Der muss Handschuhe getragen haben.«

»Weißt du, ob Carl eine Ahnung von Tinas Machenschaften hatte?« Sie dachte an den wütenden und zugleich ängstlichen Blick, den die Adcocks gewechselt hatten.

»Nicht von den Drogen, soweit sich bisher sagen lässt. Wie es aussieht, hatte Tina ein separates Bankkonto für ihre Einnahmen. Ich glaube, sie hatte vor, die Ehe am Ende hinter sich zu lassen. Vielleicht in sonnigere Gefilde zu verschwinden und auch die Schule abzuhaken. Aber Carl wird gerade noch einmal befragt. Von ihrer Vorliebe für Jungen wusste er jedenfalls. Er gibt zu, dass er dachte, sie könnte Ashton umgebracht haben, damit er es nicht ausplaudert.«

»Demnach muss sie fort gewesen sein, als Ashton starb. Und Carl hat ihr ein falsches Alibi gegeben.«

»Er sagt aus, dass er geschlafen hat und folglich nicht sicher sein kann, ob sie zu Hause war oder nicht. Aber das hatte er nicht erwähnt, als die Polizei ihn das erste Mal befragt hat. Ich kann nur mutmaßen, dass Tina ihn immer noch am Haken hat und er sie beschützt. Und natürlich hätte er die Schule informieren müssen, als er herausgefunden hat, dass sie mit Schülern schlief. Alles in allem ist er selbst also auch nicht sauber.«

»Was ist mit Rathbone?« Eve saß vorn auf der Stuhlkante und hoffte, dass sie dem Anwalt etwas würden nachweisen können.

»Es gibt Textnachrichten von einem anderen, nicht zurückverfolgbaren Handy auf Tinas Telefon. Sie sind nicht sehr explizit, doch liest man zwischen den Zeilen, erkennt man, dass sie sich auf neue Jugendliche beziehen, die Tina im Jugendclub erwarten sollte: solche, die wahrscheinlich einverstanden waren, ihren Freunden Cannabis zu verkaufen. Andere Nachrichten von derselben Nummer drehen sich um Zahlungen. Mein Kontakt hat nicht den kleinsten Zweifel, dass dies die Vergütungen an Rathbone für seine Hilfe waren.«

»Aber es kann nicht bewiesen werden, dass er es war, der Tina die Nachrichten geschickt hat?« Wenn er weitermachte wie bisher, waren immer noch Jugendliche in Gefahr, und Eve würde sich auch nicht sicher fühlen.

»Tja, es ist ein starker Indizienbeweis, da die Jugendlichen alle Kontakte von ihm waren.«

»Natürlich.«

»Und dank dir, die du dem Typen mit dem gestohlenen Fahrrad zu dem Laden mit den Mietfächern gefolgt bist, gibt es noch mehr.«

Eve blickte zu ihm auf, und bei seiner Miene regte sich ein wenig Hoffnung in ihr.

»Der Mann, der in dem Laden arbeitet, sitzt schon seit Jahren an dem Tresen. Er hat eine Menge Veränderungen erlebt und hält nicht viel von ihnen. Er ist nur angestellt und sorgt sich, dass seine Chefs nicht alles nach Vorschrift handhaben, was die Leute betrifft, die bei ihnen Fächer anmieten. Bisher hat er nichts gesagt, ich nehme an, weil er um seinen Job fürchtete. Aber mein Kontakt hat ihn im richtigen Moment erwischt. Er geht nächste Woche in Rente, deshalb war er einverstanden, offiziell auszusagen. Und dank seiner Aussage konnte die Polizei die Aufzeichnungen der Sicherheitskameras im Laden sicherstellen. Rathbone ist darauf zu sehen, wie er ein Päckchen aus einem der Fächer holt. Es passt zu deiner Beschreibung.«

»Das ist immerhin etwas!« Aber würde es reichen?

»Mit deiner Aussage und den Kameraaufzeichnungen hat die Polizei Rathbone einbestellt – angeblich damit er ihnen bei ihrer Ermittlung hilft. Und während er dort war, haben sie von Tinas Wegwerfhandy die Nummer angerufen, von der sie vermutet haben, dass es seine war.«

»Und?«

»Sie konnten sehen, wie es in seiner Tasche vibrierte. Er mag wohlhabend sein, aber ich denke nicht, dass er sich aus der Nummer freikaufen kann.«

Kapitel 40

Drei Monate später

Eve und Viv gingen mit Gus im Schlepptau hinunter zum Strand. Oder vielmehr hatte er die beiden im Schlepptau, denn der Dackel eilte ihnen ein gutes Stück voraus.

Eve atmete die Sommerluft tief ein und sog den süßen Geißblattduft in sich auf, der in der warmen Brise herbeiwehte. Sie war erheblich entspannter, seit Tina Adcock und Russell Rathbone wegen einer Reihe von Drogendelikten angeklagt worden waren. Tinas Liste war ellenlang. Robin hatte gesagt, die Beweislage sei in ihren Fällen wasserdicht.

Neben den konkreten Beweisen, die der Polizei vorlagen, waren noch mehr Indizienbeweise ans Licht gekommen. Die Polizei hatte eine Reihe von Jugendlichen befragt, die Verbindungen zu Rathbone und dem *Drop In* hatten. Und mehrere von ihnen gaben zu, dass Tina sie überredet hatte, Drogen zu verkaufen. Es gab auch noch frühere Fälle – die Verhaftungen, die Eve auf ihrer Karte markiert hatte. Und abermals waren die Polizisten auf Jugendliche gestoßen, denen der Anwalt »geholfen« hatte.

Eve und Viv kamen am Apple Tree Cottage vorbei und sahen Betty Foley in ihrem Vorgarten, wo sie mit einer kleinen Gruppe von Frauen beim Tee an einem Gartentisch saß. Sie alle hatten Taschenbücher in den Händen. Betty winkte ihnen zu.

»Mich freut, dass der Lesekreis Wurzeln geschlagen hat«, bemerkte Eve, sobald sie außer Hörweite waren. »Es ist schön, dass alle sich um sie kümmern. Die arme Betty.«

»Ja, das Schicksal hat sie übel gebeutelt«, stimmte Viv zu. »Dem Himmel sei Dank, dass ihre Tante wieder auf dem Weg der Besserung ist! Hast du schon gehört? Sie will nach England zurückkommen, sowie sie hinreichend bei Kräften ist. Dann sind sie wieder näher beieinander.«

»Nein! Das sind gute Neuigkeiten.«

»Ich kann immer noch nicht fassen, dass Betty Howard nicht grollt, weil er sie ausgenommen hat«, erwiderte Viv kopfschüttelnd. »Ich wäre am Boden zerstört. Und stinkwütend.«

»Ich auch, aber Betty hat eine andere Weltsicht.« Nach Bettys Rückkehr hatten sie ein langes Gespräch geführt. Verständlicherweise hatte sie alles wissen wollen. »Sie sagt, sie hätte Howard das Geld angeboten, hätte sie geahnt, in welchen Schwierigkeiten er steckte. Sie war traurig, weil er sich ihr nicht anvertraut hatte, aber es überraschte sie nicht. Sie meint, es hätte seinen Stolz zu sehr verletzt.«

»Oh Mann! Bekommt sie irgendwas von dem Geld zurück?«

»Sie ist seine einzige Erbin. Falls nach Begleichung aller Rechnungen noch etwas übrig ist, geht es also an sie. Und das Haus, das er von ihrem Geld gekauft hatte, ist jetzt ihres. Es ist bis unters Dach mit Hypotheken belastet, doch ihre Mieter sind glücklich dort und verlässlich. Hoffen wir, dass sie viele Jahre bleiben und weiter mit ihrer Miete die Kredite abtragen. Und natürlich erwartet sie noch ihren Anteil von *Outside In*, wenn alle Formalitäten geregelt sind – der und alles, was Ashton ihr sonst noch hinterlassen hat.« Die Firma wurde abgewickelt.

»Ich hätte gedacht, der Nachhall im Dorf wäre beinahe so übel für sie wie das, was Howard getan hatte«, bemerkte Viv. »Ich meine, alle unterstützen sie zwar, doch dieser ganze Tratsch über Betrug und die Spekulationen zu Ashtons Motiven …«

Eve hatte das Gleiche befürchtet. Sie dachte an die Beerdigungen. Es war der Vikar gewesen, der alles in die richtige Richtung gelenkt hatte. »Ich könnte Jim Thackeray küssen dafür, wie er über die beiden gesprochen hat.« Bei dem Whisky und Kaffee hatte sie ihn in ihre Entdeckungen eingeweiht. Und nach seinen Worten in der Kirche waren die Dorfbewohner voller Ehrfurcht vor Ashtons Mut und sahen Howard in erster Linie als fehlgeleiteten Narren, nicht als egozentrischen Kriminellen.

Eve konnte Howards Tun bisher nicht in diesem gnädigen Licht sehen, aber die Worte des Vikars hatten Betty ein wenig Trost gespendet, und das Dorf teilte ihren Stolz auf ihren Sohn. Er war nun ein Lokalheld, genau wie Elizabeth, die einst in Eves Cottage gelebt hatte, und seine Taten würden als Legende weiterleben.

Ashton Foley, künstlerischer Leiter von Outside In

Der vom jugendlichen Rebellen zum Unternehmer gewandelte Ashton Foley, dessen außergewöhnliche Biografie so viele inspiriert hat, ist in Saxford St. Peter in Suffolk gestorben. Eine Frau wurde wegen Mordverdachts verhaftet.

Von dem Moment an, in dem er alt genug war, Geschäfte zu machen, nutzte Foley seinen Verstand und seine Kreativität, um Geld zu verdienen. Mit sechzehn halfen ihm sein lässiger Charme und sein Selbstvertrauen, Cannabis an seine Freunde zu verkaufen.

Viele Erwachsene in seiner Welt nahmen an, dass er ganz in die Kriminalität abrutschen würde, doch seine Charakterstärke wies ihm einen anderen Weg.

Nach einer kurzen Jugendhaftstrafe zog er mit neuen Ideen für seine Zukunft von Suffolk nach London. Mit dreiundzwanzig Jahren reiste er als Roadie mit den erfolgreichsten Bands um die Welt. Dann tat er sich mit der Botanikerin Marina Shaw zusammen, um eine innovative Pflanzen-Designfirma zu gründen, Outside In.

Die Firma spiegelte Foleys Persönlichkeit. Sie war bahnbrechend und auffallend, edel und ein wenig überdreht, aber voller echter Leidenschaft, Hingabe und Gefühl.

Viele erinnern sich an Foleys eigenwilligen Charme, seine inspirierenden Worte und seinen bunten Lebensstil, die ihn bei den Medien wie bei seiner Klientel gleichermaßen beliebt machten. Doch obwohl die Leute ihn oft als Lebemann sahen, der gern über die Stränge schlug, war er so viel mehr als das.

Er hat sein Heimatdorf selten besucht, stand jedoch seiner Mutter sehr nahe und hat sich stets für sie starkgemacht. Auch hatte er seine Teenagerjahre nie vergessen, so wenig wie die Erwachsenen mit Fürsorgepflicht, die ihn in ernste Schwierigkeiten brachten. Er war entschlossen, sie ihrer gerechten Strafe zuzuführen.

Anstatt zu warten, dass andere handelten, wählte er einen Weg, der seinem Charakter entsprach: mutig, ungestüm und unabhängig. Seine Versuche, Beweise gegen jene Personen zu finden und andere davor zu bewahren, ebenfalls von ihnen benutzt zu werden, waren am Ende erfolgreich, führten aber indirekt zu seinem gewaltsamen Tod …

Eve legte ihre Ausgabe des Magazins *Icon* beiseite. Sie hatte die ersten Sätze immer wieder gelesen und sich gefragt, ob ihr der Nachruf geglückt war. Zum Glück hatte sie die Wahrheit über Ashton am Ende herausgefunden. Heaven und Amber Ingram hatten sie auf die richtige Fährte geführt.

Nachrufe zu schreiben war manchmal wie Goldschürfen: Man spülte den Siebinhalt an Informationen lange und pflückte die echten Fakten heraus, die sich im Sieb verfingen, während Gerüchte und Mutmaßungen fortgewaschen wurden. Eve schüttelte den Kopf. Ihr erster Eindruck und die Geschichten von Ashtons Vergangenheit hatten sie beinahe vom Kurs abgebracht. Dass dies geschah, würde sie nicht noch einmal zulassen.

Gus hatte geduldig neben ihr gesessen. Nun sprang er auf, sprang an ihr hoch und stellte die Vorderpfoten auf ihr Bein, die schimmernden braunen Augen auf sie gerichtet. Eve streichelte ihn.

»Ich weiß, Gus, Hochglanzzeitschriften sind nicht dein Ding. Was wir jetzt brauchen, ist eine ordentliche Prise frische Luft. Gehen wir runter an die Flussmündung und sehen den Watvögeln zu.«

Ein Brief von Clare an ihre Leserinnen und Leser

Vielen Dank, dass Sie dieses Buch gelesen haben. Ich hoffe, Sie hatten so viel Spaß beim Entschlüsseln der Hinweise wie ich! Wenn Sie auf dem Laufenden bleiben möchten, was meine neuesten Veröffentlichungen betrifft, können Sie sich bei dem folgenden Link registrieren (in englischer Sprache). Ihre E-Mail-Adresse wird an niemanden weitergegeben, und Sie können sich jederzeit abmelden.

www.bookouture.com/clare-chase

Die Idee zu diesem Buch begann mit Gedanken an einen Fremden, der den normalen Alltag in einem kleinen Dorf durcheinanderwirbelt. Am Ende entschied ich, dass es interessanter wäre, wenn es um jemanden ginge, der im Ort aufgewachsen ist, dort einen Eindruck hinterlassen hat und Jahre später wieder zurückkehrt. Wie behandeln die Menschen ihn? Wer wäre froh, ihn zu sehen, und wen würde sein erneutes Erscheinen nervös machen?

Die Inspiration zu *Outside In* stammt von einem Besuch im Botanischen Garten der University of Cambridge. Ich habe die Atmosphäre im dortigen Farnraum geliebt und was für ein Gefühl es war, in einem geschlossenen Raum mit solch einer Pflanzenkonzentration zu sein. (Wie Eve beschränkte aber auch ich mich hinterher auf den Kauf einiger Geranien für meine Fensterbänke!)

Falls Sie Zeit haben, würde ich mich sehr freuen, wenn Sie eine Bewertung zu diesem Buch schreiben würden. Feedback ist unsagbar wertvoll, und es hilft obendrein, neuen Leserinnen und Lesern zu helfen, meine Bücher zu entdecken.

Sollten Sie mich lieber persönlich kontaktieren wollen, erreichen Sie mich über meine Website, auf Facebook, Twitter oder Instagram. Es ist immer wunderbar, von Leserinnen und Lesern zu hören!

Nochmals vielen Dank, dass Sie Zeit mit diesem Buch verbracht haben. Ich freue mich darauf, bald mein nächstes mit Ihnen zu teilen.

Es grüßt Sie herzlich,
Clare x

www.clarechase.com

Danksagung

Ein großes, herzliches Dankeschön an Charlie, George und Ros für das Gegenlesen, das Feedback, das Mutmachen und den Ansporn! Ebenso an Mum und Dad, Phil und Jenny, David und Pat, Warty, Andrea, Jen, die Westfield-Gang, Margaret, Shelly, Mark, Cousine Lorna und alle Angehörigen und Freunde. Und, Sara-Ellen, danke für den Tempête des Marées!

Mein riesiger Dank geht an meine fantastische Lektorin Ruth Tross für ihre sagenhaften Ideen und ihre freundliche Ermunterung. Wahrhaft dankbar bin ich auch Noelle Holten für ihre phänomenale Marketingarbeit. Und ich danke Peta Nightingale, Kim Nash, Alexandra Holmes und allen im Lektorat, in der Herstellung und im Verkauf von Bookouture. Ich kann mir kein besseres oder netteres Team vorstellen, bei dem ich veröffentlicht und vermarktet werde.

Dank an die fabelhaften Bookouture-Autoren und Schriftstellerkolleg:innen online und offline für ihre Freundschaft. Und auch ein gewaltiges Dankeschön an die tollen Blogger:innen und Rezensent:innen, die sich die Zeit nehmen, ihre Gedanken zu meiner Arbeit weiterzugeben. Ich weiß es sehr zu schätzen.

Und schließen danke ich Ihnen, den Leser:innen, dass Sie dieses Buch gekauft oder geliehen haben!

Mord in bester Tradition

MIT SCHIRM, CHARME UND SPÜRNASE

Der Landhauskrimi in englischer Tradition ist zurück – für alle, die es bei Muffins und Earl Grey gern mysteriös, humorvoll und atmosphärisch mögen! Sympathische Amateurdetektive stolpern zufällig über Leichen und begeben sich mit patentem Spürsinn auf die Spur des Mörders. Schließlich darf das idyllische Landleben nicht allzu lange gestört werden! Mit dabei: exzentrische Nachbarn, pfiffige Fellnasen und jede Menge köstliche Kulinarik. Vollendeter Spitzengenuss für einen (ent)spannenden Nachmittag auf der Couch!